Connie Glynn lebt in London, England, und schrieb bereits als kleines Mädchen gerne Geschichten. Mit fast einer Million Followern ist sie heute eine der erfolgreichsten Prinzessinnen auf YouTube, Twitter und Instagram. In ihrem anderen Leben ist sie Autorin und schreibt sich direkt ins Herz der Prinzessin, die in jeder von uns wohnt. Ihre auf fünf Bände angelegte Serie *Prinzessin undercover* erscheint in über fünfzehn Ländern und machte Connie Glynn 2017 zur meistverkauften Jugendbuchautorin im Vereinigten Königreich.

Alle Bände der Serie *Prinzessin undercover*:

Band 1: *Geheimnisse*
Band 2: *Enthüllungen*
Band 3: *Entscheidungen*
Band 4: *Hoffnungen*
Band 5: *Versprechen*

Weitere Informationen zum Kinder- und Jugendbuchprogramm der S. Fischer Verlage finden sich auf *www.fischerverlage.de*

Connie Glynn

Prinzessin undercover

ENTHÜLLUNGEN

Band 2

Aus dem Englischen
von Maren Illinger und Achim Stanislawski

FISCHER Taschenbuch

Zu diesem Buch ist im Argon Verlag ein Hörbuch, gelesen von Monika Oschek, erschienen, das im Buchhandel erhältlich ist.

Aus Verantwortung für die Umwelt hat sich der Fischer Kinder- und Jugendbuch Verlag zu einer nachhaltigen Buchproduktion verpflichtet. Der bewusste Umgang mit unseren Ressourcen, der Schutz unseres Klimas und der Natur gehören zu unseren obersten Unternehmenszielen.

Gemeinsam mit unseren Partnern und Lieferanten setzen wir uns für eine klimaneutrale Buchproduktion ein, die den Erwerb von Klimazertifikaten zur Kompensation des CO_2-Ausstoßes einschließt.

Weitere Informationen finden Sie unter: www.klimaneutralerverlag.de

FSC
www.fsc.org
MIX
Papier aus verantwortungsvollen Quellen
FSC® C014496

Erschienen bei FISCHER Kinder- und Jugendtaschenbuch
Frankfurt am Main, Februar 2023

Die englische Originalausgabe erschien 2018 unter dem Titel
The Rosewood Chronicles – Princess in Practice
bei Penguin Books Ltd., London

Satz: Dörlemann Satz, Lemförde
Druck und Bindung: GGP Media GmbH, Pößneck
Printed in Germany
ISBN 978-3-7335-0473-1

Dieses Buch ist allen gewidmet,
die mir jemals eine Tasse Tee serviert haben.
Danke.

Prolog

Im düsteren Kellerverlies unter dem Königspalast von Maradova lag ein junges Mädchen auf einer dünnen Matratze. Die Zellen waren kahl, aber bestens gesichert – die königliche Familie von Maradova konnte hier, wenn es nötig war, Gefangene über Wochen und gar Monate festhalten. Das Mädchen lag reglos da – nichts deutete darauf hin, wie heftig es in ihrem Kopf arbeitete.

Jeden einzelnen Tag hier unten feilte Saskia San Martin an ihrem Fluchtplan. Sie prägte sich die Arbeitsschichten jedes Wächters ein und beobachtete genau, wie die Kameras funktionierten. Über sich hörte sie das Gluckern in den Rohren und die dumpfen Schritte der Menschen oben im Palast. Kein Detail blieb ihr verborgen. Und dennoch lief ihr die Zeit davon. Sieben Wochen waren vergangen, seit ihr Versuch gescheitert war, die Prinzessin von Maradova zu entführen. Bald würden sich ihre ehemaligen Klassenkameraden zu Beginn des neuen Schuljahrs in Rosewood Hall einfinden. Den Wachen hatte sie nicht ein Wort über Leviathans Pläne verraten. Sie weigerte sich stur, den Mund zu öffnen, und wenn sie es tat, dann nur, um etwas zu essen oder um den einen Satz zu äußern, den sie in der ganzen Zeit ihrer Gefangenschaft wie ein Mantra wiederholt hatte:

»Ich will mit meiner Herrin Anastasia Alcroft sprechen.«

Die betretenen Mienen der Wachen verrieten ihr allerdings, dass niemand Anastasia benachrichtigt hatte. Sie drehte sich auf die Seite, um einen Blick auf die Uhr an der Wand zu werfen. Mit jeder Sekunde wuchs ihre Furcht. Die Verletzungen, die Jamie, der Partist der Prinzessin, ihr zugefügt hatte, verheilten allmählich. Partisten wurden von klein auf darauf trainiert, ihren Herrn oder ihre Herrin zu schützen, sie waren die perfekten Bodyguards, und Jamie hatte unerbittlich gekämpft. Glücklicherweise waren eine abklingende Blutung im Auge und eine kleine Wunde am Kiefer, die wohl eine Narbe hinterlassen würde, das Einzige, was Saskia noch an ihre peinliche Niederlage erinnerte. Trotzdem saß sie hier nach wie vor in der Falle.

Ticktack, ticktack.

Die Leute von Leviathan konnten jederzeit mit Phase zwei ihres Plans beginnen. Doch solange Saskia in dieser Zelle hockte, konnte sie nichts tun, um Anastasia zu schützen. Leviathan hatte ihr zugesichert, dass man Anastasia nichts antun werde und dass Saskia, wenn sie für ihre Organisation arbeitete, endlich mit ihr zusammen sein könne. Dann würden sie ihre Gefühle nicht mehr vor Anastasias Vater verstecken müssen – jenem Mann, der gleichzeitig Saskias Boss war.

Saskia zuckte unwillkürlich zusammen, als die Erinnerung an den Abend der Entführung wieder hochkam: die vor Wut bebende Anastasia, draußen im Schnee vor dem Palasteingang, ihr kastanienbraunes Haar im Gegenlicht. Dann ein zweites Bild: Ellie, barfuß und in zerrissenem Kleid, wie sie einen Golfschläger schwingend versuchte, die Prinzessin zu befreien. Nur dass Ellie nicht die Prinzessin beschützte. Sie selbst war die Prinzessin.

Es hatte einige Wochen Kerkerhaft bedurft, bis Saskia darauf gekommen war. Wie hatte sie nur so dumm sein können? Erst jetzt, da sie mehr als genug Zeit hatte, alles noch einmal zu überdenken, hatte sie die losen Enden dieses Rätsels zusammenfügen können. Ellie war die wahre Thronfolgerin des Hauses Wolfson. Lottie Pumpkin war nicht die Prinzessin von Maradova. Sie war eine Porterin mit dem Auftrag, sich als Prinzessin auszugeben, um die Identität der echten Prinzessin zu schützen: Ellie, die wütende Furie, die Saskias Windschutzscheibe mit einem Golfschläger zertrümmert hatte und sich von ihr bei dem Versuch, Lottie zu retten, eine Tracht Prügel eingefangen hatte.

Saskia drehte sich auf den Rücken und starrte die nassen Flecken an der Zellendecke an. *Ich muss unbedingt mit Anastasia sprechen, um sie zu warnen.*

Ein schrilles Piepen alarmierte sie, dass gleich jemand den Raum betreten würde, und sie setzte sich hastig auf. Ein großer Mann mit vernarbtem Gesicht und einschüchternder Statur kam durch die Tür, ein Tablett in den Händen. Es war Sir Nikolai Olav, der Partist des Königs – und gleichzeitig derjenige, vor dem sich Saskia am meisten fürchtete.

Er starrte sie unverwandt an, während er das Tablett mit der undefinierbaren Gefängniskost auf den Tisch in der Mitte des Raums stellte. Normalerweise fungierte Nikolai nur als Begleitschutz für die jeweilige Person, die Saskia das Essen in ihr Verlies brachte, doch von Zeit zu Zeit kam er auch allein. Das konnte nur eins bedeuten: ein weiteres Verhör.

Nikolai setzte sich auf den Plastikstuhl neben dem Tisch und holte mit grimmiger Miene Luft. Er wusste genauso gut wie sie, wie dieses Verhör ablaufen würde: exakt so wie all die Male zuvor.

Er fuhr sich mit der Hand über die Bartstoppeln und berührte dabei kurz die Narbe auf seiner linken Gesichtshälfte.

»Saskia San Martin.« Die Worte kamen ihm als tiefes Grollen über die Lippen. Sie erwiderte nichts, griff stattdessen nach dem Löffel, nahm einen grauen Klumpen des faden Essens auf und ließ ihn zurück auf den Teller plumpsen. Er ignorierte die Geste. »Du musst mir alles sagen, was du über Leviathan weißt.«

Ihre Hand mit dem Löffel gefror mitten in der Bewegung. Sie starrte ihn mit leerem Blick an. Auf diese Frage gab es nur eine Antwort, und sie trug sie mit den gleichen Worten vor, die sie seit dem Tag, an dem man sie in dieses Verlies geschmissen hatte, immer und immer wieder wiederholt hatte:

»Ich will mit meiner Herrin reden. Ich will Anastasia Alcroft sprechen.«

ERSTER TEIL

Familie

1

Lottie schrak zusammen, als sie die Holzdielen unter ihren Füßen vibrieren fühlte. Die Vorstellung, dass Saskia sich irgendwo dort unter ihr im Palastkerker befand, ließ sie die Füße vorsichtiger aufsetzen. Aber damit konnte sie sich jetzt nicht beschäftigen. Sie musste konzentriert bleiben und Haltung bewahren. Bis diese Party vorbei war, musste sie sich wie eine echte Prinzessin benehmen. Erst dann konnte sie zurück zu Ellie und mit ihr zusammen ihre Sachen für Rosewood packen.

Lottie hatte heute das zweifelhafte Vergnügen, an einer aufwendigen Geburtstagssoiree teilzunehmen, die ihr zu Ehren veranstaltet wurde und zu der auch Vertreter einiger der weltweit wichtigsten Zeitungen und Fernsehsender geladen waren. Seit über zwei Stunden stand sie nun schon hier herum, lächelte und schüttelte die Hände einflussreicher Persönlichkeiten, die glaubten, sie sei die wahre Prinzessin von Maradova. Der König und die Königin hatten unter dem Vorwand, die Identität der Prinzessin schützen zu wollen, ein strenges Fotoverbot erlassen. Die große Galerie des Palasts war mit juwelenbesetzten Girlanden geschmückt, und um die Marmorsäulen schlangen sich regenbogenfarbene Bänder. Der mit einem rüschenbesetzten

Tuch überzogene Geschenketisch bog sich unter dem Gewicht der vielen Präsente, von denen eins größer war als das andere.

Lottie trug die traditionelle maradovische Tracht: eine bestickte Schärpe über einem langärmligen, wie Jade glänzenden Kleid. Auf ihren blonden Locken saß die silberne Krone, die sie vor genau zehn Jahren von ihrer Mutter zum Geburtstag bekommen hatte. Vor genau zehn Jahren. Diese ganze Party war eine Farce. Denn hier wurde nicht *ihr* Geburtstag gefeiert. Lotties Geburtstag war bereits vor fünf Tagen gewesen. Heute, am ersten September, war Ellies Geburtstag. Lottie war nicht einmal eine echte Prinzessin – sie spielte nur Prinzessin anstelle ihrer Freundin. Aber das war ein Geheimnis, das keiner der Gäste je erfahren durfte.

»Ist alles in Ordnung?«, flüsterte Jamie ihr so leise ins Ohr, dass nur sie es hören konnte. In den letzten fünf Wochen war Lottie diese Frage so oft gestellt worden, dass ihr Magen sich mittlerweile jedes Mal zusammenzog.

»Ja, natürlich geht es mir gut«, antwortete sie automatisch. Sie bemerkte eine Gestalt, die sich langsam durch die Menge auf sie zubewegte. »Die große Frau zu meiner Linken?«

Jamie warf einen kurzen Blick in besagte Richtung. »Olga Ulov, Redakteurin beim *Golden Sovereign*.« Die sich durch die Menge schiebende grauhaarige Dame trug einen makellosen Seidenanzug. Im Gegensatz zu den übrigen Gästen, die in farbenfrohen Kleidern erschienen waren, war Jamie ganz in Schwarz gekleidet. Seine dunklen Haare hatte er sich aus dem Gesicht gekämmt. Lottie hatte ihn gebeten, er solle sich entspannen, doch aus Angst, es könnte wieder zu einem

Zwischenfall kommen, erlaubte er sich keinen Moment der Unachtsamkeit.

Als Olga vor ihnen stand, neigte sie den Kopf zum Gruß. »Prinzessin Eleanor Wolfson.« Sie zog die Worte unnatürlich in die Länge, während sie Lottie mit zusammengekniffenen Augen musterte. »Es ist mir eine große Ehre, nachdem Ihr Euch so viele Jahre versteckt gehalten habt, endlich Eure Bekanntschaft zu machen.«

Anfangs hatte Lottie gedacht, sie würde sich nie daran gewöhnen, mit einem anderen Namen angeredet zu werden, doch mittlerweile fiel es ihr nicht mehr schwer, der Frau ganz selbstverständlich zuzulächeln. Sie fragte sich, wie Ellie sich an ihrer Stelle fühlen würde.

»Vielen Dank, Olga – ich hoffe, dass ich Sie nicht enttäuscht habe«, antwortete sie mit zuckersüßer Stimme und tat ihr Bestes, ein möglichst bescheidenes Lächeln aufzusetzen. Jamie signalisierte ihr mit einem kurzen Nicken seine Zustimmung. Obwohl sie nicht mehr beim Prinzessinnenunterricht von Jamie getriezt wurde, achtete er auch weiterhin darauf, dass ihr kein Patzer unterlief.

Olgas Lippen kräuselten sich zu einem gezwungenen Lächeln, doch ihre Augen durchbohrten Lottie, als wollte sie ihre Gedanken lesen. Ellie hatte nie ein gutes Verhältnis zu den Medien gehabt. Es hatte eine Menge Gerüchte über die Gründe gegeben, warum sie sich nicht zu erkennen gab. Sie alle waren erstunken und erlogen, und die meisten hatten kein gutes Haar an der Prinzessin gelassen. Als Ellies Porterin war es nun Lotties Job, die Gerüchteküche im Zaum zu halten, indem sie ihre Rolle in der Öffentlichkeit übernahm und die liebenswerte und bescheidene Prinzessin gab. Die Königin hatte die Idee gehabt, eine Geburtstagsfeier wäre die perfekte Gelegenheit, um Ellies Bild in den Medien wieder geradezurücken. *Brav lächeln und Hände schütteln*, hatte Lottie sich gesagt, *wie schwer kann das schon werden?*

Lottie hoffte nur, dass sie irgendwie mit der Nummer durchkam.

»Eure Hoheit …«, sagte jemand hinter ihr mit zischelnder Stimme. Als Lottie sich umdrehte, stand dort der steife Simien Smirnov, der Berater des Königs. Er hatte die Arme hinter dem Rücken verschränkt und verbeugte sich kurz vor Lottie. »Der Künstler Sir Yanovski würde Euch gerne sein Geschenk überreichen. Bitte folgt mir, damit wir uns dem König und der Königin anschließen können.« Simien bedachte sie mit einem schmalen Lächeln und gab ihr mit einer Geste zu verstehen, dass sie ihm folgen möge.

»Das hört sich wunderbar an«, erwiderte Lottie strahlend, erleichtert, den herumschnüffelnden Gästen von der Presse entrinnen zu können. Ihr war noch immer nicht ganz klar, was Simien über sie und ihre Rolle als Ellies Porterin dachte, seine Manieren waren jedoch über jeden Zweifel erhaben.

Sie folgte ihm mit – wie sie hoffte – anmutigen Schritten durch die Menge. Dabei kamen sie an mehreren Dienern vorbei, die Tabletts mit Kaviar und Trüffeln balancierten. *Ich frage mich, was sie Saskia wohl vorsetzen.* Schnell verscheuchte sie den Gedanken wieder. Es fiel ihr schon so schwer genug, sich im maradovischen Palast zu entspannen. Je tiefer sie sich in ihre Rolle als Porterin begab, desto unwohler fühlte sie sich. Nun wünschte sie sich nichts sehnlicher, als wieder in

Rosewood Hall zu sein, zurück in der Schule, wo sie sich endlich wieder wie sie selbst fühlen könnte. Doch vorher musste sie diese Party überstehen. Immer wieder sagte sie sich den tröstenden Satz vor, den ihre Mutter ihr mitgegeben hatte, bevor sie gestorben war: *Sei freundlich, sei mutig und gib niemals auf.*

Als sie sich aus dem Gewühl geschlängelt hatten, gab Jamie ein kurzes Hüsteln von sich, das sie aus ihren Gedanken riss. Sie blickte auf und merkte, dass sie schon am Ende der großen Galerie angekommen waren, wo Ellies Eltern, der König und die Königin, auf sie warteten.

König Alexander und seine Frau, Königin Matilde, hätten unterschiedlicher nicht sein können, und dennoch passten sie ausgezeichnet zusammen. Der König stand reglos da, stark und unnahbar, seine Augen zwei schwarze Abgründe. Die Königin neben ihm erschien hingegen so leicht und zart wie eine Pusteblume, als könnte sie jede Sekunde vom Wind fortgetragen werden. Lottie konnte es noch immer kaum glauben, wie sehr sie der Königin ähnelte. Es war fast, als würde sie in einen Spiegel schauen – kein Wunder also, dass gerade ihr die Ehre zuteilgeworden war, Ellies Porterin zu sein.

»Du passt perfekt auf diese Party.« Die Königin strahlte Lottie an und lächelte verschwörerisch. Für Außenstehende musste es so aussehen, als nähme Lottie einfach den ihr angestammten Platz zwischen ihren Eltern ein. Der König nickte stumm erst Lottie und dann Jamie zu.

Nun richteten sie ihre Aufmerksamkeit auf eine von einem glänzend violetten Überwurf verhängte Stele. Was auch immer darunter verborgen war, musste gewaltig sein, denn es reichte fast bis zur Decke. Lottie wurde etwas nervös. Jemand schlug einen Löffel an ein Champagnerglas, und allmählich legte sich das Stimmengewirr, bis alle Gäste sich ihnen zugewandt hatten. Ein Mann mit rundem Gesicht, bunt schillerndem Haar und einer auffälligen Brille trat vor. Lottie hatte das Gefühl, ihn schon einmal gesehen zu haben. *Woher kenne ich ihn?*

»Das ist Yanovski, der zum Ritter geschlagene Großkünstler«, flüsterte die Königin Lottie zu, ohne dabei den Blick von dem mysteriösen Geschenk zu wenden.

Man hatte Lottie vorgewarnt, dass die Prinzessin auf der Party ein wichtiges Geschenk erhalten würde – ein außergewöhnliches Geschenk, um nicht nur ihren Geburtstag, sondern darüber hinaus auch ihren Schritt in die Öffentlichkeit zu feiern. In solchen Momenten fühlte sich die eigenartige Rolle als Porterin für Lottie besonders merkwürdig an. Das Geschenk war eigentlich für Ellie bestimmt, *sie* war die echte Prinzessin. Aber Lottie kannte Ellie mittlerweile gut genug, um zu wissen, dass sie über dieses überdimensionierte Geschenk nicht sonderlich begeistert gewesen wäre.

Yanovski machte einen weiteren Schritt auf sie zu, ergriff feierlich ihre Hand und küsste sie mit einer tiefen Verbeugung.

»Ist die Prinzessin nicht einfach hinreißend?« Er richtete sich wieder auf und wies mit ausladenden Gesten auf sie, so dass Lottie sich fast wie ein prämiertes Zuchtpferd vorkam. Alle Anwesenden klatschten, es ertönten einige jubelnde Zurufe. »Einfach hinreißend! Die perfekte Prinzessin!« Lottie errötete und genoss den Applaus. In diesem Moment war es ihr egal, dass sie sich wie eine Betrügerin vorkam. Wie eine echte Prinzessin bejubelt zu werden fühlte sich einfach unglaublich gut an.

Der König hob die Hand, und der Saal verstummte augenblicklich.

Yanovski räusperte sich und warf sich in die Brust. »Majestät, ich glaube, für alle hier Anwesenden sprechen zu können, wenn ich sage, wie hocherfreut wir sind, endlich Eure wunderschöne Tochter kennenlernen zu dürfen.« Lotties Herz machte einen Satz. Was dachte der König wohl über diese Maskerade? »Sie ist eine Zierde der maradovischen Königsfamilie und verkörpert alles, was eine Prinzessin ausmacht.« Yanovski machte eine Pause, um den einsetzenden Applaus abzuwarten, und grinste dazu breit, sichtlich zufrieden mit seiner kleinen Ansprache. Die Königin ließ sich nicht beirren und lächelte weiter, doch die Lippen des Königs zuckten kurz. »Ihr müsst sehr stolz auf sie sein«, fuhr Yanovski fort. »Daher ist es mir eine besondere Ehre, der Prinzessin heute an ihrem fünfzehnten Geburtstag dieses Geschenk überreichen zu dürfen, um ihr Debüt zu feiern.«

Zwei livrierte Diener schritten zu dem Geschenk, und alles hielt den Atem an. Lottie hatte mit einem Mal das seltsame Gefühl, als sei ihre Krone schwerer geworden. So schwer, dass sie sie niederzudrücken drohte. Dann zogen die beiden Bediensteten einmal heftig an dem Stoff, und eine Woge wie aus glitzernd violettem Wasser sank zu Boden. Lottie legte den Kopf in den Nacken, um nach oben zu schauen, und sah … sich selbst!

Vor ihr stand eine riesige, bis zur Decke reichende Figur –

eine von Meisterhand gefertigte, überlebensgroße Bronzestatue von Lottie. Yanovski hatte sie in dem Kleid dargestellt, das sie beim maradovischen Sommerball getragen hatte. Sie sah darin wie eine waschechte Prinzessin aus. Die Statue war phantastisch, so phantastisch, dass Lottie einen Moment brauchte, um zu begreifen, wie lächerlich das Ganze war.

»Oje«, hauchte sie und rang sich ein Lächeln ab.

Königin Matilde lächelte eisern weiter, der König stand stumm daneben. Es war unmöglich zu sagen, was er denken mochte.

»Die Ähnlichkeit ist frappierend!« Simien klatschte in die Hände und lachte eine Spur zu laut. »Sehen Sie nur! Der königlichen Familie hat es die Sprache verschlagen.« Der König blickte Simien scharf an, sofort erstarb das Lächeln auf seinen Lippen.

»Es ist wirklich außergewöhnlich! Das war sicher eine … große Herausforderung für Sie?« Die Königin hatte als Erste ihre Sprache wiedergefunden. Wie sie sich wohl dabei fühlte, wenn hier ein Mädchen, das nicht ihre Tochter war, für alle Ewigkeit als Prinzessin in Bronze gegossen vor ihr stand?

»Wie? Ach so, ja. In der Tat war dies eine meiner schwierigsten Arbeiten. Aber für unsere Prinzessin war mir jede Mühe wert.« Er warf Lottie einen bewundernden Blick zu und verbeugte sich noch einmal tief.

Lottie konnte regelrecht hören, wie Ellie sich an einem geheimen Ort im Palast schreiend vor Lachen auf dem Boden wälzte. Was für ein Witz! Lottie wagte einen kurzen Seitenblick auf Jamie, der sich auf die Lippe biss und alle Mühe hatte, nicht loszuprusten.

Ihr bronzenes Ebenbild schaute sie aus weit aufgerissenen Augen an. Lottie wurde schwindelig. Sie blinzelte mehrmals und schüttelte sich. *Na los. Sag etwas!*

»Vielen Dank.« Ihr Mund öffnete und schloss sich mechanisch, während sie nach Worten rang. Was würde eine Prinzessin zu so einem Geschenk sagen? Dann lächelte sie und ließ den Blick über die Gesichter der versammelten Gäste schweifen, die sie für die wahre Prinzessin hielten. »Es sieht wirklich genauso aus wie … ich.«

2

»Wir werden einfach bis in alle Ewigkeit so tun müssen, als wäre Lottie die wahre Prinzessin. So ein Pech!« Ellie lachte immer lauter. Wie erwartet fand sie die Sache mit der Bronzestatue zum Brüllen komisch. »Sonst würde der große Sir Yanovski wie ein Idiot dastehen.«

»Die Sache ist wahrlich nicht zum Lachen, Eleanor«, sagte König Alexander und stellte klirrend sein Weißweinglas auf den Tisch.

Ellie verdrehte genervt die Augen. Während der Sommerferien hatte Lottie aus nächster Nähe sehen können, wie unwohl Ellie sich im maradovischen Königspalast fühlte. Offensichtlich war sie genau wie Lottie ganz versessen darauf, so früh wie möglich wieder zurück nach Rosewood zu kommen.

Sie saßen im taubenblauen Speisezimmer bei einem Geburtstagsessen in kleiner Runde und besprachen dabei die Ereignisse der Party. Es war einer von Lotties Lieblingsorten im ganzen Palast. Die mit goldenen Stuckarbeiten verzierten Wände ließen den Raum in einem honiggelben Licht erstrahlen. Ihr Geburtstag war zwar ein paar Tage vor Ellies gewesen, doch sie hatten beschlossen, zusammen zu feiern. Die Tafel ächzte unter den erlesenen Speisen und Leckereien.

Alle ihre Leibspeisen waren vertreten, darunter eine reiche Auswahl an vegetarischen Gerichten für Lottie. Auf einem Tisch an der Wand türmten sich die Geschenke, die Lottie für Ellie in Empfang genommen hatte, alle wunderschön verpackt und mit Schleifen und Bändern verziert. Jamie und Sir Olav hatten jedes einzelne genauestens überprüft. Nach Saskias Angriff beim Sommerball waren die Sicherheitsvorkehrungen noch einmal verschärft worden.

Beim Anblick der vielen Geschenke fragte Lottie sich bang, ob ihr eigenes Geschenk, ein selbstgemaltes Porträt ihrer Freundin, sich gegen diese Berge aus Geschenkpapier und Bändern nicht klein und lächerlich ausnehmen würde. Sie warf einen kurzen Blick auf Jamie. Seine dunklen Augen schienen sie zu durchbohren, so dass sie schnell wieder wegschaute. Sie hatte auch für ihn ein Geschenk besorgt. Ein Buch über Pakistan, das Geburtsland seiner Mutter, das sie ihm eigentlich am siebenundzwanzigsten Juli hatte überreichen wollen, bis sie herausfand, dass er seinen Geburtstag nicht feiern wollte, weil es gleichzeitig auch der Todestag seiner Mutter war, die bei seiner Geburt gestorben war. Also hatte sie das Geschenk bis zu dieser gemeinsamen Feier aufgehoben.

»Zumindest sind wir uns alle darüber einig, dass es eine wunderschöne Statue ist«, sagte Königin Matilde zu ihrem Mann, »und ein wunderbarer Weg, die Porterin unserer Eleanor zu ehren.«

Der König nickte seiner Frau zu. »So kann man es auch sehen.«

Lottie war nun schon zwei Monate bei ihnen, und allmählich fiel es ihr leichter, die winzigen Regungen im ansonsten ausdruckslosen Gesicht des Königs zu deuten. Gerade war seine Stirn nur ein kleines bisschen gerunzelt, seine Lippe zuckte ganz leicht. Das bedeutete, dass er entweder müde oder verärgert war, höchstwahrscheinlich beides.

»Nein, ehrlich.« Ellie fing an, sich große Stücke Pastete auf den Teller zu schaufeln. »Ich hätte mir kein besseres Geschenk wünschen können. Eine riesige Statue von Lottie – ich werde sie immer in Ehren halten.« Ellie grinste breit, und Lottie spürte wieder, wie ihr die Röte ins Gesicht stieg.

Sie massierte sich die Schläfen. Gegen Ende des Geburtstagsempfangs hatte sie die Krone abnehmen müssen. Der Druck hatte ihr Kopfschmerzen bereitet, und obwohl sie sich auf dieses Essen sehr gefreut hatte, konnte sie es kaum genießen, weil der Schmerz zwischen ihren Augen nicht nachlassen wollte. Ellie und Jamie beobachteten sie besorgt, als von der Tür her ein Geräusch ertönte.

»Herzlichen Glückwunsch zum Geburtstag!«

Die große Eingangstür zum Saal schwang auf, und auf einem Mahagoniwägelchen wurde eine gigantische Torte hereingefahren. Hinter der Torte lugten die gestärkten weißen Petticoats zweier Bediensteter hervor, ihre Gesichter verschwanden hinter einem Wall aus Schokoladenglasur. Lottie sprang vom Stuhl, um einen genaueren Blick auf die Torte werfen zu können. Jamie, der neben ihr saß, ließ ein leises Hüsteln vernehmen, und sie setzte sich verlegen wieder hin.

Das Wägelchen kam schlingernd zum Stehen, und die zwei Dienstmädchen lugten hinter dem Kuchen hervor: Midori und Hanna.

»Halt!«, brüllte Ellie. Alle blieben wie versteinert stehen. Lottie fühlte, wie ein Ruck durch Jamie ging. »Erst muss ich Lottie ihr Geschenk geben.« Ellie sprang so unvermittelt auf, dass ihr Stuhl umkippte.

»Eleanor!«, rief ihre Mutter und runzelte die Stirn. Dann wandte sie sich an die Dienstmädchen, setzte ein Lächeln auf und sagte: »Midori und Hanna. Habt Dank für diese schöne Torte. Sie sieht köstlich aus.«

Ellie war an der Tür stehen geblieben und drehte sich jetzt zu ihrer Mutter um. Sie hatte die Unterlippe vorgeschoben, was, wie Lottie wusste, bedeutete, dass sie verlegen war. Sie konnte im Gesicht ihrer Prinzessin lesen wie in einem Buch. Aber warum war sie plötzlich verlegen? Dann erinnerte sie sich. Ellie kannte außerhalb des Palasts kaum einen Menschen. Es war wohl das allererste Mal, dass Ellie überhaupt ein Geburtstagsgeschenk für eine ihr nahestehende Person besorgt hatte, die nicht zum unmittelbaren Familienkreis gehörte.

»Ach, lass nur«, sagte Lottie. »Wir können die Geschenke doch auch nach dem Essen überreichen. Wollen wir nicht zuerst die Torte probieren?«

»Aber ich wollte es dir jetzt schon geben, damit …« Ellie wurde von einem tiefen Seufzen unterbrochen. Es dauerte einen Moment, bis Lottie die Quelle lokalisiert hatte. Es kam vom König. Er rieb sich die Nasenwurzel, als würde er unter furchtbaren Kopfschmerzen leiden.

»Eleanor«, sagte er mit leiser, aber gebieterischer Stimme. »Ich glaube, du wolltest das hier holen.« Er gab Midori ein Zeichen. Die ging zum Geschenketisch und förderte eine

Schachtel zutage, die hinter einem größeren Geschenk für Ellie versteckt gewesen war.

Lottie sah Ellies Gesicht einen kurzen Moment aufleuchten, dann verdunkelte es sich augenblicklich.

»Warum ist das Geschenk hier und nicht in meinem Zimmer, wo ich es hingelegt habe?«

Der König wischte den Kommentar seiner Tochter mit einem kurzen Schnauben beiseite und konzentrierte sich ganz auf Lottie. »Wir haben uns gedacht, dass es angemessener wäre, wenn wir dir das Geschenk gemeinsam überreichen.«

Es musste sich um ein sehr bedeutendes Geschenk handeln, denn augenblicklich richteten sich Jamies und Ellies Blicke auf Lottie. Ellies Lippen zeigten ein aufgeregtes Lächeln, während Jamie wie immer keinerlei Emotion preisgab.

Midori stellte die Schachtel vor Lottie ab. Als sie sich wieder aufrichtete, formten ihre Lippen lautlos *Herzlichen Glückwunsch*.

Lottie betrachtete die silberne Schachtel. Es war das bei weitem unauffälligste Stück im ganzen Raum, und doch schien es von größter Bedeutung zu sein. Sie schaute in die Runde. Die Augen der versammelten Wolfsons glitzerten vor Vorfreude. Lottie schluckte. Was auch immer sich in dieser Schachtel befand, sie wollte sich des Geschenks als würdig erweisen.

»Lottie, wir möchten dir sagen, dass dieses Geschenk genauso sehr von uns allen wie von Eleanor kommt.« Die Königin stützte das Kinn in die Hand, die hauchzarten Ärmel ihres Kleides fielen majestätisch auf die Tischplatte.

Lottie wandte sich zu Jamie, der ihr mit einem Kopfnicken zu verstehen gab, sie könne das Paket öffnen.

»Vielen Dank.« Jetzt war sie aufgeregt. Sie hob den erstaunlich schweren Deckel der Schachtel an und besah sich den Inhalt.

In dem mit blauer Seide ausgekleideten Inneren lag ein silberner Anhänger an einem Kettchen. Darin eingraviert war die Gestalt eines Wolfs, in dessen Augen sich das Licht brach und glitzerte. Es war genau der gleiche Anhänger, den auch Ellie und Jamie trugen. Lotties Herz setzte für einen Schlag aus.

»Jetzt bist du ein Teil des Rudels.« Ellie lachte sie an, ihre Zähne blitzten perlweiß.

»Das … das ist …« Lottie suchte nach Worten, doch sie blieben ihr in der Kehle stecken.

Damit war sie offiziell bei den Wolfsons aufgenommen. Ellies Geschenk bestand darin, Lottie zu etwas Wichtigerem als einer bloßen Porterin zu machen. Sie war jetzt Teil der Familie. Lottie spürte Tränen in den Augen und musste die Luft anhalten, um nicht laut zu schluchzen.

Ein Teil des Rudels.

Sie war so glücklich, endlich eine richtige Familie zu haben, doch es gab da noch ein weiteres Gefühl, das in ihr aufstieg. Es kam von sehr weit her und erinnerte sie ein wenig daran, was sie empfunden hatte, als die Zusage aus Rosewood gekommen war. Nicht, dass sie sich unwürdig fühlte, dieses Geschenk anzunehmen. Das war es nicht. Lottie blickte in die lächelnden Gesichter der Wolfsons, die Gesichter ihrer neuen Familie. Und plötzlich konnte sie das Gefühl benennen.

Es war Schuld.

Schuld gegenüber ihrer eigenen Familie, ihrer Mutter.

»Das ist unglaublich lieb«, sagte Lottie und versuchte, sich wieder in den Griff zu kriegen. Doch anscheinend hatte sie ihre Emotionen nicht vor Ellie verbergen können, deren Lächeln nun schwand. Ihre Augen suchten Jamies. Die beiden wechselten einen kurzen besorgten Blick.

Verdammt!, dachte Lottie. Sie hasste es, wenn die beiden das taten.

»Die Torte wird noch schlecht«, sagte Jamie, um den Bann zu brechen.

»Stimmt«, pflichtete Ellie ihm bei. »Wir können dieses phantastische Kunstwerk doch nicht verkommen lassen.« Sie schenkte Hanna und Midori ein herzliches Lächeln, die mit einem Knicks antworteten. »Lottie, nach der Torte werde ich dir helfen, deinen Anhänger anzulegen.«

Lottie schaute zu, wie die Dienstmädchen die Teller mit Torte beluden. Die ganze Zeit lächelte sie und gab sich Mühe, glücklich zu wirken. Nur sie allein wusste, dass es da noch etwas zu tun gab. Sie würde ihrer neuen Familie eine schwierige Frage stellen müssen – eine Frage, die ihr Leben aus der Bahn werfen konnte. Eine Frage, die ihr Leben für immer verändern konnte.

3

Der Anhänger brannte in Lotties Hand, als sie hinunter in Ellies Videospielezimmer gingen.

»Ist dir das mit dem Anhänger zu viel? Keine Sorge, du musst ihn nicht tragen«, plapperte Ellie drauflos, sobald sie die Tür hinter sich geschlossen hatten.

Es war immer merkwürdig, Ellies Videospielezimmer zu betreten, weil es so ganz anders war als der Rest des Palastes. Ein quietschbuntes chaotisches Paradies mit Filmpostern an den lila gestrichenen Wänden, Videospielen und stapelweise Comics. Im Zimmer verteilt standen alte Spielhallenautomaten, die einen Achtziger-Jahre-Retrocharme verströmten. Ein riesiger Fernseher, an den so ziemlich jede existierende Spielkonsole angeschlossen war, nahm fast eine ganze Wand in Anspruch. Das Heimkino verfügte über eine Popcorn- und eine Zuckerwattemaschine, an denen Lottie und Ellie sich den ganzen Sommer über ausgiebig bedient hatten. Mittig an der linken Wand hing Ellies liebstes Stück: eine signierte Gitarre ihres Idols Joan Jett. Das Zimmer war der Inbegriff eines wilden Teenagertraums und wurde, da es kein einziges Fenster hatte, auch gerne *Die Gruft* genannt.

»Nein, nein. Er ist toll. Wirklich, Ellie«, beeilte Lottie sich zu versichern. »Darum geht es nicht …« Lottie schaute zu Jamie hinüber, der es sich auf einem der Sofas bequem machte. War jetzt die richtige Gelegenheit, die Büchse der Pandora zu öffnen?

»Ist das für mich?«, unterbrach Ellie ihren Gedankengang und zeigte auf das Geschenk in Lotties Händen.

»Ja. Ich wollte es dir geben, wenn wir etwas Ruhe haben.« Lottie hielt ihr das in geblümtes Papier verpackte Geschenk hin, und Ellie lächelte ihr zu. Ihre Fingerspitzen berührten sich dabei leicht, und Lottie bekam Gänsehaut.

Sie beobachtete angespannt, wie ihre Freundin das Geschenk auspackte. Ellie wickelte es viel vorsichtiger aus als alle anderen Geschenke im königlichen Speisesaal. Lottie spürte, wie die Anspannung von ihr wich – ganz offensichtlich bedeutete dieses Geschenk Ellie sehr viel. Es war gut möglich, dass es das erste Geburtstagsgeschenk war, das Ellie von einer echten Freundin bekam.

Als sie es geöffnet hatte, hielt Ellie die rechteckige Leinwand hoch und schaute Lottie ungläubig an. »Hast du das gemalt?«, fragte sie verdutzt.

Lottie fühlte, dass ihre Wangen glühten. »Äh, ja. Ich habe den ganzen Sommer daran gearbeitet und …« Sie kratzte sich unschlüssig am Kopf – ein nervöser Tick, den sie von Ellie übernommen hatte. Sie kam herüber, und gemeinsam betrachteten sie das Bild eingehend. Lottie hatte das Porträt ganz altmodisch mit Ölfarben gemalt, die sie irgendwo im Palast entdeckt hatte. Das Bild zeigte Ellie in einem Moment, an den Lottie sich besonders gerne erinnerte: als sie nach dem Fechtturnier die Maske abgenommen hatte. In ihrem blütenweißen Fechtanzug sah sie stolz und schön aus.

Mit dem Säbel in der Hand wirkte sie genauso ungezügelt und heroisch wie in der Nacht der Entführung, als sie Lottie gerettet hatte.

»Jamie, schau mal!«, rief Ellie und drehte das Bild um, damit er es sehen konnte.

Er stand auf, um sich das Bild aus der Nähe anzusehen, und Lottie hielt den Atem an.

Jamie zog verwundert eine Augenbraue hoch. »Wir sollten dich Ellies offizielles Porträt für die Ahnengalerie malen lassen«, sagte er, und ein feines Lächeln umspielte seine Lippen.

Lottie schlug die Augen nieder. Sie genierte sich ein wenig. Sie liebte es, Sachen zu dekorieren und zu basteln, aber es war eine halbe Ewigkeit her, seit sie zuletzt etwas gemalt hatte. Ihre Stiefmutter Beady hatte ihr die Lust daran verdorben, weil sie immer über die Farbtuben gemeckert hatte, die Lottie überall herumliegen ließ. Also hatte sie ihre Farben und Pinsel schließlich schweren Herzens weggeräumt, um nicht noch mehr Streit zu provozieren.

»Du kannst wirklich stolz auf dich sein, Lottie«, sagte Jamie. »Ellies Eltern werden begeistert sein.« Lottie sah ihm direkt in die Augen. Er meinte es ernst. In diesem Moment erinnerte sie sich wieder daran, wie er Saskia während des Sommerballs niedergerungen hatte. Da war er kalt und gnadenlos gewesen. Lottie musste genauso stark und unerbittlich werden wie er, um ihrer Verantwortung für Ellie gerecht zu werden. Das bedeutete aber auch, dass sie dieses merkwürdige Gefühl bezwingen musste, das langsam die Oberhand über sie gewann.

»Ich freue mich, dass es dir gefällt, Ellie, aber …« Lottie

starrte den Anhänger in ihrer Handfläche an und rieb mit dem Daumen über die eingravierte Wolfsfigur. »Es gibt da etwas, das ich mit dir besprechen möchte …«

Doch wieder wurde Lottie unterbrochen, bevor sie die entscheidenden Worte sagen konnte.

»Ist das auch für Ellie?«, fragte Jamie, der ein weiteres Geschenk entdeckt hatte. Offensichtlich sorgte er sich, es könne sich um einen gefährlichen Gegenstand handeln.

»Das ist für dich«, sagte Lottie und strich sich nervös eine Haarsträhne aus dem Gesicht. »Ich dachte, es wäre traurig, wenn wir beide Geschenke bekommen und du nicht. Es ist nur eine Kleinigkeit.«

Der Argwohn verschwand nicht restlos aus Jamies Gesicht. Er starrte die Schachtel in seiner Hand an, als hätte er keinen blassen Schimmer, was er nun damit anstellen sollte. Hatte er denn noch nie ein Geschenk bekommen?

Schließlich sagte er einfach »okay« und stellte sie beiseite, ohne auch nur den Anschein zu machen, sie irgendwann öffnen zu wollen. »Also, was wolltest du gerade sagen?«

Lottie blinzelte. Sie wusste nicht, was sie von dieser merkwürdigen Reaktion halten sollte. Manchmal benahm Jamie sich so unglaublich seltsam, dass sie glaubte, sie würde ihn nie verstehen. Ihr blieb nur zu hoffen, dass er das Geschenk irgendwann öffnen und sich darüber freuen würde.

Nun starrten beide Lottie an, die nicht recht wusste, wie sie es sagen sollte. Ihre Angst vor den möglichen Konsequenzen war einfach zu groß.

»Also, wo drückt der Schuh?«, fragte Ellie mitfühlend, stellte das Bild vorsichtig ab und machte einen Schritt auf sie zu. Seit dem Entführungsversuch hatten sowohl Jamie als auch Ellie sie nicht mehr aus den Augen gelassen. Sie glaubten, dass Lottie immer noch völlig durcheinander war – und genau deshalb musste sie die Sache so schnell wie möglich aus der Welt schaffen.

Lottie holte tief Luft. »Es ist nur … Erinnerst du dich an das Versprechen, das du mir vor dem Sommerball gegeben hast?« Ellie schielte zu Jamie. »Wir haben abgemacht, dass ich die Sache meinem Freund Ollie verraten dürfte.« Lottie war selbst überrascht, wie gefasst sie sprach.

»Nein«, war Jamies knappe Antwort. Ellie warf ihm einen bösen Blick zu.

Dann wandte sie sich an Lottie. »Ich erinnere mich daran«, sagte sie beschwichtigend. »Willst du das immer noch durchziehen?«

»Es ist egal, ob sie es will oder nicht. Du hättest ihr dieses Versprechen niemals geben dürfen.«

Ellie starrte Jamie entsetzt an. Lottie fühlte einen heftigen Streit aufziehen. *Nicht heute. Nicht an Ellies Geburtstag.* Wieder schaute sie auf den Anhänger. Sie war nicht bereit, ihn zu tragen, solange sie sich nicht ganz sicher war. Sie musste es Ollie sagen, bevor sie zurück nach Rosewood gingen. Sie musste einfach.

»Es ist nicht so, dass ich es ihm unbedingt erzählen *will*. Ich habe keine andere Wahl«, sagte sie leise. »Versteht ihr das denn nicht? Er ist der Einzige aus meinem früheren Leben, der mir geblieben ist.« Ihre Stimme brach, und ihre Freunde starrten sie an. »Er ist die einzige Verbindung zu meiner Familie, die ich noch habe.«

»Das verstehe ich«, erwiderte Jamie. »Aber es gibt auch Regeln, Lottie. Leviathan stellt eine zu große Gefahr dar, wir dürfen keinerlei Risiken eingehen.« Leviathan schien es besonders auf die königliche Familie abgesehen zu haben – deshalb auch der Entführungsversuch von Saskia. So etwas durfte nie wieder geschehen.

Trotzdem war Lottie entschlossen. Irgendwie musste sie Jamie überzeugen. Ja, sie wollte so schnell wie möglich nach Rosewood zurückkehren und endlich das Leviathan-Problem aus der Welt schaffen, aber sie konnte nicht zurück an die Schule, bevor sie nicht Kontakt zu ihrem alten Leben aufgenommen hatte. Mit einem Menschen aus diesem alten Leben. Mit Ollie.

»Er würde es auch allein herausfinden, selbst wenn wir es ihm nicht sagen.« Lottie sah Jamie ernst an. Sie wusste, das war der einzige Weg, um ihn umzustimmen, und wahrscheinlich stimmte es sogar. Lottie hatte so lange diese Last mit sich herumgetragen. »Wenn ich es ihm selbst erzähle und ihn schwören lasse, dass er alles für sich behält, wird das Risiko sogar geringer sein.«

Jamie rieb sich mit dem Zeigefinger über die Nasenwurzel. »Das ist eine ganz schlechte Idee.«

Das war immerhin kein Nein.

Ellie grinste Lottie an. Sie hatten gewonnen.

»Wollten wir auf dem Weg nach Rosewood nicht sowieso in deiner Heimatstadt vorbeifahren? Damit du deine Sachen holen kannst?« Ellie umschloss Lotties Anhänger mit der Hand. »Bei der Gelegenheit kannst du Ollie einweihen. Dann schlagen wir zwei Fliegen mit einer Klappe.« Jamie grummelte vor sich hin, protestierte aber nicht mehr. »Jamie, mach dich locker. Sieh es einfach als dein Geburtstagsgeschenk an uns.« Ellies Augen blitzten.

Sie öffnete den Verschluss der Kette, trat hinter Lottie und legte sie ihr um. »Passt perfekt.«

Lottie spürte das kühle Metall auf der Haut. Der Wolf ruhte nun unmittelbar über ihrem Herzen. Sie tastete nach der Kette und ließ die Finger über die silbernen Glieder gleiten. Jetzt gehörte sie wirklich zur Familie. Wie würde wohl das nächste Jahr in Rosewood werden?

4

Am nächsten Morgen – es war der Tag ihrer Abreise nach England – erwachte Lottie mit dem unangenehmen Gefühl, beobachtet zu werden. Das Gefühl war unterschwellig, aber nicht von der Hand zu weisen. Sie spürte den starren Blick eines Beobachters, als würde ein Geist ihr in den Nacken pusten. Sie schlug die Augen auf und erwartete fast, ihre eigene Statue vor sich zu sehen. Stattdessen fiel ihr Blick auf die rosaviolette Schachtel, die geöffnet auf einem Spitzendeckchen auf ihrem Nachttisch stand. Darin lag ihre halbmondförmige Krone, die im Licht des heranbrechenden Morgens in allen Farben des Regenbogens glitzerte.

Sie zog die pfirsichfarbene Bettdecke bis ans Kinn und kuschelte sich hinein wie in einen schützenden Kokon. Die Betten hier im Palast waren einfach zu gemütlich, es war, als würde sie sich jeden Abend aufs Neue in ein Bad voll flaumiger Federn sinken lassen. Nie hätte sie sich vorstellen können, dass sie sich einmal an diese Art Luxus gewöhnen würde. Doch so kuschelig das Bett auch war, heute durfte sie nicht wieder den ganzen Morgen darin verbummeln. Heute wollten sie zurück nach England fahren. Sie musste bis zur Abreise noch so viel organisieren, außerdem hatte der König sie zu einer Privataudienz einbestellt.

Ihre Kleider waren bereits gewaschen, gebügelt und zusammen mit ihren übrigen Sachen sicher verstaut worden. Kein Vergleich zu der Aufregung, die sie vor einem Jahr verspürt hatte, als sie zum ersten Mal ihre Koffer für Rosewood gepackt hatte.

Der Bücherstapel neben dem rosafarbenen Bücherregal erinnerte sie an das Geschenk, das sie Jamie überreicht hatte. Ob er es wohl schon ausgepackt hatte? Sie hoffte, es würde ihn an seine Familie erinnern, damit er sich nicht so allein fühlte. Das war etwas, das sie auch für sich selbst wünschte.

Lottie schnappte sich den halben Cupcake, der auf einem goldenen Teller auf ihrem Schreibtisch noch von der gestrigen Geburtstagsfeier auf sie wartete. Die süße Kruste hinterließ einen Klecks Zuckerguss in ihrem Mundwinkel, den sie erst bemerkte, als sie an dem riesigen Spiegel vorbeiging. Sie stand kurz da und musterte die Person in dem edlen Nachthemd im Spiegel. Ihr Gesicht und Bauch waren etwas runder geworden, ihre Haare länger. Sie wischte den Zuckerguss weg und leckte sich den Finger. Dann rekapitulierte sie die letzten Wochen.

Lottie und Ellie hatten den Sommer über in Maradova so richtig im Luxus geschwelgt. Faule Vormittage voller Gelächter, endlose sonnige Nachmittage, in denen sie mit Zuckerguss überzogene Köstlichkeiten in sich hineingestopft und Unmengen Tee getrunken hatten, abgerundet durch lange Abende bei einem spannenden Buch oder vor dem Fernseher. In diesem Sommer hatten sie wirklich alles miteinander geteilt, sich gegenseitig alle Lieblingsfilme gezeigt und alle Lieblingssongs vorgespielt. Es war so schön gewesen, dass Lottie fast an die perfekte Idylle geglaubt hätte. Wäre da nicht das nervöse Zucken von Jamies Oberlippe gewesen und das Wummern von Saskias Herz, das aus dem Verlies bis zu ihnen hinaufzudringen schien.

Warum um alles in der Welt wollte der König sie allein sprechen?

Lottie zog ein paar Kleidungsstücke an, die komfortabel genug für die lange Reise waren, aber auch dem Anlass entsprachen, dann machte sie sich auf den Weg ins Erdgeschoss. Es war gar nicht so leicht, auf dem spiegelglatten Marmorboden zu gehen, und Lottie musste sich zusammenreißen, um nicht wie ein Kind mit Anlauf über den Boden zu schlittern, obwohl sie selbst Hanna und Midori ein paarmal dabei erwischt hatte.

Lottie war überrascht, dass der König sie bereits in der großen Gemäldegalerie erwartete. Er trug einen goldenen Umhang, der bis zum Boden reichte. Der König war ein großgewachsener, sehniger Mann mit umbrabraunem Haar. Seine ständig zusammengezogenen Augenbrauen führte Lottie darauf zurück, dass er als Kind viel gelesen haben musste. Es fiel ihr schwer, Ähnlichkeiten zwischen ihm und Ellie auszumachen: Wo sie flatterhaft war, war er reserviert, wo sie hektisch war, wirkte er gesetzt, ja, sogar auffallend steif. Manchmal jedoch blitzten seine Augen. Es war etwas Wildes darin – ein lauernder Wolf, der nur darauf wartete, zuzuschnappen.

»Wir können das Motiv, in dem wir uns malen lassen, vollkommen frei wählen. Und fast alle Mitglieder meiner Familie haben sich dafür entschieden, sich für ihr Porträt auf den Thron zu setzen und gelangweilt dreinzuschauen.« Der König hatte diese Sätze ganz unvermittelt ausgesprochen, ohne Lottie auch nur zu grüßen. Er wies auf die Gemälde an der Wand. Versuchte er etwa, witzig zu sein? Doch Lottie wurde von den Bildern zu sehr abgelenkt, um den unterschwelligen Humor zu würdigen. Die Galerie war ihr liebster Ort im gesamten Palast. Sie konnte sich stundenlang in den Details der Gemälde verlieren, in ihrem feinen Farbenspiel und den Symbolen im Hintergrund. Alle vormaligen Herrscher von Maradova waren in einer schier unendlich weit zurückreichenden Folge abgebildet. Hunderte Augenpaare starrten aus ihren goldenen Rahmen auf sie nieder.

»Es sind so viele«, flüsterte Lottie. Ein eigenartiges Gefühl überkam sie beim Anblick all dieser Menschen. »Es muss toll sein, eine so starke Verbindung zu seinen Vorfahren zu haben.«

Der König wandte sich ihr mit verschränkten Armen zu und musterte sie. Ein dicker Kloß bildete sich in Lotties Hals. Hatte sie gerade etwas Dummes gesagt?

»Es ist eine viele Jahrhunderte zurückreichende ununterbrochene Kette«, antwortete er stolz. Doch während er auf das vorletzte Bild in der Reihe blickte, trat plötzlich etwas anderes in seine Augen. Etwas Dunkles. »Fast«, fügte er hinzu. Ein Paar smaragdgrüne Augen starrte sie aus dem Gemälde an, dessen schlichter schwarzer Rahmen es von den anderen unterschied. Das Haar des Mannes auf dem Bild war etwas dunkler als bei den übrigen Wolfsons und fiel ihm bis auf die Schultern. Seine Wimpern waren sehr lang und gaben ihm, zusammen mit seinem schelmischen Lächeln, etwas Verwegenes. Es gab nur eine andere Wolfson, die Ähnlichkeit mit ihm aufwies: Eleanor Wolfson.

»Das ist mein Bruder, Claude Wolfson. *Odin pravila volk haka olen pak ranit.*« Der König sprach den alten maradovischen Dialekt fließend. Lottie erinnerte sich an den Spruch. Es war ein von der Wolfson-Familie oft zitiertes Sprichwort, dessen Sinn Jamie ihr einmal erklärt hatte.

Ein schlechter Wolf kann das ganze Rudel ins Verderben stürzen.

Lottie wusste nur wenig über Ellies Onkel Claude. Sein Name fiel äußerst selten in ihren Gesprächen. Er existierte nur als vage Warnung davor, was mit demjenigen passierte, der seine königlichen Pflichten vernachlässigte. Sie wusste nur deshalb von seiner Existenz, weil sein Name einmal beim Prinzessinnenunterricht mit Jamie gefallen war und weil sein Porträt hier an der Wand hing. Das Gemälde war ursprünglich als Krönungsgeschenk gedacht gewesen.

»Mein Bruder wurde aus einem einzigen Grund in unsere Ahnenreihe aufgenommen – um uns eine Warnung zu sein.« Der König wies auf das Gemälde, und sein goldener Umhang, der jede Geste zusätzlich unterstrich, schimmerte dabei wie flüssige Seide. Als er sich wieder zu ihr umdrehte, sah sie die tiefen Falten in seinem Gesicht, die sich nach jahrelangem Stirnrunzeln dort eingegraben hatten. »Verrat an der Familie ist unentschuldbar. Verstehst du, was ich damit sagen will?«

Lottie antwortete mit einem ernsten Nicken. Sie wusste sehr wohl, warum über Claude nicht gesprochen wurde. Er war vor seiner Verantwortung als Thronfolger geflohen und so zum schwarzen Schaf der Familie Wolfson geworden. Sie bemühte sich, Ruhe zu bewahren und dem durchdringenden Blick König Alexanders standzuhalten. Dann versuchte sie, sich Ellie in diesem goldenen Umhang vorzustellen, und fühlte sich töricht. Was waren ihre eigenen familiären Probleme schon verglichen mit denen von Ellie?

Wie mochte es sein, den ständigen Druck der königlichen Pflichten auf sich lasten zu fühlen, wann immer sie einen Fuß vor die Tür setzte? Sie wandte sich wieder den leuchtend grünen Augen des Verräters zu, und das Bild verschwamm, bis sie Ellies schiefes Grinsen zu erkennen glaubte. Versunken starrte sie den abtrünnigen Wolf der maradovischen Königsfamilie an, als sich plötzlich eine Stimme in ihrem Rücken meldete.

»Ihr habt mich rufen lassen?«

Beinahe hätte Lottie laut aufgeschrien. Für einen Moment dachte sie, es wäre Claude, der sich hinter ihr materialisiert hatte. Doch es war nur Jamie, der so sauertöpfisch dreinblickte wie eh und je. Er musterte sie kurz, zeigte jedoch keine Regung. Als sie ihn sah, sprang sie sofort wieder die Frage an, wie er ihr Geschenk wohl aufgenommen hatte.

»Ah, Jamie.« Der König gab ihm ein Zeichen, näher zu treten und sich neben Lottie zu stellen. Verglichen mit dem Mann im goldenen Umhang wirkten die beiden mit einem Mal sehr klein. »Hat Nikolai schon mit dir gesprochen?« In den Worten des Königs schwang eine zweite Botschaft mit, die Lottie nicht recht verstand, doch keiner der beiden machte Anstalten, sie einzuweihen.

»Hat er«, lautete Jamies knappe Antwort. Nicht ein Muskel in seinem Gesicht regte sich. Nikolai, der Partist des Königs, war ein gewaltiger, muskelbepackter Mann, vor dem Lottie sich ein bisschen fürchtete. Er trainierte Jamie schon seit seiner Kindheit und war für ihn, soweit Lottie das ausmachen konnte, so etwas wie eine Vaterfigur.

»Gut.« In der Galerie wurde es plötzlich kühl. Das Sonnenlicht verschwand hinter einer Wolkendecke. Der glänzende Marmorfußboden wirkte nun grau und verwaschen, die Schatten ließen die kantigen Gesichtszüge des Königs noch stärker hervortreten.

»Zu Beginn des Sommers habt ihr beide eine echte Katastrophe bravourös verhindert«, sagte er, und seine Stimme hallte durch den Flur. »Lottie, du hast dich als vorbildliche Porterin erwiesen und die Bürde auf dich genommen, jegliche Eleanor drohende Gefahr auf dich zu nehmen.« Lottie musste mit aller Kraft die Bilder verscheuchen, die bei der Erwähnung dieser schrecklichen Nacht in ihr hochkamen.

Mir geht's gut, mir geht's gut, mir geht's gut, sagte sie sich selbst immer wieder vor und versuchte verzweifelt, sich auf die Stimme des Königs zu konzentrieren.

»Und du, Jamie, hast sowohl die Prinzessin als auch ihre Porterin vorbildlich beschützt.«

Lottie atmete einmal tief aus und verscheuchte die Furcht aus ihrem Herzen. Leviathan durfte nicht siegen.

»Wir, die maradovische Königsfamilie, dürfen keine Schwäche zeigen, schon gar nicht jetzt, da ein unbekannter Feind uns ins Visier genommen hat. Ich möchte, dass ihr beide dieses Jahr besonders vorsichtig seid. Kein Detail darf uns entgehen.«

Lottie blickte dem von goldenem Stoff umspielten König blinzelnd in die Augen. Sie war sich nicht sicher, was genau er damit meinte.

König Alexander ließ seinen Blick zwischen ihnen hin- und herwandern, dann wendete er sich an Lottie.

»Lottie Pumpkin« – er artikulierte ihren Namen, als hinterließe er einen komischen Geschmack auf seiner Zunge –, »meine Tochter ist dir allem Anschein nach sehr zugetan.« Sein Tonfall war vollkommen sachlich.

»Äh, ja«, antwortete Lottie, die sich nicht sicher war, was nun von ihr erwartet wurde.

»Wie ihr beide wisst, hat Eleanors Wohlergehen oberste Priorität«, setzte er wieder an, wobei er den Blick unverwandt auf Lottie gerichtet hielt, »aber es mag eine Zeit kommen, in der ihr Eleanor sich selbst überlassen müsst, um ihr so umso besser zu dienen. Ich zähle darauf, dass ihr den Moment erkennen werdet, wenn es so weit ist.«

Lottie antwortete nicht. Sie hatte keinen blassen Schimmer, was er damit meinte.

»Habt ihr verstanden?«

»Ja, Eure Majestät«, antwortete Jamie, ohne zu zögern.

»Ja, Majestät«, fügte Lottie hastig hinzu, obwohl sie lügen musste und sicher war, dass Jamie es genau registrierte.

Der König musterte sie eingehend, und Lottie hatte das Gefühl, dass er am liebsten direkt in ihren Kopf geblickt hätte. Was er dort allerdings zu finden hoffte, war ihr ein Rätsel. Schließlich wandte er den Blick ab, und sie spürte, wie ihre Schultern sich wieder entspannten. Ihr war vorher gar nicht aufgefallen, wie verkrampft sie die ganze Zeit über gewesen waren.

»Hervorragend. Ihr könnt jetzt gehen. Viel Glück.«

Und das war's.

Lottie war völlig verdattert, als der König sich einfach umdrehte und ging. Sein flatternder goldener Umhang glänzte und glitzerte im nun wieder strahlend hereinfallenden Sonnenlicht.

Seid wachsam? Überlasst Ellie sich selbst, um ihr besser zu dienen? Was sollte das alles bedeuten?

Jamie atmete tief aus. Er musste die ganze Zeit über die Luft angehalten haben. »Das war das erste Mal, dass ich dich diesen Satz habe sagen hören.«

Lottie sah mit Verwunderung die Andeutung eines Lächelns auf seinen Lippen. »Welchen Satz?«

»Ja, Majestät.« Jamie zeichnete mit den Fingern Gänsefüßchen in die Luft, doch es war keine Ironie in seiner Stimme. »Hat es sich komisch angefühlt?«

»Ein bisschen«, gab sie zu. Sie schaute beschämt zu Boden. Hatte sie sich dumm benommen? Als sie wieder aufblickte, wirkte Jamie nachdenklich. Sie konnte fühlen, dass es etwas gab, das er ihr sagen wollte. »Jamie«, begann sie schnell, um ihm zuvorzukommen, »hat dir mein Geschenk gefallen?«

Sofort verwandelte sein Gesicht sich wieder in die ausdruckslose Maske, und Lottie wurde schlagartig nervös.

»Ich weiß, wie es sich anfühlt, keine Verbindung zur eigenen Familie zu haben, und hatte gehofft, dass du dich darüber freuen würdest. Vielleicht kannst du ja etwas daraus lernen …«

Ein unerwartet raues Lachen brach aus Jamie hervor. Ein Lachen ohne jede Freude.

»Ich habe es weggeworfen«, sagte er. Er sagte es ungerührt, als sei es selbstverständlich, ein Geschenk wie einen verrotteten Apfel einfach in den Mülleimer zu schmeißen.

»Du hast … *was*?« Lottie fragte sich, ob das ein Witz sein

sollte. Dann erinnerte sie sich, dass Jamie gar nicht dazu in der Lage war, Witze zu machen. »Warum hast du das getan?«

Lottie war völlig verwirrt. Jamie schien nicht einmal verärgert zu sein. Er tat so, als wäre sein Verhalten völlig normal. Als sie sich beim Aussuchen des Geschenks seine Reaktion ausgemalt hatte, hätte sie sich jedenfalls nicht träumen lassen, dass sie so ausfallen würde.

»Wir dürfen uns nicht von solchen Dingen ablenken lassen, Lottie«, sagte er und wandte sich zum Gehen. »Du hast doch gehört, was der König gesagt hat: Ellies Sicherheit ist unsere oberste Priorität.«

»Ich weiß, aber ...«

»Ich weiß, dass du dir nichts dabei gedacht hast, Lottie.«

Sie wollte ihn unterbrechen und ihm erklären, wie verletzend es war, einfach ein Geschenk wegzuwerfen, als der freundliche Ausdruck auf seinem Gesicht plötzlich erlosch. Ein Schleier schien sich über seine Augen zu legen, als sein kalter Blick sie taxierte. »Tu so etwas nie wieder.«

Und dann, ganz plötzlich, wurde er wieder ruhig und undurchdringlich – so ruhig, dass sie sich schon fragte, ob sie dieses Aufblitzen von Feindseligkeit nur geträumt hatte.

Sie hätte ihm noch eine Million Dinge sagen wollen, schluckte sie aber hinunter, um nicht noch mehr Ärger zu machen.

»Okay.« Ihre Stimme war nur noch ein verwirrtes Quietschen. Es hörte sich mehr nach einer Frage an als beabsichtigt.

Warum, um Himmels willen, machte er wegen eines Geschenks so einen Aufstand?

5

Noch am selben Morgen flogen sie im Privatjet der Wolfsons nach England. Mittlerweile war Lottie öfter in einem Privatjet geflogen als in einem normalen Linienflugzeug. Sie war verwundert, wie schnell es ihr zur Gewohnheit geworden war, die kurze Treppe in den Jet hinaufzusteigen.

»Ich halte es nach wie vor für eine schlechte Idee«, brummte Jamie, als sie nach der Landung in den schwarzen BMW umstiegen. Mit seinen fünfzehn Jahren durfte er in Maradova noch nicht fahren, für England hatte er aber soeben seine Fahrerlaubnis erhalten, was ihren Alltag wesentlich einfacher machen würde.

Sie fuhren über die schmale und kurvige, von alten gemauerten Bauernhäusern gesäumte Landstraße nach St. Ives. Lottie würde Ollie endlich die Wahrheit sagen. Die Wahrheit darüber, warum sie nicht mehr nach Hause kommen würde. Aber vorher mussten sie noch Lotties Sachen aus ihrem alten Zuhause abholen.

Das Erste, was Lottie wahrnahm, als sie aus dem Auto stieg, war der salzige Meeresgeruch. In der Ferne hörte sie die Brandung über den Strand rollen. Erinnerungen an ihre Kindheit und an ihre Mutter kamen wieder hoch.

Sie war zu Hause.

Aber es fühlte sich nicht mehr wie ihr Zuhause an. Die Straßen erschienen ihr enger, das Kopfsteinpflaster unter ihren Füßen schroffer. Die Farben wirkten ausgeblichen, als existierten sie schon jetzt nur noch in der Erinnerung. Seit sie von hier fortgegangen war, war einfach zu viel passiert. Sie spürte, dass dieses kleine Städtchen für sie nie mehr dasselbe sein würde. Das versetzte ihr einen Stich. Rosewood, Leviathan, Porter und Partisten … Als sie noch hier gewohnt hatte, waren das nur Phantasien gewesen. Jetzt waren diese Träumereien ihre neue Realität.

Sie drehte sich zu Ellie um. Beinahe schämte sie sich vor ihrer Freundin, die gerade auf der anderen Seite des Autos ausstieg, für ihr altes Leben. Es war komisch, Ellie, die sich sonst nur in luxuriösen Sphären bewegte, hier zu sehen, im Dorf ihrer Kindheit. Es schien irgendwie zu klein für die Prinzessin zu sein. Lottie schluckte, als Ellie die Sonnenbrille abnahm und den Blick über die dicht gedrängten, bunt gestrichenen Häuschen schweifen ließ. In ihren schwarzen Sachen und der einige Nummern zu großen Lederjacke stach sie sichtlich hervor.

Ellie musterte das schmutzige Schaufenster des kleinen Ladens in der Bethesda Hill Nummer zwölf, die an vielen Stellen abplatzende blaue Farbe und die davor wuchernden Glyzinien. Hier war früher einmal *Ms Pumpkin's Feinbäckerei* gewesen, Lotties Zuhause. Ihre Stiefmutter Beady schien in dem ganzen Jahr, das Lottie nicht mehr hier gewesen war, kein einziges Mal die Fenster geputzt oder im Laden aufgeräumt zu haben. Lottie nahm auch nicht an, dass sie es in nächster Zeit nachholen würde.

»Wir schnappen uns deine Sachen und verduften. Es gibt keinen Grund, sich hier länger als nötig aufzuhalten«, sagte Jamie in seiner nüchternen Art.

Er nickte Lottie zu, die sein Nicken erwiderte. Auch sie wollte das Ganze so schnell wie möglich hinter sich bringen, damit sie endlich nach Rosewood fahren konnten.

Sie traten durch die Tür und stiegen über die quietschende Treppe nach oben in die über dem Laden gelegene Wohnung, wo sie von einer hastig hingekritzelten Nachricht empfangen wurden:

Bin nach Kuba geflogen, treffe dort Simon.
Deine Sachen sind in den schwarzen Müllsäcken neben der Treppe.
Beady
P. S.: Bringt mir keinen Dreck ins Haus!

Schnell riss Lottie den Zettel ab, zerknüllte ihn und warf ihn in den Müll, bevor die anderen ihn zu Gesicht bekommen konnten. Den Namen ihres Vaters geschrieben zu sehen fühlte sich immer komisch an, besonders in Beadys krakeliger Handschrift.

»Sag mal, wo ist eigentlich dein Dad?«, fragte Ellie, die sich über ein Foto von Lotties Vater und Beady gebeugt hatte, das von einem kitschigen Magneten mit dem Schriftzug *Las Vegas* am Kühlschrank gehalten wurde.

»Kuba«, erwiderte Lottie, als wäre es das Normalste der Welt, obwohl sie es selbst erst Sekunden zuvor herausgefunden hatte. Lottie umrundete den Sofatisch. Im Wohnzimmer stapelten sich Verpackungen von Take-away-Restaurants.

Augenscheinlich war Beady ziemlich überstürzt aufgebrochen. Ob ihr wohl wieder einmal das Geld ausgegangen war?

Obwohl sie nie sonderlich gut miteinander ausgekommen waren, tat sie Lottie irgendwie leid. Beady hatte sich nicht darum gerissen, Lotties Stiefmutter zu sein, und Lottie wusste besser als jeder andere, wie schwierig ihr Vater sein konnte. Sie hob einige der im Raum verstreuten Pizzakartons auf und warf sie in den Müll.

Jamie kam wortlos herein, mehrere vollgestopfte Plastiktüten in den Händen. »Sind das deine Sachen?«, fragte er und hob eine davon hoch. »Die lagen da hinten.«

Lottie griff nach der Tüte, doch sie war schwerer als gedacht, und sie ließ sie mit einem »Uff« wieder fallen. Was hatte Beady da nur alles reingepackt?

Jamie grinste. »Wenn wir mit deinem Training anfangen, wirst du noch genügend Gelegenheiten haben, uns deine Stärke zu beweisen. Aber bis dahin« – er hob eine der Tüten mühelos in die Luft – »kannst du deinem Partisten die Schlepperei überlassen.« Lottie musste ebenfalls grinsen. Vielleicht war ja doch alles wieder in Ordnung zwischen ihnen und die Sache mit dem Geschenk vergeben und vergessen.

Das Training war ein weiterer Grund, warum sie es kaum erwarten konnte, zurück nach Rosewood zu kommen. Sie wollte endlich lernen zu kämpfen, um der Bedrohung durch Leviathan etwas entgegensetzen zu können. Sie würde nicht zulassen, dass Ellie in Gefahr geriet. Die Erinnerung an Saskia kam wieder hoch, und sie spürte, wie ihre Hände zu zittern begannen. Allein würde sie es nicht schaffen.

»He, Lottie«, ertönte Ellies Stimme auf dem Flur. »Wer ist denn das?«

Lottie streckte den Kopf durch die Tür und sah Ellie vor einem kleinen gerahmten Gemälde stehen. Sie ging hinüber, stellte sich neben ihre Freundin, und gemeinsam betrachteten sie das Porträt ihres Vorfahren Henry. Sie hatte sich nie groß um das Gemälde gekümmert, das schon an dieser Wand hing, seit Lottie denken konnte. Henry stellte ein warmes, leicht amüsiertes Lächeln zur Schau. Er hatte blonde Haare wie Lottie, doch waren seine glatter, weniger lockig als ihre.

»Das ist mein Ururgroßvater Henry Pitkin.« Lottie war überrascht, dass Beady das Gemälde nicht abgehängt hatte. »Also, eigentlich ist er mein Urururgroßvater oder so, ich weiß gar nicht, wie viele *Urs* es genau sind.« Lottie musste unwillkürlich lächeln, als sie sich an die Geschichten erinnerte, die ihre Mutter ihr über Henry erzählt hatte. »Er hat in einem der ersten Jahrgänge Rosewood Hall besucht und wurde nach seinem Abschluss dort als Lehrer eingestellt.« Sie beugte sich vor und strich sanft über den Rahmen. Das Bild erinnerte sie daran, wie ihre Mutter ihr die Krone geschenkt hatte. Als sie nun in Henrys Augen blickte, konnte sie die Stimme ihrer Mutter beinahe hören. »Der Familienlegende nach hatte er ein sehr aufregendes und geheimnisvolles Leben. Henry ist der Grund, warum ich überhaupt nach Rosewood gehen wollte. Ihm wurde damals die Krone geschenkt, die seitdem in unserer Familie von Generation zu Generation weitergereicht wurde.«

Bei dem Gedanken an ihr Erbstück griff sie instinktiv nach der Tasche unter ihrem Arm, in der die Krone sicher verstaut war. Sie berührte sie mit den Fingerspitzen, strich über das fein gearbeitete Silber, und in ihrem Kopf begann eine leise Melodie zu spielen.

»Pitkin?«, fragte Ellie.

Lottie wurde rot. »Ja. Pitkin war der Name meiner Mutter. Aber wir …« Lottie blickte zu Boden und errötete noch heftiger. Oh, wie sie es hasste, über diesen Namen zu sprechen. »Wir mussten ihn … ändern lassen.«

Ellie nickte langsam. »Und wer hat das Bild gemalt?«, fragte sie schnell, weil Lotties Unbehagen ihr nicht entgangen war.

»Keine Ahnung«, sagte Lottie. »Das war schon immer ein Geheimnis.«

Ellie trat noch einen Schritt näher, bis ihre Nasenspitze fast die rissige Farbe berührte. »Irgendwie erinnert es mich an deinen Malstil. Die Farben, das Licht … Es ist dem Bild, das du von mir gemalt hast, ganz schön ähnlich.«

Lottie kaute nachdenklich auf ihrer Lippe herum. Hatte Ellie recht? Konnte sie wirklich so gut malen?

»Okay, ihr beiden. Die Sachen sind verstaut.« Jamie kam die Treppe hoch. Nun gab es für sie nichts mehr hier zu tun und keinen Grund, noch länger zu bleiben. Lottie seufzte und wandte sich zum Gehen, doch Ellie hielt sie fest.

»Du solltest das Bild mitnehmen«, sagte sie. »Hast du nicht gesagt, dass du Angst hast, die Verbindung zu deiner Familie zu verlieren? Dieses Bild scheint dir eine Menge zu bedeuten.«

Lottie betrachtete das Gemälde. Henry schien sie anzulächeln. Vielleicht war Ollie doch nicht die letzte Verbindung zu ihrer Familie.

»Du hast recht«, erwiderte Lottie und spürte, dass ihr ganz warm wurde. »Das Bild gehört nicht mehr hierher.« Nein, dachte sie, keiner der Pumpkins gehörte mehr hierher. Sie hatten einen anderen Ort gefunden.

»Auf geht's, Henry«, sagte sie zu dem Porträt ihres Urahnen, als sie es von der Wand nahm. Sie lächelte, hielt das Bild auf Armlänge von sich und pustete vorsichtig den Staub von dem angeschlagenen Rahmen. »Du kommst mit. Du kehrst zurück nach Rosewood.«

6

Sie brauchten weniger als fünf Minuten bis zu Ollies Haus, das am Ortsausgang von St. Ives auf einer Klippe thronte. Das alte Häuschen war windschief und sah so aus, als könnte es jeden Moment über die Klippe ins Meer stürzen.

Die Einfahrt war leer, was bedeutete, dass Ollies Mum in ihrem Studio war. Gut so.

»Ollies Hund mag keine Fremden, versucht also, ruhig zu bleiben und keine hastigen Bewegungen zu machen«, sagte Lottie, als sie sich der Tür näherten. In Wahrheit war Ollies Hund sanft wie ein Plüschtiger, doch aus irgendeinem Grund zögerte Lottie plötzlich, auf die Klingel zu drücken. Sie war nervös. So nervös war sie nicht mehr gewesen, seit sie an jenem verhängnisvollen Abend des maradovischen Sommerballs die Marmortreppe im Palast hinuntergeschritten war, um sich den Gästen zu präsentieren.

Ob Ollie mich überhaupt sehen will? Was, wenn er mich jetzt hasst?

Da streckte Ellie einfach den Arm über ihre Schulter und drückte auf die Klingel.

»Mensch, Ellie!«, zischte Lottie.

Ellie grinste. »Was denn? Wir wollen doch nicht ewig hier rumstehen.«

Lottie drehte sich wieder zur Tür und strich hektisch die Falten in ihrem Rock glatt. Dann hörte sie Schritte im Flur, und ihr Herz begann, wie wild zu klopfen. Als die Tür aufging, hielt sie den Atem an.

»Lottie?« Ollies Stimme überschlug sich fast. Mit weit aufgerissenen Augen stand er in der Tür, als könne er nicht fassen, was er da sah.

»Hallo, Ollie.«

Augenblicklich wich ihre Anspannung. Als sie die verstrubbelten Haare und die gebräunte Haut ihres besten Freundes sah, machte ihr Herz einen Satz. Sie hatte ihn ein ganzes Jahr nicht gesehen, doch einige Dinge hatten sich nicht verändert. Seine Jeans waren immer noch voller Hundehaare, und seine Augen verrieten den Schlawiner in ihm. Dafür hatte er einen Schuss in die Höhe gemacht, und der Babyspeck im Gesicht war einem markanten Kinn gewichen. Er war erwachsener geworden.

Dann hörte sie das vertraute *Pitschpatsch* von Tatzen auf dem Boden, und ein zotteliges Etwas drängte sich an Ollie vorbei, um sie anzuspringen.

»Link!«, rief sie und breitete die Arme aus. Doch bevor der Hund bei ihr angekommen war, sprang Jamie vor sie. Link erstarrte mitten in der Bewegung und stieß ein hohes Winseln aus. Er legte sich auf den Boden, drehte sich auf den Rücken und zeigte seinen Bauch.

»Sitz!«, ertönte Ellies Stimme, und zu Lotties Überraschung gehorchte Link, richtete sich wieder auf und setzte sich artig auf die Hinterläufe. Und das, obwohl er Ellie noch nie zuvor gesehen hatte!

Ellie trat vor und hielt Link die Hand hin, damit er ihren Geruch wittern konnte. Jamie wartete etwas abseits und beobachtete die Szene.

»Guter Junge«, lobte Lottie den Hund und kraulte ihn zwischen den Ohren. Lottie hatte Link noch nie so wohlerzogen erlebt, erst recht nicht Fremden gegenüber. Ollie stellte sich neben sie, und zusammen sahen sie zu, wie Ellie und Jamie sich mit dem nun völlig zahmen Link anfreundeten.

»Lottie«, sagte Ollie und richtete den Blick auf ihre Freunde. »Wer in aller Welt sind diese Leute?«

Das Haus der Moreanos war so kunterbunt wie seine Bewohner. Auf dem Boden lagen Flickenteppiche, und unzählige Kissen mit bunten Bezügen waren auf überdimensionierten Sofas und Sesseln verteilt. Die niedrige Decke war mit Girlanden aus getrockneten Blumen und Fähnchen behängt. Ollie führte sie in die Küche. Die Fensterbänke waren mit farbenfrohem Plunder vollgestellt, den Ollies Mutter von ihren Besuchen bei ihren Eltern in Brasilien mitbrachte. Lottie fiel wieder ein, wie schwer Ollie es früher gefallen war, die Finger von den kleinen Kakteen zu lassen, wie oft er sich an ihnen gepiekst hatte, und sie musste lächeln.

Ellie und Lottie setzten sich an den grünlackierten Küchentisch, während Ollie Tee machte und dabei Wasser aus dem schweren Kessel auf den roten Kacheln verspritzte. Jamie lehnte im Türrahmen. Inmitten des bunten Durcheinanders wirkte er völlig fehl am Platz. Ellie machte sich sofort über die Plätzchen her, die auf dem Tisch standen. Ab und zu brach sie ein Stückchen ab und steckte es dem nun völlig zahmen Hund zu, der in nichts mehr an das Energiebündel erinnerte, das Lottie kannte. Ellie und Jamie schwiegen, während Lottie mit Ollie sprach.

»Also«, sagte Ollie langsam, nachdem er zwei angeschlagene Tassen auf den Tisch gestellt hatte. »Anscheinend hast du beschlossen, dass du doch mit mir reden kannst.«

Lottie zuckte zusammen. Es war Ollies gutes Recht, sauer auf sie zu sein. Handys waren in Rosewood Hall nicht erlaubt, und im vergangenen Jahr hatte Lottie Ollie nicht ein einziges Mal besucht. Sie war so unsicher in ihrer neuen Umgebung gewesen, dass sie nicht gewusst hatte, wie sie von dort die Brücke in ihr altes Leben schlagen sollte. Schließlich war sie zu dem Schluss gekommen, dass es für alle Beteiligten das Einfachste wäre, wenn sie ganz aufhörte, Ollies Freundin zu sein. Aber das war ein großer Fehler gewesen. Und jetzt saß sie hier, bereit, ihm die ganze Wahrheit zu erzählen. War sie wieder dabei, einen Riesenfehler zu begehen? Denn die Wahrheit könnte ihn eben jener Gefahr aussetzen, vor der sie ihn so verzweifelt zu schützen versuchte.

»Ich bin gekommen, um dir alles zu erklären«, begann Lottie, »auch wenn es höchstwahrscheinlich eine schlechte Idee ist.«

»Ist es«, bemerkte Jamie auf seinem Beobachtungsposten an der Tür. Lottie warf ihm einen wütenden Blick zu und wandte sich dann wieder an Ollie. Der schaufelte gerade den dritten Löffel Zucker in seinen Tee und ließ sie dabei nicht einen Moment aus den Augen.

Lottie räusperte sich. »Ollie, bevor ich dir alles erkläre, musst du mir zwei Dinge versprechen.«

Ollie runzelte die Stirn. »Okay …«, erwiderte er skeptisch.

»Du musst mir versprechen, dass du niemals und mit niemandem über das reden wirst, was ich dir gleich sage.« Ollies Blick wanderte zu Ellie und Jamie hinüber, die sich Mühe gaben, so wenig mysteriös wie möglich zu wirken – und kläglich scheiterten. Ollie öffnete den Mund, um etwas zu sagen, doch Lottie kam ihm zuvor. »Außerdem musst du mir versprechen, dass du dich niemals in diese Sache einmischen wirst. Ganz egal, unter welchen Umständen.«

»Puh, das klingt ja wie in einem Krimi«, entgegnete Ollie lachend und schaute zu Jamie hinüber, der jedoch nicht in sein Lachen einstimmte. Er verzog nicht mal die Mundwinkel. Dafür erntete Ollie ein solidarisches Kichern von Ellie.

»Ich meine es ernst. Bitte versprich es.«

Er verdrehte die Augen. »Na gut, ich verspreche es.«

»Ich habe einen neuen Job«, sagte Lottie. Es war das Erstbeste, was ihr einfiel.

»Was?« Ollie machte ein verwirrtes Gesicht.

»Nein, also, ich wollte sagen …«, versuchte Lottie es noch einmal. Sie musste es ihm schnell erklären, so wie man ein Pflaster besser schnell abreißt, als ewig daran zu ziehen. Sie atmete einmal tief durch. »Ellie ist die geheime Prinzessin von Maradova.« Sie schaute zu ihrer Freundin rüber, die ihr aufmunternd zunickte. Lottie schluckte. Ihr Mund war plötzlich so trocken. »In meiner ersten Woche in Rosewood ist irgendwie das Gerücht entstanden, *ich* sei die Prinzessin. Also haben Ellie und ich beschlossen, die Rollen zu tauschen. Ihre Familie hat mich als Porterin eingestellt – das ist eine Person, die sich als ein Mitglied der Königsfamilie ausgibt, damit dieses ein sicheres und ruhiges Leben führen kann. Bis es dazu bereit ist, seine Rolle selbst zu bekleiden.« Lottie holte noch einmal tief Luft und verstummte.

Ollies Löffel landete klirrend auf seiner Untertasse. »Ist das ein Witz?«

Lottie schüttelte den Kopf.

»Aber ihr habt doch ganz andere Namen. Wie soll das denn funktionieren?«

»Ach so. Also, nur sehr wenige Menschen kennen den richtigen Namen der Prinzessin und … na ja, die Leute fanden eben, Lottie Pumpkin höre sich wie ein ausgedachter Name an, deshalb dachten sie, das gehöre alles zum Versteckspiel dazu …«

Ollie schüttelte den Kopf. Er versuchte zu begreifen, was er da gerade gehört hatte. »Willst du mir damit sagen, dass deine lebenslange Obsession von Prinzessinnen nun dazu geführt hat, dass du dich berufsmäßig als eine ausgibst?« Er brach in schallendes Gelächter aus.

»Also, ganz so funktioniert es nicht, aber …«

»Na, jetzt verstehe ich, warum du mich vergessen hast.« Die Bemerkung sollte ironisch klingen, trotzdem konnte er nicht verbergen, dass er tief verletzt war. »Denn ich passe ganz sicher nicht in die fabelhafte Welt der Prinzen und Prinzessinnen.« Er deutete auf seine ausgewaschene Jeans, die voller Hundehaare war.

»Du verstehst das falsch«, erwiderte Lottie sanft. »Dieses Wissen könnte gefährlich für dich werden. Ich wollte dich da nicht mit reinziehen. Ellies Sicherheit hat oberste Priorität.« Noch während sie sprach, merkte sie, wie verstörend sich ihre Worte für jemanden anhören mussten, der mit der Welt der Porter und Partisten nichts zu tun hatte. Ellie hatte Priorität – vor allem und jedem? Sie fühlte einen Stich in der Brust, als sie Ollies Lächeln schwinden sah.

»Was soll das bedeuten, Lottie?« Er musterte erst Ellie und dann Jamie, der seinerseits Lottie einen Blick der Sorte *Ich-hab's-dir-doch-gesagt* zuwarf.

»Er kapiert's nicht«, sagte Jamie und wandte ihnen den Rücken zu.

Ollie schnappte nach Luft und stemmte die Hände in die Hüften. »Wer zur Hölle bist du überhaupt?« Die Frage war an Jamies Rücken gerichtet. »Ich kenne dich zwar nicht, aber ich kann dir jetzt schon sagen, dass du dich mal lockermachen solltest.« Er lachte, doch von Jamie kam keine Reaktion.

»Jamie ist Ellies Partist«, erklärte Lottie, »ihr persönlicher Bodyguard.«

Ollie schnaubte verächtlich. »Na und?«

»Das ist eine sehr ernste Sache, Ollie. Bitte, ich will es nicht bereuen, hierhergekommen zu sein. Ich weiß, dass ich dich in eine schwierige Situation bringe, aber ich konnte es nicht mehr ertragen, es vor dir geheim zu halten … Ellie war so nett, mir die Erlaubnis für dieses Treffen zu erteilen.« Lotties Worte zeigten nicht den gewünschten Effekt. Ollie wirkte nun richtig verärgert. Das Ganze entwickelte sich in eine ganz andere Richtung, als sie es sich vorgestellt hatte.

»Wenn es so gefährlich ist, warum tust du es dann? Willst du dich wegen dieser kindischen Phantasien von Prinzessinnen und Märchenschlössern wirklich selbst aufgeben?«

Lottie spürte einen Stich. Nach allem, was sie auf sich

genommen hatte, wollte sie den Vorwurf, kindisch zu sein, nicht auf sich sitzenlassen.

»Ellie ist meine Freundin …«

»Seid doch mal einen Moment still!« Ellie starrte auf den Fernseher in der Ecke, der mit gedämpfter Lautstärke lief. »Lottie, schau doch!«

Unter einem Banner mit der Aufschrift *TOP NEWS* wurden mehrere Bilder eingespielt, auf denen zwei Teenager in Lotties Alter durch eine Menge wartender Reporter gelotst wurden. Der eine war ein blasser Junge mit dunklen Haaren und müden Augen, die andere ein sehr hübsches Mädchen mit hellbraunem Kopftuch, die sich über die Kameras zu ärgern schien, die ihr ins Gesicht gehalten wurden.

»Wer ist das?«, fragte Lottie.

»Warte«, erwiderte Ellie, ohne den Blick vom Fernseher zu lösen.

Das Bild wechselte und zeigte nun zwei andere Teenager, die Lottie sofort erkannte. Mittlerweile stand Jamie hinter ihr und starrte ebenfalls auf den Bildschirm, aus dem sie zwei ruhige, wohlbekannte Gesichter über einem Haufen sensationslustiger Reporter anstarrten. Mit ihren roten Lippen und der sehr hellen Haut wirkten sie wie menschgewordene Zuckerstangen. Zuckerstangen, die Lottie gut kannte.

Jamie pfiff überrascht durch die Zähne. »Sieh mal einer an.«

Ihre Freunde Lola und Micky Tompkins waren in den Nachrichten.

7

»Schalt mal lauter!«, rief Lottie und gestikulierte wild mit den Händen.

Ollie nahm die Fernbedienung und drehte den Ton auf. Gerade war ein Reporter zu sehen und hinter ihm ein Bild der Zwillinge Lola und Micky zusammen mit einem älteren Herrn im Rollstuhl. Der Reporter sprach mit eindringlicher Stimme in sein Mikrophon:

»Die Verhandlungen zur Übernahme der Tompkins-Süßwarengesellschaft begannen vor zwei Monaten, nachdem Alfred Tompkins« – der Journalist wies auf den Mann im Rollstuhl – *»für zu krank befunden wurde, um die beliebte Firma weiterzuführen.«*

Lottie bekam Mitleid mit Lola und Micky. Sie hatte nicht gewusst, dass ihr Vater so schwer erkrankt war.

»Hubbub und die Butter-Company haben Angebote unterbreitet, die eine Fusion mit Tompkins vorsahen, bis Emelia Malaouf und Percival Butter vor zwei Wochen plötzlich unter mysteriösen Umständen verschwanden. Während die Untersuchungen zu ihrem Verschwinden andauern, wurden die Verhandlungen ausgesetzt. Heute kam nun die Nachricht, es habe sich um eine Entführung gehandelt, bei der Lösegeld erpresst werden sollte. Glücklicherweise sind die Kinder mittlerweile unversehrt wieder aufgetaucht und in Sicherheit.«

Auf dem Bildschirm waren wieder das Mädchen mit Hijab und der müde aussehende Junge zu sehen, bei denen es sich wohl um die beiden Geiseln Emilia und Percival handelte. Lottie fühlte mit ihnen, als sie sah, wie die Reporter sich um sie scharten und sie regelrecht bedrängten.

»Was für ein Haufen Aasgeier«, raunte Ellie. »Emilia sollte ihnen einen Stein an den Kopf werfen – das würde ich zumindest machen.«

Lottie erinnerte sich an den Ärger, den Ellie in der Vergangenheit mit Reportern gehabt hatte. Gerüchte darüber, warum sie nicht öffentlich auftrat, waren in Umlauf gebracht worden, eines übler als das andere. Kein Wunder also, dass sie Klatschreporter so verabscheute.

»Das würde deiner Reputation natürlich wahnsinnig helfen«, antwortete Jamie trocken.

Ellie schnaubte und richtete ihre Aufmerksamkeit wieder auf den Fernseher. »Ein weiterer Grund, warum Lottie so unverzichtbar ist«, bemerkte sie und lächelte Lottie zu.

Das Fernsehbild zeigte nun eine Frau, die sich den Finger ans Ohr hielt. Anscheinend bekam sie gerade neue Informationen über ihr Headset. Der Nachrichtenschriftzug wurde wieder eingeblendet.

»Soeben erhalten wir die Nachricht, dass die Verhandlungen zwischen der Butter-Company und der Tompkins-Süßwarengesellschaft, nachdem die Geiseln nun in Sicherheit sind, wieder aufgenommen wurden und einer Fusion wohl nichts mehr im Wege steht. Das kommt sehr plötzlich, könnte aber mit dem schlechten Gesundheitszustand des Firmeninhabers Alfred Tompkins zu tun haben.«

»Wer zur Hölle sind diese Leute?«

Lottie zuckte zusammen, als Ollie sich plötzlich zu Wort meldete. Fast hätte sie vergessen, dass er überhaupt im Raum war. Sie wandte sich um und wischte sich über die Augen. »Das sind Schulfreunde von …«

Doch bevor sie ihren Satz beenden konnte, plapperte die Reporterin wieder los.

»Die genauen Umstände der Entführung liegen weiterhin im Dunkeln. Bisher wissen wir nur, dass keines der beiden Kinder verletzt wurde. Sie geben an, keinerlei Erinnerung an die Zeit zu haben, in der sie als vermisst galten, was darauf schließen lässt, dass sie unter Drogen gesetzt worden sind.«

Dann gab es einen Schnitt zurück ins Studio, und die Sprecher machten weiter mit der nächsten Nachricht.

»Die Sache gefällt mir nicht«, murmelte Jamie und beugte sich vor, um den Ton wieder leiser zu stellen.

»Glaubst du, es war Leviathan?«, fragte Lottie nervös. Das Wort wollte ihr kaum über die Lippen kommen, als wäre es ein Fluch.

»Wir sollten keine voreiligen Schlüsse ziehen«, antwortete Jamie und rieb sich gedankenverloren das Kinn. »Aber die Tatsache, dass es sich hier um einen Entführungsversuch handelt, dessen Ziel die Erben einer reichen Familiendynastie sind, sollte uns zu denken geben. Wir müssen doppelt wachsam sein.«

»Wir könnten Nikolai bitten, Saskia nach diesen Vorfällen zu befragen«, schlug Ellie vor.

Jamie stöhnte ungeduldig. »Sie weigert sich, den Mund aufzumachen, solange sie nicht mit Anastasia gesprochen hat.«

»Sie redet immer noch nicht?«, fragte Ellie. »Also haben wir weiterhin keinen blassen Schimmer, was Leviathan vorhat?«

»Das ist korrekt«, lautete Jamies knappe Antwort.

Ellie schaute zu Lottie hinüber, die ziemlich verstört aussah.

»Wir müssen es Anastasia sagen«, sagte Lottie. »Sie hat das Recht, es zu erfahren.«

Ellie nickte.

»Entschuldigt mal … aber was ist hier eigentlich los?«, fragte Ollie laut. Link fuhr aufgeschreckt hoch, aber Ellie begann, ihn zu streicheln, und konnte ihn wieder beruhigen. »Scheint ganz so, als würde dein Job nicht allein darin bestehen, die Prinzessin zu spielen. Ganz ehrlich, das alles klingt total wahnsinnig.« Ollie funkelte Jamie und Ellie an.

»Ich habe doch schon gesagt, dass es eine sehr ernste Sache ist«, sagte Lottie.

»So ernst, dass du vielleicht entführt wirst?«, blaffte Ollie zurück.

Lottie, Ellie und Jamie verstummten. Schließlich seufzte Lottie und wandte sich an Ellie und Jamie: »Könntet ihr uns bitte einen Moment alleine lassen?«

Als die Haustür ins Schloss gefallen war, wandte Lottie sich wieder an Ollie. »Im letzten Jahr ist eine Menge passiert. Manches war wirklich unangenehm, und ich würde es am liebsten vergessen, aber ich wollte unbedingt zurückkommen. Ich wollte sehen, ob ich zu meinem ehemaligen Zuhause noch eine Verbindung spüre, und offen gesagt bist du der Einzige, der mir von früher geblieben ist.«

Ollie wurde rot und schaffte es kaum, ihr in die Augen zu sehen. »O Mann. Jetzt fühle ich mich schlecht. Aber, Lottie, jetzt mal ganz ehrlich, wie gefährlich ist dieser Job?«

»Na ja …« Lottie tastete instinktiv nach dem Wolfsanhänger unter ihrer Bluse und seufzte. Sie war sich nicht sicher, wie Ollie auf das, was jetzt kommen musste, reagieren würde. »Sagen wir mal so, ich habe selbst schon Erfahrungen mit einem Entführungsversuch gemacht.« Ollies Augen weiteten sich vor Entsetzen, darum beeilte sie sich hinzuzufügen: »Der Versuch ist gescheitert. Aber das zeigt ja, wie wichtig meine Rolle ist. Es gibt da eine sehr gefährliche Gruppe namens Leviathan, die es auf uns abgesehen hat. Außer ihrem Namen wissen wir so gut wie nichts über sie. Vor ein paar Wochen ist herausgekommen, dass Saskia, ein Mädchen von unserer Schule, für Leviathan arbeitet. Sie hat versucht, mich beim maradovischen Sommerball zu entführen, weil sie dachte, ich sei die echte Prinzessin.« Ollies Mund öffnete und schloss sich ein paarmal hintereinander, aber Lottie ließ ihn nicht zu Wort kommen. Schnell fuhr sie fort: »Verstehst du? Deshalb muss ich es tun. Ellie bedeutet mir sehr viel, und ich will nicht, dass sie in Gefahr gerät.«

Endlich fand Ollie seine Sprache wieder. »Wenn wirklich die Gefahr besteht, dass du entführt wirst, solltest du es besser lassen. Was würde deine Mum dazu sagen?« Lottie zuckte zusammen. Die Krone in ihrem Rucksack schien mit einem Mal glühend heiß zu werden und ihr den Rücken zu versengen.

Was würde sie dazu sagen? Was würde sie über mein neues Leben denken?

»Meine Mum ist nicht hier«, antwortete Lottie mit tonloser Stimme.

Ollie starrte sie an, als säße er einem Gespenst gegenüber. »Aber ich bin hier. Und ich sage dir, diese Sache ist viel zu gefährlich.« Er sprach jetzt ernst und eindringlich.

Das brachte Lottie zur Weißglut. Sie hasste es, wenn man ihr sagte, was sie zu tun und zu lassen hatte. Jetzt würde sie erst recht nicht aufgeben, ganz egal, was er davon hielt.

»Du hast mir gar nichts zu sagen. Ich weiß, was ich tue. Ich kann mich nicht erinnern, dich um deine Meinung gebeten zu haben.«

Ollie blinzelte verdutzt, dann ließ er die Schultern sinken. »Bist du sicher, dass du wirklich weißt, was du da tust?«

Auf diese Frage war Lottie nicht gefasst. Ellies Porterin zu sein machte sie einfach glücklich. So glücklich war sie schon seit Jahren nicht mehr gewesen. Trotzdem hatte sie den Drang gehabt, hierher zurückzukommen, als fehlte ein wichtiger Teil von ihr. Sie musste versuchen, die Sache von Ollies Warte zu sehen. Er hatte Angst um sie – und Angst vor der neuen Lottie.

Sei nett zu ihm, sagte sie zu sich selbst. *Das alles ist noch ganz neu für ihn.*

»Es tut mir leid, Ollie«, sagte sie und legte ihm eine Hand auf die Schulter. Er beugte sich vor, um sie zu umarmen, wie sie es schon Hunderte Male getan hatten, doch dieses Mal war es anders. Sie wusste, dass auch er es spürte. »Ich muss zurück nach Rosewood«, sagte sie, als sie sich voneinander lösten. Dort war ihr neues Zuhause. Sie hatte erledigt, weshalb sie gekommen war, nun war es Zeit, zu gehen.

Ollie starrte sie an und versuchte zu lächeln, doch es gelang ihm nicht ganz. »Du siehst genauso aus wie deine Mutter«, sagte er dann. Lotties Herz setzte einen Schlag lang aus. »Das war als Kompliment gemeint«, fügte er hastig hinzu.

»Danke«, sagte Lottie. Sie fühlte sich geschmeichelt. Dann schaute sie auf die Uhr. »Ich muss jetzt …«

»Zurück nach Rosewood. Ich weiß«, beendete Ollie ihren Satz.

Lottie lächelte ihn an. Sie hatte immer noch das Gefühl, als würde die Krone in ihrem Rucksack stumm vor sich hin glühen. Der Anhänger auf ihrer Brust fühlte sich warm an.

Sie gingen gemeinsam über den Flur zur Haustür.

»Ach, und Ollie«, sagte sie, als sie dort angekommen waren, »bitte halt dich da raus.«

8

»Lottie, wach auf!«

Lottie blinzelte. Sie hatte einen seltsamen Traum über traurige Zuckerstangen und grausige Schlangen gehabt, den sie nur mühsam abschütteln konnte. Sie fühlte sich völlig benommen. Alle Probleme stürzten auf sie ein und schnürten ihr fast die Luft ab. Leviathan war irgendwo da draußen. Was hatten sie vor?

Sobald sie in Rosewood waren, würden sie mit Anastasia sprechen müssen. Sie hatten den ganzen Sommer lang nichts von ihr gehört und keine Ahnung, wie sie nun zu ihnen stand. Außerdem war da noch die Sache mit Binah, einer engen Freundin von Ellie und Lottie, die möglicherweise bereits wusste, dass Ellie die echte Prinzessin war – vielleicht aber auch nicht. Was das Problem aufwarf, wie sie es herausfinden sollten, ohne sich dabei selbst zu verraten. Und natürlich Micky und Lola, die Tompkins-Zwillinge, deren Vater schwer krank war. Lottie zerbrach sich den Kopf, welche Geschenke sie ihnen machen oder wie sie sie ein bisschen aufmuntern konnte, um ihnen das Leben in dieser schwierigen Zeit etwas erträglicher zu machen. Aber ihr wollte nichts einfallen.

Als sie die Augen öffnete, fuhren sie gerade durch den eisernen Torbogen von Rosewood Hall. Plötzlich waren ihre

Sorgen wie weggeblasen. Die Schule war genauso beeindruckend wie beim ersten Mal, als sie vor einem Jahr hierhergekommen war. Sie konnte sich noch gut erinnern, wie damals Zweifel in ihr aufgestiegen waren, der Magie dieses Ortes nicht gewachsen zu sein. Lottie drückte sich fast die Nase am Fenster platt und ließ den Blick über den von Rosen gesäumten Weg schweifen, der bis zum Haupteingang der Schule führte. Sie konnte es kaum erwarten, aus dem Auto zu steigen und den Duft nach Rosen und Lavendel einzuatmen. Neben ihr saß Ellie, die ebenfalls voller Vorfreude aus dem Fenster schaute. Nun, da sie wieder hier waren, wirkte sie sichtlich entspannter.

»Wir sind zu Hause!« Ellie schenkte ihr ein breites Lächeln, und Jamie hielt den Wagen an.

Überall um sie herum trafen andere Schüler ein, die ihre Koffer am Wegrand abluden. Sie waren genauso makellos gekleidet, wie Lottie es in Erinnerung hatte. Gerade kam ein Shuttlebus vom nahe gelegenen Bahnhof an und durchquerte mit dem Tor die unsichtbare Grenze, die Rosewood vom Rest der Welt trennte. Alle waren bereits in den Farben ihrer Häuser gekleidet: violett, rot und gelb. Lottie blickte wieder zu Ellie hinüber. Sie war glücklich, sie so entspannt zu sehen.

Sie steuerten auf den Weg zu, der zum Haupteingang führte. Der Druck und die Anspannung waren verschwunden. Lottie stieß sogar einen kleinen Seufzer der Erleichterung aus und wackelte vor Freude mit den Zehen.

Trotz allem, was im letzten Jahr vorgefallen war, fühlte sie sich hier schon jetzt wohler als den ganzen Sommer über in Maradova. Die Blumen standen in voller Blüte, bunte Rosenstöcke säumten die Wege und Mauern und verströmten ihren betörenden Duft. Rosewood war von einem richtigen Paradiesgarten umschlossen. Die Vielzahl der Blumen war einfach überwältigend. Man konnte kaum einen Schritt tun, ohne sich in einem Gemälde von Monet zu wähnen.

Jamie lud ihr Gepäck aus dem Kofferraum und bestand darauf, dem Träger zu helfen, es in einen kleinen Golfwagen zu verfrachten. Kein normaler Schüler von Rosewood Hall hätte das getan. Lottie fragte sich, ob er sich wohl je an das Leben als Schüler in einem Internat wie Rosewood gewöhnen würde. Die Schulleitung wusste zwar, dass Jamie der Bodyguard der Prinzessin war, aber er war eben auch einer der Schüler, und es wurde von ihm erwartet, sich entsprechend zu benehmen. Dieser Widerspruch zeigte sich deutlich, als sie sich am Empfang meldeten.

»Wie bitte?«, fragte Jamie ungläubig, als er sein lila Willkommenspaket aus den Händen der Conch-Vertrauensschülerin entgegennahm.

»Ich sagte«, wiederholte sie, »dein Zimmergenosse wird ebenfalls bald eintreffen.«

Ellie und Lottie wechselten einen kurzen Blick. Sie mussten sich das Lachen verkneifen.

»Aber ich habe keinen Zimmergenossen«, sagte Jamie. »Ich habe ein Einzelzimmer.«

Die Vertrauensschülerin verdrehte die Augen, öffnete eine Mappe und hielt Jamie den Belegungsplan vor die Nase.

»Tja, du bist für ein Doppelzimmer eingetragen«, sagte sie und deutete auf den Eintrag: *Jamie Volk, Zimmer 310.*

Lottie warf einen Blick über die Schulter, wo sich schon

eine Schlange gebildet hatte. Die meisten waren Neuankömmlinge, die versuchten, sich nicht anmerken zu lassen, wie genau sie die Auseinandersetzung verfolgten.

Jamie verengte die Augen zu Schlitzen. Er öffnete den Mund, um etwas zu entgegnen, doch die Vertrauensschülerin rief einfach: »Der Nächste!«, und damit war die Sache für sie erledigt.

Ellie und Lottie mussten sich sehr zusammenreißen, um nicht in schallendes Gelächter auszubrechen. Sie hielten sich die Hände vor den Mund, bis sie den Empfang verlassen hatten und auf dem kleinen Pfad zum Wohnheim von Ivy waren.

»Die hat dich aber sauber abserviert!«, prustete Ellie los, als sie ein paar Schritte gegangen waren. Sie musste sich auf die Oberschenkel stützen, so sehr schüttelte sie sich vor Lachen. »Du hättest dein Gesicht sehen sollen!«

»Das ist nicht witzig, Ellie!« Jamie war sichtlich gereizt. »Und Lottie – von dir hätte ich eine reifere Reaktion erwartet.« Lottie versuchte, ein ernstes Gesicht zu machen, doch Ellie stellte sich hinter Jamie und machte ihn so perfekt nach, dass Lottie gleich wieder losprustete.

»Ich sehe schon. Ein ganzes Jahr in Rosewood hat nicht dazu geführt, dass ihr ein bisschen erwachsener geworden seid«, grummelte Jamie vor sich hin.

Ellie und Lottie wollten gerade wieder losgackern, als ein wohlbekanntes Gesicht vor ihnen am Tor auftauchte. Augenblicklich verging ihnen das Lachen.

»Was ist denn so witzig?«, ertönte Anastasias kühle Stimme. Wie immer trug sie ihre unvermeidliche Sonnenbrille. Sie sah genau so aus, wie Lottie sie in Erinnerung hatte: eine brünette Barbie mit einer Million Geheimnissen. Aber etwas war anders: Am Mittelfinger trug sie einen goldenen Diamantring, über den sie unbewusst mit dem Daumen strich. Die Anastasia, die Lottie kannte, war unerschütterlich und selbstbeherrscht. So eine Marotte sah ihr gar nicht ähnlich.

»Nichts«, sagte Jamie und warf Lottie und Ellie einen warnenden Blick zu. »Es gibt hier nichts zu lachen, Anastasia.« Als er ihren Namen aussprach, nickte er ihr wie zum Gruß kurz zu.

Betont langsam setzte sie ihre Brille ab. »Jamie«, antwortete sie ebenso trocken.

Die beiden schienen eine Art grollenden Respekt voreinander zu haben, nachdem Anastasia sich beim Sommerball so selbstbeherrscht gezeigt hatte. Es musste hart für sie gewesen sein herauszufinden, dass Saskia – ihre persönliche Beschützerin und möglicherweise auch ihre Geliebte – sie hintergangen hatte.

Anastasia wandte sich an Lottie und Ellie. »Ich würde gerne mit der Prinzessin und ihrer Porterin sprechen.«

Eine Gruppe Neuankömmlinge rannte durch das Tor, haarscharf an ihnen vorbei.

»Rennen ist hier verboten!«, herrschte Anastasia sie an, und die Schüler blieben folgsam stehen und trollten sich mit hängenden Köpfen.

Ellie bedeutete Jamie, dass er sich zurückziehen könne, der aber beugte sich vor, um Lottie etwas ins Ohr zu flüstern.

»Pass gut auf«, raunte er und machte sich dann auf den Weg ins Wohnheim, um seinen neuen Zimmergenossen kennenzulernen.

Lottie und Ellie folgten Anastasia zu dem kleinen Teich in der Mitte des Gartens, der von der Bronzestatue *Ryley dem Hirschen* bewacht wurde, dem stolzen Symbol des Hauses Ivy. Sie setzten sich auf eine Bank am Teich, wo sie nicht Gefahr liefen, von weiteren aufgeregten Neulingen gestört zu werden. Lottie beneidete sie um die vielen neuen Eindrücke, zumal ihr erstes Jahr wohl wesentlich einfacher werden würde als das, das Lottie und Ellie erlebt hatten.

»Überspringen wir die Formalitäten«, begann Anastasia, deren französischer Akzent wieder stärker durchschlug. »Ihr könnt euch sicher denken, was ich von euch will?«

Ellie nickte. »Das stimmt. Aber …«

Anastasia hob die Hand. »Attends!«, sagte sie gebieterisch. »Lass mich zuerst sprechen. Okay?«

Ellie grummelte und zog eine Schnute, aber Lottie berührte sie sanft am Arm, um ihr zu signalisieren, dass dieses Gespräch für keine der beiden Seiten leicht war.

»Wir hören dir zu«, sagte Lottie, um die Situation zu beruhigen.

Anastasia holte tief Luft. »Als ich nach dem Sommerball zurück in Paris war, sind mir nach und nach ein paar wirklich seltsame Dinge wieder eingefallen, die Saskia im vergangenen Jahr zu mir gesagt hat.« Sie schaute auf ihre Hände und wischte einen imaginären Fussel von ihrem Fingernagel. »Immer wieder hat sie davon gesprochen, dass sie mich beschützen würde und dass dieses Jahr der Beginn einer sehr interessanten Zeit sein würde.« Sie blickte wieder auf. Ellie und Lottie hörten gespannt zu. »Damals habe ich mir nichts dabei gedacht.«

»Ob sie den Entführungsversuch gemeint hat?«, fragte Ellie und drehte sich zu Lottie um.

Anastasia schüttelte den Kopf. »Das kann sie nicht gemeint haben. Das war, bevor wir überhaupt wussten, dass du nach Rosewood kommst.« Lottie starrte in die Ferne. Das Wort *Entführung* hatte schlimme Erinnerungen in ihr wachgerufen. Außerdem fragte sie sich, ob Leviathan etwas mit dem Verschwinden der Teenager zu tun hatte, von denen im Fernsehen berichtet worden war. »Wie auch immer. Das ist es, was ich euch erzählen wollte«, fügte Anastasia flapsig hinzu. »Ich war euch etwas schuldig, weil ihr den maradovischen König und die Königin davon überzeugt habt, dass ich in Saskias Pläne nicht eingeweiht war. Damit sind wir quitt.«

Anastasia wollte schon gehen, doch Ellie hielt sie an der Hand fest. Anastasia schüttelte sie ab und blickte sie zornig an. Dann umfasste sie ihre Linke mit der freien rechten Hand und betastete den Ring, wie um sich zu vergewissern, dass er nicht beschädigt war.

»Willst du denn gar nicht wissen, wie es Saskia geht?«, fragte Ellie, wobei sie Anastasias funkensprühende Blicke einfach ignorierte.

»Nein«, antwortete diese und setzte sich die Sonnenbrille wieder auf.

»Aber seid ihr zwei nicht … du weißt schon?«, fragte Lottie unsicher. Wie würde Anastasia reagieren, wenn sie erfuhr, dass sie beide es wussten?

»Sie hat mich betrogen.« Anastasia spuckte die Worte förmlich aus. »Sie hat mich hintergangen. Ich will nichts mehr von ihr wissen.«

Ellie ballte die Faust. »Saskia weigert sich, den Mund aufzumachen«, sagte sie dann sehr ernst, als wollte sie Anastasias Meinung irgendwie ändern. Sie schien die Sache persönlich zu nehmen.

»Und?«, antwortete Anastasia.

»Die ganze Zeit hat sie immer nur einen Satz wiederholt: *Ich will mit meiner Herrin Anastasia Alcroft sprechen.*«

Anastasia zuckte zusammen. Wegen der riesigen Sonnenbrille war es allerdings unmöglich, ihren Gesichtsausdruck zu deuten. »Warum hat mir das niemand gesagt?«, fragte sie eisig. Ihre Worte schienen in der Luft zu gefrieren.

»Wir sagen es dir ja jetzt«, erwiderte Lottie beschwichtigend. »Es ist wahrscheinlich der einzige Weg, um sie zum Reden zu bringen.«

Anastasia zögerte. »Pech für sie, denn ich will nicht mit ihr sprechen«, sagte sie schließlich und wandte sich zum Gehen.

»Aber …«, protestierte Ellie.

Anastasia fiel ihr wütend ins Wort. »Ich will sie nie wieder sehen! Ihr könnt mich nicht dazu zwingen. Ich habe euch alles gesagt, was ich weiß. Und jetzt lasst mich in Ruhe.«

Sie stürmte davon in Richtung Conch, und dieses Mal versuchte Ellie nicht mehr, sie aufzuhalten.

Als sie die Tür zu ihrem Zimmer aufgeschlossen hatten, warf Ellie sich sofort mit einem lauten Knurren aufs Bett. Die Betten waren noch nicht bezogen, die Bettwäsche lag auf den Matratzen bereit.

»Was für ein Reinfall!«, murmelte sie in die Matratze.

Lottie ging zu ihren Koffern und holte Mr Trüffel heraus,

ihr heiß geliebtes Stofftier. Das kleine Schwein war in eine Ecke des Koffers gequetscht worden, und seine kleine, verknautschte Schnauze reckte sich ihr entgegen, als sie es hervorzog.

»Es war nicht völlig umsonst …«, sagte Lottie aufmunternd und machte sich daran, ihr Bett zu beziehen. »Immerhin haben wir erfahren, dass wohl etwas Furchtbares geschehen wird, auch wenn wir nicht wissen, was genau und wann es so weit sein wird.« Sie warf einen Kissenbezug in Ellies Richtung und grinste.

»Du klingst schon genau wie Jamie«, grummelte Ellie und schnappte sich den Bezug.

Lottie hielt kurz inne. Morgen würde das Training mit Jamie beginnen. Sie hatten entschieden, Ellie nichts davon zu erzählen. Es war Lotties Entscheidung gewesen. Nachdem sie gesehen hatte, wie eiskalt Jamie und Saskia kämpften, war ihr aufgegangen, dass sie lernen musste, sich mit der gleichen Stärke und Entschlossenheit zu verteidigen. Jamie musste sich schon um Ellie kümmern, da konnte er sich nicht auch noch um Lottie sorgen. Und das bedeutete, dass sie lernen musste, wie man kämpft.

Aber sie hatte noch einen Hintergedanken bei der Sache: Jamie hatte so merkwürdig auf ihr Geschenk reagiert, dass sie Zweifel bekommen hatte, ob sie ihn auch nur annähernd so gut kannte, wie sie es sich die ganze Zeit über eingebildet hatte.

»Bloß nicht«, antwortete Lottie und rang sich ein Lachen ab. Als sich auch auf Ellies Gesicht ein Grinsen abzuzeichnen begann, war sie erleichtert. »Ich glaube, die Welt würde mehr als einen Jamie nicht aushalten.« Lottie kramte in ihrem Gepäck und förderte das Kästchen mit ihrer Krone zutage. Wieder einmal war sie überrascht, wie schwer es sich anfühlte. Sie stellte es auf den Nachttisch neben ihr Bett.

»Geht es dir wirklich gut?« Ellies Frage erwischte sie kalt. Schnell setzte sie ein Lächeln auf. Sie hatte gehofft, dass diese ewige Fragerei hier in Rosewood endlich ein Ende haben würde. Doch genau wie dem bedrückenden Gefühl, das sie immer mit sich herumschleppte, konnte sie ihr auch hier nicht entkommen.

»Warum sollte es mir nicht gutgehen?«, fragte sie leichthin. »Wir sind zurück in Rosewood und können endlich anfangen, der ganzen Sache auf den Grund zu gehen.« Sie schlug mit der Faust in die offene Hand und gab sich Mühe, Entschlossenheit auszustrahlen.

Ellie nickte langsam und spielte dabei mit ihrem Anhänger. »Okay, okay … Ich werde aufhören, dich zu nerven.« Sie strich Lottie über die blonde Mähne und wuschelte ihr durchs Haar.

Lottie biss sich auf die Lippe. Irgendetwas bedrückte Ellie, und sie musste herausfinden, was es war.

»Komm, lass uns einfach das Feuerwerk heute Nacht genießen«, sagte Ellie schließlich.

»Super Idee«, antwortete Lottie, dieses Mal mit einem echten Lächeln. Ellie würde die Eröffnungszeremonie zum allerersten Mal sehen, da sie die letzte verpasst hatte. »Für Probleme ist morgen noch genug Zeit.«

Lottie ahnte nicht, dass die Probleme nicht bis morgen warten würden.

9

Lottie und Ellie waren auf dem Weg zum Feld. Obwohl es ein lauer Abend war, trug Ellie ihre abgewetzte Lederjacke. Lottie hatte sich eine Strickjacke übergezogen. Die Lichter am Wegrand flackerten, die Blumen wiegten sich im leichten Wind. Lottie war voller Vorfreude, ihre Freunde und Mitschüler wiederzusehen. Die Blumen verströmten ihren schweren, herrlichen Duft. Es lag etwas in der Luft.

»Glaubst du, Jamies neuer Zimmergenosse kommt auch?«, fragte Ellie, als sie sich den Anlagen von Stratus näherten. Der große Turm von Stratus ragte über ihnen auf und verdeckte die silberne Mondsichel am lavendelblauen Himmel.

»Das hoffe ich doch!«

Die Mädchen zuckten zusammen, als sie eine wohlbekannte Stimme hinter sich hörten. Als sie sich umdrehten, sahen sie zwei große Augen hinter Brillengläsern, die von dunklen Locken umrahmt wurden. Binah trug wie üblich ihre gelbe Stratus-Uniform, doch etwas war neu: die gelbe Schärpe, die sie als frischgebackene Vertrauensschülerin auswies.

»Binah, o mein Gott, hast du mich erschreckt!«, rief Lottie auf und hob die Hand ans Herz.

»Bitte entschuldigt.« Binah lachte. Ihre Zähne leuchteten

weiß in der Dämmerung. »Schön zu sehen, dass ihr beiden die Sommerferien unbeschadet überstanden habt.«

»Gerade so«, antwortete Ellie trocken.

Lottie hüstelte betreten. Dass die neugierige Binah sie mit Fragen löcherte, war so ziemlich das Letzte, was sie jetzt gebrauchen konnten.

»Die Schärpe steht dir wirklich gut«, sagte Lottie, um das Gespräch in eine andere Richtung zu lenken. »Und sag mal, weißt du etwas über Jamies neuen Zimmergenossen?«

Binah wirkte plötzlich besorgt. »Nein, nichts – ich habe rein gar nichts über ihn gehört.« Sie steuerte zielstrebig auf das Feld zu. »Das ist alles höchst merkwürdig.«

Ellie und Lottie wechselten einen überraschten Blick, dann folgten sie Binah. War das möglich? Lottie konnte sich noch gut erinnern, wie Binah ihr an ihrem allerersten Tag in Rosewood erzählt hatte, dass sie es als ihre Aufgabe betrachte, alles über jeden herauszufinden. Lottie hatte schnell erfahren, wie ernst Binah diese Aufgabe nahm. Ihr Gespür für Geheimnisse hatte sie und Ellie in eine verzwickte Lage gebracht, die Ellie in den Sommerferien *Schrödingers Binah-Paradox* getauft hatte. Wusste Binah, dass Ellie die echte Prinzessin war, oder wusste sie es nicht? Das Problem war, dass sie Binah nicht einfach danach fragen konnten – denn wenn sie es taten, liefen sie Gefahr, Binah ungewollt ihr Geheimnis zu verraten.

»Obwohl ich mich schon frage, ob vielleicht …« Eine Gruppe Conch-Schüler rannte an ihnen vorbei und riss Binah aus ihren Überlegungen. Sie drehte sich zu ihnen um. »Wir werden wohl einfach abwarten müssen.«

Lottie wusste aus eigener Erfahrung, dass man Binahs oft rätselhafte Andeutungen nicht auf die leichte Schulter nehmen durfte. Letztes Jahr hatte Binah ihnen ein Rätsel gestellt, bei dem es um die Identität – oder möglicherweise um mehrere Identitäten – von William Tufty, dem Gründer von Rosewood, ging. Sie hatten das Rätsel immer noch nicht vollständig gelöst.

»Ihr habt bestimmt von der Sache mit Dolores und Michael gehört?«, fragte Binah. Lottie war nicht gleich klar, wen sie meinte, und wandte sich fragend an Ellie. »Sie werden erst mal nicht zurück nach Rosewood kommen, was ja auch verständlich ist.« Jetzt verstand Lottie endlich, wen Binah meinte, und sofort sank ihre Stimmung. Dolores und Michael waren Lola und Micky.

»Es tut mir so leid für sie«, sagte Lottie. »Wenn wir nur irgendetwas für sie tun könnten.«

Binah blieb abrupt stehen und drehte sich entschlossen zu Lottie um. »Ich bin sicher, dass wir einen Weg finden werden, um ihnen zu helfen. Wir werden die Sache lösen.«

Welche Sache will sie lösen?

Lottie und Ellie waren von Binahs plötzlichem Ausbruch irritiert. Wieso wählte sie diese komische Formulierung? Außerdem hatte sie dieses Blitzen in den Augen, das Lottie schon beim Fechtwettbewerb im letzten Jahr bei ihr gesehen hatte.

Was weiß Binah wirklich?

Ellie stand mit zusammengepressten Lippen da und musterte Binah mit dem durchdringenden Blick, den Lottie gut kannte. Sicher würde sie Binah gleich die alles entscheidende

Frage stellen – die Frage, die ihnen beiden die ganze Zeit über auf der Seele brannte. Wie gut wusste Binah über sie Bescheid? Ellie machte den Mund auf und …

»Da ist er!«, rief sie plötzlich und zeigte über Binahs Schulter.

»Was?«, stammelte Binah verwirrt.

»Da bei Jamie – seht doch!« Binahs und Lotties Blicke folgten Ellies ausgestrecktem Finger, der auf die Brücke wies, wo sich zwei Personen an das Geländer lehnten und unterhielten. Sie waren nicht nah genug, um den zweiten Jungen zu erkennen, aber Jamies aufrechte Haltung und seinen karamellfarbenen Teint hätte Lottie überall auf der Welt erkannt. Sein Gesprächspartner stand mit dem Rücken zu ihnen, so dass sie nur seine zerzausten schwarzen Haare sehen konnten. Er stand etwas gebeugt, als wäre er schüchtern und wollte sich verstecken. Das musste Jamies neuer Zimmergenosse sein. Wie aufregend!

»Natürlich!«, murmelte Binah mehr zu sich selbst. *»Prälinguale otitis media.«*

Lottie sah sie verwundert an, doch Binah war schon losgestürmt, um sich vorzustellen. Ellie und Lottie folgten ihr langsam.

»Ich glaube, das ist der Junge, den wir heute Morgen in den Nachrichten gesehen haben«, flüsterte Ellie Lottie zu.

Als sie nur noch wenige Schritte entfernt waren, drehten die Jungen sich zu ihnen um. Jetzt sah es auch Lottie. Dieselben müden Augen … Das war der Junge, von dessen Entführung sie während ihres Besuchs bei Ollie erfahren hatten. Im selben Moment, als ihre Blicke sich trafen, registrierte sie auch den intensiven Blumenduft wieder. Eine schlaftrunkene Atmosphäre lag in der Luft.

»Da ist ja der mysteriöse Mitbewohner«, sagte Ellie grinsend. Es bereitete ihr keinerlei Mühe, so zu tun, als hätte sie ihn noch nie im Leben gesehen.

Jamie nickte ihnen zu und ließ den Blick kurz auf Ellie verweilen. Wollte er ihr etwas signalisieren? Er wies mit der Hand auf den blassen Jungen. »Das ist Percy Butter, er …«

Jamie hatte den Satz noch nicht beendet, als er von einer wohlbekannten Stimme mit amerikanischem Akzent unterbrochen wurde.

»Jamie, alter Kumpel.« Wie aus dem Boden gewachsen stand plötzlich Raphael neben ihnen. Seine sonst kurz geschorenen Haare waren über den Sommer zu einem stattlichen Afro gewachsen, der ihn älter aussehen ließ. Er schnaufte, als wäre er gerade gerannt. Er umarmte Jamie und verstrubbelte ihm die Haare, was Jamie, da war Lottie sich sicher, garantiert nicht gefiel. Natürlich glättete er sich die Haare gleich wieder mit den Händen und grummelte etwas vor sich hin, was Raphael mit einem lauten Lachen quittierte. »Ah, die Kürbisprinzessin ist zurück«, sagte er dann gutgelaunt.

Lottie zuckte zusammen. Hier in Rosewood dachten alle, Lottie Pumpkin sei ein etwas alberner Deckname, den sie sich ausgedacht hatte, um ihre wahre Identität zu verbergen. Wenn die wüssten. Sie schluckte. Sie hatte keine Lust, über ihre Familie und ihr früheres Leben nachzudenken.

»Wisst ihr eigentlich, welche Sorgen ich mir nach dem Sommerball um euch gemacht habe?«, fragte Raphael.

Die drei schwiegen betreten. Es war Lottie gar nicht in den

Sinn gekommen, Raphael Bescheid zu geben, dass alles in Ordnung war. Er war damals zusammen mit Anastasia zum Ball gekommen, und sie waren einfach nur erleichtert gewesen, dass er nicht ebenfalls Teil der Verschwörung gewesen war. »Wieso hat keiner daran gedacht, mich zu informieren, dass ihr nicht alle eines qualvollen Todes gestorben seid?«, sagte er. Die Frage sollte scherzhaft klingen, es schwang aber auch Enttäuschung mit. Warum nur mussten Jungs eigentlich immer Witze reißen, um ihre wahren Gefühle zu verbergen? Ganz offensichtlich hatten sie Raphael verletzt. »Ich weiß immer noch nicht, was passiert ist. Es ist schon schwer genug, etwas aus Anastasia herauszubekommen, aber …«

Raphael unterbrach sich. Er hatte Percy jetzt erst bemerkt. Neben Raphael sah Percy noch blasser aus.

»Hey! Dich hab ich doch heute Morgen im Fernsehen gesehen«, sagte Raphael. »Irgendwas mit einer Entführung?«

»Raphael!«, zischte Lottie und stellte verblüfft fest, dass sie schon wie Anastasia klang. Doch Raphael zuckte nur die Schultern.

»Was denn? Man wird doch wohl noch fragen dürfen. Ich stelle es mir ganz schön stressig vor, nach allem, was passiert ist, gleich hierher in die Schule zu düsen.« Er sah Percy fragend an. Auch Lottie war neugierig. Es war tatsächlich merkwürdig, dass er trotz dieser wirklich einschneidenden Erfahrung direkt hierher in ein neues Umfeld, eine neue Schule gekommen war.

Percy schaute sie verständnislos an, wandte sich dann an Jamie, hob die Hände und vollführte eine Reihe schneller Gesten. Jamie schaute ihm zu und nickte.

Endlich verstand Lottie. Binahs komische Äußerung von vorhin ergab jetzt Sinn. Er hatte kein einziges Wort verstanden …

»Percy ist gehörlos, Raphael«, sagte Jamie.

Raphael zog die Augenbrauen hoch. »Oh, tut … tut mir leid. Ich …« Er verstummte unter Percys Blick. Normalerweise konnte Raphael jede Situation mit einem Witz lösen, doch jetzt schien ihm nichts einzufallen.

»Ich kann amerikanische Gebärdensprache«, erklärte Jamie. »Percy benutzt allerdings die britische.« Lottie beobachtete fasziniert, wie Jamie mit den Händen Zeichen formte. Es gab immer noch so vieles, was sie nicht über ihn wusste. Sie kam sich dumm vor. Warum wurde Gebärdensprache eigentlich nicht in der Schule gelehrt? »Pass auf«, sagte Jamie zu Raphael, »mach es mir nach.«

Dann führte Jamie ihnen einige Gesten vor. Seine gewandten Bewegungen hatten etwas Beruhigendes. »Das bedeutet *Hallo*, das *Entschuldigung*, und diese Geste bedeutet *Kann ich dir helfen?*.«

Raphael machte die Gebärde für *Hallo* und lachte übers ganze Gesicht. Er war vielleicht nicht der Taktvollste, dafür hatte er jede Menge Charme. Kein Wunder, dass er so beliebt war.

Percy lächelte schwach, dann machte auch er die Gebärde für *Hallo*.

Wie es aussah, hatten sie einen neuen Freund gefunden.

10

Sie suchten sich einen guten Platz, von dem aus sie der Festansprache lauschen und das Feuerwerk betrachten konnten. Trotzdem wurde Lottie das Gefühl nicht los, dass es nicht so schön werden würde wie im letzten Jahr. Eine Eröffnungszeremonie ohne Saskia, Anastasia, Lola und Micky fühlte sich irgendwie nicht richtig an. Wenn sie doch nur eine Zeitreise zurück ins letzte Jahr machen könnte, als sie noch eine Gruppe ganz normaler Jugendlicher waren, die dem beginnenden Schuljahr entgegenfieberten.

»Ich verstehe einfach nicht, warum Anastasia nicht mehr mit mir reden will«, klagte Raphael immer wieder. Es war schwer, ihn so verzweifelt zu sehen. Am liebsten hätte Lottie ihn eingeweiht. »Die ganzen Sommerferien über war ihr Handy aus, nicht eine meiner Nachrichten ist bei ihr angekommen. Ich dachte schon, ihr wäre etwas zugestoßen, aber …«

»Kannst du sie nicht einfach mal in Ruhe lassen?«, blaffte Ellie ihn an, woraufhin alle sie verwundert anschauten. »Vielleicht macht sie gerade eine schwere Zeit durch. Dass du sie dauernd daran erinnerst, macht es bestimmt nicht leichter für sie.« Während Ellie sprach, wanderte ihr Blick zu Lottie, die mit einem Mal ihren Wolfsanhänger glühend heiß auf der Haut spürte. Sie ahnte, was ihrer Freundin Sorgen bereitete.

Raphael starrte Ellie mit offenem Mund an. Er war es nicht gewohnt, so angeschnauzt zu werden. Lotties Blick jedoch fiel auf Percy, der die Szene mit mitfühlendem Gesicht beobachtete. Er sah beinahe so aus, als wüsste er genau, was los war.

Betretenes Schweigen machte sich breit. Glücklicherweise gingen in diesem Augenblick die Scheinwerfer auf der Bühne an, und Direktor Croak erschien im Lichtkegel.

Alle wandten sich gespannt zur Bühne. Jamie nutzte die Gelegenheit, um sich zu Lottie zu beugen und ihr ins Ohr zu flüstern: »Ist mit Ellie alles in Ordnung?«

»Sie kann einfach die ständigen besorgten Fragen nicht mehr hören«, antwortete Lottie.

»Und du? Hast du es auch satt, dauernd gefragt zu werden, wie es dir geht?«

»Ja.«

Jamie schürzte die Lippen und dachte nach, dann nickte er. »Das Training wird dir helfen.«

Jamie war keiner, der große Motivationsreden schwang, dennoch war dieser Satz das Tröstlichste, was sie seit Wochen gehört hatte. Sie wollte nicht dauernd gefragt werden, ob mit ihr alles in Ordnung sei. Sie schaute zu Ellie hinüber, deren Blick auf die Bühne gerichtet war. Sie wollten beide die Ereignisse vom Sommerball hinter sich lassen und mit ihrem Leben weitermachen. Ellie und sie waren Kämpferinnen, sie würden niemals aufgeben.

»Verehrte Schülerinnen und Schüler von Rosewood«,

schallte die schroffe Stimme von Direktor Croak zu ihnen herüber. Hinter ihm hatten die Hausvorsteherinnen in einer Reihe Aufstellung genommen: Professor Adina Devine, die stellvertretende Direktorin und Hausvorsteherin von Ivy, eine elegante, hochgewachsene Frau mit asiatischen Gesichtszügen. Daneben Ms Mercy Bolter vom Haus Conch mit ihrer ebenholzschwarzen Haut, die die Schülerinnen und Schüler mit ihrem durchdringendem Blick musterte, und Ms Jo Kuma vom Haus Stratus, eine blonde Frau mit einer Vorliebe für gewagte Muster und ausgefallenen Schmuck. Jede für sich war eine beeindruckende Erscheinung. Stolz trugen sie die violette, rote und gelbe Rose als Emblem ihres jeweiligen Hauses.

»Ich hoffe, dass ihr wunderbare Ferien hattet und jetzt gut erholt ins neue Schuljahr starten könnt.« Ein enttäuschtes Raunen ging durch die Reihen der Schüler, als sie merkten, dass in diesem Jahr Direktor Croak die Eröffnungsrede halten würde. »Ich weiß, wie schwer es anfangs sein kann, sich nach den Ferien wieder an das alte Lernpensum zu gewöhnen, doch wir hier in Rosewood schrecken vor keiner Herausforderung zurück …«

Lottie gab sich alle Mühe, der Rede des Direktors aufmerksam zu lauschen, wurde aber durch das stumme Gespräch zwischen Jamie und Percy abgelenkt. Hin und wieder hielten sie inne und rieben die Finger aneinander – eine Verlegenheitsgeste wie *äh* oder *hm* in der gesprochenen Sprache. Anscheinend gab es doch eine Menge Unterschiede zwischen der amerikanischen und der britischen Gebärdensprache. Lottie wünschte, sie könnte verstehen, worüber die beiden da sprachen, doch auch so hatte das Zuschauen eine eigenartig beruhigende Wirkung auf sie. Plötzlich sah Percy auf. Ihre Blicke trafen sich. Trotzdem bewegten sich seine Hände ohne Unterbrechung weiter, als funktionierten sie unabhängig von seinem Kopf.

»Ehrlichkeit, Entschlossenheit und Einfallsreichtum.« Lottie löste den Blick von Percys dunklen Augen und wandte sich wieder der Bühne zu. Doch irgendetwas trieb sie zurück, sie hatte das Gefühl, als wollte er ihr etwas sagen.

»Das sind die drei Grundpfeiler von Rosewood …«

Ein lauter Schrei unterbrach die Rede von Direktor Croak. Ein gurgelndes Heulen, das Lottie zusammenfahren ließ. Jamie rückte instinktiv näher an Ellie ran, die ihrerseits sofort Lotties Hand ergriff, während die versammelten Schüler sich verwirrt umschauten.

»Hilfe, ich brauche Hilfe!«, rief ein Mädchen. Doch sie war zu weit entfernt, um genau ausmachen zu können, was passiert war.

Raphael schaute Binah an, als würde er von ihr eine Erklärung erwarten, doch die sah genauso verblüfft und erschrocken aus wie alle anderen. Der Direktor spähte blinzelnd in die Richtung, aus der die Schreie gekommen waren, dann drehte er sich zu Professor Devine, die sofort in Richtung des Geheuls losmarschierte.

»Geht bitte zur Seite. Macht Platz. Schnell!«

Lottie sah, wie die Schüler hastig aufstanden und eine Gasse bildeten. Wieder zerriss ein Schrei die Luft.

»Aus dem Weg!«, rief Ms Bolter, die gemeinsam mit Professor Duran, dem Chemielehrer, von der Bühne kam und in der Menge verschwand. Lottie und die anderen waren zu weit entfernt, um sehen zu können, was dann geschah.

Lotties Atem ging schneller. Die Erinnerungen an den Sommerball stürzten wieder auf sie ein. Das beklemmende Gefühl, als sie bei Saskias Entführungsversuch gefesselt und wehrlos im Inneren des Lieferwagens gelegen hatte.

»Ellie.« Lottie brachte nur ein dünnes Flüstern zustande. Die Menge war in Bewegung gekommen, und sie waren voneinander getrennt worden. Panisch schaute sie sich nach ihrer Prinzessin um. Wieder war ein Schrei zu hören, doch diesmal war es eher ein tiefes Stöhnen. Alle stellten sich auf die Zehenspitzen, um besser sehen zu können, was da vorne los war.

Eine Hand schloss sich um Lotties Arm. Beinahe hätte sie laut aufgeschrien.

»Lottie, alles in Ordnung«, sagte Ellie beschwichtigend und zog sie zu sich.

»Wo ist Jamie?«, fragte Lottie. Um sie herum war ein Meer gereckter Köpfe und tuschelnder Münder.

»Ich habe ihm gesagt, dass er sich lieber um Percy kümmern soll.«

Lottie musste schlucken. Auf Percy musste das Ganze noch viel bedrohlicher wirken, nach allem, was er in letzter Zeit durchgemacht hatte.

Wieder war das seltsame Stöhnen zu hören, diesmal näher.

»Heb mich mal hoch.«

Lottie war überrascht, wie fest ihre Stimme wieder klang. Ellie zögerte nicht eine Sekunde, ging in die Hocke, umfasste ihre Taille und hob Lottie hoch, so dass sie über die Köpfe der anderen Schüler hinwegsehen konnte. Endlich konnte sie erkennen, woher der Tumult kam.

Professor Devine kämpfte sich durch die Schüler, einen rothaarigen Jungen stützend, der sich schlaff an sie lehnte.

»So ist es gut. Einen Fuß vor den anderen. Genauso. Ganz ruhig.«

Die Professorin führte den Jungen behutsam durch die Menge. Neben ihr lief ein blondes Ivy-Mädchen mit Brille. Sie hatte gerötete Augen, als ob sie geweint hätte.

Lottie erkannte den Jungen. Es war Horace Silverton-Smith aus der achten Klasse. Horace war dafür bekannt, lustige Botschaften an das Schwarze Brett im Gemeinschaftsraum von Ivy zu kleben. Er war kaum wiederzuerkennen. Seine Haut schimmerte hell wie Porzellan, seine Augen waren blutunterlaufen. Sein Gesicht war aufgedunsen, als wäre er zu lange unter Wasser gewesen. Seine Lider flackerten, und er hatte sichtlich Mühe, bei Bewusstsein zu bleiben. Er sah schwer krank aus.

Ellie setzte Lottie vorsichtig wieder ab. »Was hast du gesehen?«, fragte sie.

Lottie schüttelte sich. Es war nicht so sehr der Anblick des Jungen, der sie verängstigt hatte, sondern der komische Geruch, der plötzlich in der Luft lag. Süß und klebrig verdeckte er selbst den allgegenwärtigen Rosenduft. Irgendwoher kannte sie diesen Geruch, sie wusste nur nicht, woher. Er wirkte vertraut und ließ bei ihr gleichzeitig alle Alarmglocken schrillen. Ihre Nase juckte.

»Das Böse kommt auf leisen Sohlen«, murmelte Lottie vor sich hin. Aus irgendeinem Grund war ihr dieses Zitat aus

Macbeth in den Sinn gekommen. Der süße Verwesungsgeruch war noch intensiver geworden, und sie versuchte verzweifelt, sich zu erinnern, wo sie diesem Duft schon einmal begegnet war.

Binah beobachtete sie aufmerksam. Vielleicht war ihr der Geruch auch aufgefallen. Aber bevor Lottie sie fragen konnte, kam wieder Bewegung in die Menge, und Ms Bolter kehrte zurück auf die Bühne.

»Bitte setzt euch wieder!«, rief sie. »Und bitte bleibt ruhig. Wir gehen gleich über zum Feuerwerk.«

Die Schüler schauten sich verwundert an, allgemeines Geraune entstand.

Direktor Croak schlurfte, auf seinen Gehstock gestützt, herbei. »Horace wird es bald wieder bessergehen. Wir haben ihn in die Obhut der Krankenschwester übergeben. Ich bin sicher, er selbst würde sich wünschen, dass wir mit den Feierlichkeiten wie geplant weitermachen. Lasst uns das Feuerwerk genießen und diesen Zwischenfall nutzen, um zu beweisen, dass uns nichts erschüttern kann.«

Ms Kuma trat an seine Seite. »So ist es. Wir sollten alle mit Freude auf das neue Schuljahr blicken.«

Die Lehrerschaft verließ die Bühne, Ms Kuma half Direktor Croak. Nach und nach verloschen die Bühnenlichter. Nur Ms Bolter blieb kurz stehen und ließ ihren Blick über die versammelten Schüler schweifen. Lottie bemerkte, wie angespannt sie dabei die Fäuste ballte. Dann ging auch sie von der Bühne.

Das Feuerwerk begann und tauchte alles in flackerndes orangegoldenes Licht. Lottie griff instinktiv nach ihrem

Wolfsanhänger, während sie das bunte Spektakel über ihren Köpfen betrachtete. Sie atmete einmal tief ein.

Sei mutig.

Sie durfte sich von diesem kleinen Zwischenfall nicht so durcheinanderbringen lassen, sie musste stark sein, Ellie zuliebe.

»Der arme Horace«, sagte Binah, die plötzlich neben Raphael aufgetaucht war. Eine Kaskade aus blauem Licht spiegelte sich in ihren Brillengläsern. Lottie sah sich um. Sie hatten Jamie und Percy irgendwo in der Menge verloren.

»Was ist passiert?«, fragte Raphael, der anscheinend annahm, dass Binah schon eine Vermutung haben musste. Auch Lottie hoffte, dass Binahs geradezu übernatürliche Fähigkeiten, immer über alles und jeden Bescheid zu wissen, etwas Licht auf diesen merkwürdigen Vorfall werfen könnten.

»Ich weiß es nicht.« Binahs Brillengläser funkelten im lilafarbenen Licht einer weiteren Rakete. Ihr Gesichtsausdruck war schwer zu deuten.

Lottie drehte sich zu Ellie um, deren Miene im Wechselspiel der farbigen Explosionen ebenso undurchdringlich war.

»Vielleicht nur eine Magenverstimmung«, schlug Ellie wenig überzeugend vor. Es war offensichtlich, dass nicht einmal sie selbst von ihrer Theorie überzeugt war.

Lottie schüttelte den Kopf und schaute wieder hinauf zum Feuerwerk. »Aber dieser Schrei. Es klang schrecklich, als ob …«, begann sie, während die Explosionen am Himmel sich übereinandertürmten und in tausend glitzernden Funken hinabstürzten. Sie biss sich auf die Lippe. Das qualvolle Stöhnen des Jungen ging ihr nicht mehr aus dem Kopf.

Wieder schoss eine Rakete in die Nacht und spuckte eine giftgrüne Lichtkrake in den Himmel. Scharfer Rauchgeruch waberte über das Feld. Lottie schaute zu der von Weinranken bewachsenen Steinmauer hinüber, die Rosewood vom Rest der Welt trennte, und erinnerte sich an Anastasias Prophezeiung, dass ihnen eine *interessante Zeit* bevorstünde.

Hatte sie damit Leviathan gemeint? Lottie entschied sich, das Thema jetzt nicht anzusprechen. Letztes Jahr hatte Ellie das Feuerwerk zur Eröffnungszeremonie verpasst, sie sollte zumindest den Rest des Abends genießen können. Morgen würde immer noch genug Zeit sein, sich darüber den Kopf zu zerbrechen.

»Horace geht es bestimmt bald besser.« Sie lächelte ihren Freunden aufmunternd zu.

Binah versuchte nicht sehr überzeugend, ihr Lächeln zu erwidern. So besorgt hatte Lottie sie noch nie gesehen. Das machte sie nur noch nervöser. Wieder musste sie gegen den Impuls ankämpfen, Binah danach zu fragen, ob ihr dieser Geruch bekannt vorkam.

»Du hast recht, Lottie. Fürs Erste können wir nichts tun, da können wir ebenso gut das Feuerwerk genießen.«

Binahs Lächeln wurde echter, ihre Stimmung schien sich zu bessern. Auch Lottie wurde sofort zuversichtlicher. Ellie und Raphael schauten sich fragend an, dann zuckte Raphael die Schultern und wandte sich wieder dem Feuerwerk zu.

»Was auch immer Horace sich da eingefangen hat, ich hoffe nur, dass er niemanden ansteckt.« Raphaels Bemerkung jagte Lottie einen kalten Schauer über den Rücken. Smaragdgrüne Lichtbogen wölbten sich über das Feld.

Durch den dichten Rauch fiel Lotties Blick auf ein eingesunkenes Augenpaar. Percy hob winkend die Hand, ein schwaches Lächeln auf den Lippen. Neben ihm stand Jamie. Er stand sehr aufrecht, wachsam wie immer. Als Lottie ihn sah, entspannte sie sich ein wenig und spürte eine Welle der Entschlossenheit in sich aufsteigen. Sie wünschte, sie könnte auch in jeder Situation so ruhig und beherrscht bleiben wie er.

Lottie erwiderte Percys Gruß, dann drehte sie sich zu Ellie und lehnte sich bei ihr an. Ellie legte ihr einen Arm um die Schulter und zog sie an sich. Lottie sog den beruhigend vertrauten Geruch ihrer Lederjacke ein.

»Alles wird gut«, sagte sie leise, während die letzten dicken Rauchschwaden an ihnen vorbeitrieben.

Sie versuchte, daran zu glauben. Es blieb ihr auch keine andere Wahl.

11

Lottie trat ins Freie. Sie trug weite Sportkleidung, ihre blonde Lockenmähne hatte sie zu einem Zopf zurückgebunden. Heute war es endlich so weit. Sie blinzelte ins helle Morgenlicht und hielt sich schützend eine Hand über die Augen. Im Gras glänzte der Tau. Rosewood sah frühmorgens richtig verwunschen aus. Es war schwer vorstellbar, dass hier erst am Abend zuvor etwas Schreckliches geschehen war. Doch so war es. Über allem lag eine Anspannung, die sie nicht ignorieren konnte. Die Blüten zitterten sanft im Wind. Es war, als warte ganz Rosewood ängstlich auf die nächste Katastrophe.

Kurz zuvor war Lottie aus einem schlimmen Albtraum aufgeschreckt, in dem die Schule mit Giftgas geflutet worden war. Im Traum hatte sie wieder gefesselt im Lieferwagen gelegen, und das Gas war durch alle Ritzen hereingeströmt. Sie hatte keine Chance gehabt, dem Gift zu entkommen. Als sie aufgewacht war, hatte sie sofort den Arm nach ihrer Krone ausgestreckt und ihr übliches Mantra aufgesagt, um sich wieder zu beruhigen.

Sei freundlich, sei mutig und gib niemals auf.

Aber dieses Mal wirkte die Zauberformel nicht. Es war, als würde etwas Entscheidendes fehlen.

Sie hatte die Krone in die Hand genommen, und der silberne Halbmond hatte das Licht des heranbrechenden Morgens so reflektiert, dass es direkt auf das Porträt ihres Urahnen Henry gefallen war. Fast hatte es so ausgesehen, als lächele er ihr zu. War das ein Zeichen?

»Was willst du mir sagen?«, fragte Lottie in die kühle Morgenluft hinein. Doch dann kam sie sich ziemlich albern vor, herumzustehen und der Luft Fragen zu stellen. Sie schüttelte den Kopf und setzte sich in Bewegung, um zu ihrer ersten Trainingsstunde bei Jamie zu gehen.

Viele Schüler standen früh vor dem Unterricht auf, um zu joggen oder einen Sportkurs zu besuchen, weshalb Lottie in ihren Laufsachen nicht weiter auffiel.

Jamie lehnte am schmiedeeisernen Tor von Ivy, wo sie sich für ihre erste Trainingsrunde verabredet hatten. Er schaute auf die Uhr, als hätte er nicht erwartet, dass sie pünktlich kam – was ziemlich unfair war, da Lottie sehr auf Pünktlichkeit achtete.

»Gut geschlafen?«, fragte er, während sie gemeinsam den schmalen Weg nach Stratus hinaufgingen.

»Überraschenderweise ja.« Sie hatte beschlossen, ihm nichts von ihrem Albtraum über das von Giftgas verseuchte Rosewood zu erzählen. »Wie geht es Percy?«

»Es geht ihm gut.« Jamies Stimme klang gezwungen. Lottie merkte sofort, dass er nicht ganz ehrlich war.

»Wirklich?«

Sie kamen zur Brücke, die hinüber zum Feld führte. Sobald sie das Gras betreten hätten, würde Jamie darauf bestehen, mit dem Training zu beginnen, das wusste sie. Wenn sie ihn jetzt nicht fragte, wäre die Chance vertan.

»Ja, es geht ihm gut. Wirklich. Was hat übrigens Anastasia erzählt?«

Lottie war kurz von der Frage überrumpelt, doch so schnell würde sie nicht lockerlassen.

»Sie hat gesagt, Saskia habe immer wieder versichert, dass sie sie beschützen würde und dass uns eine *interessante Zeit* bevorsteht. Was auch immer sie damit meint.« Sie zögerte kurz. »Warum benimmst du dich so merkwürdig, wenn es um Percy geht?«

»Tu ich doch gar nicht. War das vor Beginn des letzten Schuljahrs oder danach?«

»Davor. Und doch, du verhältst dich sehr wohl merkwürdig. Das sehe ich doch.«

Jamie wirkte gereizt. Sie hatten das Ende der Brücke erreicht. Er strich mit einer Hand über das Geländer, dann wandte er sich ihr zu. Seine dunklen Haare, die er nie ganz unter Kontrolle bekam, schimmerten im Sonnenlicht. Er machte einen Schritt auf sie zu, war ihr nun so nah, dass sie die kleinen haselnussbraunen Sprenkel in seinen Augen sehen konnte.

»Ich möchte dich daran erinnern, dass ich hier das Kommando habe.«

Lottie ballte die Fäuste. Er wollte partout nicht über Percy reden, aber so leicht würde sie sich nicht abwimmeln lassen.

»Wir müssen uns doch vertrauen können, Jamie. Keiner hat das Kommando. Wir stecken hier alle gemeinsam drin.« Sie stellte sich auf die Zehenspitzen, um auf Augenhöhe mit ihm zu sein. »Ich verlange, dass du mir sofort sagst, was dich so bedrückt!«

Zu ihrer Verblüffung begann er, laut zu lachen. »Oha, du verlangst es also? Muss ich dich erst wieder daran erinnern, dass du nicht die echte Prinzessin bist?« Er stieß ihr mit dem Zeigefinger gegen die Schulter, woraufhin sie einen Schritt zurücktaumelte.

Lottie wurde knallrot. »So habe ich das nicht ...«

Doch bevor sie den Satz beenden konnte, setzte er ein breites Grinsen auf, wobei seine Zähne wie der Fang eines Wolfs funkelten. »Schon gut, genug herumgealbert. Es wird langsam Zeit, dass wir mit dem Training anfangen.« Er drehte sich um und gab ihr ein Zeichen, ihm zu folgen.

Lottie atmete tief durch, um sich zu beruhigen. Diese Trainingseinheit würde für sie beide nicht leicht werden.

»Hab ... ich es ... Hab ich es geschafft?«, fragte Lottie keuchend, die Hände auf die Oberschenkel gestützt. Einzelne Strähnen hatten sich aus ihrem Zopf gelöst und fielen ihr ins schweißnasse Gesicht. Erschöpft schaute sie zu Jamie auf, der Schweiß rann ihr in die Augen. Sie wischte ihn mit dem Handrücken ab und richtete sich wieder auf. Jamie lehnte sich lässig an einen Pfosten des Rugbytors und schaute auf die Stoppuhr. Er war nicht einmal ins Schwitzen geraten.

»Zwei Minuten und zwölf Sekunden. Versuch es noch mal. Oh, und ich habe genau gesehen, dass du die letzten dreißig Meter nur noch gegangen bist. Du dachtest wohl, ich bekomme es nicht mit. So was würde ich in Zukunft lassen.«

Sie sah ihn ungläubig an. »Du machst Witze, oder?«, japste

sie. Sport war nie ihre Stärke gewesen, und sie war schon stolz, überhaupt so weit gerannt zu sein, ohne dabei ohnmächtig zu werden.

»Du willst doch stärker werden? Dazu musst du erst mal härter im Nehmen sein. Du bist einfach zu zartbesaitet.«

Lottie zog einen Schmollmund. Sie hatte sich ihr Training als langsamen Lernprozess vorgestellt, nicht wie ein militärisches Übungslager.

»Tja, vielleicht bin ich eben gerne zart?«, antwortete sie mit kaum unterdrückter Wut. Sie zwang sich, kerzengerade zu stehen, und stemmte eine Hand in die Hüfte.

»Aber du willst stärker werden. Du kannst nicht stark und zart zugleich sein.« Er schaute sie nicht einmal an, sondern richtete den Blick auf seine Uhr, um sie neu zu stellen.

Lottie dachte nach. Ihr Atem hatte sich immer noch nicht beruhigt, ihre Wangen waren vor Anstrengung knallrot angelaufen.

»Ich will aber beides sein.«

Jetzt blickte Jamie verwundert auf.

»Ich werde dir beweisen, dass zart zu sein genauso viel Stärke erfordert, wie hart zu sein«, sagte sie.

Es folgte eine lange Pause. »Okay«, sagte er schließlich. »Sei zart und sanft, nutze deine Waffen. Trotzdem wirst du etwas brauchen, worauf du zurückgreifen kannst, wenn es schiefgeht.« Lottie wollte etwas einwenden, doch er schnitt ihr das Wort ab. »Es ist gar nicht so verkehrt, deinem Gegner das Gefühl zu geben, er sei überlegen, aber wenn du nichts in der Hinterhand hast, womit du ihn überraschen kannst, dann ist es nutzlos.«

Sie biss sich auf die Lippe und dachte nach. Er hatte recht – wie immer.

»Und womit genau soll ich ihn überraschen?«, fragte sie.

»Also, als Erstes brauchst du eine bessere Ausdauer. Danach können wir an deinen Reflexen und der Geschwindigkeit arbeiten.« Er schenkte ihr ein Lächeln. »So, und jetzt lauf die Runde noch mal.«

Zwanzig Minuten später brannten Lotties Lungen, jeder Atemzug schmerzte, und sie hatte einen metallischen Geschmack im Mund. Sie war fix und fertig. Absolvierte Jamie diese Trainingseinheit wirklich jeden Tag?

»Es wird wohl noch eine Weile dauern, bis du ein ebenso guter Joggingpartner bist wie Raphael.« Jamie hatte mehrere kleine Gewichte geholt. »Nimm die und folge meinen Anweisungen.«

Lottie gehorchte. Jamie machte eine Sit-up-Übung vor, und sie machte seine Bewegungen nach, verschränkte die Arme vor der Brust und hob den Oberkörper vom Boden ab. Wieder und wieder. Wann würde er endlich aufhören? Die Erwähnung Raphaels hatte bei ihr ein komisches Gefühl im Bauch zurückgelassen. Sie hatte ganz vergessen, dass die Freundschaft zwischen Jamie und Raphael auf ihrer gemeinsamen Leidenschaft fürs Laufen beruhte. Das machte sie ein bisschen neidisch.

»Worüber redet ihr denn so auf euren Touren?«, keuchte sie zwischen zwei Sit-ups. Es fiel ihr schwer, es sich überhaupt vorzustellen. Die beiden Jungen waren einfach grundverschieden.

»Du ziehst die Schultern zu weit vor.« Jamie unterbrach

seine eigene Übung und manövrierte sie wieder in die richtige Ausgangsstellung, bevor er ihre Frage beantwortete. »Vor allem ging es mir darum, Informationen über die merkwürdigen Nachrichten zu sammeln, die du letztes Jahr bekommen hast. Aber wir haben auch viel über sein Leben in L. A. gesprochen und wie es ist, wenn man berühmte Eltern hat. Halte den Rücken noch etwas gerader.«

Lottie legte den Oberkörper wieder ab, streckte die Arme mit den Gewichten nach vorn und kam wieder hoch, während Jamies Hände sie dabei unterstützten und hier und da ihre Haltung korrigierten. »Berühmte Eltern?«

»Ja. Seine Eltern sind Marcus und Halle Wilcox. Das Schauspielerpaar. Oberkörper wieder ablegen.«

»WAS?« Lottie fuhr hoch, fast wäre sie mit der Stirn gegen Jamies geknallt.

Wie hatte ihr das entgehen können? Sie kannte Raphael schon ein ganzes Jahr und wusste absolut nichts über seine Familie. Drei Elstern flogen über sie hinweg und ließen sich auf einer kleinen Esche am Feldrand nieder. Jede landete auf einem anderen Ast, zusammen bildeten sie ein fast perfektes Dreieck. Lottie machte eine Pause und beobachtete die Vögel. Als sie sich wieder in die Luft erhoben und weiterflogen, sah sie ihnen gedankenverloren nach – wobei sie Jamies strengen Blick wohlweislich ignorierte.

»Ich hatte ja keine Ahnung, dass …« Da ging ihr auf, dass sie auch über Binahs oder Anastasias Familien kaum etwas wusste. Familie war immer noch ein Thema, über das sie nicht gerne redete. Aber erst jetzt merkte sie, wie konsequent sie diesen Punkt bisher umschifft hatte. Sie erinnerte sich an

Jamies Gesichtsausdruck, als sie ihn gefragt hatte, wie ihm das Buch über Pakistan gefiele. Ihm schien das ganze Thema extrem unangenehm gewesen zu sein. Nun glaubte sie, seine Gefühle etwas besser verstehen zu können.

»Es ist nicht immer leicht, über die eigene Familie zu sprechen«, sagte er, während er wieder einmal ihre Haltung korrigierte. »Lehn dich zurück.«

»Du hast recht«, erwiderte sie, und ihre Gedanken wanderten wieder zu ihrer Krone. »Ich dachte, wenn ich erst mit Ollie gesprochen hätte, könnte ich das Thema für mich abhaken. Aber jetzt beschäftigt es mich nur noch mehr.«

Wie eigenartig. Hier lag sie völlig verschwitzt im nassen Gras, und jeder Muskel ihres Körpers tat ihr weh. Nicht gerade die passende Gelegenheit für sentimentale Gedanken. Jamies Gesicht gab wie üblich nichts von seinem Innenleben preis. Der einzige Hinweis, dass er sie überhaupt gehört hatte, war ein betont langsamer Atemzug. Die Kälte des Bodens drang durch ihre Kleider, das nasse Gras zwischen ihren Fingern war wie Eis. Sie war unsensibel gewesen. Die ganze Zeit über hatte sie sich Sorgen gemacht, von ihrer Familie abgeschnitten zu sein. Sie hatte versucht, ihre eigenen Gefühle in den Griff zu kriegen, indem sie … ja, was eigentlich? Indem sie Jamie ein Buch schenkte? »Es tut mir leid, Jamie … Ich meine die Sache mit dem Buch. Ich habe deine Gefühle verletzt.« Sie starrte zu Boden.

»Du musst dich nicht entschuldigen.« Seine Stimme war so kalt wie der Boden unter ihr und sein Gesicht eine perfekte Maske absoluter Gleichgültigkeit. »Wie ich sehe, trägst du deinen Wolfsanhänger.« Er zeigte auf die Kette, die während der Übungen herausgerutscht war und nun auf ihrem T-Shirt lag.

»Du trägst deinen doch auch.«

Beide schwiegen einen Augenblick. Ihre Blicke trafen sich.

»Ich werde ihn auch immer tragen«, sagte er.

Sie konnte den Blick nicht von seinem lösen, diese haselnussbraunen Augen … ganz anders als die der übrigen Wolfsons. Weil er anders war.

Jetzt konnte sie sich nicht mehr zurückhalten, sie musste die Frage einfach stellen: »Fragst du dich denn nie, was aus ihnen geworden ist? Fragst du dich nicht …« Lottie wollte es unbedingt wissen. War er nicht neugierig, was mit seinen Eltern passiert war, wer sein Vater war? Aber sein warnender Blick ließ sie im letzten Moment zurückschrecken. »Ich glaube, es ist längst Frühstückszeit.«

Jamie löste die Hände von ihren Schultern. Er grummelte leise vor sich hin, dann nahmen seine Züge wieder einen freundlicheren Ausdruck an. »Ich denke, wir können es für heute dabei belassen.«

Er wollte aufstehen, doch Lottie packte ihn beim Arm. »Warte.«

Aber es war schon zu spät. Bevor sie ihn daran hindern konnte, hatte er sie bereits hochgehoben und auf die Füße gestellt.

»Was denn jetzt noch?«

Sein schnippischer Ton verletzte sie, gleichzeitig konnte Lottie ihm seine Gereiztheit nicht wirklich übelnehmen. Er hatte mehr als deutlich gemacht, dass er nicht über seine Familie reden wollte.

»Ich … ich wollte dich fragen, warum du so zugeknöpft bist, wenn es um Percy geht?«

Zu ihrer Erleichterung seufzte er nur einmal resigniert auf. »Er hat letzte Nacht gar nicht geschlafen. Ich konnte es hören, weil er die ganze Nacht über unregelmäßig geatmet hat.«

Lottie blinzelte. »Glaubst du, dass er dich beobachtet hat?«

»Das glaube ich nicht. Er hat wohl einfach Schwierigkeiten, sich auf die neue Situation einzulassen.« Jamie schaute hinüber zum Hauptgebäude, als wäre ihm gerade etwas eingefallen.

»Das ist doch verständlich.«

Nach allem, was er durchgemacht hatte, war es nicht verwunderlich, dass er sich nicht sofort an das Schulleben gewöhnen konnte. »Wir müssen auf ihn aufpassen«, sagte sie bestimmt. »Wer weiß, was er gerade durchmacht.«

Jamie nickte, wobei ihm eine dunkle Locke über die Augen fiel. »Aber auf dich müssen wir auch aufpassen, Lottie. Sei wachsam.« Er drehte sich um und machte sich auf den Rückweg. Lottie musste den Weg zurück nach Ivy alleine gehen.

Sei wachsam.

Da war es wieder, dieses Wort. Während sie Jamie nachblickte, wurde ihr plötzlich klar, was sie tun musste. Sie durfte die Fehler aus dem Vorjahr nicht wiederholen. Dieses Jahr musste sie wachsam bleiben und sich auf ihre Aufgabe konzentrieren, damit ihr nicht der kleinste Hinweis auf eine mögliche Gefahr entging. Das Problem war nur: Sie wusste nicht, *worauf* sie achten sollte.

12

Ollie starrte auf den Computerbildschirm. Er war so vertieft, dass er gar nicht merkte, wie dunkel es im Zimmer geworden war. Auf seinem Handy trudelten immer wieder Nachrichten seiner Schulfreunde ein, die wissen wollten, ob er etwas mit ihnen unternehmen wollte, doch er war zu beschäftigt, um ihnen zu antworten.

Eigentlich hätte er seine Biologiehausaufgaben machen sollen. Aber nun saß er hier und suchte schon seit Stunden im Internet nach Informationen über die Prinzessin von Maradova. Er hatte Lottie zwar versprochen, sich nicht einzumischen, aber was konnte schon passieren, wenn er auf eigene Faust ein paar Nachforschungen anstellte?

Bisher war er nur auf ein paar Artikel in der Klatschpresse gestoßen, die vor etwa zwei Jahren ins Netz gestellt worden waren. Anonyme Quellen berichteten, die Prinzessin auf Konzerten und wilden Partys gesehen zu haben, wo sie sich angeblich wenig königlich verhalten hatte. Aber die Artikel waren nachlässig geschrieben und boten nur lückenhafte Informationen. Zum Beispiel hatte damals noch niemand gewusst, wie die Prinzessin eigentlich aussah. Wie hätte sie also jemand auf besagten Veranstaltungen erkennen sollen? Aber die Leute glaubten eben das, was sie glauben wollten, und so wurde aus nichts als heißer Luft das Gerücht gesponnen, dass die Prinzessin von Maradova nur deshalb nicht der Öffentlichkeit vorgestellt wurde, weil sie für eine echte Prinzessin zu wild war.

Doch vor zehn Monaten hatten die Spekulationen schlagartig aufgehört. Ollie starrte perplex auf ein Bild seiner besten Freundin aus Kindertagen, auf dem sie ein elegantes pfirsichfarbenes Kleid trug, dazu ihre Familienkrone, die er von früher kannte, zwischen den aufwendig frisierten blonden Locken. In dieser jungen Frau konnte er zwar immer noch Lottie mit ihren runden Wangen und großen Augen erkennen, doch zugleich war sie auch ein anderer Mensch, sie war ganz Prinzessin.

Ollie schloss den Tab. Das war doch alles viel zu verrückt.

Lottie – das war doch seine beste Freundin, jenes stets gutgelaunte, kunstversessene Mädchen, das immer die Nase in einem Buch hatte und ihre wilden Haare nicht in den Griff bekam. Ein ganz normales Mädchen, das verrückt nach Prinzessinnen war und dauernd Disneyfilme mit ihm sehen wollte. Er hatte sie dann immer etwas quengeln lassen und so getan, als hätte er keine Lust, doch insgeheim fand er ihre Begeisterung ansteckend. Sie war eigenwillig, wurde ständig rot und grunzte manchmal, wenn sie zu sehr über einen seiner blöden Witze lachen musste. Das war seine Lottie Pumpkin.

»Ich weiß, was ich tue. Ich kann mich nicht erinnern, dich um deine Meinung gebeten zu haben.«

Mittlerweile war es völlig finster. Plötzlich fühlte er sich furchtbar einsam in seinem Zimmer. So mutterseelenallein, wie man sich nur fühlt, wenn man absolut niemanden hat, mit dem man reden, an den man sich wenden kann, wenn einem etwas auf der Seele brennt.

Seine Mutter rief ihn zum Abendessen. Unten in der Küche klimperte sie mit den Töpfen. »Ollie, o jantar está pronto!«

»Ich komme in einer Minute, Mama!« Er wollte den Computer schon ausschalten, als ihm noch eine Idee kam.

»Die Empanadas werden kalt!«, rief seine Mutter von unten.

Normalerweise hätte er für Empanadas alles stehen und liegen gelassen, doch die Geschichte ließ ihn nicht mehr los. Er beugte sich über die Tastatur und tippte alle Namen in die Suchmaschine, die bei dem Gespräch mit Lottie gefallen waren.

Percival Butter Tompkins Leviathan

Einen Augenblick lang schwebte sein Cursor untätig über der Trefferliste. Er sollte es lassen. Lottie hatte ihn davor gewarnt, sich einzumischen, aber er war noch nie gut darin gewesen, das Vernünftige zu tun. Die Maus bewegte sich wie von selbst und klickte sich durch die Bilder und Artikel. Der Name Leviathan fiel nicht. Stattdessen immer wieder das gleiche Material: Bilder des müde aussehenden Jungen aus den Nachrichten und der beiden hellhaarigen Zwillinge. Nur sehr wenige konkrete Informationen, die Artikel waren fast bis in den Wortlaut gleich …

»Hm?« Sein Herzschlag beschleunigte sich. Irgendetwas

auf den letzten drei Bildern war komisch. Er spürte, dass etwas nicht stimmte.

»Was zur Hölle …?« Zwei ganz in Schwarz gekleidete Personen neben Percival fielen ihm ins Auge. Ein Mädchen mit glatten schwarzen Haaren und ein Junge mit Cowboyhut. Bei ihrem Anblick lief ihm ein eiskalter Schauer den Rücken hinunter. Als er zum nächsten Bild wechselte, das die Tompkins-Fabrik zeigte, waren sie wieder da, nur etwas schwerer auszumachen inmitten einer großen Menschenmenge. Er ging die letzten Bilder, die er sich angeschaut hatte, noch einmal durch und stieß auf jedem einzelnen auf ihre Gesichter. Plötzlich beschlich ihn ein komisches Gefühl, er fühlte sich verfolgt, als würden die beiden ihn aus dem Bild heraus beobachten.

Aber das ist doch verrückt. Unmöglich.

Er lehnte sich in seinem Stuhl zurück und fragte sich, was Lottie in dieser Situation tun würde.

Bestimmt würde sie weitermachen. Wie er sie kannte, würde sie der Sache auf den Grund gehen wollen. Vielleicht hatten die beiden etwas mit dem Vorfall zu tun? Was, wenn sie in eine Art geheimer Verschwörung verwickelt waren?

Was würde Lottie an deiner Stelle tun? Benutz dein Hirn, dachte er.

Er knipste seine Nachttischlampe an, Licht durchflutete das Zimmer. Ein Stapel Schulbücher und Stifte erinnerte ihn an die unerledigten Hausaufgaben. Er nahm ein Heft und schlug eine leere Seite auf. Er ging die Fotos noch einmal durch und übertrug alle relevanten Daten in sein Heft, dann druckte er alle Bilder mit dem mysteriösen Duo aus. Als er fertig war, lagen vier unterschiedliche Aufnahmen vor ihm, von denen ihn dieselben, irgendwie bedrohlich wirkenden Augenpaare anstarrten. Auf einem Foto schaute das Mädchen direkt in die Kamera. Ihr listiger Blick schien ihn durchbohren zu wollen.

»Ollie, jantar!«

Er sprang auf. Das Herz schlug ihm bis zum Hals. Seine Mutter hatte ihn wieder in die Realität geholt. Jetzt kam ihm seine Furcht ziemlich albern vor. Er lächelte und fuhr sich mit den Händen durch die zerzausten Haare. »Ich komme, Mama.«

Er schnappte sich sein Handy und sprang auf dem Weg zur Tür über einen Haufen schmutziger Klamotten. Als er die Tür öffnete, konnte er das leckere brasilianische Essen seiner Mutter riechen, das in der Küche auf ihn wartete.

Es war doch nur ein Foto. Was konnte daran schon so gruselig sein?

13

Ellie gähnte herzhaft und setzte sich neben Lottie an den Tisch. Es war ihr Lieblingstisch im großen Speisesaal von Ivy, ein Eichentisch direkt neben dem Panoramafenster, von dem aus man den Teich und die Statue von *Ryley dem Hirschen* gut sehen konnte. Auf Ellies Teller türmten sich fettige und zuckrige Leckereien. Jamie beäugte ihre Frühstücksauswahl argwöhnisch. Seit ihrem Training, bei dem Lottie das Thema Familie angesprochen hatte, war er reizbar und verschlossen. Lottie hatte das Gefühl, dass es ihre Schuld war. Aber auch die allgemeine Stimmung war gedrückt – den Schülerinnen und Schülern war nur allzu bewusst, dass Horace immer noch nicht wiederaufgetaucht war.

»Was ist?«, fragte Ellie trotzig, als sie Jamies strengen Blick auf den Stapel Nutellatoasts auf ihrem Teller bemerkte. »Ich wachse noch.«

Lottie kicherte und strich Marmelade auf ihr Milchbrötchen. »Sie kann die Extraenergie gebrauchen«, kam sie ihrer Freundin zu Hilfe. »Heute fangen die Wahlpflichtkurse an.« Lottie konnte ihre Aufregung kaum verbergen. Vor sich hatte sie einen ansehnlichen Bücherstapel aufgebaut – sie würde für ihr neues Fach richtig büffeln müssen.

»Stimmt genau«, sagte Ellie und kaute geräuschvoll auf

einem Stück Bacon herum. »Für das Spearion muss ich tipptopp in Form sein.«

»Wenn du wirklich tipptopp in Form sein willst«, entgegnete Jamie, »solltest du lieber Vollkornbrot essen, dazu möglichst wenig Fett und viele Proteine …«

Ellie verdrehte die Augen.

»Was ist das Spearion?«, fragte Lottie schnell, um das Thema zu wechseln.

Ellie riss ein Stück aus ihrem Nutellatoast, wirbelte es wie einen Degen durch die Luft, biss hinein und spülte mit einem Schluck Saft nach. »Ein internationales Fechtturnier«, sagte sie dann. »Es wird zum Ende des Frühlingssemesters ausgetragen. Dieses Jahr wird es von den Tompkins ausgerichtet.« Ellie grinste. »Und natürlich werde ich es gewinnen!«

Lottie grinste ebenfalls. Sie zweifelte nicht eine Sekunde daran, dass Ellie das Turnier gewinnen würde. »Und ich werde dich lautstark unterstützen.«

»Warum um alles in der Welt richtet eine Süßwarenfirma ein Fechtturnier aus?«, fragte Jamie.

»Keine Ahnung«, antwortete Ellie. »Es hat wohl irgendetwas mit Alfred Tompkins zu tun. Fechten ist anscheinend sein Lieblingssport, und er finanziert die Anreise, Verpflegung und Ausrüstung, damit er das Turnier sehen kann, solange es noch geht.«

Ellie stutzte über ihre eigene Bemerkung, doch nun hing der Satz in der Luft und ließ sich nicht mehr zurücknehmen. Stimmte ihre Vermutung? Bereitete sich Mickys und Lolas Vater wirklich auf den Tod vor?

»Tja, ich freue mich jedenfalls, dass ihr beide euch so in

eure Wahlfächer stürzt«, sagte Jamie und zeigte auf Lotties Bücherstapel, um die Stimmung zu retten.

Die Wahlfächer waren der wohl beliebteste Teil des Lehrangebots in Rosewood – eine Vielzahl an Kursen und Aktivitäten, deren Ziel es war, das Beste aus den Schülern herauszuholen und ihnen Gelegenheit zu geben, sich den Themen zu widmen, die sie besonders interessierten. Die meisten Kurse standen allen Schülern offen, es gab aber auch ein paar Angebote mit Auswahlbeschränkungen, wie etwa die Fechtmannschaft der *Rosewood Lancers*. Um dort hineinzukommen, musste man eine Aufnahmeprüfung bestehen, die Ellie locker gemeistert hatte. Lottie dagegen hatte wie die meisten anderen einen für alle Schüler offenen Kurs gewählt. Jetzt, da sie sich entschieden hatte, kam ihr die Wahl im Nachhinein irgendwie zu naheliegend und auch ein bisschen phantasielos vor.

»Ich will ja nicht lügen, aber dein Kurs hört sich ziemlich … langweilig an«, sagte Ellie und schüttelte den Kopf angesichts der vielen Bücher, die Lottie mit sich herumschleppte.

»*Geschichte der großen Königshäuser* ist eine sehr vernünftige Wahl. Da könntest du auch noch was lernen, Ellie.« Jamie tippte auf Lotties Bücher.

»Eine vernünftige Wahl. Genau das ist ja das Problem«, antwortete Ellie und verdrehte die Augen.

»Also, ich finde es spannend«, sagte Lottie und gab sich Mühe, nicht so zu klingen, als müsse sie sich rechtfertigen. »Man kommt dabei uralten Geheimnissen auf die Spur. Märchen, aber aus dem wahren Leben.« *Und es wird mir bei meiner Rolle als Porterin helfen*, dachte sie bei sich. Jamies Gesichtsausdruck ließ darauf schließen, dass er genau wusste, warum sie gerade diesen Kurs gewählt hatte – und allem Anschein nach hielt er es für eine gute Idee. »Außerdem bin ich durch Oscars Tagebuch den anderen im Kurs schon ein Stück voraus.« Dank Jamie hatte sie einen Blick in das ledergebundene Tagebuch werfen können, das einst dem Porter von Henric Wolfson, Ellies Großvater, gehört hatte. Sie wusste mehr über Porter und die Wolfsons als alle anderen Schüler. Lottie zwinkerte ihnen verschwörerisch zu, als wären sie in einem Spionagekrimi.

In diesem Augenblick wurde es mucksmäuschenstill im Saal. Etwas hatte die Aufmerksamkeit aller Schüler erregt. Lottie blinzelte verwundert und drehte sich um, um zu sehen, woher dieser plötzliche Stimmungsumschwung kam.

Die Tür war aufgegangen, und Ms Devine und die neue Vertrauensschülerin aus der zwölfte Klasse, Alice Amari, hatten den Saal betreten. Aber niemand schaute auf sie. Denn zwischen den beiden, leicht an Alice gelehnt, stand der schüchtern dreinblickende Horace. Er schien sich unwohl zu fühlen, weil alle ihn anstarrten. Lottie war erleichtert.

Alice Amari war eine imposante Erscheinung. Mit ihrem akkuraten Kurzhaarschnitt wirkte sie sehr streng und aufgeräumt. Ihre kräftige Stimme war mühelos im gesamten Saal zu verstehen. »Bist du dir sicher, dass du wieder in den Unterricht willst?«, fragte sie und ignorierte die neugierigen Blicke.

»Ja, ich bin mir sicher. Kann ich mich jetzt bitte zu meinen Freunden setzen?«

»Du kannst gehen«, sagte Professor Devine, lächelte ihn an und nickte Alice bestätigend zu. »Aber du musst sofort Bescheid sagen, wenn du auch nur das kleinste Anzeichen von Unwohlsein verspürst.«

Horaces große Augen und sein leicht lockiges rotes Haar hatten etwas an sich, das bei allen den Beschützerinstinkt weckte.

»Ja, Frau Professor. Danke schön.«

Alle Augen waren auf Horace gerichtet, als er sich neben das Mädchen setzte, das vergangene Nacht um Hilfe gerufen hatte.

Die Professorin räusperte sich und schritt dann zusammen mit Alice zum Eingangsbereich des Saals, wo alle sie gut sehen konnten. Ihre Schuhe klackerten bei jedem Schritt.

»Liebe Schülerinnen und Schüler von Ivy«, begann sie. Ihr violetter Blazer bildete einen starken Kontrast zu ihrem kurzgeschnittenen roten Haar. »Ich weiß, ihr könnt es kaum erwarten, mit euren Wahlkursen zu beginnen, aber ich möchte euch trotzdem noch einmal ermahnen, wachsam zu sein.« Lottie zuckte zusammen. Da war es wieder, dieses Wort. Wollte das Universum ihr ein Zeichen geben? »Wenn sich jemand in den nächsten Wochen krank fühlt, müsst ihr euch bitte sofort melden. Wir wollen schließlich nicht, dass eine Epidemie auf dem Schulgelände ausbricht.«

Alice trat vor. »Selbst wenn ihr euch nur ein bisschen unwohl fühlt, geht bitte sofort zu eurem Vertrauensschüler oder der Krankenschwester. Wir wollen nicht, dass sich die Sache mit Horace wiederholt.«

Aber was genau war denn nun mit Horace geschehen?, fragte Lottie sich.

»So, und nun lasst euch weiter das Frühstück schmecken.

Ich wünsche euch allen einen schönen Tag.« Die Professorin nickte Alice zu und ging. Kaum war sie draußen, erhob sich allgemeines Gemurmel.

»Das solltest du auch Percy sagen«, sagte Lottie zu Jamie. Da erst fiel ihr auf, dass sie Percy den ganzen Morgen über noch gar nicht gesehen hatte. »Wo steckt er eigentlich?«

»Er geht freitagmorgens zur Therapie«, erklärte Jamie, der immer noch zu Horace hinüberstarrte. Dann wandte er sich langsam wieder ihnen zu. Er wirkte sehr besorgt. »Wenn eine von euch sich krank fühlt, müsst ihr es mir sofort sagen. Selbst wenn es nur ein Schnupfen ist. Habt ihr mich verstanden?«

Ellie sah so aus, als wollte sie gleich wieder einen Witz reißen, doch dann wanderte ihr Blick zu Horace. Schaudernd erinnerte sie sich an den grauenvollen Schrei, den er am Abend des Feuerwerks ausgestoßen hatte.

»Ja, verstanden«, sagte sie leise.

»Gut. Wir sehen uns dann nach dem Unterricht in der Bibliothek.«

Der Kurs *Geschichte der großen Königshäuser* fand in Raum A-2 statt. Ein runder Klassenraum im obersten Stockwerk des Fachbereichs Kunst, in dem sonst Präsentationen gehalten und Zeichenunterricht gegeben wurde. Dass der Kurs in diesen winzigen Raum verlegt worden war, lag an der geringen Teilnehmerzahl. Die Stühle waren in Hufeisenform um einen großen Tisch angeordnet, auf dem sich Bücher und uralter Schmuck stapelten. Lottie war wie immer die Erste. Sorgfältig baute sie ihren eigenen Bücherstapel vor sich auf. Sie wollte vorbereitet wirken, um einen guten ersten Eindruck bei der Lehrerin zu hinterlassen. Sie freute sich auf den Unterricht, der eine willkommene Abwechslung von dem Chaos sein würde, mit dem sie sich sonst herumschlagen musste.

Allmählich tröpfelten ein paar weitere Schüler ein. Lottie kannte die meisten nur vom Sehen. Zwei aus Conch – ein Mädchen mit langen roten Haaren und ein indischer Junge, der sich die Haare gebleicht hatte –, die sich nebeneinandersetzten. Als Nächstes betrat ein Junge aus Ivy mit einer riesigen Brille und modischem Undercut den Raum, der sich ganz nach hinten setzte. Dann noch zwei Jungen aus Stratus, die wie Lottie einen Haufen Bücher mitgebracht hatten. Sie lächelte jedem freundlich zu. Wie komisch, dass sie niemanden kannte. Anscheinend war dieser Kurs besonders unter den schüchternen, strebsamen Schülern beliebt.

Dann ging die Tür auf, und die Lehrerin kam mit einem großen Teller Kekse herein.

Lottie sah die kurzen roten Haare und verschluckte sich fast vor Überraschung. Ms Adina Devine hätte sie hier am wenigsten erwartet. Bevor sie sich an die Vorstellung gewöhnen konnte, betrat ein zartes Mädchen mit einem Wuschelkopf und einem grauen Umhang mit gelbem Futter hinter Ms Devine den Raum. Sie balancierte ein Tablett mit Teetässchen mit Rosenblütenmuster und einer großen Teekanne. Binah!

Lottie hatte das Gefühl, in eine merkwürdige Traumwelt geraten zu sein. Wer würde als Nächstes durch die Tür hereingeschneit kommen?

»Guten Morgen.« Die Stimme der Professorin hallte unangenehm, sie schien zu groß für den beengten Raum zu sein. »Ihr habt sicher jemanden aus dem Fachbereich Geschichte erwartet, doch es gab eine kurzfristige Planänderung, und deshalb werde ich dieses Jahr den Kurs *Geschichte der großen Königshäuser* unterrichten.« Sie platzierte den Keksteller vorsichtig auf einem der freien Tische und wies Binah an, auch das Tablett abzustellen. »Vielen Dank für die Hilfe, Binah. Bitte setz dich.«

Lottie merkte, dass die anderen Schüler unruhig auf ihren Stühlen hin- und herrutschten. Die stellvertretende Direktorin war eine einschüchternde Persönlichkeit, mit der man es sich besser nicht verscherzen sollte. Lottie wollte sie unbedingt beeindrucken. Sie rückte eins der Bücher auf ihrem Stapel zurecht – ein ziemlich plumper Versuch, darauf hinzuweisen, wie gut vorbereitet sie war. Doch als ihr dies aufging, war es schon zu spät.

Professor Devine lächelte vielsagend. »Wie ich sehe, haben sich einige für diesen Kurs ganz schön was vorgenommen.« Sie stibitzte einen Keks vom Teller und tunkte ihn in ihren Tee. »Bitte bedient euch«, sagte sie dann. Als alle schüchtern sitzen blieben, fügte sie hinzu: »Jetzt schaut doch nicht so verängstigt. Ihr seid hier in einem Wahlpflichtfach, nicht im Gefängnis!«

Binah setzte sich neben Lottie und schenkte ihr ein breites Lächeln. Vielleicht konnte Lottie die Chance nutzen, um Binah etwas besser kennenzulernen.

»Warum hast du *Geschichte der großen Königshäuser* gewählt?«, fragte Lottie und schenkte sich eine Tasse Tee ein.

Binah zuckte die Schultern. Ihre großen Brillengläser spiegelten die durch das Oberlicht einfallenden Sonnenstrahlen. »Es schien mir die interessanteste Wahl zu sein.«

Lottie ging es genauso, obwohl bisher niemand ihre Leidenschaft geteilt hatte. Sie verspürte den plötzlichen Wunsch, aufzuspringen, Binah zu umarmen und *DU VERSTEHST MICH!* zu schreien, konnte sich aber gerade noch zurückhalten. »Mir geht es genauso.«

»Familie«, begann Professor Devine und machte einen Schritt in die Mitte des Raums. »In der Geschichte der großen Königshäuser dreht sich alles um Familie, um Stammbäume und Herkunft.«

Lottie hatte das Gefühl, dass alle sie aus den Augenwinkeln beobachteten. Was würde eine echte Prinzessin wohl zu alldem sagen? Sie rutschte nervös auf ihrem Stuhl hin und her.

»Jedes Mitglied eines Herrscherhauses verfügt über eine Abstammungslinie, die oft Hunderte oder sogar Tausende Jahre zurückreicht.«

»Und was, wenn die Linien unterbrochen werden?«, fragte der Conch-Junge schüchtern.

»Oder wenn eine Dynastie abgesetzt wird?«, fügte das Mädchen neben ihm hinzu.

»Guter Einwand, Sanjiv und Orla. Denn genau dann wird es spannend, wenn ich so sagen darf.«

Professor Devine ging zu ihrem Tisch in der Mitte des Raums und hob eine Kette mit einem großen Opal in Form eines Mondes auf. Der Edelstein glitzerte und funkelte. Lottie musste an die Krone ihrer Mutter denken. Sie fühlte ein Kribbeln in sich aufsteigen, während die Professorin das Geschmeide durch ihre Hände gleiten ließ. Der Wolfsanhänger lag schwer auf ihrer Brust.

»Wer hat schon einmal den Namen Mayfutt gehört?«, fragte Mrs Devine und schaute sich im Raum um.

Alle schüttelten die Köpfe, nicht einmal Binah wusste etwas. Lottie hatte den Namen zwar schon in Oscars Tagebuch gelesen, die Stellen damals aber nur überflogen, also schüttelte auch sie den Kopf. Die stellvertretende Direktorin lächelte und ließ die Kette weiter durch ihre Hände gleiten.

»Die Mayfutts waren einst ein ebenso stolzes und berühmtes Königshaus wie die Windsors und die Wolfsons.« Bei Erwähnung des letzten Namens schaute die Professorin Lottie einen Moment lang an, woraufhin die errötete. »Die Mayfutts stellten viele Jahrhunderte lang die Könige von Albanien, bis eines Tages« – im Raum war es jetzt so still, dass man eine Stecknadel hätte fallen hören, die Schüler beugten sich vor und lauschten gespannt – »die Prinzessin spurlos verschwand.«

Alle schnappten gleichzeitig nach Luft.

»Was ist mit ihr geschehen?«, fragte der Stratus-Junge und schob seine Brille zurecht.

»Das wissen wir nicht. Aber dieser Vorfall zeigt, wie fragil so ein Königshaus sein kann. Ein schwaches Glied kann die ganze Kette brechen lassen.«

»Ein schlechter Wolf kann das ganze Rudel verderben«, murmelte Lottie vor sich hin. Erst dann merkte sie, dass alle sie anstarrten. »Entschuldigung … das … das ist so ein Spruch, den ich von zu Hause kenne.« Wieder errötete sie.

»Wie lautete der Name der Prinzessin?«, fragte Binah und

ließ ihren Kugelschreiber klicken, um sich den Namen zu notieren.

»Ihr Name lautete Liliana Wilda Mayfutt, und nach allem, was wir über sie wissen, machte sie ihrem Zweitnamen alle Ehre, denn sie war ein echter Wildfang.« Lottie hätte fast laut aufgeschrien. Die Beschreibung passte exakt auf Ellie. Kannte Ellie Lilianas Geschichte – wie eine ungezogene Prinzessin eine ganze Familiendynastie zerstört hatte?

»Was war denn so wild an ihr?«, fragte Lottie.

Die Professorin drehte Runde um Runde um ihren Tisch, während sie weiterredete. »Sie wollte niemals Prinzessin sein. Sie weigerte sich, in öffentlicher Funktion aufzutreten, und trug keine Kleider oder Juwelen.«

Kommt mir irgendwie bekannt vor. Genau wie Ellie, dachte Lottie.

»Es gibt eine Geschichte, wonach ein Thronfolger aus einem anderen Haus sich ihr unsittlich genähert haben soll. Und was machte sie? Sie brach ihm kurzerhand die Nase.« Lottie musste ein Lachen unterdrücken. Genau wie bei Ellie, als sie die Nase von Prinz Ashwick gebrochen hatte, weil er Lottie beim Sommerball so plump angemacht hatte.

Das Conch-Mädchen grinste breit und strich sich eine Strähne hinters Ohr. »Hört sich nach einer ziemlich modernen jungen Frau an«, warf sie ein.

Lottie fragte sich, ob die Mayfutts und Wolfsons wohl verwandt waren.

»Ganz recht.« Die Professorin bewunderte wieder das Geschmeide in ihrer Hand. »Dieses Halsband ist eins der letzten Erinnerungsstücke, die von Liliana und der Mayfuttfamilie erhalten sind. Sie hatte keine Geschwister, weshalb das Königsgeschlecht mit ihrem Verschwinden ausstarb.«

»Gibt es ein Porträt von ihr?«, fragte Binah, die fleißig mitgeschrieben hatte.

»Ja, gibt es.« Professor Devine nahm ein Buch vom Tisch und schlug es auf. Der schwere alte Ledereinband knarrte. »Das ist das einzige bekannte Bild der Prinzessin. Es ist ein Selbstporträt. Ich lasse das Buch herumgehen.« Sie gab das Buch einem der Jungen aus Stratus, der sich über die Abbildung beugte. Lotties Spannung wuchs, während das Buch von Hand zu Hand ging. Sie musste diese Prinzessin sehen. Sie musste einfach. Sie machte sich schon darauf gefasst, gleich ein Bild von Ellie in dem Buch zu sehen, obwohl das natürlich völlig unmöglich war. Das eigenartige Gefühl, dass sie schon in Maradova gespürt hatte, kam wieder hoch. Sie hatte das Gefühl, irgendetwas übersehen zu haben. Sie wurde ganz hibbelig.

Endlich kam sie an die Reihe und nahm das Buch mit zitternden Händen entgegen. Sie beugte sich über das Bild und betrachtete es genau.

Das Erste, was ihr dazu einfiel, war ihr eigenes Gemälde, das sie für Ellie angefertigt hatte. Die Ähnlichkeit war verblüffend. Es war dieselbe Pose. Auch Liliana hielt einen Säbel in der Hand und hatte den gleichen wild entschlossenen Gesichtsausdruck. Was das Aussehen anging, waren die beiden sich aber kein bisschen ähnlich. Nur der Blick war der gleiche wie bei Ellie. Liliana hatte lange dunkelblonde Haare, die ihr in prächtigen Locken bis zur Hüfte hinabfielen. Unwillkürlich fuhr Lottie sich durch ihr eigenes Haar. Die Prinzessin auf dem Gemälde hatte ein fast noch kindliches Gesicht, und doch verriet ihr energischer Blick, dass sie es faustdick hinter den Ohren hatte. Lottie befürchtete, das Buch schon zu lange behalten zu haben und dadurch Aufmerksamkeit zu erregen. Sie wollte es schon weiterreichen, als sie noch einmal innehielt. *Seid wachsam*, hallte es durch ihren Kopf.

Was habe ich übersehen?

Sie sah noch einmal genau hin. Da war etwas, sie konnte es fühlen. Und dann entdeckte sie es, und in ihrem Bauch entzündete sich ein Funke, der ihren ganzen Körper in Flammen zu setzen schien.

Zwischen den dunkelblonden Locken von Prinzessin Liliana saß eine silberne Krone. Auf der Stirnseite zeigte sie einen Halbmond. Es war das Schmuckstück, das Lottie überall auf der Welt und zu jeder Zeit wiedererkennen würde – ihr wertvollster Besitz.

Prinzessin Liliana trug Lotties Krone.

14

Die Wände schlossen sich immer enger um Lottie. Sie konnte kaum noch einen klaren Gedanken fassen. Den Rest der Unterrichtsstunde verbrachte sie in einer Art Trance und versuchte, sich darüber klarzuwerden, was sie gerade gesehen hatte. Sie hatte sich nie wirklich die Frage gestellt, wo ihre Krone herkam. Sie wusste nur, das Henry sie von einer unbekannten Person geschenkt bekommen hatte, als er damals in Rosewood Hall lehrte.

Am Ende der Stunde hatte sie ihr rosa eingeschlagenes Notizheft über und über mit Zeichnungen von Prinzessin Liliana, der Krone und wilden Spekulationen gefüllt:

Vielleicht ist es eine Kopie der echten Krone?

Vielleicht hatte die Prinzessin ihre Krone verkauft, nachdem sie fortgelaufen war?

Vielleicht war die Prinzessin getötet und die Krone gestohlen worden?

Bei der letzten Möglichkeit schauderte es Lottie. Sie weigerte sich zu glauben, dass Henry auf diese Weise in den Besitz der Krone gelangt sein könnte.

Oder vielleicht – in ihrem Kopf raunte eine Stimme, der sie kaum zuzuhören wagte – hatte ihre Familie ihr eigenes königliches Geheimnis?

Die Stimme der Professorin riss sie aus ihren Grübeleien. »Als Hausaufgabe für das nächste Mal zeichnet ihr bitte euren eigenen Stammbaum. So könnt ihr euch schon mal daran gewöhnen, denn in diesem Kurs werdet ihr eine Menge Stammbäume zeichnen müssen.«

Lottie nickte abwesend und kritzelte in ihr Heft. Jamie hatte sie schon letztes Jahr im Zuge des Prinzessinnenunterrichts den Stammbaum der Wolfsons zeichnen lassen, aber die Aussicht, das Ergebnis der ganzen Klasse präsentieren zu müssen, war nicht allzu verlockend. Doch sie schluckte ihre Beklemmung hinunter.

»Das kann ja heiter werden«, sagte Binah lachend, während sie ihre Sachen zusammenpackte. »Mein Stammbaum ist riesig. Ich habe allein mütterlicherseits mindestens vierzig Cousins und Cousinen.«

»Vierzig?«, Lottie konnte es nicht glauben. »Ich habe nicht einen einzigen.« Sie packte in aller Eile ihr Mäppchen und Schreibheft weg, weil sie so schnell wie möglich zu Ellie und Jamie in die Bibliothek laufen und ihnen die Sache mit der Krone erzählen wollte.

»Ach so? Die Königsfamilie von Maradova ist wohl sehr klein, was?«

Lottie hielt inne. In Binahs Augen funkelte es so merkwürdig. Sie hatte einen schweren Fehler gemacht.

Sie hatte ihr als Lottie Pumpkin geantwortet.

Wieder fühlte sie den Anhänger auf ihrer Haut, fast hätte sie danach gegriffen.

Das kommt davon, wenn du dauernd über deine Familie nachdenkst, du dummes Huhn. Jamies Reaktion fiel ihr wieder ein, als sie versucht hatte, ihn über das Buch auszuquetschen. Er hatte recht gehabt. Sie durften sich nicht ablenken lassen – nicht einmal von ihrer eigenen Familiengeschichte.

»Also … es ist so … Mein Onkel hat keine Kinder, und daher … tja. Bin ich alleine.«

Binah nickte. Lottie schickte ein kleines Dankgebet zum Himmel, dass sie und Ellie beide keine Cousins und Cousinen hatten. Solche Ausrutscher durfte sie sich einfach nicht mehr erlauben, schon gar nicht bei Binah, die alle Informationen wie ein Schwamm aufsog.

»Ich muss los, Binah – ich bin mit Ellie in der Bibliothek verabredet.« *Und wenn ich nicht gleich mit ihr über diese Krone reden kann, dann platze ich.*

»Sag Bescheid, wenn ich dir irgendwie behilflich sein kann.« Wieder war da dieses Funkeln. Wie viel wusste Binah über sie und Ellie? Lottie schüttelte sich und rannte los, die Treppen hinunter und in Richtung Bibliothek.

Die Bibliothek von Rosewood Hall war Lotties Lieblingsort in der gesamten Schule. Das weiße zweistöckige Gebäude war mit Blumengirlanden behängt – gerade waren es Lilien –, und an den Wänden standen Kübel mit strahlenden weißen Rosen. Als sie die Glastür durchschritt, musste sie sich sehr beherrschen, um nicht die letzten Meter zu rennen.

Zu ihrer Linken entdeckte sie Ellie und Jamie, die in einer der bequemen Sitzgruppen im Cafébereich der Bibliothek lümmelten. Ellies schwarz gefärbte Haare waren völlig zerzaust, weil sie den ganzen Morgen über die Fechtmaske aufgehabt hatte. Sie standen ihr in dicken Strähnen wie Antennen vom Kopf ab. Eine Gruppe jüngerer Schüler kam vorbei und kicherte. Sie lächelten den beiden zu und machten sich dann schleunigst aus dem Staub, als wäre ihnen etwas peinlich. Ellie und Jamie trugen beide ihre Ivy-Shirts mit dem Hirschemblem und dazu Hosenträger, doch während Jamie darin ziemlich gestriegelt aussah, gab Ellie der Schuluniform eine rebellische Note. Sie zogen wie immer die Blicke auf sich. Das war etwas, womit Lottie einfach leben musste.

»Ellie, du wirst nicht glauben, was gerade passiert ist!«, platzte Lottie heraus und war sich dabei schmerzlich bewusst, wie aufgeregt sie gerade klang – sie musste es einfach sofort erzählen. Ellie sah sie erwartungsvoll an, eine Strähne fiel ihr ins Gesicht. »Es war so schräg«, plapperte Lottie weiter. »Ich kann es selbst kaum glauben …«

»Wir sind hier in einer Bibliothek, Lottie«, sagte Jamie, ohne auch nur einmal von dem Buch aufzublicken, das er gerade las. Es war *Hamlet*. Ellie, die sich zurückgelehnt und beide Arme auf der Rückenlehne ausgestreckt hatte, kommentierte seinen Einwurf mit einem Augenrollen. Vor ihnen auf dem Tisch waren ein Stapel Bücher sowie zwei Tassen Kaffee. Jamie trank seinen schwarz, Ellie ihren mit viel Kaffeesahne.

»Musst du immer die Spaßbremse spielen, Jamie?«

Der quittierte ihren fragenden Blick mit einem Grummeln. *Was war in letzter Zeit nur mit ihm los?* Lottie fürchtete, er hätte ihr das Geschenk oder die Unterhaltung beim Training noch nicht verziehen. Er war zwar oft schlechtgelaunt, aber in letzter Zeit war es schon extrem.

»Was war denn nun so aufregend?«, fragte Ellie mit einem Lächeln, das Lotties Sorgen sofort verfliegen ließ.

»Sieh dir das an.« Lottie knallte ihr Notizheft auf den Tisch und schlug es auf. Sie beugten sich vor und schauten hinein.

»Das ist bloß ein Haufen Zeichnungen von deiner Krone«, sagte Ellie nach einer Weile.

»Stimmt, aber heute haben wir in *Geschichte der großen Königshäuser* über Prinzessin Liliana gesprochen, und …«

»Liliana?«

»Ja, genau, Prinzessin Liliana.«

»Die Prinzessin von Albanien, das schwarze Schaf des Hauses Mayfutt?«

»Wovon redest du?«, fragte Lottie verwundert.

»Die Geschichte von Prinzessin Liliana wird aufmüpfigen Prinzessinnen erzählt, wenn sie sich nicht benehmen wollen. Gab es nicht sogar ein Gedicht, Jamie?« Sie tippte sich mit dem Finger an die Schläfe, um ihrer Erinnerung auf die Sprünge zu helfen. »Jamie, sag mir bitte das Gedicht auf«, bettelte sie. Jamie schlug genervt seinen *Hamlet* zu. Lottie musste kurz schlucken, doch dann trat ein dünnes Lächeln auf sein Gesicht. Er räusperte sich und begann zu rezitieren:

»Liliana warf ihre Krone weg,
schmiss ihr Erbe in den Dreck.
Als sie kamen, um sie zurechtzurücken,
biss sie, kratzte und machte Mucken.

Weil die Prinzessin sich nie vermählte,
niemanden für den Platz an ihrer Seite wählte,
kam eines Nachts der Teufel und fraß sie auf,
doch ihre verdorb'ne Seele würgt' er wieder rauf.

Seither spukt Liliana des Nachts
durch Keller und Flure des ganzen Palasts
und sucht nach bösen, ungezogenen Mädchen,
schlimmen Susen und garstigen Gretchen.

Drum gib acht: Wenn du nicht spurst,
Widerworte gibst und ständig murrst,
dann kommt dich holen ihr Gespenst
und hascht und frisst dich, wie schnell du auch rennst.«

Ellie schmunzelte beim Zuhören. Lottie hingegen verstand nicht, was daran so witzig war. So wie es schien, war sie im Besitz der Krone eines rachsüchtigen Geistes, und auch wenn sie sich selbst davon zu überzeugen versuchte, dass sie gar nicht an Geister glaubte, konnte sie die Vorstellung nicht abschütteln, dass Prinzessin Liliana nun hinter ihr her war, um sich für den Kronenraub zu rächen.

»Das ist ja furchtbar«, sagte sie, als Jamie mit dem Gedicht fertig war.

»Bei Ellie ist das Gedicht voll nach hinten losgegangen«, erwiderte Jamie, und Ellies Grinsen wurde noch breiter.

»Wie jedes aufgeweckte Kind fand ich die Vorstellung total cool, dass irgendwo ein furchtbarer Geist rumspukt, und habe absichtlich noch mehr Mist gebaut, weil ich Lilianas Geist sehen wollte.«

Lottie versuchte, sich die kleine Eleanor Wolfson vorzustellen, wie sie durch den Palast rannte und eine Spur der Verwüstung hinter sich herzog, in der Hoffnung, damit den Geist Liliana Mayfutts zu rufen. Der Geist war ihr zwar nicht erschienen, aber ihr Unfug hatte auch so für genügend Ärger im Haus Wolfson gesorgt.

»Also, die Professorin hat uns ein Porträt von ihr gezeigt, und … da fiel mir auf, dass Liliana meine Krone trug!«

Ellie und Jamie hörten abrupt auf zu lachen und starrten sie an.

»Das verstehe ich nicht. Warum sollte sie deine Familienkrone tragen?«, fragte Ellie.

»Genau das will ich ja herausfinden.«

»Und du bist dir ganz sicher, dass es dieselbe Krone ist?«, fragte Jamie. Sein Tonfall war skeptisch, doch sie spürte, dass auch bei ihm die Neugier erwacht war.

»Ja, ich bin mir ganz sicher.«

Plötzlich wurde es unruhig hinter ihnen. Ein Mädchen in den Farben von Conch war auf einen der Tische gesprungen, während ihre Freunde verzweifelt versuchten, sie wieder herunterzuholen.

»Beatrice, was machst du da? Komm wieder runter!«, rief einer der Jungen und zog an ihrem Arm, doch sie stieß seine Hand weg.

Das Mädchen lachte wie eine Verrückte, trat das Geschirr vom Tisch und johlte, als es auf dem Boden zerbrach. Ellie und Jamie fuhren hoch, während sie und alle anderen sich aus dem Gefahrenbereich des herumfliegenden Geschirrs brachten.

Nun begann Beatrice, sich zu einer nur für sie hörbaren Musik hin- und herzuwiegen. »Macht mit, Leute!«, kreischte sie. »Lasst uns feiern!« Dann begann sie zu kichern, ruderte wild mit den Armen und wäre fast vom Tisch gefallen.

»Was um Himmels willen ist hier los?«

Im Café wurde es mit einem Mal still, als Clark, der Bibliothekar, sich seinen Weg zu ihnen bahnte. Für einen so kleinen, dünnen Mann konnte er sehr einschüchternd wirken. »Beatrice Bartley, komm sofort da runter!«

Als Antwort schlug ihm hysterisches Gelächter entgegen. »Warum denn, du lahmer Sesselpupser?«, gackerte sie.

»O mein Gott!« Lottie konnte sich gerade noch beherrschen, nicht loszuprusten. Beatrice fing wieder an zu tanzen, brachte dabei aber den Tisch ins Wanken und war wieder kurz davor abzustürzen. Die Art, wie sie sprach und herumtaumelte … Ohne genau zu wissen woher, kam Lottie das irgendwie bekannt vor.

»Gleich fällt sie!«, schrie Ellie und rannte zu Beatrice.

Lottie wollte ihrer Freundin folgen, doch da traf sie ein durchdringender, süßlicher Geruch – süß wie Babypuder und dennoch teuflisch wie Gift.

»Ellie, warte …« Jamie wollte sie aufhalten, doch auch er blieb wie angewurzelt stehen. Er verzog das Gesicht, ihm war der eigenartige Geruch ebenfalls aufgefallen.

Bevor einer der beiden die anderen warnen konnte, erstarrte Beatrice plötzlich. Sie hörte auf, sich hin- und herzuwiegen, und begann, unkontrolliert zu zucken. Dann warf sie den Kopf in den Nacken und stieß einen durchdringenden Schrei aus.

Der Schrei fuhr Lottie bis ins Mark, eine wirbelnde, trübe Wolke senkte sich über sie, und sie musste sich am Tisch festhalten, um nicht zu stürzen. Ihre Brust schnürte sich zu, ihr Atem ging rasselnd. Die Erinnerungen an Saskias Entführungsversuch kamen wieder hoch. Sie zwang sich, ihr Mantra aufzusagen.

Sei freundlich, sei mutig und gib niemals auf.

Langsam wurde es besser.

Ellie machte einen Satz nach vorn, das Conch-Mädchen stolperte rückwärts und fiel, wild mit den Armen rudernd, hintenüber.

»Hilfe!«, schrie sie noch – zu spät. Ihre Augen schlossen sich.

Doch Ellie ging in die Knie, schubste dabei einen Jungen aus dem Weg, fing Beatrice in letzter Sekunde auf und rollte sich zusammen mit ihr ab. Dann stand sie auf, das Mädchen in den Armen wie ein heroischer Prinz, der soeben die Prinzessin aus den Klauen des Drachen gerettet hat.

Ein warmes Gefühl breitete sich in Lotties Brust aus. Beim Anblick ihrer furchtlosen Freundin war ihre Nervosität wie weggeblasen. Sie schüttelte sich kurz und rannte dann hinüber, um ihr zu helfen. Den in der Luft hängenden süßlichen Geruch, der diese merkwürdige Angstattacke bei ihr ausgelöst hatte, versuchte sie zu ignorieren. Beatrice, die gerade noch so aufgedreht gewesen war, war nun leichenblass, als wäre alles Blut aus ihrem Gesicht gewichen.

»Vielen Dank, Ellie. Tamsin, bitte hilf mir, Beatrice zur Krankenschwester zu bringen.« Clark erteilte ruhig seine Anweisungen, und bald waren alle damit beschäftigt, die Unordnung aufzuräumen. »Lottie, würdest du bitte Beatrices Sachen zusammensuchen?«

Lottie nickte. Ihr war immer noch ein bisschen schwindelig.

»Langsam wird es ernst«, flüsterte Jamie so leise, dass nur Ellie und Lottie es hören konnten. Lottie antwortete nicht, aus Angst, ihr könnte die Stimme versagen. Sie suchte Beatrices Sachen zusammen und packte alles in ihren Ranzen. Plötzlich hielt sie inne. Da lag ein angebissener Tompkins-Schokoriegel in der charakteristischen goldenen Verpackung.

Dieser Geruch.

Lottie starrte auf den Schokoriegel, und blitzartig ging ihr ein Licht auf. Plötzlich wusste sie, woher sie diesen süßlichen Geruch kannte. Von Lola und Micky.

15

Ein paar Tage später stattete Lottie Horace Silverton-Smith einen Besuch ab. Er saß zusammen mit einer bunt gemischten Gruppe von Schülern aus unterschiedlichen Jahrgängen in einem Arbeitsraum der Bibliothek von Stratus und spielte *Dungeons & Dragons*. Das blonde Mädchen aus Ivy, das bei der Eröffnungszeremonie um Hilfe gerufen hatte, war auch dabei. Der Raum war bis auf Schulterhöhe mit dunklem Holz verkleidet. Ein großer Wandteppich, der das Periodensystem darstellte, nahm eine ganze Wand ein, ein Sinnbild des akademischen Anspruchs in Stratus, wo die Künste mit ebenso viel Leidenschaft betrieben wurden wie die Wissenschaften. Die Gruppe saß dicht beisammen in einer Ecke an einem Fenster, dessen Fensterbank von gelbem Feuerdorn überwuchert wurde. Sie waren so in ihr Spiel vertieft, dass Lottie sich zunächst gar nicht traute, sie zu stören.

Sie war sich sicher, dass die Anfälle in der letzten Zeit irgendetwas mit Schokoriegeln der Marke Tompkins zu tun hatten. Der Gedanke wirkte zwar ziemlich absurd, aber König Alexander hatte ihr eingeschärft, wachsam zu sein und sich auf ihr Bauchgefühl zu verlassen. Sie musste der Sache auf den Grund gehen und herausfinden, ob Ellie aus dieser Richtung Gefahr drohte. Das war ihre Aufgabe. Aber bevor sie Jamie und Ellie ihre Schokoladentheorie darlegen konnte, musste sie erst in Erfahrung bringen, ob Horace damals am ersten Schultag auch Tompkins-Schokolade gegessen hatte. Lottie holte ein Klemmbrett, ein paar Blätter Papier und einen Kugelschreiber aus ihrem Rucksack und marschierte auf die Gruppe zu.

»Hallo, liebe Mitschüler.« Alle drehten sich zu ihr um und starrten sie mit weit aufgerissenen Augen an, als hätte sie sie bei etwas Verbotenem ertappt. Lottie räusperte sich. »Könntet ihr mir vielleicht bei einer Sache behilflich sein?«

Sie blinzelten sie an wie Rehe im Scheinwerferlicht.

»Ist das nicht die Prinzessin von Marnovia?«, flüsterte ein Junge mit asiatischen Gesichtszügen und blauen Augen einem Mädchen mit Brille zu.

»Es heißt Maradova«, zischte sie zurück.

»Wie bist du denn hier reingekommen?«, fragte ein sommersprossiger Junge sie. »Eigentlich haben hier nur Stratus-Schüler Zugang.«

»So was darfst du sie nicht fragen. Sie ist eine Prinzessin!« Das Mädchen schlug dem sommersprossigen Jungen mit einem zusammengerollten Blatt Papier auf den Kopf und erhielt ein missmutiges Grunzen zur Antwort.

Lottie hatte nicht erwartet, dass ihr Prinzessinnenstatus noch immer solchen Eindruck auf ihre Mitschüler machte. An das Getuschel und die verstohlenen Blicke hatte sie sich mittlerweile gewöhnt, aber diese Nerds hier taten so, als wäre sie eine richtige Berühmtheit. Das war ihr furchtbar peinlich. »Wenn ich euch bei eurem Spiel gestört habe, kann ich auch wieder gehen – tut mir leid.« Lottie wurde rot.

»Ach was, wir haben noch gar nicht richtig angefangen«, sagte das Mädchen mit der Brille und stellte eine bunte Pappwand vor sich hin. Anscheinend war sie die Spielleiterin. »Wir sind noch beim Aufbauen. Also, kein Problem, wir können dir gerne behilflich sein.« Sie taxierte ihre Mitspieler mit einem strengen Blick. »Stimmt's?«

Alle nickten gehorsam. Anscheinend wollte niemand es sich mit ihr verscherzen. Dieses Mädchen war nicht nur die Meisterin dieser Spielgruppe, sie hatte ganz klar das Kommando.

»Das hier sind Horace und Jun.« Der Junge mit den asiatischen Gesichtszügen strahlte sie bei Erwähnung seines Namens mit breitem Grinsen an. »Dann haben wir da noch Eddie, Leonard, Mia und Sunmi, aber alle nennen sie Sunny, und ich bin Stevie.«

Mia musste niesen, als ihr Name fiel, woraufhin alle sich zu ihr umdrehten. Das letzte Mädchen, Sunny, verschwand fast hinter einem Vorhang aus schwarzen Haaren und einem sehr langen Pony, doch Lottie konnte dahinter ein paar verschlafene, stark geschminkte Augen ausmachen. Wie sie da beisammensaßen, sahen sie den sieben Zwergen aus dem Zeichentrickfilm zum Verwechseln ähnlich, und Lottie musste sich das Lachen verkneifen.

»Wie können wir dir helfen?«, fragte Stevie. Lottie schaute zu Horace hinüber, der dieselbe helle Haut, zum Erröten neigende Wangen und große Augen wie sie selbst hatte. Sie war froh, dass es ihm allem Anschein nach wieder besserging.

Lottie räusperte sich noch einmal, um ihre vorbereiteten Fragen herunterzuleiern. »Ich mache für den Biounterricht eine Umfrage über Ernährungsgewohnheiten unter den Schülern«, sagte sie und hielt dabei ihr Klemmbrett hoch, als hätte sie wirklich einen ausgearbeiteten Fragebogen dabei. »Könnt ihr mir dafür vielleicht sagen, was ihr am ersten Tag hier an der Schule gegessen habt?«

Sie schauten einander an. Dann nickte Stevie, und alle wandten sich wieder Lottie zu.

»Also, ich habe Porridge zum Frühstück gegessen«, sagte Mia mit piepsiger Stimme.

Lottie notierte die Information gewissenhaft. »Kannst du dich an die Zutaten erinnern? Wie sieht es mit kleinen Snacks aus?« Sie machte eine kurze Pause und tat so, als müsse sie nachdenken. »Zum Beispiel: Habt ihr an dem Tag auch Süßigkeiten gegessen?«

»Ääh ...« Jun kratzte sich am Kinn. »Horace hat uns allen was von seiner Schokolade abgegeben.«

»Interessant«, sagte Lottie. »Und kann sich jemand noch daran erinnern, von welcher Marke sie war?«

»Ich glaube, es war eine von Cadbury, aber wir hatten auch eine Tafel Tompkins-Schokolade dabei«, sagte Horace und wurde sofort rot.

Jetzt war Lottie hellwach. »Und habt ihr alle von der Schokolade gegessen?«, fragte sie. Sie konnte ihre Aufregung kaum noch verbergen.

Stevie schaute sie verblüfft an. »Was ist denn das für eine komische Frage? Ich glaube nicht, dass sich hier jemand so genau daran erinnern kann. Wir haben sie während des Feuerwerks gegessen, da hat keiner so genau darauf geachtet.« Sie schaute ihre Freunde an, und alle zuckten bloß mit den Achseln.

Lottie seufzte. Das war wohl ein Schuss in den Ofen. Solange nicht sicher war, dass nur Horace von der Schokolade gegessen hatte, hatte sie keinen Beweis, dass die Schokolade vergiftet gewesen war. Sie suchte schon nach einer Ausrede, um wieder zu gehen, als plötzlich eine schrille Stimme durch den Arbeitsraum hallte.

»Wenn ich's dir doch sage: Ich habe den Geist gesehen und so das Examen bestanden«, schrie ein älteres Mädchen mit olivfarbenem Teint und unglaublich langen Beinen einen Jungen an. »Das ist die Wahrheit. Du bist nur neidisch, weil dein Wunsch sich nicht erfüllt hat.« Und damit drehte sie sich um und stürmte aus dem Arbeitsraum, ohne ihrem Gesprächspartner die Chance zu geben zu antworten.

Sobald sie fort war, fing überall im Raum das Geflüster an. Anscheinend waren nicht einmal die sonst so nüchternen Stratus-Schüler immun gegen ein bisschen Drama.

»Ich glaube, die reden über die Legende um die Elwin-Statue«, sagte Sunny mit verschwörerischem Unterton, was Lottie sofort hellhörig machte.

»Über was?«, fragte sie.

»Das war Francesca Bennington aus der Zwölften«, sagte Leonard und kicherte. »Seit die Schule wieder angefangen hat, redet sie von nichts anderem. Letztes Jahr ist sie um Mitternacht zu der Statue geschlichen und hat dort angeblich einen Geist gesehen, von dem sie sich gewünscht hat, die Matheprüfung zu bestehen. Ihr Wunsch ist in Erfüllung gegangen.«

Mia schnaubte verächtlich. »Sie behauptet, sie hätte eine Frau gesehen. Leider war William Tufty aber ein Mann. Das ist doch alles Unsinn.«

Lottie hielt den Atem an. Letztes Jahr hatte Binah ihnen ein Rätsel gestellt, bei dem es um William Tufty ging. Schon damals hatten Lottie und Ellie spekuliert, ob Tufty vielleicht eine Frau gewesen sein könnte. Dieses Rätsel hatten sie immer noch nicht gelöst.

»Entschuldigt, ich verstehe überhaupt nicht, wovon ihr redet.«

Alle drehten sich um und starrten Lottie an, als hätten sie völlig vergessen, dass sie ihnen die ganze Zeit zugehört hatte. Stevie tippte sich an die Stirn, um deutlich zu machen, dass sie die Geschichte für ein dummes Ammenmärchen hielt.

»Angeblich« – sie stützte die Ellbogen auf dem Tisch ab und verschränkte die Finger – »sollen die Namensgeber unseres Hauses, Shray und Sana Stratus, jeder Statue, die sie für die drei Häuser erschaffen haben, ein bisschen Magie eingehaucht haben. Der Legende nach erfüllt unser Wappentier, Elwin der Merlinfalke, jedem einen Wunsch, der dreimal über das *W* in seiner Namensplakette streicht, aber nur, wenn dir gleichzeitig der Geist von William Tufty erscheint.«

Bei dem Wort *Geist* musste Lottie wieder an Liliana denken, die Prinzessin aus dem Jenseits, die unartige Kinder fraß … Was würde sie wohl mit einem Mädchen anstellen, das ihre Krone geraubt hatte? Beim bloßen Gedanken daran lief es Lottie kalt den Rücken hinunter. Gleichzeitig fragte sie sich, was sie sich wohl vom Geist Tuftys wünschen würde.

»Wow, faszinierend«, sagte Lottie und schluckte ihre Furcht hinunter.

»Wir sind dir bei deiner Arbeit wohl keine große Hilfe gewesen.« Stevie rückte ihre Brille zurecht und holte Lottie aus ihren Gedanken.

Lottie blinzelte. Erst wusste sie gar nicht, welche Arbeit Stevie meinte. Fast hätte sie vergessen, dass sie ursprünglich hier war, um sie über die Schokolade auszufragen, so sehr hatte diese merkwürdige Geschichte des Wünsche erfüllenden Geistes sie durcheinandergebracht.

Hör auf, dich dauernd ablenken zu lassen, ermahnte sie sich. Und doch musste sie die Frage loswerden, die ihr schon auf der Zunge brannte.

»Könnte einer von euch mir vielleicht« – Lottie konnte selbst kaum glauben, was sie da fragte – »zeigen, wie man einen Wunsch an Elwin richtet?«

Sunny hob den Kopf, ihr schwarzseidenes Haar fiel zur Seite und legte ein träges Lächeln frei. »Ich kann es dir zeigen.«

Und so folgte Lottie dem Mädchen, deren Gesicht hinter einem Vorhang aus Haaren verborgen lag, die Treppe hinunter und zurück zum Eingangstor des Haupthauses von Stratus. Sunny pfiff eine eigenartige, fröhliche Melodie vor sich hin, als sie Lottie zur Statue des Merlinfalken führte.

Sie blieben vor einer kleinen Wendeltreppe stehen, die um den Sockel der Statue herumlief. Der Merlinfalke Elwin war eine majestätische Erscheinung, komplett aus Bronze gegossen. In seinen Augen funkelte es, als wüsste er über alle Geheimnisse an dieser altehrwürdigen Schule Bescheid.

»Zuerst muss man ihn dreimal tätscheln«, sagte Sunny und unterdrückte ein Gähnen.

»Egal wo?«

»Ich glaube, es ist egal, aber ich würde den Schnabel nehmen.«

Lottie tat einen Schritt vor und tätschelte den glitzernden Bronzeschnabel dreimal, dann machte sie einen Schritt zurück.

»Nun musst du nur das *W* polieren und ihm deinen Wunsch sagen.«

»Muss ich den Wunsch laut aussprechen?«, fragte Lottie, der es peinlich war, dass sie ihre Faszination so schlecht verbergen konnte.

Sunny zuckte mit den Schultern und sagte nur: »Das kannst du machen, wie du willst.« Dann ging sie.

Wieder machte Lottie einen Schritt vorwärts und begann, mit ihrem T-Shirt auf dem *W* von Elwins Namensplakette herumzurubbeln. Dieser Buchstabe war ein klein wenig größer als die anderen und schon völlig blankpoliert.

Ich wünsche mir ...

Aber ihr fiel gar nichts ein. Was sollte sie sich von dem Geist wünschen? Zuerst dachte sie an Lola und Micky. Sie hatten eine schwere Zeit durchgemacht und konnten jede Hilfe gebrauchen. Dann dachte sie an Anastasia und Saskia, an Ellie und Jamie und sogar an Prinzessin Liliana. Am liebsten hätte sie ihnen allen geholfen. Sie wollte eine Quelle des Glücks, des Guten für sie alle sein. Doch wie konnte sie sich um die anderen kümmern, wenn sie selbst mit so vielen offenen Fragen zu kämpfen hatte? Da trat ein letztes Bild vor ihr geistiges Auge: die Krone ihrer Mutter. Der Wolfsanhänger um ihren Hals fühlte sich schwerer an, als zöge er an der Kette. Da wusste sie plötzlich, was sie sich wünschen sollte.

»Ich wünsche mir eine Familie!«

16

Ellie fühlte sich in Conch immer etwas unwohl. Mit ihrer violetten Schuluniform kam sie sich unter den rot gekleideten Conch-Schülern wie eine überreife Aubergine vor. Conch lag von Ivy aus gesehen am anderen Ende des Schulgeländes, und nur selten verirrten sich auswärtige Schüler hierher, es sei denn, sie gehörten zu einem der Sportteams.

Sogar das Erscheinungsbild der Häuser war völlig unterschiedlich. Ivy war von Glyzinien umschlossen, ein lichtdurchflutetes, offenes, mit viel Liebe zum Detail eingerichtetes Gebäude. Das Interieur wurde von opulent bestickten Kissen und seidigen Gardinen dominiert. Conch dagegen war klobig und ein bisschen protzig, umgeben von dornigen Rosenbüschen, die jeden stachen, der ihnen zu nahe kam. Die Innenräume waren mit dunklem Mahagoniholz und schweren Samtstoffen ausgekleidet. Der Geruch antiker Möbel hing in der Luft.

Ellie stand vor der Statue des knurrenden Bären, der alle Eindringlinge am eisernen Tor von Conch begrüßte.

»Ich hasse diesen Laden«, stieß Ellie hervor und erntete irritierte Blicke von zwei Conch-Schülerinnen mit Designerhandtaschen, die gerade vorbeikamen. Aber wenn sie zu ihrem Fechtkurs wollte, musste sie wohl oder übel hier durch.

Sie war gekommen, um zu fechten. Niemand konnte erwarten, dass sie Conch auch noch liebte. Sie schwang sich die große Sporttasche auf den Rücken und ignorierte die schockierten Blicke der beiden Schülerinnen. Sie wusste, dass sie nicht dem Klischee eines netten Mädchens entsprach, aber das war ihr egal. Sie war nun einmal so, wie sie war, und würde sich für nichts und niemanden ändern.

Ellie kam zu dem großen Eichentor der Halle, wo der Fechtunterricht stattfinden sollte. Ein kühler Windstoß bauschte ihr T-Shirt, als sie eintrat. Ms Bolter und Thomas, ein Mitglied der *Rosewood Lances*, waren bereits dabei, alles aufzubauen. Sofort schloss Ellie sich ihnen an und begann, Matten auf dem Boden auszulegen.

»Wir müssen noch an deinem Ausfallschritt arbeiten, Ellie«, sagte Ms Bolter. In ihrem blütenweißen Fechtanzug wirkte ihre Haut noch dunkler. Mercy Bolter war die größte Frau, die Ellie je kennengelernt hatte. Ihr Schädel war komplett rasiert. Ihre ganze Erscheinung strahlte Autorität und Kraft aus, und Ellie hatte großen Respekt vor ihr.

Ellie grinste und zwinkerte Thomas zu. »Wenn wir schon dabei sind, könnten wir auch gleich an Toms miserabler Handstellung arbeiten.«

Leichtfüßig schlenderte Thomas mit einer Matte in der Hand an ihr vorbei und versetzte ihr einen spielerischen Tritt gegen das Schienbein. »Nenn mich nicht Tom.«

Ellie erwiderte den Tritt mit einem kleinen kameradschaftlichen Schubser, und dann legten sie zusammen die restlichen Matten aus. Ellie mochte die Leute aus ihrem Fechtteam sehr. Das würde sie aber nicht davon abhalten, sie beim großen Spearion-Turnier gnadenlos fertigzumachen. Nur mit einem einzigen Teammitglied wollte sie sich lieber nicht anlegen. Gerade als sie das dachte, schwang wie aufs Stichwort das Tor auf, und die barbiehafte Gestalt von Anastasia Alcroft erschien im Türrahmen.

»Ellie. Thomas.« Anastasia nickte ihnen kaum merklich zu und schritt mit erhobenem Haupt an ihnen vorbei, um ihre Ausrüstung auf einer Bank abzulegen. In den letzten Tagen hatten sie und Ellie kaum ein Wort gewechselt.

Ellie konnte einfach nicht verstehen, warum Anastasia nie nach Saskia gefragt hatte. Interessierte es sie denn gar nicht, wie es ihrer Freundin ging? Wollte sie wirklich nichts mehr von ihr wissen? Dabei waren sie doch so vertraut gewesen. Das Ganze ergab einfach keinen Sinn.

Zwei weitere Teammitglieder aus Ellies Jahrgang, Riyadh und Marzia, tauchten wie schon letzte Woche zusammen auf. Es war offensichtlich, dass zwischen den beiden etwas lief. Ellie stieß einen leisen Pfiff aus, als der schmächtige Junge einen Arm um die hübsche Italienerin legte – viel zu hübsch für ihn, Ellies Meinung nach. Schließlich traf auch noch der letzte Fechter ein. Aden Wong war ein Jahr älter als sie und hatte Jacob Zee nach dessen Schulabschluss als Kapitän der *Rosewood Lancers* abgelöst.

»Okay, da jetzt alle versammelt sind, lasst uns gleich mit den Aufwärmübungen beginnen!«, rief Ms Bolter. »Thomas und Aden, ihr trainiert heute zusammen. Riyadh und Marzia bilden ein Paar und Ellie und Anastasia. Los geht's!«

Ellie ballte die Fäuste. Davor hatte sie sich die ganze Zeit gefürchtet. Wie sollte sie gegen Anastasia fechten, ohne dass das Thema Saskia aufkam? »Ich würde lieber mit Tom trainieren.« Das war eher ein Befehl als eine Bitte.

Ms Bolter musterte sie streng. »Miss Wolf, Sie werden sich an meine Anweisungen halten. Und jetzt Bewegung.« Ms Bolter ließ nicht mit sich reden, da war Ellie machtlos. Also atmete sie tief durch und versuchte, an Lottie zu denken und daran, wie enttäuscht sie wäre, wenn Ellie es sich mit dem Fechtteam verscherzen würde.

»Na schön«, murrte sie.

Ms Bolter nickte und entschwand in den Geräteraum.

Ellie drehte sich nicht einmal zu Anastasia um, sondern ging direkt hinüber zum Ständer mit den Waffen, um sich ihren Säbel zu schnappen. Sie musste die ganze Zeit an Saskia denken. Saskia, die immer noch im Verlies unter dem Palast eingesperrt war. Saskia, die möglicherweise die Geliebte Anastasias war. Ellie riss den Säbel so heftig aus dem Ständer, dass der umkippte und alle Waffen mit lautem Scheppern auf den Boden fielen.

»Verdammt.« Sie trat gegen einen der Säbel, der in hohem Bogen durch die Halle segelte.

Die anderen starrten sie völlig entgeistert an.

Warum kann ich mich nicht beherrschen? Sie bückte sich, um die Säbel, Florette und Degen aufzuheben. Warum konnte sie nicht ein bisschen mehr wie Lottie sein, warum dachte sie nie nach, bevor sie etwas Impulsives tat? Jemand bückte sich neben ihr und begann mit gemessenen Bewegungen, die Waffen aufzusammeln.

»Du musst dich zusammenreißen. Etwas mehr Selbstbeherrschung, bitte«, flüsterte Anastasia ihr zu.

»Ich brauche keine Ratschläge von dir«, erwiderte Ellie.

Sie nahmen Aufstellung und setzten die Fechtmasken auf. Eine Reihe androgyner Figuren in makellosem Weiß, ruhig aber konzentriert. Allmählich wurde es warm in der Halle. Ellie spürte in der dicken Montur schon jetzt erste Schweißtropfen auf der Stirn. Vor ihr stand Anastasia, die in ihrem Anzug fast wie Ellies Spiegelbild wirkte.

Ms Bolter kam aus dem Geräteraum zurück.

»Ich habe die Markierungen für die Fechtbahnen nicht finden können«, sagte sie. »Wahrscheinlich sind sie verlegt worden. Ich werde mich mal auf die Suche machen. Derweil übt ihr bitte den einfachen Sperrstoß. In meiner Abwesenheit übernimmt Aden die Aufsicht.«

Ellie hatte ihr kaum zugehört, all ihre Aufmerksamkeit galt der hinter ihrer Fechtmaske verborgenen Anastasia.

Warum willst du nicht über Saskia reden?

Sie setzte zum Stoß an, machte in ihrer Hast aber eine falsche Schrittfolge, und Anastasia parierte den Hieb mühelos.

»Pass auf dein linkes Bein auf«, rief Anastasia ihr zu.

Ellie fluchte laut. Es fiel ihr schwer, sich zu konzentrieren. In ihrem Anzug war es fast unerträglich heiß.

Nun war Anastasia an der Reihe. Ihr Angriff war fast perfekt, aber Ellie sah, dass ihre Hand leicht zitterte. Ihre Finger schlossen sich zu fest um den Griff, als hätte sie Angst, er könnte ihr jeden Moment entgleiten. Außerdem hatte sie an ihrer Schwerthand eine kleine Delle am Handschuh, genau über dem Ringfinger. Ellie erinnerte sich daran, wie sie bei ihrer letzten Unterhaltung die ganze Zeit mit dem Finger über ihren neuen Ring gestrichen hatte.

»Deine Hand zittert ja«, sagte Ellie und wich Anastasias Stoß aus. Sie war offensichtlich nicht so ruhig, wie sie vorgab.

»Ich habe zu viel Kaffee getrunken«, antwortete sie.

Ellie versuchte einen weiteren Stoß, doch wieder war sie zu ungestüm. Sie konnte einfach ihre Mitte nicht finden.

»Imbécile!«

Trotz des Helms konnte Ellie die Beleidigung klar und deutlich hören.

»Was hast du gerade gesagt?« Sie löste sich aus der Position und ging direkt auf Anastasia zu.

»Du kämpfst, ohne nachzudenken, Ellie. So wird das nichts.« Anastasia blieb wie eine weiße Säule unbeeindruckt stehen und zuckte nicht einmal.

»Ach nein? Wollen wir herausfinden, wie gut ich wirklich bin? Wollen wir?« Ellie riss ihren Säbel hoch und machte sich bereit, Anastasias Angriff zu parieren.

»Wie du willst.« Nun hob auch Anastasia ihren Säbel und nahm die gleiche Pose ein. Das Duell konnte beginnen.

Ellie ging sofort in die Offensive und stieß vor. »Irgendwann wirst du mit Saskia reden müssen. Du kannst es nicht ewig hinauszögern.«

»Tais-toi!« Anastasia parierte gekonnt, ihre Säbel schlugen laut aneinander.

»Wenn du dich weigerst, mit ihr zu sprechen, könnten noch mehr Menschen verletzt werden.« Mit jeder Sekunde nahm die Hitze im Anzug zu. Rote heiße Lava brodelte durch Ellies Adern. Nun nahm Anastasia eine offensive Position ein und gewann die Oberhand.

»Ich … ich kann einfach nicht«, rief sie und schlug Ellies Säbel zur Seite.

Ellie rappelte sich auf und vollführte eine Drehung, um einen weiteren Schlag zu landen. »Ich verstehe ja, dass du sie nach alldem hasst, aber du kannst das Problem nicht einfach ignorieren.«

Anastasia begann zu schwanken, ihre Hand zitterte, ihr Griff löste sich. Ellie erwischte sie mit einem Hieb an der Seite.

»Du glaubst, ich hasse sie?« Anastasia schüttelte ihren Kopf und nahm wieder die Ausgangsposition ein. »Du hast wirklich keine Ahnung.«

Nun war Ellie baff, und Anastasia nutzte ihre Verwirrung, um einen Treffer zu landen. Ellie torkelte einige Schritte zurück, fing sich aber sofort wieder und deutete mit ihrem Säbel auf Anastasias Brust. Atemlos standen sie einander gegenüber, doch keine wollte aufgeben. Ellie konnte ihren Säbel kaum noch halten, und auch Anastasias Schwertarm sackte langsam weg. Durch die Maske konnte Ellie ihr Gesicht nicht sehen, doch Anastasia zitterte nun am ganzen Körper. Wäre es nicht völlig ausgeschlossen, so hätte sie gedacht, dass die eiskalte Anastasia weinte.

Schließlich brach ihr Widerstand, und Anastasia ließ keuchend den Arm ganz sinken. »Ich habe keine Angst davor, sie zu hassen. Ich habe Angst, dass ich sie nicht hassen kann. Und das tut viel mehr weh.« Sie hielt sich die Hand an die Brust, und Ellie konnte ihren Schmerz regelrecht spüren, ein heftiger Stich ins Herz. Anastasia setzte den Helm ab, eine Träne rann über ihre Wange und vermischte sich mit dem

Schweiß auf ihrem Gesicht. »Stell dir vor, dir würde dasselbe mit Lottie passieren.«

Dieser Satz traf Ellie wie ein Schlag. Auch sie nahm ihren Helm ab.

»Was willst du damit sagen?«, fragte sie.

Anastasias verweintes Gesicht verzog sich zu einer Grimasse. »Oh, bitte. Lottie mag vielleicht immer noch nicht begriffen haben, was los ist. Aber ich sehe doch, was du für sie empfindest.«

»Lottie ist …« Ellie wusste nicht, was sie darauf antworten sollte. Dass Anastasia plötzlich Lottie ins Spiel gebracht hatte, hatte ihr Herz so wild schlagen lassen, dass sie keinen klaren Gedanken mehr fassen konnte.

»Du und Saskia. Ihr seid euch so ähnlich«, sagte Anastasia und lächelte traurig. »Aber wenn es dir hilft: Ich glaube, Lottie fühlt es auch. Nur scheint sie nicht zu wissen, wie sie dieses Gefühl einordnen soll. Sie will es einfach nicht sehen, lenkt sich lieber mit Lernen ab. Ganz ehrlich …«

»Anastasia, Ellie.« Ms Bolters Stimme schnitt durch die Luft und würgte Anastasia ab. »Ihr habt jetzt genug herumgestanden und getratscht. Ich erwarte von euch beiden etwas mehr Disziplin.«

Die Mädchen zuckten zusammen. »Wenn ihr beide nicht sofort mit der Übung weitermacht, lasse ich euch draußen Strafrunden laufen.«

Gehorsam setzten sie ihre Fechtmasken wieder auf. Ellie musste daran denken, wie Lottie errötete, wenn sie sich nahe kamen, und wie schnell ihr Herz schlug, wenn sie auf den Betten rumtobten. Sie war ihr kleiner, schmollmundiger

Sonnenschein, eine zarte Blume, die sie vor allem beschützen würde.

Du und Saskia. Ihr seid euch so ähnlich.

Die Erkenntnis traf sie wie ein Schock, fast hätte sie den Säbel fallen lassen. Wie war es nur möglich, dass sie es die ganze Zeit nicht gesehen hatte? Dabei war es doch so eindeutig. Alles, was Anastasia bisher getan hatte, ergab plötzlich einen Sinn.

Wenn Ellie wie Saskia war, dann war Lottie ihre Anastasia. Und Ellie wollte nicht, dass Lottie jemals so verletzt wurde wie sie.

17

Wenn du die Wahrheit willst erkennen,
geh zur Statue jenes Vogels, den sie Elwin nennen.
Leg die Hand dreimal auf den Falken,
streichle das »W« vom Namensbalken.
Dann wird der Wunsch in Erfüllung gehen,
aber nur, wenn meinen Geist du wirst seh'n.

So lautete das Gedicht, mit dem der ganze Spuk angefangen hatte. William Tuftys Verse schwirrten durch Lotties Kopf, und die Vorstellung, ein Geist könnte sein Unwesen in Rosewood treiben, ließ sie schaudern. Sie bereute bereits, den Wunsch geäußert zu haben, und schlug den Gedichtband so fest zu, dass Ellie von ihrem Heft aufblickte.

Seit ihrem Besuch in Stratus kreiste ihr Denken nur noch um Geister und Gespenster – da half es auch nichts, dass sie sich immer wieder sagte, wie absurd das Ganze war. Und um die Sache noch schlimmer zu machen, war sie mit ihrer Schokoladentheorie keinen Schritt weitergekommen.

»Ist alles okay?«, nuschelte Ellie mit einem Stift im Mund.

»Ach, ich prokrastiniere nur«, antwortete Lottie. Es waren aber nicht nur die Hausaufgaben, vor denen sie sich drücken wollte. »Worüber haben wir gerade noch geredet?«

Ellie rieb sich mit der Handfläche über die Stirn, um der Erinnerung auf die Sprünge zu helfen. Anscheinend war auch sie etwas abgedriftet. Seit sie vom Fechtunterricht zurück war, verhielt sie sich irgendwie merkwürdig, was wiederum Lottie keine große Hilfe war, mit ihren eigenen Sorgen klarzukommen.

»Du warst gerade dabei, von deiner Theorie zu erzählen, Tompkins-Schokolade könnte etwas mit den komischen Zusammenbrüchen in der letzten Zeit zu tun haben.«

Die beiden Freundinnen saßen sich im Schneidersitz inmitten von Büchern und Heften auf dem violetten Perserteppich in ihrem Zimmer gegenüber. Die Haare hatten sie sich mit Bandanas zurückgebunden. Lottie legte den Familienstammbaum, den sie für *Geschichte der großen Königshäuser* zeichnen sollte, vor sich auf den Boden. Sie gab sich wirklich Mühe, die Lücken zu füllen, war aber noch nicht sehr weit damit gekommen.

»Genau, stimmt.« Sie schüttelte den Kopf. Sie wollte das Gedicht am liebsten gleich wieder vergessen. »Ich dachte nur … Ich weiß auch nicht. Ich hab da so ein Bauchgefühl.«

Lottie zeichnete noch ein paar Blätter und Blüten an den fast leeren Stammbaum, in der Hoffnung, sich die Aufgabe etwas leichterzumachen, wenn sie wenigstens die Zeichnung schön gestaltete.

»Ich vertraue dir und deinem Bauchgefühl, Lottie«, sagte Ellie, »aber wie du selber sagst, hast du noch keinen wirklichen Beweis dafür« – sie beugte sich über ihr Heft und kritzelte etwas hinein –, »dass die Schokolade diese seltsamen Symptome hervorgerufen hat. Und wenn es so wäre, warum hat dann nicht jeder, der ein Stück Tompkins-Schokolade isst, diese Beschwerden?«

Lottie steckte sich ihren Stift quer in den Mund und zog ihre Schultasche zu sich.

»Genau das will ich ja herausfinden. Ich vermute, dass nicht alle Riegel vergiftet sind, sondern nur ein paar …«

Ellie blickte wieder von ihrem Arbeitsheft auf, während Lottie Beatrices halbaufgegessenen Schokoriegel aus der Tasche zog. Sie hatte ihn bei dem Vorfall in der Bibliothek eingesteckt.

Mit spitzen Fingern fasste sie den Riegel an, um nicht die Schokolade zu berühren, und legte ihn vorsichtig auf den Boden. »Den habe ich bei Beatrices Sachen gefunden. Sie hatte ihn etwa zur Hälfte gegessen, als … du weißt schon, sie ihren kleinen Anfall hatte.« *Kleiner Anfall* war eine maßlose Untertreibung für das, was Beatrice und Horace geschehen war. Aber Lottie schreckte davor zurück, es noch genauer zu beschreiben.

Ellies ganze Aufmerksamkeit galt nun dem Schokoriegel.

»Das war sehr clever von dir, meine kleine Prinzessin.« Sie schenkte ihr ein Lächeln, bei dem Lottie ganz warm wurde. Ellies Lob machte sie sehr stolz. Zum ersten Mal seit Tagen fühlte sie sich wieder einigermaßen normal. Zum Glück merkte Ellie nicht, dass sie errötete.

»Wir sollten Jamie von deiner Theorie erzählen«, sagte Ellie und beäugte weiterhin die Schokolade.

»Also, um ehrlich zu sein …« Lottie zögerte. Irgendetwas machte Jamie in letzter Zeit zu schaffen. Sie wollte die Schokotheorie erst dann mit ihm erörtern, wenn sie sich wirklich sicher war, auf der richtigen Spur zu sein. Im besten Fall wäre er dann ein bisschen beeindruckt. »Ich würde es ihm lieber nicht sagen, solange es nur ein Hirngespinst ist. Wenn es dir nichts ausmacht?«

Ellie nickte langsam, wobei ihr ein paar Haarsträhnen unter dem Bandana hervorrutschten. »Du willst die Theorie erst testen, stimmt's?« Ellie nahm den Riegel, um ihn genauer zu untersuchen, wobei sie ihn sich ganz nah vor die Nase hielt, als wolle sie irgendwelche Mikrospuren darauf erkennen.

»Genau.«

»Um zu sehen, ob nur einzelne Riegel vergiftet wurden?«

»Korrekt. Aber es gibt nur einen Weg, um das herauszufinden. Und der wäre, ihn zu probieren ...«

Plötzlich sah Lottie mit Entsetzen, wie Ellie etwas völlig Verrücktes tat. Sie brach ein Stück vom Schokoriegel ab und führte es langsam zum Mund.

»Ellie!«, schrie Lottie voller Panik.

Jamies Training machte sich bemerkbar, ihr Körper handelte wie von selbst. Sie sprang auf Ellie zu, stürzte sich auf sie und riss ihr den Riegel aus der Hand, bevor er ihren Mund erreicht hatte. Dann warf sie ihn in den Mülleimer und drehte sich völlig aufgebracht wieder zu Ellie um.

»Tu so was nie wieder!« Aber Lotties Stimme kam nicht so bestimmt rüber, wie sie gehofft hatte. Eher wie ein heiseres Krächzen.

Ellie verschluckte sich fast vor Lachen. »Was ist denn mit dir los?«

»Ellie, wie kannst du so was machen? Du hättest dich vergiften können!« Wieder spürte Lottie den Anhänger auf ihrer Brust, der leicht an der Kette zu ziehen schien. Ihr Herz raste.

»Ich hab doch nur so getan. Herrje. Es war doch nur ein Spaß!«

Ellie benahm sich heute wirklich eigenartig. *Was war nur während der Fechtstunde mit ihr geschehen?*

»Nein, Ellie, das war total daneben. Völlig unangebracht.« Lottie starrte die Prinzessin an – so leicht würde sie ihr nicht davonkommen.

»O Gott, du bist ja wirklich schon genau wie Jamie«, sagte Ellie bestürzt.

Lottie war vor den Kopf gestoßen. »Aber ich … ich habe doch nur … Was soll das denn jetzt heißen?«, stieß sie hervor. Der Wolfsanhänger lenkte sie zusätzlich ab.

Willst du dich wegen dieser kindischen Phantasien von Prinzessinnen und Märchenschlössern wirklich selbst aufgeben?

Ein lautes Scheppern vertrieb diesen plötzlichen Gedanken. Als hätte es die zweifelnde Stimme in ihrem Kopf gehört, war das Bild von Henry Pitkin von seinem Platz auf dem Beistelltisch gefallen.

Ellie kicherte und wandte sich an Lottie: »Ob das ein Gespenst war? Vielleicht ist Liliana gekommen, um sich ihre Krone zurückzuholen.«

Lottie hörte sie kaum, so erschrocken war sie. Sie starrte auf das Gemälde ihres Vorfahren.

»Lottie?«

Ihr Name holte sie wieder in die Realität zurück, und sie eilte zu dem umgefallenen Bild, um es aufzuheben. Zum Glück war es nicht beschädigt. Henry starrte sie aus dem Gemälde heraus an, seine Augen waren so blau wie der Sommerhimmel an einem wolkenlosen Tag. Ganz leise hörte sie eine eigenartige Melodie. Ohne zu wissen, warum, ging sie zu ihrem Nachttisch und berührte sanft ihre Krone. Wurde der eigenartige Gesang lauter?

»Sag mal, geht es nur mir so, oder ist es gerade schlagartig kälter geworden?«, fragte Ellie und blickte sich im Zimmer um.

Lottie spürte es auch. Es war, als ob plötzlich etwas oder jemand ins Zimmer gekommen wäre – ein Geist aus der Vergangenheit? Sie fröstelte und musste gleich wieder an die Gespenstergeschichte um den Merlinfalken denken.

»Alles in Ordnung, Lottie?«, fragte Ellie sanft.

»Ja.« *Außer dass ich mit meinem dummen Wunsch einen Geist heraufbeschworen habe, der mich jetzt verfolgt.*

Sie dachte an Jamie und daran, wie wütend er geworden war, als sie das Thema Familie angesprochen hatte. Er schien in letzter Zeit so unter Stress zu stehen. Hatte er das gemeint, als er gesagt hatte, er wolle nicht über solche Sachen nachdenken? Seitdem sie mehr und mehr über ihre Familie nachdachte, schien das Thema sie geradezu zu verfolgen. Sie war besessen davon. Ihr blieb kaum noch Raum, um sich auf Ellie und ihr Problem mit Leviathan zu konzentrieren. »Wir müssen dieser Sache auf den Grund gehen und dürfen uns dabei nicht von Geistergeschichten ablenken lassen.« Lottie stellte das Bild wieder an seinen Platz.

Ellie schaute sie mit sonderbarem Blick an. Für einen Moment dachte Lottie, dass sie noch etwas sagen wollte. Doch dann seufzte sie nur und schüttelte den Kopf.

»Wenn es das ist, was du willst.«

Ellie nahm wieder ihren Stift zur Hand, und Lottie setzte sich neben sie auf den Boden. Hoffentlich merkte sie nicht, wie sehr sie zitterte.

»Und bitte lass in Zukunft solche Witze, Ellie. Bitte! Ich könnte es nicht ertragen, wenn dir irgendetwas zustößt.«

Ellie erstarrte für einen Moment und blieb reglos sitzen.

»Bitte entschuldige.«

Sie hatte so leise gesprochen, dass Lottie nicht genau sagen konnte, ob sie es nun wirklich gehört oder nur phantasiert hatte. Eine Entschuldigung von Ellie war etwas so Seltenes, dass Lottie halb erwartete, sie müsste wie eine Seifenblase zerplatzen.

»Ist schon okay … Wir müssen nur jemanden finden, der die Schokolade für uns untersucht«, fügte Lottie rasch hinzu. »Jemand, dem wir trauen können.«

»Aber wer soll das sein?«, fragte Ellie. »Und wie soll das ablaufen?«

Lottie betrachtete den unfertigen Stammbaum auf ihrem Blatt und rieb sich grübelnd die Schläfen. Der Familienstammbaum stellte ja eigentlich Ellies Familie dar. Sie sollte ihn morgen in ihrem Kurs präsentierten. Bei dem Gedanken daran sprang ein Name sie förmlich an.

»Ich glaube, ich wüsste da jemanden.« Lottie grinste Ellie breit an. »Aber ich fürchte, es wird dir nicht gefallen.«

18

Als Lottie am nächsten Morgen als Erste im Kurs *Geschichte der großen Königshäuser* erschien, herrschte in dem kleinen Raum eine angespannte Stille. Bei jedem Knarren des Parketts oder Quietschen eines verzogenen Fensters schreckte sie auf.

Sie hatte sehr schlecht geschlafen. In der Nacht hatte sie einen Albtraum gehabt, in dem der Geist von Liliana Mayfutt durch die Schlafsäle von Ivy schlich, um sich ihre Krone zurückzuholen und Ellie mit sich zu nehmen, weil sie ihrer Rolle als Prinzessin nicht gerecht geworden war. Noch jetzt jagte der Gedanke an das mit unsäglichem Geheul durch die Flure fliegende Gespenst ihr einen Schauer über den Rücken.

Aber die halb schlaflose Nacht hatte zumindest einen Vorteil: Lottie war überpünktlich, mehr als zehn Minuten zu früh. Sie legte die Holztafel, auf die sie den Familienstammbaum aufgemalt hatte, zur Seite und vertiefte sich in Oscars ledergebundenes Tagebuch. Ein bisschen zusätzliche Recherche konnte nicht schaden. Sie blätterte durch die Seiten, bis ihr eine Notiz ins Auge sprang. Ein kurzes Fragment über Ivan Wolfson, das ihr vorher gar nicht aufgefallen war, ging auf die ihm eigentlich versprochene Braut ein:

Lili wurde nie eine Porterin oder ein Partist zugeordnet. Sie galt als zu schwierig, um einen eigenen Partisten zu bekommen, und ihre Familie fürchtete, dass eine Porterin sie in ihrem rücksichtslosen Verhalten nur bestärken würde. Obwohl nur wenige Adelige überhaupt mit ihr in Kontakt kamen, entwickelte sich eine enge Beziehung zu Ivan Wolfson. Ihre Familie ermutigte sie zu einem Briefverkehr mit Ivan, in der Hoffnung, sie so unter die Haube zu kriegen. Ivan Wolfson hat Lilis Verschwinden nie verwunden. Leider habe ich nur sehr wenige Informationen über sie. Außer ein paar Porträts gibt es kaum historische Belege über das Leben der Prinzessin. Sie ist ein großes Mysterium.

Lottie starrte das Buch an und japste vor Überraschung. Sie sprang auf, wobei sie fast ihren Stuhl umwarf, und stürzte zu dem Tisch in der Mitte des Raums, wo noch die Unterrichtsmaterialien von letzter Woche lagen. Sie nahm sich das Buch, das Ms Devine ihnen gezeigt hatte, und blätterte bis zu Lilianas Porträt, deren wild entschlossener Blick sie gefangennahm. Lottie zeichnete die Linien der Krone auf Lilianas Kopf mit dem Finger nach. Dann blätterte sie um und begann, laut zu lesen:

»Liliana Wilda Mayfutt, Alleinerbin des albanischen Königshauses, ist eine der geheimnisvollsten Gestalten in der Geschichte der Monarchie. Sie wurde nach der Lilie benannt, dem Symbol der Mayfutts, was oft zu Lili abgekürzt wurde –«

»Was liest du denn da?«

Schnell schlug Lottie das Buch zu. Sie war so versunken gewesen, dass sie gar nicht mitbekommen hatte, wie Binah in den Raum gekommen war. Binah setzte sich auf den freien Platz neben ihr, in der Hand die Tafel mit ihrem Familienstammbaum, die wunderschön bemalt war.

»Och, nur über ferne Geister aus der Vergangenheit.« Allmählich trudelte auch der Rest der Schüler ein und zuletzt Ms Devine, die wieder Tee und verlockend aussehende Florentinerplätzchen mitgebracht hatte.

»Wie ich sehe, habt ihr fleißig an euren Stammbäumen gearbeitet«, sagte sie nach einem Blick in die Runde. »Gibt es einen Freiwilligen, der seinen zuerst vorstellen will?«

Lottie schaute nach unten und versuchte verzweifelt, Augenkontakt zu vermeiden. Zum Glück meldete sich Binah.

»Ah, Miss Fae. Wunderbar. Kommen Sie bitte nach vorn.«

Binahs gelbe Vertrauensschülerinnenschärpe strahlte wie frisch gewaschen, als sie ihren Platz vor dem Halbkreis der Tische einnahm.

Die Lehrerin nickte ihr zu, und Binah begann ihren Vortrag.

»Ich habe keine Adeligen unter meinen Vorfahren vorzuweisen. Meine Mutter ist in Kenia aufgewachsen, die meisten Frauen aus ihrer weitverzweigten Familie waren Krankenschwestern. Mein Vater stammt aus Korea, wo seine Familie über mehrere Generationen eine Schreinerwerkstatt führte. Er kann seinen Stammbaum bis ins frühe neunzehnte Jahrhundert nachweisen.« Sie zeigte auf die Zeichnung eines Koreaners ganz oben an ihrem Stammbaum.

Lottie betrachtete die schöne Zeichnung, die vielen Linien und Verästelungen, die zu den einzelnen Gesichtern führten. Die Ähnlichkeit war verblüffend, besonders mit Binahs

Mutter und ihrer kenianischen Familie. Alle stellten ein breites, offenes Lächeln zur Schau, das Lottie so gut von Binah kannte. Da bemerkte Lottie zu ihrem eigenen Erstaunen, dass sie eifersüchtig auf Binah war – eine sehr unprinzessinnenhafte Reaktion.

Aber du bist doch gar keine echte Prinzessin, zischte eine Stimme in ihrem Kopf.

»Meine Eltern haben sich in einer Forschungseinrichtung in London kennengelernt, wo sie zusammen einen TNF-Blocker entwickelten, der die Behandlung von Autoimmunerkrankungen revolutioniert hat.«

Einer der Jungen aus Stratus am anderen Ende des Raumes begann zu klatschen. Binah nickte ihm zu und fuhr dann fort, die verzweigte Geschichte ihrer Familie zu erklären, bis jedem der lächelnden Gesichter ein Name und ein Beruf zugeordnet war.

»Sehr gut, Binah. Du hast die Verwandtschaftsbeziehungen deiner Familie sehr ausführlich recherchiert und dargestellt. Nun weißt du, wie wichtig Familie und Traditionen sind.«

Binah setzte sich wieder, und die Professorin schaute in die Runde. Ihr Blick fiel auf Lottie.

Showtime.

Lottie räusperte sich, nahm ihre Tafel und stellte sich vor die Klasse. Ein dicker Angstklumpen saß ihr in der Brust.

»Guten Morgen«, begann sie. Sie bemühte sich, nicht zu nervös zu klingen, und sagte sich immer wieder, dass sie sich so souverän wie eine echte Prinzessin verhalten musste.

Sei mutig!

»Ich glaube, die meisten Menschen in Rosewood wissen

bereits, dass Lottie Pumpkin ein Deckname ist und dass ich in Wahrheit die Prinzessin von Maradova bin. Ich danke euch sehr, dass ihr meine Privatsphäre respektiert.«

Die Worte kamen ihr zwar leicht von der Zunge, dennoch fühlte sie sich wie eine schreckliche Betrügerin. Ihr Kopf war voll trüber Bilder: ihr Vater, ihre Mutter, Henry Pitkin. Das war die wahre Abstammung von Lottie Pumpkin. Wie recht Jamie doch hatte, jeglichen Gedanken an seine Familie vehement von sich zu weisen. Sie hätte die Geister aus ihrer Vergangenheit nicht rufen, hätte nicht in den alten Geschichten herumschnüffeln und so viele Fragen stellen sollen. Was hatte sie sich nur dabei gedacht?

Ich wurde als Charlotte Edith Curren-Pitkin in eine bürgerliche Familie geboren, flüsterte eine Stimme in ihrem Kopf. Aber sie durfte sich davon jetzt nicht ablenken lassen.

»Mein Familienstammbaum reicht über sechs Jahrhunderte zurück«, spulte sie weiter ihre vorbereitete Rede ab. »Über viele Generationen von Wolfsons, die auf unseren Stammvater Alexis Wolfson zurückgehen, der damals die Roanovs stürzte und den Thron bestieg.«

Pitkin ist ein verbreiteter englischer Nachname, den wir wegen meines Vaters ablegen mussten.

»Heute herrscht mein Vater Alexander Wolfson über Maradova. Er bestieg den Thron mit vierundzwanzig, nachdem mein Onkel auf die Krone verzichtet und das Königreich verlassen hatte.«

Meine Mutter war Konditorin, die eine kleine Patisserie betrieb. Mein Vater war ein Spieler, der unser gesamtes Vermögen beim Glücksspiel verlor und vor seinen Schulden außer Landes floh.

Jeder Satz fühlte sich an, als würde jemand Salz in eine Wunde streuen.

Hätte ich doch nur den Wunsch nicht getan, hätte ich doch nur den Wunsch nicht getan.

»Er heiratete die schwedische Adlige Matilde Hedin. Aus dieser Ehe ging ein Kind hervor: Ich.«

Pumpkin ist nur ein alberner Name, den sich ein kleines, dummes, von Prinzessinnen besessenes Mädchen ausgedacht hat, nachdem ihre Familie vor den Gläubigern ihres Vaters fliehen und untertauchen musste.

»Der Name Wolfson verpflichtet. Er steht symbolisch für den Wolf – loyal, furchteinflößend, dem Rudel treu ergeben.«

Meine Mutter starb, als ich neun Jahre alt war, und mein Vater heiratete eine andere Frau, die mich großziehen sollte. Dann verschwand er.

»Die königliche Familie von Maradova nimmt Tradition und Herkunft sehr ernst. Die Abstammungslinie muss rein und stark bleiben.«

Ich bin die letzte Pumpkin auf der Welt.

Jamie hatte recht gehabt. Familie war eine Last. Ganz egal, wie weit man lief, um ihr zu entkommen, man schleppte sie doch immer mit sich herum. Man wurde sie nie los.

»Kann ich mich bitte wieder setzen?«, fragte Lottie schwach. Ihr war plötzlich so schwindlig, dass sie Angst hatte, gleich umzukippen.

»Natürlich.« Die Professorin nötigte ihr einen Florentinerkeks auf. »Vielen Dank für diese kurze Einführung in die Geschichte des maradovischen Königshauses. Das war wirklich sehr interessant.«

Lottie nahm sich eine der dünnwandigen Porzellantassen und goss sich einen Rosenblütentee ein. Der herrliche Duft stieg ihr in die Nase und beruhigte sie ein wenig. Dennoch fiel es ihr schwer, sich auf die Präsentationen der anderen zu konzentrieren – oder sich überhaupt zu konzentrieren. Wie sollte sie sich gegen Leviathan zur Wehr setzen oder irgendjemandem eine Hilfe sein, wenn sie so sehr mit ihren eigenen Dämonen zu kämpfen hatte? In ihrer derzeitigen Verfassung war sie zu nichts zu gebrauchen. Sie konnte ihren Problemen nicht mehr aus dem Weg gehen. Aber sie hatte schon einen Plan.

Als der Unterricht zu Ende war, blieb Lottie sitzen und wartete, bis alle gegangen waren. Vorher gab sie Binah ein stummes Zeichen. Binah verstand und ließ sich extra viel Zeit beim Einpacken ihrer Bücher. Schließlich waren nur noch sie beide da.

»Stimmt etwas nicht, Lottie? Du siehst irgendwie bedrückt aus.«

Lottie wollte nicht, dass Binah sich Sorgen machte.

»Binah«, sagte sie und holte tief Luft, »wir brauchen deine Hilfe.«

Ihre Freundin grinste vom einen Ohr zum anderen und legte Lottie eine Hand auf die Schulter. »Ich dachte schon, du fragst nie!«

19

Die flackernde Flamme des Bunsenbrenners warf ihren Schein auf ein Sammelsurium an Tiegeln und Flaschen mit vielfarbigen Pulvern, Salzen und Flüssigkeiten. Ellie, Lottie und Binah hatten sich um einen der Arbeitstische im Chemieraum versammelt, alle drei trugen weiße Laborkittel und überdimensionale Schutzbrillen. Es war schwer zu ignorieren, wie albern sie damit aussahen.

Lottie hatte Binah in ihren Verdacht mit der Schokolade eingeweiht. Binah hatte ihre Theorie keine Sekunde in Zweifel gezogen und sofort vorgeschlagen, eine Reihe von Tests durchzuführen.

»Wenn ihr sonst noch etwas braucht, lasst es mich wissen.« Professor Duran regulierte die Flamme des Bunsenbrenners und vergewisserte sich, dass er sicher in seinem dreibeinigen Ständer verankert war. »Ich freue mich ganz besonders, dass eine meiner besten Schülerinnen auf eigene Faust auf Entdeckungsreise in die Chemie gehen will.«

»Vielen Dank, Herr Professor«, flötete Binah. »Ich mache das ja auch für meine Mitschülerinnen.«

Professor Duran war ein Mann in den Fünfzigern, mit schütterem Haar und einem höchst ansteckenden Enthusiasmus für die Chemie. Und Binah war seine Lieblingsschülerin.

Nur deshalb hatte sie ihn überreden können, ihnen das Laboratorium für ihre Experimente zur Verfügung zu stellen, angeblich um der Prinzessin von Maradova Nachhilfeunterricht zu geben. Wie hätte er da nein sagen können?

»Auch von mir vielen Dank, Herr Professor. Meine Eltern werden sehr erfreut sein, wenn sie davon hören.« Lottie versuchte, den gleichen wissbegierigen Ausdruck aufzusetzen, den Binahs Gesicht zeigte, was Professor Duran richtig zum Strahlen brachte.

»So, jetzt überlasse ich euch aber eurer wissenschaftlichen Neugier«, sagte er und verließ das Labor.

Als die Tür hinter ihm ins Schloss gefallen war, wurde Binahs Gesicht sofort ernst, obwohl sie mit der Schutzbrille über ihrer eigenen großen Brille zugegebenermaßen ziemlich witzig aussah.

»Warum ist sie eigentlich so darauf versessen, uns zu helfen, wenn sie nicht einmal genau weiß, worum es geht?«, flüsterte Ellie Lottie ins Ohr. Binah hörte sie nicht, sie war viel zu beschäftigt, ein paar Messungen vorzunehmen, wobei ihr die Zungenspitze ein Stück aus dem Mund ragte.

»Weiß ich auch nicht«, antwortete Lottie mit einem Schulterzucken. »Wir sollten dankbar sein, dass sie es überhaupt macht.«

Ellie beugte sich über Binahs Rücken und schnitt eine Grimasse, und Lottie trat ihr sanft gegen das Schienbein, um sie davon abzuhalten, irgendetwas Doofes zu sagen. Ellie war von der Idee, Binah einzuweihen, alles andere als begeistert gewesen. Normalerweise hätte Lottie es auch vorgezogen, niemanden in die Sache hineinzuziehen, aber sie hatte sich selbst versprochen, alles zu tun, um dem Geheimnis von Leviathan auf den Grund zu gehen. Geschichten über Geister und verschwundene Prinzessinnen würden sie hierbei nicht weiterbringen. Sie hätte nie zugegeben, wie verwirrt sie in Wirklichkeit war. Aber sie wusste, dass sie Hilfe brauchte, und Binah war froh, helfen zu können.

»Ah, da haben wir's.« Binah blinzelte, während sie eine dünne Schicht lilafarbenes Pulver über den halbgeschmolzenen Schokoriegel rieseln ließ. Das Pulver stank nach verdorbenem Fisch. »Das ist ja eigenartig.«

»Hast du etwas entdeckt?« Nun beugte sich sogar Ellie gespannt über den Schokoriegel.

»Aha!« Binah richtete sich so schnell auf, dass sie fast gegen sie geprallt wäre. »Die Schokolade selbst ist völlig normal, aber der Riegel scheint mit einem dünnen Film einer unbekannten Substanz überzogen worden zu sein.« Sie streute noch mehr lila Pulver auf den Riegel und machte so eine stark riechende Flüssigkeit auf der Oberfläche sichtbar, die dann leise zischend mit dem Pulver verdampfte. Lottie kannte diesen Geruch – es war derselbe Geruch, der ihr auch schon beim Feuerwerk aufgefallen war, als Horace seine Schreiattacke gehabt hatte, und in der Bibliothek, als Beatrice dort über Tische und Bänke gegangen war.

Sie kannte den Geruch, wusste aber nicht, um welche Art Substanz es sich handelte. Diesmal streute Binah etwas Pulver über einen anderen Teil des Riegels, und die Schokolade begann, wie eine alte Ölpfütze in allen Farben des Regenbogens zu schillern.

»Was auch immer das ist, es gehört ganz sicher nicht in

einen handelsüblichen Schokoriegel«, sagte Binah und band sich die Haare zu einem Pferdeschwanz zusammen.

»Igitt!« Ellie rümpfte die Nase und bedeckte das Gesicht mit der Hand. »Das riecht ja fürchterlich!«

»Bist du dir sicher, dass nichts passiert, wenn wir es einatmen?«, fragte Lottie, die plötzlich Angst bekam, sie könnten sich bei ihrem Experiment vergiften.

»Ziemlich sicher!«, sagte Binah und stellte die Gaszufuhr zum Bunsenbrenner ab. »Kommt dir der Geruch bekannt vor?«

Lottie schluckte. Lola und Micky machten gerade so viel durch. Aber dieser süße Babypudergeruch erinnerte stark an die beiden.

»Ja«, erwiderte Lottie zögernd. »Es riecht wie eine giftige Essenz aus Lola und Micky.«

Binah kicherte und nahm den Rest des Schokoriegels in ihre behandschuhte Hand. »Eine sehr poetische Umschreibung, Lottie.«

Unwillkürlich wurde Lottie wieder rot.

»Aber ich glaube«, fuhr Binah fort, »dass du etwas noch nicht bedacht hast.«

»Was meinst du?«, fragte Lottie.

»Die Symptome und der Geruch – erinnern dich die nicht noch an etwas anderes?« Binah schob sich die Brille auf der Nase zurecht, das Licht brach sich im transparenten Plastik der übergroßen Schutzbrille. »Etwas, das du vielleicht lieber für immer vergessen würdest?«

»Ich …« Lottie wollte schon erwidern, dass sie keine Ahnung habe, worauf Binah da anspiele, als es *Klick* machte. Eine quälende Erinnerung kam wieder hoch. Sie erinnerte sich, wie Beatrice auf dem Tisch ins Torkeln geraten war, wie Ellie ihr zur Seite gesprungen war und sie aufgefangen hatte und dass eine Person, die sonst nie solche Zurückhaltung zeigte, nichts getan hatte.

»Jamie«, flüsterte Lottie.

Es war derselbe süßliche Geruch aus jener Nacht, in der Jamie im Schwimmbad von Conch ohnmächtig geworden war. Jetzt konnte sie sich wieder an alle Einzelheiten erinnern. Sie waren über die Weihnachtsferien in Rosewood geblieben und auf die Silvesterparty im Wohnheim von Conch gegangen. Sie erinnerte sich, wie Jamie umgekippt war, und dass sie schon damals vermutet hatte, irgendjemand hätte ihm etwas in seine heiße Limonade gemixt. Sein Atem hatte genau nach diesem merkwürdig süßen Zeug gerochen, kurz bevor er ohnmächtig in ihre Arme gefallen war und sie beide ins Schwimmbecken gestürzt waren.

Binah schaute sie über den Bunsenbrenner hinweg durchdringend an. »Und? Ist es derselbe Geruch?«

Da machte Ellie sich mit einem tiefen Brummen bemerkbar. Sie trommelte ungeduldig mit den Fingern auf die Tischplatte. Ihr Blick hätte töten können.

»Wovon redest du, Binah?«, fragte sie ungeduldig. Sie schlug mit der Hand so fest auf den Tisch, dass alle Glasgefäße wackelten.

Binah schien völlig unbeeindruckt von diesem Ausbruch, aber Lottie fühlte ihr Herz schneller schlagen. Wenn sie nur die Krone dabeihätte. Die hätte sie etwas beruhigt.

»Entschuldige«, sagte Binah. »Manchmal geht es einfach mit mir durch. Ich glaube, ich schulde euch eine Erklärung.«

»Ja, bitte«, sagte Lottie, um etwas Druck aus der Situation zu nehmen. »Ich glaube, Ellie und ich sind beide etwas verwirrt.«

Binah nickte, wobei ihr Pferdeschwanz eifrig auf und ab hüpfte. Sie nahm die Schutzbrille ab und säuberte sie an ihrem Laborkittel. »Letztes Jahr, als die Geschichte mit Jamie die Runde machte, konnte ich mich nicht damit abfinden, dass es keine Erklärung für seinen plötzlichen Schwächeanfall geben sollte. Also habe ich mich nachts in das Zimmer der Schulkrankenschwester geschlichen und seine Akte studiert.«

»Du bist eingebrochen?!«, japste Ellie. Lottie war schockiert. Sonst war Binah doch so eine vorbildliche Schülerin.

»Natürlich bin ich eingebrochen, wie hätte ich denn sonst an die Akte kommen sollen? Ich bin mir sicher, dass ihr beide euch auch schon den einen oder anderen unschönen, aber unvermeidlichen Regelverstoß geleistet habt.«

Ellie und Lottie mussten schlucken, als sie an ihren unerlaubten Besuch in der Bibliothek zu Beginn des letzten Schuljahrs dachten.

Binah fuhr fort. »In der Akte stand nichts wirklich Brauchbares. Ein Eintrag über seine bleiche Gesichtsfarbe, den süßlichen Mundgeruch und das unzusammenhängende Gestammel … Nichts davon konnte mir bei der Suche nach der Ursache weiterhelfen – bis zu diesem Vorfall mit Horace vor einigen Tagen.« Sie hielt inne, um Ellie und Lottie Zeit zu geben, ihre Worte zu verarbeiten. Ein seltsamer Glanz lag in ihren Augen.

»Da habe ich es sofort bemerkt. Durch die Beschäftigung

mit der Arbeit meiner Eltern bin ich sehr gut darin geworden, Muster und Symptome frühzeitig zu erkennen.«

Lottie erinnerte sich, dass Binah zwar die Ereignisse kurz vor dem Feuerwerk und Horaces Anfall sehr genau beobachtet hatte, damals aber keine Erklärung angeboten hatte.

»Als ihr nun mit eurer Schokoladentheorie kamt, hatte ich endlich einen Hinweis auf die Quelle. Das hast du sehr gut gemacht, Lottie. Auf dich kann man sich verlassen.«

Binah lächelte sie so offen und herzlich an, dass Lottie wohl rot geworden wäre, wenn sich ihr nicht gleichzeitig eine Schlussfolgerung mit kristalliner Klarheit aufgedrängt hätte. Sie drehte sich zu Ellie um. Ihr Gesichtsausdruck sagte ihr, dass sie gerade dasselbe dachte.

Wenn die unbekannte Substanz dieselbe war, mit der auch Jamie vergiftet worden war, dann konnte nur Leviathan dahinterstecken.

»Und wir wissen immer noch nicht, um welche Substanz es sich handelt?«, fragte Ellie.

»Also …« Binah brach ein Stück von der Schokolade ab und legte es in eine Petrischale. Dann bat sie Ellie, ihr ein kleines Gefäß mit einer dunkelgelben Flüssigkeit zu reichen, das am anderen Ende des Tischs stand. »Es gibt da eine Sache, die wir noch versuchen könnten. Aber wir müssen sehr behutsam vorgehen … ELLIE, STOPP!«

Aber es war schon zu spät. Ellie hatte bereits einen Großteil der Flüssigkeit über die Schokolade gegossen. Sofort begann es in der Petrischale zu blubbern und zu zischen. Zwei kleine Rinnsale bildeten sich und fauchten giftig, als wären es lebendige Schlangen.

»Ups!«, sagte Ellie und wich einen Schritt zurück.

»Das ist ja …« Binah setzte die Schutzbrille schnell wieder auf und beugte sich über die Schale, in der die zwei Schlangen in einer chemischen Reaktion zu tanzen schienen. »Damit hätte ich nicht gerechnet.«

»Für mich sieht das nach einer brennbaren Salzmetathese aus.«

Lottie nickte und kramte in ihrem Gedächtnis nach ihrem Chemiewissen.

Binah murmelte etwas vor sich hin. »Wartet mal eine Sekunde.« Sie stand auf und schnappte sich ihre Tasche.

»Weißt du, was es ist?«, fragte Ellie und hielt sich die Nase zu. Der Geruch war wirklich unerträglich.

Binah zog ein zerfleddertes Buch mit unleserlichem Titel hervor und blätterte wild darin herum. Im Buch waren lauter Bilder von Menschen mit Gasmasken, mehrmals las Lottie die Worte *hochgiftig* und *Eugenik*.

»Da ist es!«, rief Binah aufgeregt. »Man nennt es die *Hameln-Formel*, eine Mixtur aus verschiedenen Substanzen wie Sucratin und Intoxciotin.« Binah lachte, begeistert von der unerwarteten Entdeckung. »Die Substanz wird bei der sogenannten Gehirnwäsche verwendet. Sie soll das Opfer in einen Zustand des schläfrigen Deliriums versetzen, in dem es jedem Befehl willenlos gehorcht.«

»Es ist nach dem Rattenfänger von Hameln benannt?«, fragte Lottie, die sich von Binahs Begeisterung hatte anstecken lassen.

»Ja, genau! Das Spannende ist, dass der Entdecker, Hans Torkelsen, die Formel angeblich nie zu Ende entwickelt hat.

Bisher war das alles reine Theorie. Die Nazis arbeiteten während des Zweiten Weltkriegs unter Hochdruck an der Vervollkommnung der Formel, aber Torkelsens Forschungsergebnisse gingen verloren, und seither hat sich niemand mehr daran versucht, weil es natürlich illegal ist.« Binah grinste vor sich hin, obwohl Lottie das Ganze überhaupt nicht witzig fand.

»Hört sich an wie ein Zaubertrank«, sagte sie. Sie musste unwillkürlich an die Hexenszene in *Macbeth* denken. *Doppelt plagt euch, mengt und mischt, Kessel brodelt, Feuer zischt.*

»Aber wie kommt dieses Zeug in unseren Schokoriegel?«, fragte Ellie.

Jetzt erst wurde Lottie die Tragweite ihrer Entdeckung klar. Sie hätte niemals für möglich gehalten, dass sie es mit so perfiden Techniken wie Gehirnwäsche zu tun bekommen würden. Sie war so entschlossen gewesen, Leviathan aufzuspüren und zu zerstören. Doch jetzt hatte sie einfach nur noch Angst.

Sei mutig!, redete sie sich zu.

Sie setzte ihr entschlossenstes Lächeln auf. Ellie durfte nicht mitkriegen, wie sehr sie sich fürchtete.

»Wir werden der Sache auf den Grund gehen«, sagte sie und ballte die Fäuste.

Ellie schaute sie an, und ihr Blick wurde sanft: »Oh, Lottie …«

»Sehr gut«, platzte Binah dazwischen. »Der nächste logische Schritt wäre, alle unsere Informationen zusammenzutragen.« Sie wirkte völlig gelassen, gänzlich unbeeindruckt von dieser schockierenden Entdeckung. Binahs Zuversicht färbte ein bisschen auf Lottie ab.

Während Binah ihre Sachen zusammenpackte, bemerkte sie nebenbei: »Zuerst müsst ihr mir berichten, was genau mit Saskia San Martin passiert ist, und natürlich alles, was ihr über Leviathan wisst.«

Die Zeit schien einen Moment stillzustehen, während Lottie aufging, was sie da gerade gesagt hatte.

Saskia? Leviathan? Woher wusste sie …?

Ellie und Lottie starrten Binah mit offenem Mund an, während die seelenruhig ihre Sachen fertigpackte und sich den Rucksack über die Schulter warf. Die ganze Zeit über hatten sie sich gefragt, wie viel Binah über ihr Geheimnis wusste, ob sie überhaupt eine Ahnung hatte. Nun hatten sie die Antwort: Sie wusste einfach alles.

20

Jamies linke Hand spielte zerstreut mit dem Wolfsanhänger, in der rechten hielt er seine Ausgabe von *Hamlet*. Doch die Worte verschwammen immer wieder vor seinen Augen. Mit einem missmutigen Grunzen stellte er fest, dass er schon wieder einen ganzen Absatz überflogen hatte, ohne auch nur ein Wort wirklich gelesen zu haben.

Das war völlig inakzeptabel.

Schlimm genug, dass Lottie sich dauernd ablenken ließ. Aber auf keinen Fall durfte er sich von ihrer Fahrigkeit anstecken lassen. Er musste stark sein. Irgendwie musste er Lottie wieder auf Spur bringen. Leichter gesagt als getan. Das Buch über Pakistan, das sie ihm geschenkt hatte, steckte immer noch in der Seitentasche seines Rucksacks und schien ihn anzuklagen. Er hätte es schon längst wegwerfen müssen, doch irgendetwas hielt ihn zurück. Eine Stimme, die ihn anflehte, es aus der Tasche zu holen und endlich die fehlenden Puzzleteile zusammenzusetzen.

»Dies über alles: Sei dir selber treu«, deklamierte Raphael und riss Jamie aus seinen Grübeleien. »Was meint Polonius damit?«

Einen kurzen Moment hatte Jamie das Gefühl, als hätte Raphael seine Gedanken gelesen. Er schüttelte sich.

Der Kurs war zwar schon seit zwanzig Minuten vorbei, doch Jamie hatte Raphael versprochen, ihm bei seinen Passagen für die Schulaufführung von *Hamlet* zu helfen.

Hier im Theater von Rosewood Hall ließ es sich am besten proben. Das Theater lag genau in der Mitte des weitläufigen Schulgeländes, ein großer Kuppelbau mit geschwungenen Bogen und Mahagonivertäfelung, an der man die Zeugnisse der kreativen Leistungen ehemaliger Schüler bewundern konnte. Die eigentliche Bühne verfügte über eine geschmackvolle und doch dramatische Atmosphäre mit ihrem blankpolierten dunklen Parkett und dem hufeisenförmigen Zuschauerraum mit den gestaffelten roten Sitzreihen. Die Worte hallten in dem großen Rund wider, und noch in der letzten Reihe war das leiseste Flüstern gut hörbar.

»Er meint es genauso, wie er es sagt«, antwortete Jamie und klappte sein Buch zu, froh über die Ablenkung. »In dieser Szene erklärt er seinem Sohn, dass das Höchste, was ein Mensch erreichen kann, darin besteht, sich selbst treu zu sein.«

Raphael spitzte konzentriert die Lippen und notierte Jamies Erläuterung in seiner krakeligen Handschrift neben die Textzeile.

Anstatt sich wieder seinem eigenen Text zu widmen, was er eigentlich hätte tun sollen, nahm Jamie sich eine kurze Auszeit und beobachtete die anderen Mitglieder seines Theaterkurses.

Percy Butter saß zusammengerollt wie eine Schnecke in einem der gemütlichen roten Sitze, seine fahle Haut und die blutunterlaufenen Augen stachen vor dem roten Hintergrund noch deutlicher hervor. In dem düsteren Theaterraum hatte er sichtlich Mühe, wach zu bleiben. Sein Kopf sank immer wieder nach vorn, dann schreckte er auf, bemühte sich, eine einigermaßen gerade Haltung einzunehmen, und sackte gleich darauf wieder in den Stuhl. Es wäre lustig gewesen, wenn Jamie nicht gewusst hätte, dass Percys Müdigkeit nicht von einer schlaflosen Nacht, sondern von einem Zustand völliger Erschöpfung herrührte.

Um ihn wach zu rütteln, berührte Jamie ihn leicht an der Schulter. *Du musst mit jemandem über dieses Schlafwandeln reden*, signalisierte er ihm in Gebärdensprache.

Percy schaute benommen auf und blinzelte. *Das ist doch nicht weiter schlimm*, antwortete er.

Doch, ist es. Es macht dich zum Zombie, und obendrein werde ich jede Nacht von dir geweckt.

Percy sah ihn ungläubig an. Jamie fühlte sich schlecht, ihn so herumzukommandieren, aber er war sicher, dass es das Beste für alle war, wenn Percy damit zum Vertrauenslehrer ging.

Ich verstehe ja, dass du über das, was passiert ist, nicht nachdenken willst, aber du kannst nicht ewig davor weglaufen.

Jamie zögerte, während er diesen harten Satz mit den Händen formte. Er musste an Lottie denken, an die Nacht, die er selbst gerne vergessen würde. Ihre kirschroten, vom Frost gezeichneten Wangen, wie sie gefesselt hinten in dem Lieferwagen gelegen hatte. Einer Situation ausgesetzt, in die sie niemals hätte geraten dürfen, Opfer einer Intrige, die gar nicht ihr galt. Die Erinnerung war noch so frisch, sie stand ihm greifbar vor Augen. Die kalte Winternacht, Lotties panischer Blick …

Percy schien von seinen Worten schwer getroffen zu sein.

Ich laufe vor gar nichts davon. Vielleicht solltest du dich lieber selbst an deinen Rat halten. Percys Handbewegungen waren hektisch und wütend. Er schnappte sich seine Bücher und stürmte aus dem Theater.

Jamie seufzte tief. Genau wegen solcher Szenen hatte er nie einen Zimmergenossen gewollt. Es spielte keine Rolle, ob er hier in Rosewood Freunde hatte, er war nicht hier, um Freundschaften zu schließen. Er schaute zu Raphael hinüber, der immer noch fleißig Anmerkungen an den Rand seines Buches schrieb und die Zeilen mit stummen Mundbewegungen beim Lesen mitsprach. Obwohl Jamie sich einzureden versuchte, dass Freundschaften für seine Mission als Partist keine Bedeutung hatten, sogar hinderlich waren, hatten Percys gekränktes Gesicht und die große Wertschätzung, die Raphael seiner Hilfe entgegenbrachte, ein Gefühl in ihm wachgerufen, das er bisher nicht gekannt hatte.

Wieder kam ein Erinnerungsfetzen hoch.

Du solltest dich uns anschließen.

Das war Saskia, die ihm, in einem letzten verzweifelten Versuch zu entkommen, die Hand entgegenstreckte.

Nein. Jamie schüttelte den Kopf, um die Erinnerung zu vertreiben. *Was macht diese Schule bloß mit mir?*

»Jamie!« Die Stimme seiner Prinzessin drang an sein Ohr und riss ihn aus seinen Überlegungen. »He, Jamie! Bist du hier irgendwo?«

Ellie und Lottie kamen herein, mit Binah im Schlepptau. Ihre überdimensionale Büchertasche hüpfte im gleichen

Rhythmus wie ihre Locken. Sowohl Lottie als auch Ellie wirkten sehr besorgt. Jamie merkte sofort, dass irgendetwas nicht stimmte.

»Was ist los?«, fragte er.

Seine Prinzessin und ihre Porterin schielten hinüber zu Raphael. Irgendetwas war im Busch, und sie wollten, dass Raphael verschwand, bevor sie Jamie einweihten.

»Ah, die Kürbisprinzessin und ihre tollkühne Kammerjungfer!«, rief Raphael mit breitem Grinsen. »Was verschafft uns die Ehre?«

Ellie streckte ihm die Zunge raus, woraufhin er nur noch lauter lachte.

»Raphael, ich glaube, du musst jetzt gehen«, sagte Jamie trocken.

Raphael kicherte, doch dann sah er Jamies todernstes Gesicht. »Aber du hast doch versprochen, mir beim Auswendiglernen zu helfen«, protestierte er entrüstet.

Ellie schüttelte den Kopf und sah Jamie vielsagend an. Es war also ernst.

»Tut mir leid, aber diese Angelegenheit kann leider nicht warten«, erklärte Jamie kühl.

Raphaels sonst so großes Selbstbewusstsein fiel in sich zusammen und machte für einen kurzen Moment einem verletzten Ausdruck Platz. Doch anders als Percy fing er sich schnell wieder und wirkte so unverwundbar wie eh und je. Er wandte sich an Binah: »Und du bist auch mit von der Partie? Alle habt ihr eure Geheimnisse. Zuerst Anastasia und jetzt ihr vier.«

»Raphael, es tut uns ja leid, aber …« Lottie schien wirklich mit ihm zu fühlen. Wie immer wollte sie dem Konflikt am liebsten aus dem Weg gehen.

»Ach, macht doch, was ihr wollt.« Raphael raffte seine Sachen zusammen und stürmte wutschnaubend aus dem Theater. Vorher warf er Binah einen vorwurfsvollen Blick zu, die mit einem Schulterzucken antwortete, als habe sie keinen Einfluss auf das Ganze.

Dann schlug die Tür hinter ihm zu.

Es ging nicht anders, sagte sich Jamie. Er konnte nicht die Gefühle anderer über die Sicherheit seiner Prinzessin stellen, ganz egal, worum es dabei ging. Als Raphaels Schritte nicht mehr zu hören waren, drehte er sich mit einem langen Seufzer zu den drei Mädchen um.

»Ich hoffe, das war es wert.«

»Verstehe ich das richtig?« Jamie gab sich alle Mühe, ruhig zu bleiben, doch auch so war die Atmosphäre in dem kleinen Raum hinter der Bühne angespannt, und die trockene, abgestandene Luft trug nicht gerade dazu bei, die Stimmung aufzulockern. Er starrte Binah an. »Du hast gewusst, dass Saskia eine abtrünnige Partistin ist?«

Binah nickte. »Korrekt.«

»Und du hast bereits von Leviathan gehört und versucht, Informationen über sie zu sammeln?«

»Korrekt«, sagte sie und schaute ihm unverwandt in die Augen.

»Und du glaubst, sie könnten bei den Anfällen von Horace und Beatrice ihre Finger im Spiel gehabt haben?«

»Ebenfalls korrekt«, antwortete Binah.

»Und du bist darüber hinaus über die wahre Identität der Prinzessin informiert?« Jamie schaute kurz zu Ellie hinüber.

Binah setzte ihre Brille ab und putzte sie am Saum ihrer Bluse. »Korrekt.« Damit hatte sich eine von Jamies schlimmsten Befürchtungen bestätigt.

Einen kurzen Moment lang wusste er nicht mehr weiter. Er blinzelte. Wie war es möglich, dass dieses Mädchen hinter ihr Geheimnis gekommen war, woher wusste sie so viel? Und wie sollte er damit umgehen?

Es gab zwar Notfallstrategien für den Fall, dass eine außenstehende Person hinter das Geheimnis eines Porter-Vertrags kam – aber Binah zu verschleppen oder sie auf andere Weise mundtot zu machen war hier keine Option.

Er atmete einmal tief durch und wandte sich dann an seine Prinzessin. »Wie lange wisst ihr schon, dass Binah unser Geheimnis kennt?«

Lotties und Ellies schuldbewusste Mienen sprachen Bände. Ein wütendes Zischen entfuhr ihm.

»Das ist alles sehr kompliziert«, meldete Lottie sich zu Wort, bevor er Zeit hatte, seine Schimpftirade abzufeuern. »Wir waren uns nicht sicher, wie viel Binah wusste. Wir hatten nur so eine Ahnung, dass sie vielleicht etwas wissen könnte …« Jamies Gesicht verdüsterte sich, und Lottie brach mitten im Satz ab.

»Wir dachten, sie wüsste vielleicht, dass ich die echte Prinzessin bin«, sagte Ellie und stellte sich schützend vor Lottie. »Dass sie auch über Leviathan und Saskia Bescheid wusste, hätten wir uns nicht träumen lassen.«

»Ich dachte, meine verschlüsselte Botschaft wäre bei euch angekommen«, meldete Binah sich zu Wort. »Hm, vielleicht war das William-Tufty-Rätsel doch ein bisschen zu schwierig«, fügte sie nachdenklich hinzu.

»Ihr hättet es mir sagen müssen!«, bellte Jamie. Er konnte seine Wut nicht länger verbergen. Nach allem, was letztes Jahr passiert war, hätten Ellie und Lottie es besser wissen müssen.

»Was hätten wir dir denn sagen sollen?«, blaffte nun Ellie zurück. »Dass unsere Freundin vielleicht möglicherweise etwas über unser Geheimnis weiß, vielleicht aber auch nicht?«

»Genau das.«

Nun bekam Ellie einen Wutanfall. »Um das mal klarzustellen«, fauchte sie und verschränkte die Arme vor der Brust, »wir haben deiner Meinung nach also Mist gebaut, weil wir dir nicht gesagt haben, dass es da etwas gibt, worüber wir keine näheren Informationen haben und nichts Genaues wissen?«

Aber Jamie hörte ihr gar nicht zu. Aufgebracht lief er im Kreis herum und spuckte die Worte förmlich aus: »Darum geht es doch gar nicht. Du und Lottie, ihr seid ständig …«

Sie unterbrach ihn. »Egal, was kommt, Lottie hält zu mir.«

Jamie blieb stehen und funkelte die beiden an. »Vielleicht liegt genau da das Problem.«

»Wie bitte?«

Er wusste, dass er das lieber nicht gesagt hätte, konnte sich aber nicht bremsen. »Vielleicht solltet ihr beide euch ein bisschen mehr an eure Rollen halten und aufhören, euch so kindisch zu benehmen. Ständig gluckt ihr zusammen. Hört auf, euch nur um euch selbst zu kümmern!« Die beiden Mädchen waren so schockiert, dass keine von beiden den Mund aufbekam. Seltsamerweise ärgerte ihn das nur noch mehr.

Schließlich rang Lottie sich zu einer Erwiderung durch. Ihre Stimme war nur noch ein Piepsen. »Jamie, wie kannst du so etwas Gemeines sagen?«

Er konnte ihr nicht in die Augen sehen.

»Also …«

Alle drehten sich zu Binah um, die sich gewissenhaft die Brille wieder aufsetzte.

»Man muss nichts im Leben fürchten, man muss nur alles verstehen. Und jetzt ist die rechte Zeit, mehr zu verstehen, damit wir weniger fürchten müssen«, sagte sie nüchtern.

Die drei starrten sie perplex an.

»Das ist ein Zitat von Marie Curie«, erklärte Binah. Sie lächelte, und die Spannung im Raum ließ ein bisschen nach. »Ich vermute, ihr habt alle Angst, und das macht euch wütend, und da ihr nicht wisst, wohin mit der Wut, richtet ihr sie gegeneinander.«

Jamie seufzte auf. Binah hatte vollkommen recht. Dieser Streit führte zu nichts. Er musste dafür sorgen, dass sich so etwas in Zukunft nicht wiederholte.

»Wie bist du dahintergekommen?«, fragte er sie.

Binah zögerte. Diese Frage hatte sie wohl nicht erwartet.

»Das habe ich mich auch schon gefragt«, sagte Ellie und stemmte die Hände in die Hüften.

Binah schürzte nachdenklich die Lippen. »Wir waren mal beste Freunde.« Kurz wirkte sie sehr traurig, erholte sich aber sofort wieder. »Ich meine: Saskia, Anastasia, Raphael und ich.

Wir haben unser erstes Jahr in Rosewood zusammen verbracht und uns angefreundet.«

Plötzlich war es sehr still, die staubigen Samtvorhänge schienen Binahs Worte förmlich aufzusaugen.

»In dem Schuljahr, bevor ihr hier aufgetaucht seid, war alles bestens zwischen uns, doch irgendwann begann Saskia, sich von uns abzuwenden. Sie wurde verschlossen und unnahbar. Anastasia hatte schwer darunter zu leiden. Nur Raphael hat nichts bemerkt.« Sie legte die Stirn in Falten. »Sie waren die Ursache – Leviathan. Sie haben die Spannungen zwischen Saskia und Anastasia ausgenutzt und Saskia Geld versprochen. Mit dem Geld hätten sie Anastasias strengen Eltern entkommen und ein Leben in Freiheit führen können.«

Binahs Worte hingen für einen Moment in der Luft. Jamie beobachtete, wie seine Prinzessin beim Gedanken an den Verrat der Partistin zusammenzuckte. Ellie schaute ihn an, ihre Augen fanden einander. Sie ballte die Fäuste. Er schüttelte langsam den Kopf. Niemals würde er sie betrügen, er würde seiner Pflicht als Partist ewig treu bleiben.

Lottie trat zwischen Ellie und Jamie. Sie schaute vom einen zum anderen.

Ahnt Lottie etwa, woran wir gerade denken? Schnell schob er den Gedanken beiseite. Lottie sollte ihn nicht schon wieder ablenken. »Also hat Leviathan es auf Partisten abgesehen?«, fragte er.

»Ich glaube, das ist Teil ihres Plans.«

»Und woher weißt du das alles? Wie kannst du überhaupt … so viel wissen?«

Diese Frage hatte sie immer noch nicht beantwortet.

Binah verzog den Mund zu einem schiefen Grinsen. »Na, ich hab es von einem Geheimgang aus mit angehört.«

»ICH WUSSTE ES!«, rief Lottie laut und schlug schnell die Hand vor den Mund, als sie Jamies verärgerten Blick sah. »Entschuldigung. Ich meinte die Geheimgänge … Ich hatte schon vermutet, dass es noch mehr von ihnen geben muss.«

»Was für Geheimgänge?« Jamie war kurz vorm Explodieren. *Gibt es eigentlich irgendetwas, was diese Mädchen nicht vor mir geheim halten?*

»Ach, du meinst den Tunnel, der zur Bibliothek führt?«, fragte Ellie, als wäre das ganz selbstverständlich.

Jamie hatte das Gefühl, seine Augen müssten ihm gleich aus dem Kopf springen.

»Das gesamte Schulgelände ist von Tunneln und unterirdischen Räumen durchzogen. Ich habe nicht einmal die Hälfte davon erkundet. Aber ich bin mir sicher, dass es noch mehr geben muss.« Binah war richtig aufgekratzt, so sehr freute sie sich, ihre geheime Entdeckung mit jemandem teilen zu können. »William Tufty war ein Mensch voller Rätsel und Geheimnisse. Es muss einen Grund geben, warum er diese Tunnel anlegen ließ.«

Lottie nickte nachdenklich. »Manchmal ist es fast so, als ob die Schule selbst …« – sie zögerte, fuhr dann aber fort –, »… es fühlt sich fast so an, als wollte die Schule selbst einem etwas sagen.«

»Ja, das könnte tatsächlich sein«, stimmte Binah mit einem Zwinkern zu.

»Du hast also andere Leute von diesen Tunneln aus belauscht?«, fragte Jamie dazwischen. Er hatte keine Lust, sich in so unnützen Spekulationen zu verlieren. Als ob die Schule einem etwas sagen könnte!

»Ja«, sagte Binah. »Es gibt einen Tunnel, der von einem Lagerraum zur Mädchentoilette führt. Einige der Geheimnisse, die ich dort erfahren habe, sind geradezu skandalös.«

Lottie entfuhr ein Quieken, und alle drehten sich zu ihr um.

»Warst du etwa auch in dem Tunnel?«, fragte Jamie, obwohl er die Antwort bereits kannte. Dafür musste er nur einen Blick in Lotties errötetes Gesicht werfen. »Und du hast von dort aus die anderen belauscht?«

»Ja. So habe ich auch rausgefunden, dass die anderen Schüler mich für eine Prinzessin hielten.« Lottie versuchte zu grinsen, aber Jamie fand die Sache keineswegs komisch.

Er rieb sich die Stirn. Einerseits war er verärgert, andererseits auch ein wenig beeindruckt. »Das ist doch völlig verrückt«, brummte er. Er schaute die drei Mädchen der Reihe nach an. Ellie wirkte unsicher, Binah war geradezu aufgedreht, und Lottie war entschlossen wie eh und je. »Okay, also … die Informationen, die du in diesen Geheimgängen gesammelt hast, könnten uns einen taktischen Vorteil gegenüber Leviathan verschaffen.« Er holte tief Luft, weil er selbst kaum glauben konnte, was er gleich sagen würde, und wandte sich mit fester Stimme an Binah: »Wir würden uns über deine Hilfe sehr freuen.«

Ellie lachte überrascht auf.

»Exzellent!«, sagte Binah und machte einen Schritt in die Mitte des Raums. »Da wir das nun geklärt haben, sollten wir schleunigst herausfinden, wie und warum Leviathan unsere Mitschüler mit dieser unausgereiften Version der Hameln-Formel vergiftet.«

Lottie kaute auf ihrer Unterlippe. »Und wie sollen wir das anstellen?«, fragte sie.

Binah tippte sich mit dem Zeigefinger ans Kinn und dachte kurz nach. »Zuerst sollten wir beobachten, ob es zu weiteren Vorfällen kommt und ob sich daraus ein Muster ableiten lässt. Ich glaube, es ist ziemlich offensichtlich, wo wir damit beginnen sollten.«

Das königliche Trio starrte einander ratlos an.

Schließlich verdrehte Jamie genervt die Augen. Musste sie sich denn alles aus der Nase ziehen lassen?

»Wir haben nicht die leiseste Ahnung, Binah, woran du denkst. Sag es uns doch einfach.«

Binah ließ sich von seiner Stichelei nicht beeindrucken. »In fünf Tagen steigt die Halloweenparty. Da gibt es Süßigkeiten bis zum Abwinken: Zuckerwatte, kandierte Äpfel, Schokolade …«

Jamie verstand sofort. »Jede Menge Süßigkeiten … die man vergiften könnte!«

21

»O Gott, wie sehe ich denn aus?«

Lottie konnte es einfach nicht glauben. Sie starrte ihr Spiegelbild an. Ihr schlimmster Albtraum war wahr geworden.

Sie hatte sich in einen Kürbis verwandelt.

»Zum Anbeißen!«, sagte Ellie lachend. Sie lehnte an der Badezimmertür und sah in ihrem Piratenkostüm mit Plastikschwert und Hakenhand einfach nur cool aus.

Es war der einunddreißigste Oktober, und ganz Rosewood machte sich für die Halloweenparty fertig. Die Giftverschwörung hatte Lotties Nerven blankgelegt, und sie war extrem nervös. Da half es wenig, dass heute Nacht die ganze Schule mit gruseligen Skeletten, Fledermäusen und Spinnen dekoriert war.

Verdammte Kürbisse. Sie durfte sich von dem Kostüm nicht aus der Ruhe bringen lassen, auch wenn es sie die ganze Zeit an ihre Familie erinnerte. Aber diese lächerliche Verkleidung war einfach zu viel des Guten.

»Warum muss ich der Kürbis sein? Das ist diskriminierend«, maulte Lottie, die in dem aufblasbaren Kostüm kaum die Arme heben konnte.

»Binah hat die Kostüme extra für uns gemacht, und ich finde sie einfach großartig.« Ellie machte einen Ausfallschritt ins Badezimmer wie ein echter Piratenkapitän, der über das Deck seines Schiffes stolziert.

»Natürlich findest du sie gut, du siehst in deinem ja auch verdammt cool aus.«

»Aber du siehst in deinem auch wunderbar aus.« Ellie stellte sich hinter Lottie, und die beiden musterten sich im Spiegel. Ellie trug Stiefel mit Absatz, wodurch der Größenunterschied zwischen ihnen noch verstärkt wurde.

»Stimmt nicht. Ich sehe aus wie ein Kürbis.«

»Wie ein süßer Kürbis.« Ellie lächelte und legte das Kinn auf Lotties Schulter ab, ihr Atem kitzelte sie sanft am Nacken. Lottie schmollte. »Außerdem«, fügte Ellie hinzu und zog eine Augenbraue hoch, »seit wann mäkelt unsere liebe Lottie Pumpkin an einem Geschenk herum?«

Lottie zuckte zusammen. Es war ihr gar nicht aufgefallen, wie egoistisch ihr Verhalten war. Binah hatte sicher Stunden an diesen Kostümen gearbeitet, und sie dachte wieder mal nur an sich selbst. Das war einer Prinzessin nicht würdig. Wenn sie so weitermachte, würde sie bald ein ähnliches Schicksal wie Liliana ereilen.

Sei freundlich, sei mutig und gib niemals auf, wiederholte sie innerlich. Sie atmete tief ein und betrachtete noch einmal ihr Spiegelbild.

»Ein süßer Kürbis?«, fragte sie, immer noch nicht ganz überzeugt.

»Ja«, bestätigte Ellie, »der süßeste Kürbis von allen.«

Binah erwartete sie am Eingangstor von Ivy als Blütenfee mit einem Paar Flügel, das regelrecht schillerte. Sie hatte mit

Neonfarbe feine Maserungen auf die Plastikflügel gemalt und sie mit Glitzerstaub beklebt. Es sah aus, als würde sie Feenstaub hinter sich herziehen. Ihr Kleid war über und über mit Blüten bedeckt. Die Haare hatte sie hochgesteckt und winzige Blumen und glitzernde Steinchen in ihre schwarzen Locken geflochten. Sie lächelte sie an, und ihre weißen Zähne strahlten mit ihrem Kleid um die Wette. Lottie war von Binahs Kostüm sofort begeistert, sie sah wirklich wie eine echte Fee aus.

»Ihr seht super aus!«, rief Binah und klatschte in die Hände.

»Arrr. Habt Dank, holde Maid. Nun aber auf, lasst uns schleunigst die Segel setzen und einen ordentlichen Tanz auf die Planken legen.« Ellie tippte sich gegen den Dreispitz und zog Lottie mit einem Arm an sich heran, was aufgrund des aufgeblähten Kostüms gar nicht so leicht war.

Es war schön, dass Binah bei ihnen war. Außerdem fand Lottie es befreiend, eine weitere Eingeweihte zu haben, die von ihrem Porter-Vertrag wusste. Nun mussten sie und Ellie nicht mehr ständig auf der Hut sein, wenn Binah in der Nähe war, und außerdem lachte Lotties Herz, als sie sah, wie gut Ellie die neue Freundin tat.

Sie gingen zur Haupthalle, von der aus man eine wunderbare Sicht auf den Rosengarten hatte. Die Rosen am Wegrand hatten die Köpfe schon gesenkt, aber ihre Dornen waren so spitz wie eh und je. Als sie das Gebäude erreichten, empfing sie Trockeneisnebel, durch die Tür fiel grünes und rotes Discolicht, dazu wummerte laute Musik. Zwei als Zombie-Schülerinnen verkleidete Mädchen empfingen sie. Lottie lächelte ihnen matt zu. Eine der beiden schien sie zu erkennen. Es war Sunny, das verschlafene Mädchen aus der Stratus-Bibliothek. Mit dem furchteinflößenden Make-up und den zurückgekämmten Haaren hätte Lottie sie fast nicht erkannt.

»Das Kostüm ist ja mal 'ne Ansage.« Sunny grinste.

»Danke. Meine Freundin hat es selbst gemacht.« Lottie zeigte auf Binah, die stolz nickte. »Leute, das ist Sunny. Sie … äh, sie hat mir bei der Umfrage für den Biounterricht geholfen. Erinnert ihr euch?« Sie sah Ellie und Binah vielsagend an. Hoffentlich kapierten sie den Hinweis.

»Cool.« Binah spielte sofort mit.

»Und«, fragte Sunny vielsagend, »hast du schon irgendwelche Geister gesehen?«

»Wie bitte?« Lottie machte große Augen, und auch Binah und Ellie schauten verwirrt drein.

»Na, bei der Statue von Elwin. Hast du da einen Geist gesehen?«

»Du hast dir etwas vom Merlinfalken gewünscht?«, fragte Binah, die anscheinend auch über diese merkwürdige Legende bestens informiert war. Ellie hingegen verstand überhaupt nichts. »Was hast du dir gewünscht?«

»Ich habe keinen Geist gesehen. Es ist gar nichts passiert.« Lottie leckte sich nervös die Lippen. Sie hatte den anderen von ihrem Wunsch nach einer Familie noch nichts erzählt. Warum auch? Eine Familie würde ihr in ihrer Rolle als Porterin auch nicht weiterhelfen.

Ellie merkte, wie unangenehm Lottie diese Unterhaltung war. »Jetzt will ich aber endlich einen kandierten Apfel!«, rief sie und schob Lottie ins Gedränge. Binah folgte ihnen.

Lottie war Ellie dankbar, dass sie die Aufmerksamkeit von ihr abgelenkt hatte. »Bis später, Sunny!«, rief sie über die Schulter.

Die Tanzfläche war rammelvoll. Überall tanzten Schülerinnen und Schüler in gruseligen Kostümen zu dröhnender Popmusik. Lottie hätte sich gerne gleich ins Getümmel gestürzt, aber sie wurde das merkwürdige Gefühl nicht los, das sie schon den ganzen Abend verfolgte. Ellie schnappte sich einen mit Zuckerglasur überzogenen Apfel von einem Tisch voller Süßigkeiten, indem sie ihn auf ihren Piratenhaken aufspießte, und ließ dabei den Blick durch den Raum schweifen.

»Heute werden alle ohne Ende Süßigkeiten futtern, wir müssen besonders auf diejenigen achten, die Tompkins-Schokolade essen. Vielleicht zeigt ja wieder jemand Symptome einer Vergiftung.«

»Vielleicht sollten wir genau deshalb lieber die Finger von dem Süßkram lassen. Ich meine besonders dich, Ellie«, sagte Lottie und zog den kandierten Apfel von Ellies Haken, gerade als die ein riesiges Stück davon abbeißen wollte.

»Wenn deine Theorie stimmt, dann ist nur die Tompkins-Schokolade gefährlich. Wo liegt das Problem?« Ellie wollte sich den Apfel zurückholen, doch dieses Mal stoppte Binah sie.

»Ich glaube, wir sollten es lieber nicht darauf anlegen.«

Ellie schnaubte enttäuscht, machte aber keinen weiteren Versuch mehr, sich den Apfel zurückzuholen.

Lottie misstraute Äpfeln sowieso.

Sie beobachteten die tanzende Menge und entdeckten hier und da ein paar bekannte Gesichter. Ms Devine, Ms Bolter und Ms Kuma waren alle drei als Hexen verkleidet, jede mit einem Hut in der Farbe ihres Hauses. Anastasia tanzte mit einem anderen Mädchen aus Conch. Beide waren als Hollywoodfilmstars verkleidet. Lottie freute sich, dass Anastasia so gelöst wirkte. Etwas weiter weg stand Raphael, der in seiner *Grease*-Verkleidung mit Lederjacke und pomadisiertem Haar zugleich saukomisch und irgendwie auch cool aussah. Gleich daneben – Lotties Herz machte einen Sprung – standen Jamie und Percy in der gleichen Montur. Die Idee dazu stammte bestimmt nicht von Jamie, trotzdem sah er in seiner Lederjacke wirklich gut aus. Ihre Augen trafen sich, und er lächelte ihr zu – bestimmt wegen des unsäglichen Kürbiskostüms.

Ich muss dieses verdammte Kostüm loswerden, dachte sie und wurde dabei so rot, dass es besser zu einer Tomate gepasst hätte.

Jamie ließ den Blick zu Ellie schweifen, die ihm fröhlich mit dem Piratenhaken zuwinkte. Er nickte Lottie kurz zu und drehte sich dann wieder zu Raphael. Sie wusste genau, was er ihr damit sagen wollte: *Konzentrier dich auf deine Aufgabe.*

Als er auf sie zukam, rutschte ihm ein glitzerndes Metallstück aus dem Hemdkragen und fing das Licht der Discokugel auf. Instinktiv griff Lottie nach ihrem eigenen Wolfsanhänger. Sunnys Worte gingen ihr nicht mehr aus dem Kopf: *Hast du einen Geist gesehen?*

Wie sollte sie sich nur auf ihre Aufgabe konzentrieren, wenn diese verrückte Geistergeschichte sie auf Schritt und Tritt verfolgte?

»Lottie, was ist los?«, fragte Binah, die sich gerade über das Büfett beugte.

»Ach, nichts«, antwortete sie hastig. Zu hastig anscheinend, denn sofort wechselten Ellie und Binah einen Blick, der besagte, dass sie ihr kein Wort glaubten.

Ellie trat vor sie und verdeckte die Sicht auf Jamie. »Hat es etwas damit zu tun, was diese Sunny gesagt hat?«, fragte sie.

»Ich habe keine Geister gesehen«, antwortete Lottie abwehrend.

Ellie grinste. Lottie war ihr in die Falle gelaufen.

»Was für Geister?«, fragte Binah, die eingehend ein Stück Popcorn inspizierte, ohne es zu essen.

Lottie holte tief Luft, sie konnte dem Thema nicht mehr länger ausweichen.

»Na schön. Also, ich bin tatsächlich zur Statue von Elwin gegangen und habe mir etwas gewünscht.« Lottie seufzte verlegen. »Und seitdem habe ich das Gefühl, verfolgt zu werden. Als wäre ein Geist hinter mir her.« Ellie wollte etwas einwerfen, doch Lottie redete weiter: »Ich habe mir eine Familie gewünscht. Irgendwie hatte ich das Gefühl, als wollte meine Krone mir etwas sagen. Nachdem ich Lilianas Bild mit der Krone gesehen hatte, ist mir aufgegangen, dass ich kaum etwas über meine Familie weiß, besonders über Henry Pitkin …« Lottie zögerte und schaute in Ellies verblüfftes Gesicht. »Das hört sich total bescheuert an, stimmt's?«

Ellie blinzelte, sie versuchte nicht einmal, ihre Verwirrung zu verbergen.

»Du glaubst, dass Lilianas Geist hinter dir her ist?«

Binah räusperte sich geräuschvoll. »Ich glaube, Lottie will

damit sagen, dass sie diese Ungewissheit über ihre Familie quält und dass sie die Geister der Vergangenheit nicht loswird«, erklärte sie.

Lottie bemerkte, dass Ellies Blick zu ihrem Wolfsanhänger glitt, und fühlte sich sofort schuldig. Der Anhänger war der Grund, warum sie Ellie bisher nichts von ihren Sorgen erzählt hatte. Ellie betrachtete Lottie als Teil ihrer Familie, und Lottie wollte sich dieser Ehre würdig erweisen und nicht undankbar erscheinen.

»Lottie, ist das wahr?«, fragte Ellie. Ihre gute Laune war wie weggeblasen.

»Es ist nicht immer leicht, über die eigene Familie zu sprechen«, wiederholte Lottie einfach Jamies Satz. Anders konnte sie ihre Gefühle gerade nicht erklären. Sie selbst hatte keine Worte dafür. Ellie war in Sachen Familie das krasse Gegenteil von ihr. Die Bande, die sie an ihre Familie fesselten, waren so stark, dass sie sie fast erdrückten.

»Nun ja.« Binah schob sich die Brille auf der Nase zurecht. Lottie konnte förmlich sehen, wie sich ein Plan in ihrem Kopf formte. »Wir könnten versuchen, deine Familie zu kontaktieren, wenn du das möchtest.«

»Das ist lieb von dir, Binah. Aber alle Mitglieder meiner Familie, mit denen ich gerne reden würde, sind tot.«

Plötzlich trat wieder dieses listige Grinsen auf Binahs Gesicht. »Heute ist Samhain«, sagte sie. »Der einunddreißigste Oktober ist ein besonderer Tag, an dem die Grenzen verwischen, die Mauern zwischen unserer und der jenseitigen Welt sind an diesem Tag durchlässig.«

»Binah, worauf willst du hinaus?«, fragte Lottie.

»Worauf ich hinauswill?« Der Glitzerstaub auf Binahs Flügeln schillerte im Discolicht. »Habt ihr beide schon mal an einer Séance teilgenommen?«

22

Binah zündete ein Streichholz an. Die Flamme zischte, dann hielt sie sie an den Docht einer dicken gelben Kerze, bis er Feuer gefangen hatte, und stellte den Kerzenhalter auf einem kleinen Tisch ab.

Lottie hatte eigentlich auf der Party bleiben und nach Anzeichen für Leviathans Machenschaften Ausschau halten wollen, aber Binah war nicht zu bremsen gewesen.

»Wenn wir es heute nicht tun, kommt die Gelegenheit vielleicht nie wieder«, hatte sie gesagt. »Außerdem habe ich nirgends auch nur das kleinste Stückchen Tompkins-Schokolade gesehen.«

Ellie war ihr beigesprungen. »Wir können ja immer noch zurück auf die Party gehen, wenn wir damit fertig sind. Komm schon, Lottie. Wir wollen dir helfen. Um Leviathan können wir uns auch später noch kümmern.« Und so hatten die zwei sie aus dem Saal geschleift – wobei Lottie aber auch nur halbherzig protestiert hatte.

Binah hatte sie nach Stratus mitgenommen. Hier waren Lottie und Ellie noch nicht sehr oft gewesen, und Binahs Zimmer sahen beide zum ersten Mal. Es war nicht unbedingt das, was sie erwartet hatten.

Alle wussten, dass Binah viel las und büffelte, aber dass ihre

Leidenschaft solche Auswüchse annahm, hätte Lottie nicht gedacht. Jeder Zentimeter ihres Zimmers war mit Papieren und Büchern bedeckt. Nur ein niedriger kleiner Tisch in der Mitte des Zimmers war freigeräumt. Drumherum lagen ein paar Sitzkissen auf dem ausgetretenen Dielenboden. Der übrige Platz wurde von unzähligen Pflanzen eingenommen. Die Orchideen standen in voller Blüte und ließen ihre Luftwurzeln wie lange Finger über die Ränder der Blumentöpfe hängen. Lottie wusste nicht, ob Binahs Zimmer eher Bibliothek oder Gewächshaus war – im Grunde war es beides zugleich.

Sie setzten sich auf die Kissen um den niedrigen Tisch in der Mitte des Raums. Ihre Kostüme wirkten in dieser Umgebung völlig fehl am Platz.

»Zuerst müssen wir etwas Salbei verbrennen«, erklärte Binah, lehnte sich zurück und öffnete eine Schublade. Sie wühlte darin herum und förderte schließlich einen großen getrockneten Kräuterbund zutage. Sie entzündete das Ende eines Zweigs an der Kerze und beschrieb kreisende Bewegungen in der Luft. Ein würziger Duft erfüllte den Raum.

Dann holte sie unter ihrem Bett eine staubige Kiste hervor, die sie unter einem Bettlaken versteckt hatte. Auf dem Deckel stand *OUIJA*. Vorsichtig pustete sie die dicke Staubschicht weg. Lottie fragte sich, wie lange sie wohl schon da unten gelegen hatte.

Binah hob den Deckel ab und entnahm der Kiste ein Holzbrett, das sie auf den Tisch legte. Sie setzte sich auf das Kissen direkt davor, und Lottie und Ellie betrachteten es eingehend: Das war also ein Hexenbrett! Ein Halbkreis aus Buchstaben war in zwei Reihen darauf aufgemalt, darunter gab es vier Felder mit den Aufschriften: *JA*, *NEIN*, *HALLO* und *LEBEWOHL*, sowie ein Holzstück in Form eines Zeigers.

Lottie schauderte. »Ist es nicht gefährlich, so ein Hexenbrett zu benutzen?«

»Was soll daran gefährlich sein?«, schnaubte Ellie. »So was funktioniert doch nicht wirklich.« Unbeeindruckt pulte sie sich mit der Spitze ihres Hakens zwischen den Zähnen herum. Als Piratin war sie umwerfend.

Lottie hätte ihr nur zu gerne zugestimmt. Sie war sich nicht sicher, was Binah sich von der Séance erhoffte, aber sie wollte ihr Vorhaben auch nicht in Frage stellen.

»Es ist wirklich nichts Gefährliches dabei«, versicherte Binah. »Wir müssen nur unsere Zeigefinger auf dieses Holzstück legen und unseren Vorfahren eine Frage stellen. Sobald wir eine Verbindung zu einem Verstorbenen aufgenommen haben, wird er unsere Hände mit dem Zeiger über das Hexenbrett lenken und uns so seine Botschaft mitteilen.«

Lottie hörte gespannt zu.

»Also, fangen wir an?«, fragte Binah.

Lottie und Ellie wechselten einen Blick, dann nickten beide. Ellie legte die Fingerspitzen ihrer Zeigefinger auf das Holzstück. Binah tat das Gleiche, jetzt warteten sie nur noch auf Lottie.

Als ihre Fingerspitzen das kleine Holzstück berührten, durchfuhr sie ein Kribbeln, nicht unangenehm, aber deutlich spürbar.

»Wir rufen ein Familienmitglied von Lottie Pumpkin«, intonierte Binah mit fester Stimme.

Eine gespannte Stille folgte, dann wurde es plötzlich deutlich kälter.

Die Luft war so eisig, dass der Atem der drei Mädchen kleine Wölkchen bildete. Ellie fröstelte und versuchte, es durch ein Achselzucken gleich wieder abzutun. Irgendjemand oder irgendetwas war ihrem Ruf gefolgt.

»Sind Sie ein Verwandter von Lottie Pumpkin?«, fragte Binah respektvoll. Sie wagten kaum zu atmen. Aber nichts geschah – kein Stuhl fiel um, kein Blatt wurde aufgeweht: nichts.

»Das ist doch verrückt«, murmelte Ellie. Doch noch während sie sprach, begannen Lotties Finger zu zittern. Auch Ellie musste es gespürt haben, denn sie blickte zu ihr auf. Ihre Augen waren weit aufgerissen, als sie sich wieder dem Hexenbrett zuwandte.

Es war wie ein leichtes Vibrieren oder eher ein Kribbeln, dann begann das Holzstück, sich langsam auf dem Brett zu bewegen.

Lottie fragte sich, ob es ihre gemeinsame Aufregung war, die das Holzstück über das Brett wandern ließ, aber gleichzeitig war es ihr auch egal – es war unglaublich. Gebannt beobachtete sie, wie das Holzstück auf das Wort *JA* zuglitt, dann aber sofort zu den Buchstaben hinüberrutschte.

»Schnell, wir brauchen Stift und Papier«, flüsterte Binah.

Lottie ließ einen Finger auf dem Holzstück und griff mit der freien Hand nach einem Schmierpapier und einem Bleistiftstummel. Ohne die Augen vom Brett zu lösen, schrieb sie die Buchstaben mit, die angezeigt wurden.

»L, A, T, I.«

Alle drei sprachen die Buchstaben laut mit.

»F, U, L, I.«

Lottie runzelte die Stirn. Kurz schaute sie auf das Papier und die notierten Buchstaben. Das ergab doch gar keinen Sinn. Auch Ellie wirkte argwöhnisch, nur Binah war voll konzentriert.

»T, Y, M.«

Beim letzten Buchstaben geschah etwas Merkwürdiges. Das Holzstück verharrte einen Augenblick über dem M und führte ihre Finger dann langsam im Uhrzeigersinn um den Buchstaben herum.

Ein breites Lächeln trat auf Binahs Gesicht. Sie deutete mit dem Kinn auf das Hexenbrett und strahlte Lottie an. Aber Lottie verstand nicht, was gerade passiert war.

Was war ihr entgangen? Das war doch der reinste Buchstabensalat.

Die Kälte verschwand ebenso plötzlich, wie sie gekommen war. Das zarte Vibrieren in ihren Fingerspitzen hörte auf. Binah führte das Holzstück auf das Feld *LEBEWOHL*, und damit war die Séance beendet.

Sie legten das Papier vor sich hin und starrten auf die Buchstaben.

Vor Lotties Augen begannen die Buchstaben, zu verschwimmen und durcheinanderzuwirbeln. So ergaben sie keinen Sinn, aber wenn man sie umstellte … Plötzlich sah sie das Bild der Frau vor sich, die sie die ganze Zeit über heimgesucht hatte.

»Mal sehen …«, flüsterte sie. »L – I – L …«

Ellie begriff sofort, worauf sie hinauswollte, und notierte

die Buchstaben in der neuen Reihenfolge. »I ... ergibt: Lili. Dann haben wir noch: M – A – Y ...«

»F – U – T – T«, komplettierte Lottie. »Lili Mayfutt!« Aus Angst flüsterte sie den Namen kaum hörbar. Sie konnte es nicht glauben.

Warum Lili? Und was wollte sie von ihr?

Der Raum schien sich um sie zu drehen. Sie studierte wieder die Buchstaben und sagte: »Halt, ich sehe da noch etwas ...«

»Was siehst du, Lottie?«, fragte Ellie. Sie klang besorgt. Lottie kritzelte eine neue Zeile auf das Papier.

Als sie fertig war, hielt sie das Papier hoch.

»Seht doch ... Man kann auch *Tufty* daraus machen! Es fehlt nur das *W* aus William.«

Binah grinste. »Lottie, wie ging diese Geschichte mit der Elwin-Statue noch mal?«

Lottie schaute sie verwundert an, aber sie vertraute Binahs Instinkt. »Zuerst muss man dem Falken dreimal auf den Kopf klopfen, dann das *W* auf der Namensplakette polieren und sich dann etwas wünschen. Wenn einem danach der Geist von William Tufty erscheint, geht der Wunsch in Erfüllung.«

»Ist das nicht eigenartig, dass es heißt, man muss dem Geist von William Tufty begegnen, und du die ganze Zeit von dem einer verschwundenen Prinzessin verfolgt wirst?« Binah grübelte, packte das Hexenbrett wieder in die Kiste und verstaute sie unter ihrem Bett. Dann blies sie die Kerze aus.

Im selben Moment, als die Flamme ausging, fiel es Lottie wie Schuppen vor die Augen. Sie war nicht die Erste, die von dem falschen Geist verfolgt wurde. Das Gleiche war Francesca Bennington aus der Zwölften passiert. Wie hatte sie das nur vergessen können? Die ganze Zeit war des Rätsels Lösung direkt vor ihrer Nase gewesen.

»*William* Tufty! Natürlich! Das Brett wollte, dass wir das *M* umdrehen – zu einem *W*. O mein Gott!« Lottie schlug schockiert die Hände über dem Mund zusammen. Nun ergab die Ähnlichkeit zwischen Liliana und Tufty, dieses seltsame Lächeln der beiden, endlich einen Sinn.

»Was hast du, Lottie?«, fragte Ellie. Ihr Blick wanderte unruhig zwischen ihren beiden Freundinnen hin und her.

»Wenn die Wahrheit du willst erkennen«, zitierte Lottie aus dem Gedicht, *»dann wird der Wunsch in Erfüllung gehen, aber nur, wenn meinen Geist du wirst seh'n.«* Sie bekam eine Gänsehaut, als sie endlich verstand, wo der Denkfehler lag. »Binah, in dem Gedicht geht es nicht um den eigenen Wunsch, der erfüllt wird. Es handelt von dem Wunsch, die Wahrheit über William Tufty herauszufinden.«

Sie machte sich nicht die Mühe nachzufragen, ob Binah das Gedicht kannte. Binah wusste einfach alles.

Lottie starrte ihre Prinzessin an. Ihre beste Freundin, die ein verdecktes Leben führte und verzweifelt versuchte, ihrem Schicksal als Prinzessin zu entkommen. Genau wie Liliana Mayfutt, die ursprüngliche Besitzerin von Lotties Krone. Die verschwundene Prinzessin ... William Tuftys wahre Identität ... Ein Puzzleteil fügte sich an das nächste.

»Ich glaube, wir haben gerade herausgefunden, wer William Tufty wirklich war.«

»Und«, fügte Binah hinzu, während sie ihren Rucksack vom Boden aufhob, »ich glaube, ich weiß auch schon, wo die beiden sich die ganze Zeit versteckt haben.«

23

»Ich wusste doch, dass es noch mehr von diesen Geheimgängen geben musste.« Binah verfiel vor Freude in einen Singsang, als sie sich auf den Weg zu Elwin dem Merlinfalken machten. Lottie hingegen schlotterten die Knie. Als sie durch das mit Spinnweben und Skeletten dekorierte Treppenhaus gingen, hatte sie das Gefühl, geradewegs in eine Grabkammer zu steigen.

Sie tat genau das, was Jamie ihr verboten hatte, exakt das Gegenteil dessen, was sie sich vorgenommen hatte: Sie lenkte alle mit dieser verrückten Geistergeschichte von ihrer eigentlichen Aufgabe ab, nämlich sich um Leviathan zu kümmern.

Und dennoch konnte sie es einfach nicht lassen. Dieser mysteriöse Ruf, der aus dem Inneren der Schule selbst zu kommen schien, hatte sie völlig in seinen Bann geschlagen. Sie wusste, wenn sie sich ihm nicht stellte, würde er sie nie loslassen.

Sie erreichten den Fuß der Treppe, ihre Schritte hallten durch den Korridor. Durch die Tür konnten sie den Lärm der Halloweenparty hören, die noch in vollem Gange war. Dann standen sie vor Elwin, dem Symbol für Einfallsreichtum. Elwin, der Rätsellöser, der kreative Denker. Wenn man ein

Geheimnis verbergen wollte, dann war Stratus mit seinem Wappentier wohl der richtige Ort dafür.

Als sie in die Augen des allwissenden Falken blickte, fingen Lotties Hände wieder an zu zittern. Die Statue war nicht dem Abend entsprechend dekoriert worden, weil die Schüler wohl zu viel Respekt vor dem Wappentier ihres Hauses hatten. Dadurch wirkte der Falke nur noch imposanter und einschüchternder. Und dann war dieses merkwürdige Gefühl wieder da.

Sie wusste, dass sie es sich nur einbildete. Ein merkwürdiges Brummen und Surren genau auf Höhe der Stirn, wo sie sonst die Krone trug. Die Quelle schien aus der Tiefe der Erde zu kommen, wie eine Vibrationswelle, die ihr durch die Füße, den ganzen Körper empor und bis in die Haarspitzen fuhr. Das Schlimmste allerdings war die leise, wie aus weiter Ferne kommende Melodie, die immer lauter wurde. Sie sah Ellie und Binah an, aber die beiden schienen sie nicht zu hören.

»He, kleine Prinzessin.« Ellie lehnte sich an sie und flüsterte ihr ins Ohr. »Soll ich deine Hand nehmen?« Die Frage war nicht sarkastisch gemeint. Sie musste gemerkt haben, wie verunsichert Lottie war. Ellie lächelte ihr aufmunternd zu und hielt ihr die Hand hin. In diesem Moment sah sie eher wie ein unerschrockener Prinz als wie ein Seeräuber aus.

»Ja.« Lottie legte ihre Hand in Ellies und spürte ihren Mut zurückkehren.

Sei mutig.

»Guckt doch!«, rief Binah und drehte sich mit einem breiten Grinsen zu den beiden um. Ellie drückte Lotties Hand, dann gingen sie die kurze Wendeltreppe hinauf zu Binah. »Das W!« Binah fuhr mit den Fingern die Lettern nach. »Es ist genau, wie es das Hexenbrett prophezeit hat. Der Buchstabe könnte genauso gut ein umgedrehtes M sein.«

Lottie konnte es kaum glauben. Hatten sie wirklich das Geheimversteck von Lili Mayfutt gefunden?

»Also … was machen wir jetzt?«, fragte Ellie.

Lottie presste ihre Handfläche gegen die Tafel in der Hoffnung, dass sich etwas regen würde, aber nichts geschah.

Binah stellte sich neben sie und versuchte es selbst, aber wieder passierte nichts.

»Lasst mich mal ran!« Ellie zog mit einem fiesen Grinsen ihren Piratensäbel. Lottie fragte sich, was ihre Freundin mit diesem Plastikschwert wohl vorhatte? Ellie stieß einen Kriegsschrei aus und begann wie wild, auf die bronzenen Buchstaben einzudreschen.

»GEH. ENDLICH. AUF. VERDAMMTES. GEHEIMVERSTECK!«, brüllte sie. Aber nichts passierte. »Liliana Mayfutt, mach endlich diese Tür auf!« Ellie packte ihr viel zu kleines Plastikschwert mit beiden Händen, holte mit den Armen aus und versetzte der Plakette einen letzten Schlag.

Klick.

Ellie machte einen Satz zurück und hielt sich an Lotties Arm fest.

»Was war das?«, fragte Lottie und drückte ihr ängstlich die Hand. Ein verborgener Mechanismus setzte sich scheppernd in Bewegung. Stumm sahen sie zu, wie das W sich langsam drehte, bis es auf dem Kopf stand und zu einem M geworden war.

»M wie Mayfutt!«, schrie Binah triumphierend. Sie hatte recht gehabt – wie immer.

Die Statue gab ein leises Knirschen von sich und schob sich in die Höhe. Die ausladenden Schwingen des Falken hoben sich zur Decke, seine Augen funkelten im einfallenden Mondlicht. Als das Knirschen aufhörte, war im Sockel der Statue der Einstieg zu einem Geheimgang freigelegt worden. Eine Wendeltreppe führte tief, tief hinunter in eine verborgene Kammer unter der Erde.

Ellie pfiff vor Verwunderung, als sie sich über die Öffnung beugte. »Diese Schule ist wirklich total abgedreht!«

Binah holte, bestens vorbereitet wie immer, zwei starke Taschenlampen aus ihrem Rucksack, den sie nach der Séance in ihrem Zimmer mitgenommen hatte.

»Los, schnell.« Sie gab jeder eine Taschenlampe. »Bald wird die Party vorbei sein. Wir haben nur wenig Zeit.« Das ließ Ellie sich nicht zweimal sagen. Entschlossen marschierte sie vorneweg und zog Lottie hinter sich her.

Und so ging es, wie schon in ihrem ersten Jahr in Rosewood, für Lottie wieder hinunter in den Kaninchenbau.

Direkt am Eingang befand sich ein Hebel. »Aha, der Mechanismus lässt sich also auch von innen aktivieren«, sagte Binah und musterte den Messinghebel. »Interessant. Wir sollten den Eingang lieber wieder schließen.« Sie betätigte den Hebel, und die Statue rückte wieder an ihren ursprünglichen Platz. Die Finsternis um sie herum war nun mit Händen zu greifen. Vorsichtig machten sie sich an den Abstieg.

Lottie hielt sich krampfhaft an Ellies Arm fest, und die erwiderte sanft den Druck. Bei jedem Schritt wurde die summende, verträumte Melodie in Lotties Kopf lauter. Aber sie zwang sich weiterzugehen. Sie musste herausfinden, was dort unten auf sie wartete.

»Da wären wir!«, sagte Binah und sprang die letzte Treppenstufe hinunter, wobei sich ein bisschen Glitzer aus ihrem Kostüm löste und sich wie echter Feenstaub hinter ihr verteilte.

Die Treppe führte in ein gemauertes Höhlengewölbe mit rundem Grundriss. Lottie fuhr mit der Hand über den eiskalten Stein. Eine hölzerne Staffelei stand in der Mitte des Raums, davor ein mit rotem Samt überzogenes, mit einer dicken Staubschicht bedecktes altes Sofa. An der Wand lehnten unzählige mit Tüchern verhängte Rahmen. Ellie hob eins der Tücher mit ihrem Haken an und förderte die Ecke einer einfachen Leinwand mit Bilderrahmen zutage.

»Sind das alles Gemälde?«, flüsterte sie.

Weitere Leinwände lagen zu kleinen Stapeln geschichtet auf dem Boden. Im Licht ihrer Taschenlampen glänzte das dunkle Holz eines schweren Mahagonischreibtisches mit offen stehenden Schubladen, aus denen Papier hervorquoll.

Sie hatten das geheime Atelier eines Künstlers entdeckt.

»Hierher muss William Tufty – oder Liliana – gekommen sein, um zu arbeiten.« Ellie und Binah begannen, die einzelnen Objekte im Raum genauer unter die Lupe zu nehmen.

»Was ist das?« Auf dem Schreibtisch hatte Ellie ein in Leder gebundenes Buch entdeckt, dessen Seiten so brüchig und ausgebleicht waren, dass es aussah, als könnte es jeden Moment zu Staub zerfallen. Die drei Mädchen standen jetzt Schulter an Schulter und untersuchten mit angehaltenem Atem das zerfledderte Buch in Ellies Händen. Vorsichtig schlug Ellie eine Seite nach der anderen auf.

Schnell wurde ihnen klar, was sie da gefunden hatten.

»Das Tagebuch von Liliana Mayfutt«, flüsterte Ellie ehrfürchtig.

Daten, Namen und Länder in Lilianas schöner Handschrift trieben an ihnen vorbei, während Ellie Seite um Seite wendete.

1643 … Albanien … Japan … Kou … 1646 … Rosewood … Edith …

Vor ihren Augen entfaltete sich die Geschichte einer jungen Prinzessin, die von zu Hause weglief, eine neue Identität annahm, zahllose Abenteuer bestand und schließlich eine Schule gründete, ihre Schule.

»Unglaublich«, sagte Ellie und schloss das Buch so vorsichtig, als sei es ein heiliger Text. Aber Lottie hörte sie kaum. Sie hatte die Bedeutung ihrer Entdeckung noch gar nicht voll erfasst, so verzaubert war sie von der geheimnisvollen Melodie in ihrem Kopf, die immer lauter wurde. Da fiel ihr etwas auf.

Ein von einem schweren Tuch nur halbverdecktes Gemälde mit goldenem Rahmen war an den Tisch angelehnt. Unter dem Laken konnte Lottie ein sanftes Lächeln erkennen, das sie an etwas oder jemanden erinnerte. Als würde das Bild nach ihr rufen, machte sie zwei Schritte darauf zu und zog das Tuch weg. Sie begann, zu husten und zu keuchen, als sie das ganze Gemälde sah – nicht wegen des Staubs, sondern wegen der Person, die ihr aus dem Bild heraus entgegenblickte. Sie taumelte rückwärts, stieß gegen weitere Bilder und riss dabei deren Abdeckung herunter. Die Bilder zeigten das gleiche Gesicht. Wie von Sinnen hastete sie von Bild zu Bild und riss die Verhängungen ab.

»Lottie, was ist los?« Ellie hielt sie fest und versuchte, sie zu beruhigen.

Lottie hatte plötzlich das Gefühl, in ihrem Kürbiskostüm zu ersticken. Mit einer hastigen Bewegung zog sie es über den Kopf und warf es zu Boden. Jetzt stand sie nur noch in Unterwäsche da. Schwer atmend zeigte sie auf das Gemälde am Tisch, auf die hellen blauen Augen, die sie so gut kannte. Augen genau wie ihre.

»Die Bilder …«, stammelte sie außer Atem. »Das ist mein Vorfahr Henry Pitkin.« Sie konnte kaum glauben, was sie da sah.

Warum um alles in der Welt hatte William Tufty so viele Bilder von ihm gemalt?

»Sehr seltsam«, sagte Binah grübelnd. »Woher weißt du das?« Sie ging zum Tisch und nahm eines der vielen gefalteten Papiere in die Hand, die dort in einer offenen Holzkiste lagen, dann hielt sie es sich vor ihre bebrillten Eulenaugen, um die Handschrift genauer zu studieren.

»Erkennt ihr nicht die Ähnlichkeit?« Lottie zeigte auf das Gemälde. »Wir haben dieselben Augen. Und es ist in demselben Stil gemalt wie mein Familienporträt von Henry. Sie müssen alle von derselben Person gemalt worden sein.«

»Willst du damit sagen, dass Liliana hier unten all diese Bilder von deinem Vorfahren gemalt hat?«, fragte Ellie und ließ ihren Blick über die Gemälde schweifen.

Lottie wollte antworten, doch plötzlich stand Binah mit einem Papier in der Hand vor ihnen.

»Ich glaube, bei den Bildern ist es nicht geblieben«, sagte sie und unterdrückte ein Kichern, als sie ihnen das Papier überreichte, das sich als handgeschriebener Brief herausstellte. »Obwohl ich seinen Stil ein bisschen schwülstig finde – nichts für mich.«

Lottie hatte ihr kaum zugehört. Ihre Hand zitterte, als sie das Papier entgegennahm. Sie faltete den Brief auseinander und hielt ihn ins Licht der Taschenlampe. Ein bittersüßes Gefühl machte sich in ihrer Brust breit, es ging genau von der Stelle aus, über der ihr Wolfsanhänger hing.

An meine geliebte Füchsin Liliana

Jeden Morgen werde ich von dem glockenhellen Lachen unserer kleinen Edith geweckt.
Sie wird richtig proper. Wenn du nur ihren kleinen Bauch sehen könntest, du würdest dich sofort auf ihn stürzen und ihn mit Küssen bedecken. Sie hält den Haushalt auf Trab, jagt ihre Amme ums Haus. Die Kleine ist genauso laut und fordernd wie ihre Mutter!
Doch am meisten erinnern mich ihre blauen Augen an dich, diese vergissmeinnichtblauen Augen. Sie ist ein Geschenk der Liebe, und in unserer Liebe soll sie erblühen.

Dein dich ewig liebender Mäuserich
Henry

»Sie waren verliebt«, stöhnte Lottie und drückte den Brief an die Brust. Am liebsten hätte sie die Zärtlichkeit, die in diesem Brief lag, ganz in sich aufgesogen.

Als sie ihren Wunsch nach einer Familie geäußert hatte, hätte sie sich niemals träumen lassen, sie ausgerecht hier in Rosewood zu finden.

»Was? Wer?« Ellie linste über Lotties Schulter und richtete den Strahl ihrer Taschenlampe auf den geheimen Liebesbrief.

»Na, William – ich meine Liliana – und mein Vorfahr Henry Pitkin.« Lottie schaute mit verklärtem Blick auf den Brief. »Sie hatten ein Kind – Edith.«

Lottie faltete den Brief vorsichtig wieder zusammen. Die Melodie in ihrem Kopf war mit einem Mal verschwunden. Sie hatte sie zur Wahrheit geführt. Endlich hatte sie gefunden, wonach sie gesucht hatte. Als sie nach Rosewood gegangen war, hatte sie gedacht, sie müsste dafür ihre Familie verlassen – nun aber hatte gerade die Schule ihr ihre Liebsten wieder nähergebracht. Näher, als sie sich je hätte träumen lassen.

»Daher habe ich also meinen zweiten Vornamen«, sagte sie fast unter Tränen und unterdrückte ein Schluchzen. Es waren Freudentränen. Die ganze Zeit über hatte sie gefühlt, wie Rosewood nach ihr rief, sie hatte schon immer gewusst, dass es eine besondere Bewandtnis mit ihrer Krone haben musste.

Danke! Danke! Sie schloss die Augen und flüsterte die Worte mit einem süßen Stechen in der Brust.

»Es ist also wirklich Lilianas Krone?«, fragte Ellie, hörbar begeistert, ein echtes Erbstück ihrer Heldin aus Kindertagen zu sehen.

»Ja«, sagte Lottie. »Und jetzt ist es auch für mich endgültig meine Familienkrone.«

Sie war überglücklich, dass ihre Krone einst Liliana gehört hatte. Dieses Erbstück, dieses Vermächtnis war Henry Pitkin also nicht einfach nur geschenkt worden. Es hatte ihrer Ahnin Liliana gehört, Henrys über alles geliebter Frau. Die Tatsache, dass Liliana den Thron ausgeschlagen hatte – sie war fortgelaufen, um ihre Freiheit zu finden, die Liebe, ein ganz neues Leben, verkleidet als Mann, sich neu zu erfinden und nebenbei noch eine Schule zu gründen –, stärkte Lotties Glauben an ihr persönliches Motto: *Sei freundlich, sei mutig und gib niemals auf.* Liliana war die perfekte Verkörperung dieser drei Tugenden, und nun glaubte auch Lottie fest daran, dass sie so sein konnte wie ihre Ahnin.

Die Party war noch nicht zu Ende, als die Mädchen wieder auf dem Heimweg waren. Sie hatten die Geheimtür sorgfältig hinter sich verschlossen und ausgeharrt, bis das M sich wieder um hundertachtzig Grad gedreht und der verborgene Mechanismus die Statue wieder an ihren ursprünglichen Platz abgesenkt hatte.

»Und was machen wir jetzt mit der Giftverschwörung?«, fragte Lottie, als sie Stratus verlassen hatten. Sie steckte nun wieder in ihrem Kürbiskostüm. Schließlich wollten sie keine unnötige Aufmerksamkeit erregen.

Binah streckte und reckte sich und gähnte ausgiebig. »Bisher haben wir kein Geschrei gehört. Ich vermute, dass heute Abend nichts mehr passieren wird.«

Lottie nickte. Trotzdem mussten sie dieses Problem

schnell in den Griff kriegen, bevor noch mehr Leute dabei zu Schaden kamen.

Vor Binahs Zimmer verabschiedeten sie sich und schworen einander, dass William Tuftys verborgenes Studio ihr Geheimnis bleiben sollte.

Dort lag schließlich Lotties Vermächtnis.

Im Bett fragte Lottie sich, ob sie das Ganze nicht doch geträumt hatte. Die Ereignisse des Abends waren einfach zu sonderbar gewesen. Liliana Mayfutt war von zu Hause weggelaufen und hatte, verkleidet als William Tufty, Rosewood Hall gegründet, was letztlich dazu geführt hatte, dass das Amt des Porters überhaupt erst geschaffen wurde. Lottie konnte Liliana gut verstehen. Zur damaligen Zeit wurde von den weiblichen Mitgliedern eines Königshauses in erster Linie erwartet, freundlich zu lächeln, früh zu heiraten und viele Kinder zu bekommen. Freiheiten gab es nicht. Um in einem solchen Umfeld frei zu sein und eigene Entscheidungen treffen zu können, war Liliana nichts anderes übriggeblieben, als sich als Mann auszugeben. Lottie strich sanft über ihre Krone und fragte sich, wie oft Liliana, Henry, Edith oder ihre Mutter auf der Suche nach Trost wohl dasselbe getan hatten.

Sei freundlich, sei mutig und gib niemals auf.

Jetzt, da sie die Geschichte ihrer Krone kannte, kamen ihr diese Worte noch bedeutsamer vor.

Die königliche Welt wurde umso phantastischer, je tiefer sie sich in sie verstrickte, und Lottie verstand nun etwas besser, warum sie damals gleich das Gefühl gehabt hatte, an diesen Ort zu gehören.

»Du hast also blaues Blut in dir, das obendrein mit Rosewood verbunden ist.« Ellies Finger malten kleine Achten in die Luft, während sie in ihren Betten lagen und die Ereignisse des Tages noch einmal Revue passieren ließen.

»Sieht ganz so aus«, sagte Lottie und drückte Mr Trüffel an sich. Sie konnte es immer noch nicht glauben.

»Wir haben also beide blaues Blut.«

Der Satz war nicht als Frage gemeint, trotzdem hatte Lottie das Bedürfnis zu antworten. »Das ändert doch nichts zwischen uns.« Ellies Ton hatte sie beunruhigt.

»Lottie, warum hast du mir nicht gesagt, wie sehr dir die Sache mit deiner Familie zu schaffen gemacht hat?«, fragte Ellie plötzlich.

Lottie rollte sich auf die Seite, um Ellie von ihrem Bett aus sehen zu können. Sie war nicht sicher, wie sie darauf antworten sollte.

»Deine Eltern haben mir die große Ehre erwiesen, mich in die Familie Wolfson aufzunehmen. Ich hatte das Gefühl, es könnte undankbar wirken, wenn ich mir dauernd den Kopf über meine eigene Familie zerbreche.«

Wieder hüllte der Raum sich in Schweigen wie in einen dichten Nebel.

»Ich bin froh, dass du endlich ein Zuhause gefunden hast, Lottie«, sagte Ellie schließlich langsam und bestimmt.

Lottie konnte das Kichern nicht mehr unterdrücken und grunzte sogar ein paarmal beim Lachen.

»Verstehst du es denn nicht?« Wie konnte Ellie das entgangen sein? Andererseits hatte sie noch nie ein Auge für unauffällige Details gehabt. »Henry und ich, Liliana und du.

Die Geschichte wiederholt sich. Ich glaube, das ist unsere Bestimmung. Das Schicksal hat uns zusammengeführt.« Ellie drehte sich zu ihr um, ihre Blicke trafen sich. »Die Wolfsons, die Mayfutts, Rosewood … das ist nicht mein Zuhause. Du, Ellie, bist mein Zuhause.«

Ellies Lippen öffneten sich, ihre Pupillen weiteten sich bei Lotties Worten. Schließlich grinste sie und sagte: »Anscheinend gibt es ein altes Gesetz, wonach alle ungezogenen Prinzessinnen sich nach süßen kleinen Kürbissen verzehren.«

»Waaas …« Lotties Nase kitzelte, als sie das hörte. Ihre Wangen wurden heiß.

»Gute Nacht, kleine Prinzessin«, sagte Ellie, drehte sich um und zog die Bettdecke bis ans Kinn. Und ließ Lottie so mit der Frage allein, was dieser Satz zu bedeuten hatte.

ZWEITER TEIL

Freunde

24

Lottie fühlte sich großartig, federleicht, ihr Verstand war klar wie ein Kristall. Zum ersten Mal, seit der Ärger mit Leviathan begonnen hatte, glaubte sie auch selbst wieder daran, wenn sie anderen versicherte, dass es ihr gutging.

Sie sprang aus dem Bett und führte vor lauter Freude ein kleines Tänzchen auf. Auf die Trainingseinheit mit Jamie freute sie sich besonders. Ihre Krone neben dem Bett glitzerte und funkelte. Sie hatten schon so unglaublich viel in diesem Jahr erreicht. Diese Krone, das Vermächtnis ihrer Familie, war der beste Beweis dafür. Sie wusste nun, sie war die wahre Erbin von Rosewood, sie gehörte mit jeder Faser ihres Körpers hierher.

»Liliana …« Lottie schreckte auf, als sie ihre beste Freundin im Schlaf den Namen der abtrünnigen Prinzessin murmeln hörte. Ellies Lider flatterten, öffneten sich aber nicht. Lottie blieb wie angefroren stehen und verhielt sich mucksmäuschenstill. Doch Ellie driftete gleich wieder zurück ins Traumland.

Nachdem sie das Geheimnis um ihre Herkunft gelüftet hatte, fühlte Lottie sich irgendwie verantwortlich für Rosewood. Jedes einzelne Mitglied dieser Schule war nun ein Teil ihrer Familie, und sie würde alles in ihrer Macht Stehende tun, um sie zu beschützen. Sie musste Leviathan aufhalten, aber dafür musste sie erst einmal stärker werden.

Es war ein schon sehr kalter Novembermorgen. Die Luft war still und klar, der sonst allgegenwärtige Duft der Blumen war merklich schwächer geworden, die prächtigen Blüten verblassten allmählich in Erwartung des kommenden Winters.

»Du bist fünf Minuten zu spät.« Jamies unerwartet schroffer Ton überraschte sie. War er immer noch wütend wegen irgendetwas?

»Entschuldigung. Ich musste heute superleise sein, weil Ellie so unruhig schläft. Sonst schläft sie so tief und fest, dass sie nicht einmal merken würde, wenn ein Hurrikan das Dach über ihrem Kopf wegreißen würde.« Sie lächelte ihn an, aber er erwiderte ihr Lächeln nicht. Das war nicht seine typische stoische Art, er benahm sich ihr gegenüber eiskalt.

»Sei einfach in Zukunft wieder pünktlich«, sagte er schließlich und drehte sich um. Sie folgte ihm bedröppelt.

Lotties gute Laune war verpufft. Sie hatte angenommen, dass zwischen ihr und Jamie wieder alles bestens wäre, aber er verhielt sich überhaupt nicht nachvollziehbar. An einem Tag war er gut drauf, am nächsten warf er ihr Kleinigkeiten an den Kopf, und sie verstand einfach nicht, was sie falsch gemacht hatte.

»Okay«, antwortete sie traurig.

Er führte sie an einen neuen Platz etwas näher am Conch-Gelände und warf zwei kleine Gewichte vor ihr auf den Rasen. »Mach die Übungen, die ich dir letzte Woche gezeigt habe, danach können wir an deiner Selbstverteidigung arbeiten.«

Sie seufzte. Was konnte sie nur sagen, um ihn etwas aufzuheitern? Da holte er zu ihrer Überraschung zwei weitere, deutlich größere Gewichte aus seiner Tasche.

»Oh!«, sagte sie verblüfft. »Ich habe nicht damit gerechnet, dass du die Übung mit mir machst.«

»Ist das etwa ein Problem für dich?«, fragte er und zog seinen Kapuzenpulli aus. Darunter trug er nur ein Unterhemd, das seine muskulösen Arme betonte. Er hob seine Gewichte auf und begann, Schläge in die Luft zu machen.

»Nein, es ist nur …«

Sie unterbrach sich und sah ihm zu, wie er aggressiv in die kalte Luft schlug. Er sah dabei sehr konzentriert und wahnsinnig wütend zugleich aus, als müsse er sich am Riemen reißen, nicht gleich auszuflippen. Und doch konnte sie nicht die Augen von ihm lassen. Er hatte den Körperbau einer antiken Götterstatue.

»Es lenkt mich ab«, sagte sie, ohne über den Sinn ihrer Worte nachzudenken, und schlug sofort die Hände über dem Mund zusammen. »Uups. Das habe ich nicht gemeint. Was ich sagen wollte ist: Du bist so gut, dass ich mir daneben blöd vorkomme.« Sie hätte sich für diesen Satz am liebsten selbst geohrfeigt. So würde sie seine Stimmung ganz sicher nicht aufhellen.

»Ist das so? Weißt du was? Du lenkst mich auch ab«, sagte er, ohne mit seiner Übung aufzuhören.

»Wie bitte? Ich weiß nicht, was du meinst …«

»Da haben wir's wieder. Du lässt dich zu leicht ablenken.

Aber was noch schlimmer ist, du bringst auch noch mich durcheinander. Schnapp dir die Gewichte und fang endlich an«, sagte er grimmig.

Sie zwang sich, ihre Zunge im Zaum zu halten, und nahm die Gewichte vom Boden auf.

Abgelenkt und durcheinander? Dabei fühlte sie sich, seitdem sie das Geheimnis von William Tufty enträtselt hatte, so aufgeräumt wie noch nie in ihrem Leben.

»Nein. Du hast ganz einfach unrecht«, sagte sie.

»Was?!« Jamie hörte mit seinen Schlägen auf, und nun war es an ihr, die Luft zu bearbeiten. Ihre Schläge pfiffen durch die Luft. Sie gönnte sich keine Pause. Jamies sonderbares Verhalten vermieste ihr die Laune, und sie hatte keine Lust, sich seinetwegen schlecht zu fühlen.

»Ich arbeite so hart«, sagte sie. »Ich habe mich Dingen gestellt, die sehr unangenehm für mich waren. Ich bemühe mich, wachsam zu sein und mich nicht ablenken zu lassen. Ich weiß nicht, was ich verbrochen habe, dass du so einen Hals auf mich hast, und ich weiß auch nicht, wie ich es wieder richten kann, aber komm mir nie wieder mit dem Vorwurf, ich ließe mich zu sehr ablenken. Zumindest kann ich von mir selbst sagen, dass ich meinen inneren Dämonen entgegengetreten bin, Jamie. Kannst du dasselbe auch von dir behaupten?«

Sie schmiss die Gewichte hin. Ihr Atem ging stoßweise. Hatte sie das gerade eben wirklich gesagt? Eine Haarsträhne hatte sich aus ihrem Zopf gelöst und war ihr ins Gesicht gefallen. Sie blies sie weg, doch sie rutschte gleich wieder zurück.

Sie drehte sich zu Jamie um und war schockiert, als sie in sein Gesicht sah. Er war verletzt. Sein Gesichtsausdruck erinnerte sie an den Abend im Schwimmbad. Er streckte die Hand aus und strich zärtlich die lose Haarsträhne hinter ihr Ohr. Seine Augen schauten sie so durchdringend an, dass es ihr unmöglich war, wegzuschauen.

»Lottie«, sagte er sanft. Doch dann schüttelte er bloß den Kopf. Sein Gesicht nahm wieder jenen unnahbaren, kalten Ausdruck an, und er zog seine Hand weg. »Du hältst mich nur auf.«

Lottie wusste nicht, was sie darauf antworten sollte. Es tat weh, sehr weh. Und zu dem Schmerz kam jetzt auch noch Wut hinzu. Sie zu beschuldigen, sie würde ihn dauernd ablenken, war die eine Sache. Aber wie konnte er es sich erlauben, zu sagen, sie würde ihn aufhalten? Sie tat alles Menschenmögliche, um Leviathan zu besiegen. Sie riss sich hier den Hintern auf, und er weigerte sich, das anzuerkennen.

»Inwiefern halte ich dich nur auf?« Sie stemmte die Hand in die Hüfte und versuchte, so viel von Ellies Mit-mir-nicht-Freundchen-Energie in die Frage zu legen, wie sie konnte.

»Ellie und die königliche Familie stehen für mich an oberster Stelle …«

»Bei mir doch auch! Ellie bedeutet mir alles. Und wehe, du zweifelst daran. Nur deshalb trainieren wir doch hier, damit du dir keine Sorgen mehr über mich machen musst und dich voll auf sie konzentrieren kannst.« Sie machte einen Schritt auf ihn zu und versuchte, sich von seinem abweisenden Blick nicht einschüchtern zu lassen. »Hör auf, so zu tun, als wäre ich das Problem, nur weil du es nicht selbst schaffst. Oder sei zumindest so ehrlich, dir einzugestehen, wer dich in Wahrheit die ganz Zeit aufhält.«

Damit schien sie einen wunden Punkt bei ihm getroffen zu haben, denn plötzlich wurde alles ganz warm, als würde er seine Frustration direkt in die Luft abstrahlen. Ohne Vorwarnung und viel heftiger als nötig, warf Jamie seine Gewichte zu Boden, aber Lottie wich keinen Schritt zurück. Sie hatte seine Launen satt und auch keine Lust mehr, sich für sein merkwürdiges Verhalten verantwortlich zu fühlen. Sie hatte auch so schon genug an der Backe.

»Weil ich dich zweimal die Woche trainieren muss, komme ich selbst kaum auf mein Pensum. Das ist mein Job, kannst du das nicht verstehen, Lottie? Du machst alles nur noch schwerer für mich. Ich hätte nie einwilligen sollen, dich zu trainieren. Ich kann das einfach nicht.«

»*Du kannst nicht*? Das verstehe ich nicht, ich dachte, du …«

»Nein, du verstehst es nicht. Nie verstehst du etwas.« Seine Stimme war jetzt so laut, dass Lottie einen Schritt von ihm weg machte.

Was um Himmels willen machte sie falsch? Womit hatte sie ihn nur so aus der Fassung gebracht? Sie hatte gedacht, dass sie das alles schon hinter sich hatten.

»Was ist bloß los mit dir, Jamie? Warum bist du bloß so …« – sie zögerte – »… so gemein zu mir?« Sie schluchzte laut auf und rieb sich über die Augen, um nicht gleich in Tränen auszubrechen. Doch schon lief die erste ihre Wange herab.

»Lottie, ich …«

Ein schrilles Pfeifen durchschnitt die Luft, und sie drehten sich beide nach dessen Quelle um. Es war Raphael, der mit einem Rucksack auf dem Rücken auf sie zugejoggt kam. Der Schweiß glänzte auf seiner Stirn.

Lottie wischte sich schnell mit dem Ärmel übers Gesicht, um die Spuren ihrer Tränen zu verwischen.

»Ich hätte nicht gedacht, dass ausgerechnet die Kürbisprinzessin mir meinen Laufpartner geklaut hat«, witzelte Raphael, als er auf sie zukam. Als er bei ihnen war, beugte er sich völlig ausgepumpt vornüber und stützte sich auf seinen Oberschenkeln ab. Sein Rucksack plumpste auf den Rasen. Er kam wohl gerade von seinem Morgenlauf. Raphael schaute blinzelnd zu ihnen auf, und Lottie hoffte nur, dass er ihre verheulten Augen und ihr leicht geschwollenes Gesicht nicht bemerken würde. »Unglaublich, ich hätte nicht gedacht, dass deine Wangen noch röter werden können.« Raphael grinste, und seine perfekten weißen Zähne funkelten.

Lottie blinzelte und ging erst gar nicht auf seinen kleinen Witz ein, denn sie war einfach nur froh, dass er die Spannungen zwischen ihr und Jamie nicht mitbekommen hatte.

»Sie sind nicht rot, sondern rosig. Das kommt daher, weil ich heute eine Extraschicht eingelegt habe. Danke also, dass du mich darauf hinweist«, antwortete sie und verschränkte ihre Arme. Sie gab sich alle Mühe, so zu tun, als sei alles wie immer, als hätte sie nicht soeben möglicherweise eine Freundschaft zerstört.

»Und wie lautet Jamies Ausrede?«, fragte Raphael und zeigte auf den vor Wut kochenden Partisten.

Lottie schaute zu Jamie. Er starrte sie immer noch an. Seine Brust hob und senkte sich in schnellem Rhythmus.

Seine angespannten Kiefermuskeln verrieten, dass er noch mehr zu erzählen gehabt hätte, es aber mit äußerster Mühe herunterschluckte, weil Raphael in der Nähe war.

»Mir geht es gut.« Er schaute von ihr weg und schnaubte wie ein wütender Bulle.

»Bist du sicher?« Raphael schien ernsthaft um ihn besorgt zu sein. »Ich weiß nicht, wie ich dir das sagen soll, aber, Alter, du siehst furchtbar aus!« Lottie hustete vor Überraschung über so viel Offenheit. Doch dann sagte Raphael etwas Unerwartetes. »Hält Percy dich mit seiner Schlafwandlerei immer noch die ganze Nacht wach?«

Percy ist ein Schlafwandler?

Lottie starrte Jamie böse an. Sie konnte es einfach nicht glauben, dass Jamie ihnen dauernd Standpauken wegen ihrer Geheimniskrämerei hielt, dabei jedoch selbst Geheimnisse vor ihnen hatte. Aber er ignorierte sie.

»Ich sag's doch, mir geht es gut, Raphael. Lass uns später reden.«

Raphael zuckte mit den Achseln und drehte sich um, blieb dann aber doch stehen. »Oh, Jamie, das hätte ich fast vergessen: Du hast etwas in der Tasche mit den Materialien für unsere *Hamlet*-Aufführung vergessen.«

Raphael nahm den Rucksack vom Boden auf und begann, darin zu wühlen. Jamie schaute ihn verwirrt an.

»Ich war gerade auf dem Weg zu dir, um es vorbeizubringen. Da habe ich euch beide hier auf der Wiese gesehen.« Er öffnete den Reißverschluss. »Es ist irgendein Geschichtsbuch«, fügte er hinzu, und in dem Moment verwandelte sich Jamies Verwirrung in blankes Entsetzen.

Er sprang mit fast übermenschlicher Geschwindigkeit zu ihm und fasste Raphael am Arm. Aber er kam zu spät. Raphael hatte es bereits hervorgezogen. Das Buch. Das Buch über Pakistan, das Lottie ihm geschenkt hatte. Anscheinend war ihm das Geschenk also doch nicht so egal gewesen.

Jamie riss Raphael das Buch förmlich aus der Hand und stopfte es, ohne ein weiteres Wort zu verlieren, in seine Tasche.

Nun ergaben das ganze Hin und Her der letzten Wochen und seine plötzlichen Stimmungsschwankungen endlich einen Sinn für Lottie.

Deshalb war Jamie so kalt und abweisend.

»Danke schön, Raphael«, sagte Jamie und versuchte, sich sein Unbehagen nicht anmerken zu lassen, was ihm natürlich keiner der beiden mehr abnahm. Dafür war seine ursprüngliche Reaktion zu aggressiv und rabiat gewesen. Raphael starrte ihn an und wusste sichtlich nicht, was er davon halten sollte.

»Okay …«, sagte er schließlich. Seine Augen wanderten zwischen Jamie und Lottie hin und her. »Ich sehe euch dann später.«

Damit joggte er weg in Richtung Conch-Haus. Sie schauten ihm nach, bis er nur noch ein kleiner Punkt war.

»Jamie …«, begann Lottie, obwohl sie noch gar nicht wusste, was sie ihm sagen sollte. Sie hatte das Gefühl, unabsichtlich Zeuge von etwas geworden zu sein, wofür er sich schämte. »Es tut mir leid«, sagte sie, brachte aber nur noch ein ersticktes Wispern zustande.

»Wir sollten das Training lassen«, sagte er ruhig und fing

an, seine Sachen einzupacken. »Es war mein Fehler. Wir sollten uns auf die Schule und unsere jeweiligen Aufgaben konzentrieren.« Er drehte sich noch einmal zu ihr um. Es war ihm anscheinend sehr ernst.

Sie dachte zurück an den Sommeranfang, als er eingewilligt hatte, sie zu trainieren. Damals hatte sie gedacht, dass sie sich endlich verstehen würden. Wie hatte es nur zu dieser Katastrophe kommen können?

Sie konnte ihm nicht mehr ins Gesicht schauen und ließ den Kopf hängen. »Ich wollte doch nur helfen«, sagte sie.

Jamie atmete hörbar aus, doch er schien nicht mehr sauer auf sie zu sein. »Ich weiß.«

Endlich rang sie sich dazu durch, ihm noch einmal in die Augen zu schauen – in seine hinter langen Wimpern verborgenen haselnussbraunen Augen. Er war nicht sauer auf sie. Er war traurig. Hinter seiner Maske sah sie tiefe Einsamkeit. Es würde wohl sehr lange dauern, die Risse in ihrer Freundschaft wieder zu kitten.

25

Der November zog sich endlos hin. Dichte Nebel hüllten das Schulgelände ein, über allem lag eine angespannte Stille. Es war aber nicht dieselbe arbeitsame Ruhe wie vor den Examensprüfungen, an die Lottie sich noch aus dem letzten Jahr erinnerte. Eine sonderbare Anspannung lag in der Luft, als spürte die ganze Schule, dass etwas Schreckliches bevorstand.

Lottie, Binah und Ellie waren in Lilianas geheimem Atelier, ihrem neuen Treffpunkt. In ihren Freistunden kamen sie oft hierher. Sie hatten den Raum etwas umgestylt, hier und da eine Lichterkette und bunte Tücher an die Wand gehängt, wodurch sich das alte Kellergewölbe in eine leuchtende, gemütliche kleine Grotte verwandelt hatte, in der es sich prima lernen und quatschen ließ.

»Es gab wieder zwei neue Fälle von Hameln-Vergiftungen«, sagte Binah. »Rory Martin aus der Siebten während des Mathematikunterrichts und Alice Amari, die Vertrauensschülerin aus der Zwölften, während des Mittagessens vor zwei Tagen.« Binah notierte das exakte Datum, die Uhrzeit und näheren Umstände jedes einzelnen Falls fein säuberlich in einer Tabelle. Langsam kristallisierte sich ein Muster heraus. Bisher hatten sie zehn Vorfälle vermerkt, alle mit den gleichen Symptomen. Und jedes Mal war der gleiche süßliche Geruch nach Babypuder aufgetreten.

»Im Schnitt gibt es jede Woche eine neue Attacke«, sagte Lottie, die sich über ein Chemiebuch gebeugt hatte. Sie fühlte sich immer mehr als Erbin von Rosewood. Deshalb war sie wild entschlossen, die Schülerinnen und Schüler zu beschützen, und das bedeutete, sie musste unbedingt herausbekommen, was Leviathan im Schilde führte – je früher, desto besser.

Ellie grunzte und ließ sich auf das alte Sofa fallen, das Binah und Lottie mit Kissen neu aufgepolstert hatten. »Das ergibt doch alles keinen Sinn. Wieso gibt es genau eine Attacke jede Woche?«

Sie hatten noch keine Antwort gefunden. Langsam hatten sie das Gefühl, in eine Sackgasse geraten zu sein. Lottie schaute hinüber zu Lilianas Gemälde. Sie war eine sehr willensstarke Frau gewesen. War nicht ein bisschen von dieser Kraft auch in ihrem Blut?

Gib niemals auf.

»Wir werden schon noch dahinterkommen«, sagte Lottie und schlug ihr Buch zu. Sie bedachte Ellie mit ihrem patentierten aufmunternden Lächeln. Leviathan würde nicht gewinnen. Sie würden ihre Examen bestehen und danach Leviathans Pläne vereiteln … was auch immer sie vorhatten.

»Jede Woche eine Vergiftung.« Binah sprach nachdenklich vor sich hin. »Ist das ein Chemiebuch?«, fragte sie unvermittelt. Ihre Augen weiteten sich vor Begeisterung, was Lottie immer an eine kleine Eule erinnerte.

»Oh, ach so. Ja. Willst du mal einen Blick reinwerfen?«

Lottie hielt ihr das Buch hin, doch Binah ging nicht weiter darauf ein, schob sich die heruntergerutschte Brille wieder hoch und legte angestrengt nachdenkend die Stirn in Falten.

»Soso. Jede Woche eine …«, sagte sie noch einmal und starrte dabei auf den Titel von Lotties Chemiebuch: *Moderne Experimentelle Biochemie*. Dann schien ihr ein Licht aufzugehen, und ihr Gesicht hellte sich auf.

»Es ist ein Experiment!« Sie grinste sichtlich stolz über ihre neue Entdeckung. »Leviathan experimentiert mit der Formel.«

»Und die Schüler von Rosewood sind ihre Testobjekte!«, fiel Lottie mit ein und sprang auf.

»Wahrscheinlich ist ihre Formel noch nicht komplett, und sie versuchen so, die richtige Mischung und Dosierung zu finden«, spekulierte Binah, die sich die neue Theorie gleich notierte.

»Ich verstehe nur nicht, wie sie es schaffen, das Gift in die Schule zu schmuggeln. Wer erledigt für sie die Drecksarbeit, jetzt, da Saskia aus dem Weg geräumt ist?«, sagte Lottie, die angefangen hatte, im Zimmer auf und ab zu gehen. Jemand musste die Proben für Leviathan auslegen – jemand aus der Schule. Sie ging einige Namen und Gesichter im Kopf durch: Direktor Croak, die Lehrer, ein Schüler … ein Schüler? Sie überlegte. Sie hatte das Gefühl, der Lösung ganz nahe zu sein. Plötzlich fiel ihr Percy Butter ein, der traumatisierte Junge, der sich ein Zimmer mit Jamie teilte.

»Ich glaube, wir sollten das Jamie erzählen«, sagte Binah, als hätte sie Lotties Gedanken gelesen. Sie schaute sich im Raum um, als bemerkte sie erst jetzt, dass er nicht da war.

»Wo treibt der sich überhaupt rum? Ist irgendwas los, von dem ich nichts weiß?«

Binah wandte sich an Lottie, deren Hände plötzlich feucht wurden. Sie hatte einen Frosch im Hals. Nach ihrem Streit war sie Jamie, wie er es gewünscht hatte, aus dem Weg gegangen, und auch er hatte einen Bogen um sie gemacht. Sie trafen sich regelmäßig, um ihre Fortschritte bei der Suche nach Leviathan zu besprechen, und beim gemeinsamen Frühstück, doch darüber hinaus … Er war auch nicht sonderlich interessiert an ihrem Geheimversteck gewesen, als sie ihm davon erzählt hatten. Die Vorbereitungen auf die Prüfungen waren ein guter Vorwand gewesen, sich auszuklinken und einander aus dem Weg zu gehen. Und tatsächlich erledigte Lottie ihre Aufgaben jetzt viel schneller.

»Jamie und ich …« Gerade wollte sie ihnen erzählen, dass sie beide entschieden hatten, sich eine Zeitlang nicht so oft zu sehen, da sprang Ellie wie von der Tarantel gestochen auf.

»Könnt ihr das hören?« Ellies Ohren zuckten fast wie bei einem Wolf, der Witterung aufnimmt.

»Was hören?« Binah und Lottie wechselten einen Blick und versuchten, sich so still wie möglich zu verhalten.

»Ich höre jemanden weinen.«

Ellie stürmte los. Binah und Lottie konnten gerade noch ihre Sachen zusammenraffen.

»Ellie, wo willst du hin?«, rief Lottie und rannte am Treppenabsatz fast in sie hinein.

Ellie war stehen geblieben und schien intensiv zu horchen. »Die Geräuschquelle bewegt sich.«

»Also los, hinterher«, rief Lottie und schob Ellie an.

Sie schlichen sich aus dem Atelier, sorgsam dadrauf bedacht, dass niemand sie dabei beobachtete, und schlossen die Geheimtür hinter sich. Die Chance, erwischt zu werden, war allerdings nicht sehr groß, denn die meisten Schüler saßen bei dem ungemütlichen Wetter in den schön warmen Bibliotheken und lernten. An manchen Stellen wirkte die Schule wie ausgestorben. Sie folgten Ellie über die vom dichten Nebel bedeckte Wiese, auf einem von den letzten Rosen des Jahres gesäumten Pfad. Sie kamen am Wohnheim von Ivy vorbei und hielten geradewegs auf den Rosenwald zu, den zu betreten ihnen eigentlich verboten war.

Da hörte Lottie plötzlich Musik. Eine sonderbare, gespenstische Melodie erklang aus dem Wald. Doch bevor sie sich genauer darauf konzentrieren konnte, brach die Melodie plötzlich ab.

Habe ich das jetzt nur geträumt?

Sie schaute zu Boden, und da, genau am Eingang zum Rosenwald, lag eine Spur kleiner goldener Krümel, die in den Wald hineinführte.

»Sind das … Brotkrumen?«, fragte Lottie, die nicht glauben konnte, was sie da sah.

Binah beugte sich hinab, befeuchtete ihren Zeigefinger mit etwas Spucke und nahm einen der Krümel auf. Sie hielt ihn sich vor die Nase und verkündete: »Es sind Kekskrümel.«

»Da! Könnt ihr es auch hören?« Ellie machte einen vorsichtigen Schritt in den Wald hinein.

Die beiden folgten ihr.

»Ich habe auch etwas gehört, eine merkwürdige Melodie«,

flüsterte Lottie. Sie lauschte angestrengt. Da war noch etwas anderes. Ein leises Wimmern, das schwach durch die Bäume zu ihnen drang. Unverkennbar ein weinendes Mädchen.

Nein, sie weinte nicht einfach nur, es war ein verzweifeltes Schluchzen und Heulen aus vollem Herzen. Lottie musste an die Gruselgeschichten von Banshees und traurigen Feen denken, die sich in die Wälder verkrochen, um sich ihren Kummer von der Seele zu weinen. Sie ergriff Ellies Hand. Ihre Finger umschlossen einander und vertrieben so die Furcht, die das unheimliche Geräusch in ihr ausgelöst hatte. Der Spur der Kekskrümel folgend, gingen sie tiefer hinein in den düsteren Rosenwald.

»Da vorne!«, flüsterte Ellie und zeigte auf eine gewaltige Eiche auf einer mit Moos überwachsenen kleinen Lichtung. Es war derselbe Baum, zu dem Lottie vor gut einem Jahr geflüchtet war. Sie hielten den Atem an und lauschten auf das Schluchzen.

Sei freundlich, sei mutig, betete Lottie sich selbst immer wieder vor.

»Hallo?«, sagte sie.

Das Heulen brach ab. Vorsichtig, ganz langsam kamen sie um den Baumstamm herum.

Als Erstes sahen sie das gelbe Schottenmuster einer Stratus-Uniform. Dann traf sie der Geruch nach Babypuder.

Da saß sie. Hingekauert unter der großen Eiche saß die laut schniefende Lola Tompkins und stopfte sich mit Keksen voll.

26

Die nebelige Jahreszeit ging Jamie mächtig auf die Nerven. In letzter Zeit fiel ihm alles so schwer. Nichts klappte mehr, und dummerweise konnte er es nun auch nicht mehr auf Lottie schieben. Sie hielt sich an ihre Abmachung, machte sich gut in ihrer Rolle als Porterin, war im Unterricht fleißig wie eh und je und hatte es irgendwie sogar geschafft, Ellie ein wenig zu bändigen. Zu Beginn des Schuljahres hatte sie mit irgendetwas zu kämpfen gehabt, aber das schien nun hinter ihr zu liegen. Sie hatte sich wirklich gemacht. Es wäre starrköpfig von ihm, seine Unfähigkeit, sich zu konzentrieren, weiter auf sie zu schieben. Und dennoch konnte er es nicht lassen.

Es war in einer Woche, in der sie sich kaum gesehen hatten, als er endlich begriff, dass sie doch das Problem war! Ohne dass sie sich getroffen hätten, war er die ganze Zeit abgelenkt und hatte keine Fortschritte bei seinen eigenen Nachforschungen über Leviathan gemacht. Er konnte einfach nicht aufhören, an Lottie zu denken.

»Jamie, hast du mir überhaupt zugehört?«

Jamie schaute auf. Raphael winkte ihm mit der Hand vor der Nase herum. Sie waren gerade auf dem Weg in die Bibliothek.

»Ja, Raphael. Aber es interessiert mich nicht. Wie oft soll

ich dir noch erklären, dass es mir egal ist, welcher *Avangers*-Held ich im wahren Leben wäre …« Jamie verdrehte die Augen, denn er wusste, dass Raphael das Thema nicht so schnell fallenlassen würde.

»Ich finde, du bist eher so der Bucky-Typ. Du schaust auch immer so gequält und ernst drein wie er.« Raphael starrte Jamie an, als würde er ihn im Geiste mit dem mürrischen Comic-Helden vergleichen. Jamie antwortete mit einem missbilligenden Stirnrunzeln, was Raphael aber nur noch mehr zum Lachen brachte.

»Yep!«, prustete er los. »Du und Bucky, das passt wie die Faust aufs Auge.«

Sie kamen an einer Gruppe kichernder Ivy-Mädchen vorbei, die rot wurden, als Raphael ihnen zuzwinkerte. Jamie musste ein verächtliches Schnauben unterdrücken. Er hatte sich an den Effekt, den er und Raphael besonders auf die jüngeren Mädchen hatten, schnell gewöhnt. Was ihn viel mehr irritierte, war, dass ihm diese Aufmerksamkeit schmeichelte. Er lächelte eines der Mädchen an. Sie wurde noch röter und begann, mit ihren Freundinnen zu tuscheln. Eitelkeit war eine Schwäche, eines Partisten nicht würdig. Das Leben in dieser Schule war in vielerlei Hinsicht sehr anstrengend für ihn.

Sie durchschritten den Torbogen der Bibliothek, wo sie mit Percy verabredet waren. Heute war es dort besonders ruhig, weil alle fleißig für ihre Examen büffelten. Jamie machte die angespannte Atmosphäre unruhig. Es schien ihm, als lauere unter der friedlichen Oberfläche ein schreckliches Unheil.

Dann war da plötzlich dieser Geruch.

Süß wie Babypuder. Dieser Geruch konnte nur eines bedeuten. Jamie war sofort in Alarmbereitschaft, um unverzüglich reagieren zu können, wenn wieder jemand Symptome einer Vergiftung mit der Hameln-Formel zeigte. Instinktiv hielt er Raphael mit ausgestrecktem Arm zurück. Sein Kopfkino sprang an. Lottie könnte in Gefahr sein. Was, wenn Leviathan Lottie vergiftet hatte?

Ein leises Knurren entfuhr ihm. *Wieso Lottie, du solltest immer zuerst an Ellie denken*, schimpfte er mit sich selbst.

Raphael schob seinen Arm zur Seite. Jetzt konnte auch er die Quelle des Geruchs ausmachen.

Micky Tompkins. Er saß bei Percy und unterhielt sich angeregt mit ihm. Merkwürdig, Jamie hatte Micky noch nie alleine ohne seine Zwillingsschwester Lola gesehen. Er und Percy unterhielten sich angeregt in Gebärdensprache. Jamie war nicht sonderlich überrascht, dass Micky die Zeichen beherrschte. Er und Lola waren praktisch mit Percy zusammen aufgewachsen. Ihre Familien waren enge Geschäftspartner. Was ihn allerdings überraschte, war das Thema ihres Gesprächs, von dem er aus der Entfernung nur ein paar Brocken aufschnappen konnte.

Drei Wörter fielen ihm besonders auf: *gefährlich … Marionette … Hilfe.*

Doch es war der letzte Satz ihrer Unterhaltung, der Jamie am meisten Sorgen machte. Percy schaute auf und entdeckte Jamie. Er ließ seine Hände sinken, in der Hoffnung, dass Jamie sie so nicht sehen konnte, und warnte Micky. Doch es klappte nicht. Jamie konnte trotzdem sehen, was sein Zimmergenosse dem Tompkins-Erben zu sagen hatte: *Hör auf. Jamie kann Gebärdensprache.*

Beide erstarrten und drehten sich dann steif zu Raphael und Jamie um, die gerade an ihren Tisch getreten waren. Sie taten so, als sei nichts passiert.

»Micky! Ich wusste gar nicht, dass du wieder da bist«, trompetete Raphael fröhlich in den Raum und klopfte ihm auf die Schulter. »Wie geht es dir? Und wo ist Lola?«

Micky strahlte die beiden Neuankömmlinge an. Sein Lächeln war so süß, dass Jamie fast Zahnschmerzen davon bekam. »Hallo. Mir geht es sehr gut, danke.«

Mickys Redeweise war schon immer sehr eigenartig gewesen. Er sprach gewöhnlich nur das Nötigste. Doch selbst für seine Verhältnisse war diese Antwort geradezu verdächtig knapp ausgefallen, darüber konnte auch sein aufgesetztes Lächeln nicht hinwegtäuschen.

»Also: Wo ist Lola denn?«, fragte Jamie noch einmal und gab sich viel Mühe, dabei unbeschwert zu klingen. Micky sollte nicht mitkriegen, dass er Verdacht geschöpft hatte.

Micky wandte sich ihm zu, seine eisblauen Augen schienen geradewegs durch ihn hindurchzublicken. »Ich bin sicher, Lola geht es gut. Sie kommt auch ohne mich zurecht.«

Lola ging es ganz und gar nicht gut. Lottie hatte noch nie jemanden gesehen, der so völlig am Boden zerstört war. Es war kaum auszuhalten.

»Lola?«, fragte Lottie sanft.

Lola fuhr zusammen und rieb sich die Augen, um zu verbergen, dass sie geweint hatte. Natürlich war es dafür schon zu spät. Ihre Augen waren dick geschwollen, und ihre Nase war fast so rot wie ihr Lippenstift.

»Geht es dir gut?«, fragte Ellie unbeholfen, die sich in solchen Situationen immer sehr unwohl fühlte.

»Es geht mir gut.« Lola versuchte zu lächeln und setzte genau das gleiche falsche Lächeln auf, das auch Lottie für solche Situationen parat hatte.

Ohne ein Wort zu sagen, zog Ellie ihre Lederjacke aus und legte sie Lola um die Schultern. Binah und Lottie folgten ihrem Beispiel, und gemeinsam bildeten sie einen warmen Kokon um Lola. Zuerst war sie geschockt, doch dann brach der Damm, und die Tränen strömten wieder über ihre Wangen.

»Wir wussten nicht einmal, dass du wieder zurück bist«, flüsterte Lottie.

»Ich bin heute Morgen angekommen«, schluchzte Lola. »Wie habt ihr mich gefunden?«

»Wir sind der Spur aus Kekskrümeln gefolgt«, sagte Binah und lachte.

»Uups.« Lola wurde rot und lachte ebenfalls kurz auf.

»Was ist los?«, fragte Ellie. »Soll ich jemanden für dich verprügeln? Du brauchst es nur zu sagen.« Ellie schlug sich mit der Faust in die offene Hand, um zu demonstrieren, wie ernst ihr dieses Angebot war. Lola lächelte, schüttelte dann aber den Kopf.

»Nein. Nein. Es ist nur … Ich habe einfach das Gefühl, dass gerade alles um mich herum zusammenbricht.« Sie zwirbelte eine Locke ihres weißblonden Haares um den Finger. »Vielleicht sind wir zu früh wieder hierhergekommen. Aber bei uns zu Hause haben wir es einfach nicht mehr ausgehalten.«

Lottie kannte dieses Gefühl nur allzu gut. Der Wunsch, aus der eigenen kaputten Familie auszubrechen, gefolgt von

Selbstvorwürfen, weil man nicht zu ihnen gestanden hat. Ein wahrer Teufelskreis.

»Ich verstehe das«, sagte Lottie. Wenn sie Lola nur auch von ihrer Familie erzählen könnte. »Wir haben das von deinem Dad in den Nachrichten gehört.«

Lola schien sich wieder etwas beruhigt zu haben. Sie holte einmal tief Luft, und dann ließ sie alles raus. »Mein Dad ist schwer krank, eigentlich schon solange ich denken kann. Richard Butter hat ihm immer bei den Geschäften geholfen. Aber dieses Jahr ist es deutlich schlimmer geworden.« Sie hielt kurz inne, um sich zu sammeln. Ellie legte einen Arm um Lola und drückte ihre Schulter. Dann sprach sie weiter. »Nach der Fusion mit der Butter-Company sind merkwürdige Leute bei uns zu Hause aufgetaucht. Wir können kaum noch Zeit alleine mit Dad verbringen, dauernd ist jemand bei ihm.« Lola zog ein Taschentuch hervor und schnäuzte sich die Nase.

»Was sind das für Leute?«, fragte Ellie.

»Es sind diese finsteren Mitarbeiter von Richard Butter: Ingrid und Julius.« Als sie die Namen sagte, fuhr sie leicht zusammen. »Sie sind mir unheimlich. Ich habe Angst vor ihnen«, flüsterte sie. »Aber am schlimmsten ist das mit meinem Dad. Ich glaube, er verliert allmählich den Verstand. Dauernd will er das alte Piano meiner Mutter spielen, die schon vor ein paar Jahren gestorben ist, und vergisst dabei völlig, dass er durch die Arthritis seine Finger gar nicht mehr richtig bewegen kann. Außerdem macht Micky sich ständig Sorgen um Percy. Ich weiß, dass es auch für ihn nicht leicht ist, aber er weigert sich, mit mir darüber zu sprechen. Wir waren noch nie so lange Zeit voneinander getrennt. Ich … ich kann nicht … tut mir leid …«

»Ist schon okay, Lola.« Binah strich ihr über die Hand. »Wir können auch einfach eine Weile hier sitzen und still sein. Wir müssen nicht reden.«

»Wir sind einfach froh, dass du wieder da bist«, fügte Lottie hinzu, aber sie war sich nicht sicher, ob Lola ihr aufmunterndes Lächeln durch den Tränenvorhang überhaupt sah.

»Irgendetwas stimmt zu Hause nicht mehr. Als wären wir alle …« – sie rümpfte die Nase – »… als wäre das ganze Haus vergiftet worden.«

Lottie erschrak bei diesen Worten. Sie schaute rüber zu Ellie und Binah. Ihnen schien es genauso zu gehen. Der Kokon hatte einen Knacks bekommen. Menschenleben standen auf dem Spiel.

»Lola«, begann sie ganz vorsichtig, »wir müssen dich etwas fragen. Du musst aber nicht antworten, wenn du es nicht willst.«

Sie setzten sich auf den moosbewachsenen Waldboden, Lola in der Mitte. Lottie sammelte sich kurz und nickte.

»Hast du schon einmal von einer Gruppe namens Leviathan gehört? Oder hast du eine Idee, warum die Tompkins-Schokoriegel, die hier in Rosewood aufgetaucht sind, vergiftet worden sein könnten?« Binah kam ohne Umschweife direkt zur Sache. Lola starrte sie völlig konsterniert an. Der Nebel war nun viel dichter geworden und hüllte sie fast komplett ein.

»Gift? In unserer Tompkins-Schokolade? Ich … ich habe keine Ahnung, wovon du sprichst.« Lola ließ den Kopf hängen und drückte ihre Handfläche in das von Tau klamme Gras. Ein dunkler Fleck blieb, wo ihre Hand das Moos berührt hatte. »Es tut mir leid …«

Ellie kaute auf ihrer Lippe. Eine schwarze Haarsträhne fiel ihr übers Auge, als sie nachdenklich ein Büschel Gras ausrupfte.

»Ist schon okay«, sagte Lottie schnell in dem verzweifelten Versuch, die Stimmung wieder etwas aufzuhellen. Sie griff nach Ellies Hand, so wie sie es schon tausendmal vorher getan hatte. Die Nässe kroch ihnen langsam in die Kleider, und alle vier Mädchen begannen zu frieren. »Wir werden schon noch herausfinden, was es mit dieser Hameln-Formel auf sich hat. Mach dir keine Sorgen.«

Lola riss die Augen auf. »Hast du gerade *Hameln-Formel* gesagt?«

»Ja«, antwortete Lottie zögernd.

»Wie kannst du davon wissen?« Lola setzte sich auf und stieß dabei gegen einen dünnen Baumstamm, so dass ein Schauer kalter Tautropfen auf sie niederging.

Die drei schauten einander verwundert an.

»Nun, wir haben Grund zur Annahme, dass die Schüler in Rosewood mit einer Variante der Hameln-Formel vergiftet wurden.« Binah säuberte mit dem Saum ihres Stratus-Pullovers ihre Brillengläser. »Hast du schon einmal von dieser Formel gehört?«

Ein starker Wind kam auf und umkreiste Lola. Ihr helles Haar trieb in der Luft, als befände sie sich unter Wasser. Ein süßlicher Duft stieg ihnen in die Nase.

»Das ist eine wirklich üble Geschichte«, sagte sie. Mit

einem Mal wirkte sie plötzlich viel älter. Lottie warf einen kurzen Seitenblick zu Ellie, bevor Lola fortfuhr: »Mein Urgroßvater Hans Torkelsen hat lange an der Formel geforscht. Er war ein sehr schlechter Mensch.« Sie stieß die Worte hervor wie zähen Sirup, der ihr an der Zunge klebte. »Er gab das Projekt auf und versteckte seine Forschungsergebnisse, als er merkte wie ... böse sie war. Danach floh er nach England und änderte seinen Namen.« Sie schaute hinunter in ihren Schoß. Ihre Wangen waren vor Kälte ganz rot geworden. »So wurden wir zu den Tompkins.«

Lola drehte sich um und langte nach ihrer Tasche. Sie zog eine fein gearbeitete weiße Spieldose daraus hervor. »Das ist alles, was von Hans Torkelsen noch übrig ist«, sagte sie. Ihre Stimme war fast zu einem Flüstern geworden, als sie vorsichtig den Deckel anhob. Die Spieldose war mit kleinen Vögeln bemalt, die in lila Rosenbüschen saßen. Als Lola den Deckel aufklappte, sprang eine kleine Porzellantaube hervor und begann, sich zu einer bittersüßen Melodie um die eigene Achse zu drehen.

Lottie erkannte die Melodie sofort. Es war dieselbe, die sie auch am Eingang zum Wald gehört hatte.

Auf dem Deckel war in schönen kursiven Lettern ein Spruch eingeritzt, den Lottie nicht verstand:

For at holde fast denne hukommelse
må du først ødelægge den.

»Das war ein Geschenk von meinem Großvater an meine Mutter, und sie gab es an uns weiter«, fuhr Lola fort. »Es bedeutet mir sehr viel.« Sie drückte das Kästchen an die Brust und verharrte in dieser Position. So auf ihren Knien sitzend sah sie fast so aus, als würde sie andächtig beten.

Lottie fiel auf, wie ähnlich sie und Lola sich waren. Ihre Familien hatten beide ihren alten Namen abgelegt, beide hatten, als sie noch sehr klein waren, ihre Mutter verloren, und beide hatten ein besonderes Erbstück, das sie an ihre Mütter erinnerte: Lottie ihre Krone und Lola die Spieldose.

Lola klappte den Deckel wieder zu, und die Musik verstummte.

»Das sind wunderbare Neuigkeiten«, fuhr Binah auf und klatschte in die Hände. Der Nebel um sie herum begann, sich zu lichten. »Leviathan ist sicher auf der Suche nach diesen Forschungsarbeiten, um ihr Werk zu vollenden.«

»Was? Wie kannst du da von guten Neuigkeiten sprechen?«, sagte Ellie mit weit aufgerissenen Augen.

»Weil das im Umkehrschluss bedeutet«, sagte Binah im Aufstehen, »dass Leviathan die nötigen Informationen noch nicht beisammenhaben. Deshalb machen sie diese Versuche an den Schülern von Rosewood. Versteht ihr? Uns bleibt immer noch Zeit, ihre Pläne zu vereiteln.«

Lottie fühlte sich erleichtert. Das waren wirklich gute Neuigkeiten. Wenn Binah recht hatte, war Leviathan gar nicht so mächtig, wie befürchtet – zumindest noch nicht.

»Hat euch meine kleine Geschichte weitergeholfen?«, fragte Lola mit einem süßen Zirpen. Sie hatte sich etwas gefangen und war so zuckersüß wie eh und je.

»Das hat sie, und zwar in mehr als einer Hinsicht«, antwortete Lottie.

27

An Ihre aller durchlauchteste Hoheit Prinzessin Lottie Pumpkin,

ich habe MONATELANG darüber nachgedacht, ob ich dir diesen Brief wirklich schicken soll. Jetzt habe ich mich endlich dazu entschieden, das einzig Richtige zu tun und dir zu zeigen, was ich herausbekommen habe, obwohl ich mir sicher bin, dass du dich tierisch über mich aufregen wirst, weil ich mich damit in dein neues Leben »eingemischt habe«. Flipp also bitte nicht aus und denk daran, dass ich dein ältester und bester Freund aus Kindertagen bin, dass meine Mutter dich früher immer mit deinem Lieblingsessen bekocht hat und ich deshalb noch etwas bei dir guthabe. UND wenn das nicht hilft, dann stell dir bitte meinen allerniedlichsten Hundeblick vor, mit dem ich dich früher immer besänftigt habe, wenn du wütend auf mich warst. Also – JA, ICH WEISS, du hast mir VERBOTEN, mich in deine Angelegenheiten einzumischen –, ich musste dir einfach diese Fotos schicken, die ich bei einer kleinen Recherche im Netz gefunden habe. Ich habe einfach nur nach ein paar der Namen gesucht, über die ihr gequatscht habt, als du mich besucht hast. Dabei sind mir diese beiden düsteren Gestalten aufgefallen – und ganz ehrlich: Die jagen mir eine Scheißangst ein. Deshalb wollte ich sie dir zeigen, falls sie doch etwas mit diesem

»Leviathan« zu tun haben sollten, von dem du damals erzählt hast.
Ich hoffe, die Prinzessin spielen zu müssen ist nicht zu stressig.

Dein lieber Freund (der sich wirklich nicht einmischen wollte, es war wirklich alles nur ein blöder Zufall)
Ollie

P. S.: BITTE SEI NICHT SAUER!

Lottie starrte auf den handgeschriebenen Brief und knirschte vor Wut mit den Zähnen. Sie war allein in der Bibliothek. Binah war in einer Lerngruppe mit ein paar jüngeren Schülern, und Ellie hatte Fechtunterricht.

Ollie, du Vollpfosten!

Sie hatte Ollie nur um diese eine Sache gebeten: Er solle sich nicht einmischen. Und er hatte es trotzdem getan. Tief drin wusste sie auch, dass sie nur deshalb so sauer auf Ollie war, weil Jamie wieder einmal recht behalten hatte – schon wieder.

Er hatte sie davor gewarnt, es Ollie zu erzählen. Außenstehende in ihr Geheimnis einzuweihen sei gefährlich, nicht zuletzt für sie selbst. Ollie hatte sich in die Leviathan-Verschwörung eingemischt und sich damit möglicherweise in Gefahr begeben. Und das alles nur, weil er überall seine Nase reinstecken musste. Aber Lottie und ihre Freundinnen waren auch nicht untätig gewesen und hatten ebenfalls einige Rätsel gelöst. Sie wussten nun, dass Leviathan versuchte, die Hameln-Formel zu perfektionieren, und dafür einmal pro

Woche einen präparierten Tompkins-Schokoriegel in die Schule schmuggelte. Und sie wussten, dass in der Villa Tompkins eigenartige Dinge geschahen, bei denen die Butter-Company möglicherweise ihre Hände im Spiel hatte.

Was sie immer noch nicht wussten, war, *wie* Leviathan das Gift nach Rosewood hineinschmuggelte, welches Ziel sie langfristig verfolgten oder wo die verlorenen Forschungsergebnisse von Hans Torkelsen, von denen Lola ihnen erzählt hatte, verborgen sein könnten. Lottie holte einmal tief Luft und nahm sich wieder Ollies Brief vor. Da fiel ein langer Schatten auf das Papier. Ihr Herz schlug schneller. Sie brauchte nicht aufzublicken, um genau zu wissen, wer hinter ihr stand.

»Hallo, Jamie.«

Sie versuchte, ein unbefangenes Gesicht aufzusetzen. Der Schatten bewegte sich um den Tisch herum, dann hörte sie, wie der Stuhl neben ihr mit einem Scharren weggezogen wurde und er sich neben sie setzte. Er legte die Hände auf dem Tisch ab und verschränkte die Finger ineinander, dann lehnte er sich zu ihr vor.

»Lottie«, sagte er leise. »Wir müssen reden.«

Lottie kaute auf ihrer Unterlippe. Nun, da er neben ihr saß, konnte sie gar nicht mehr genau sagen, worüber sie sich eigentlich gestritten hatten.

Weil du ihn angeblich so ablenkst, erinnerte sie eine aufgebrachte Stimme in ihrem Kopf.

»Wenn du reden willst, gerne.« Ihre Augen waren immer noch auf Ollies Brief geheftet.

»Lottie«, sagte er noch einmal. Dieses Mal hörte es sich

schon viel dringlicher an. »Kannst du mich nicht wenigstens anschauen, wenn wir miteinander sprechen?« Als sie aufschaute, war sie überrascht, wie müde und fertig er aussah. Sein schwarzes Haar war noch unbändiger als sonst. Sie musste den Drang unterdrücken, ihm eine Locke aus der Stirn zu streichen. »Das ist schon viel besser.«

»Ist bei dir alles in Ordnung?«, fragte sie, ohne nachzudenken, und hätte sich eine Sekunde später am liebsten selbst geohrfeigt, weil sie wusste, wie sehr er solche Bekundungen von Anteilnahme hasste.

Er holte tief Luft. »Ich wollte dir nur sagen, dass ich sehr beeindruckt bin von den Informationen, die ihr gesammelt habt.« Er hob schnell die Hand, damit sie ihn ausreden ließ. »Außerdem bin ich sehr beeindruckt, wie gut du und Ellie in der Schule mitkommt. Du nimmst deine Rolle als Porterin ernst und wirst ihr gerecht.«

Sie musste sich zusammenreißen, um ihn nicht mit offenem Mund anzustarren. War das eben wirklich passiert? Hatte Jamie ihr gerade wirklich ein Kompliment gemacht? Hatte sie ihn wirklich beeindruckt?

»Danke …?«, sagte sie vorsichtig. Seine Lippen zuckten kurz in der Andeutung eines Lächelns, und für einen Moment glaubte sie fast, alles könnte wieder so werden wie früher.

»Ja … Vielleicht war es ganz gut, dass wir uns gegenseitig etwas Raum gelassen haben.«

»Kann sein …« Sie hätte sich so gerne bei ihm für ihr Geschenk entschuldigt, weil sie ihn mit dem Buch an Dinge erinnert hatte, an die er offensichtlich nicht denken wollte. Doch sie hatte aus der Vergangenheit gelernt. Er wollte nicht daran erinnert werden. Eine Entschuldigung würde alles nur noch schlimmer machen. Also hielt sie den Mund. Seine dunklen kastanienbraunen Augen schauten sie durchdringend an. Es war das erste Mal seit ihrem Streit auf dem Feld, dass er sie direkt ansah. »Heißt das, du vergibst mir?«, fragte sie mit klopfendem Herzen.

Jamie stieß einen seiner langen Seufzer aus, und sie musste lächeln. »Du hast dich so sehr verändert«, sagte er und blickte ihr dabei die ganze Zeit tief in die Augen. Sie war überrascht, wie traurig seine Stimme dabei klang. Fast das Gleiche hatte Ollie damals zu ihr gesagt. Aber das war ihr egal, sie hatte keine Angst mehr davor, was andere über sie denken konnten. Seit sie Lilianas Geheimnis gelüftet und herausgefunden hatte, dass ihre Familiengeschichte eng mit der von Rosewood verflochten war, fühlte sie sich mit sich selbst im Reinen. Sie wusste nun, wer sie war, und das war toll. Sie wünschte nur, Jamie würde eines Tages ebenfalls zu sich selbst finden.

»Na, das hoffe ich doch«, sagte sie und versuchte, möglichst unbeschwert dabei zu klingen. »Schließlich kennst du mich jetzt schon über ein Jahr.«

Er strich sich eine Strähne aus dem Gesicht und lächelte. »Das längste Jahr meines Lebens.«

Sie erwiderte sein Lächeln, aber nicht aus voller Überzeugung. Seine Fröhlichkeit war ganz offensichtlich nur aufgesetzt. So gut kannte sie ihn mittlerweile. Er schien ihre Probleme einfach übergehen zu wollen, als wäre der Streit nie passiert. Ellie machte das manchmal genauso. Bei Ellie war es aber anders, denn sie schaffte es immer irgendwie, mit ihren Problemen selbst fertigzuwerden. Bei Jamie hingegen war Lottie sich da nicht so sicher.

Wann wirst du dich endlich deinen inneren Dämonen stellen, Jamie? Der Satz lag ihr auf der Zunge, aber sie sagte nichts und lächelte einfach weiter. Ihr Leben lang hatte Lottie so gütig und hilfsbereit wie die Prinzessinnen aus den Märchen sein wollen, die ihre Mutter ihr als kleines Mädchen vorgelesen hatte. Mittlerweile hatte sie eine entscheidende Lektion gelernt: Du kannst niemandem helfen, der sich nicht helfen lassen will. Wenn die Person die Hilfe nicht annimmt, kann sie sogar mehr schaden als nutzen.

»Was ist das?«, fragte er und zeigte auf den Brief. Damit war ihr kleiner intimer Moment vorbei, und Lottie wusste, dass eine Gelegenheit zur Aussprache wohl so schnell nicht wiederkommen würde.

Sie musste sich einmal kurz schütteln. »Es ist ein Brief von Ollie. Er schreibt von einer Entdeckung, die uns möglicherweise nützlich sein könnte.« Es war sinnlos, wie die Katze um den heißen Brei zu schleichen. Wie vorhergesehen, wurde Jamies Gesicht sofort wieder ernst.

»Was für eine Entdeckung?«

»Eine Entdeckung im Zusammenhang mit Leviathan.« Jamie runzelte die Stirn, auch der letzte Rest an Leichtigkeit war wie weggeblasen.

»Erzähl mir mehr.« Er streckte die Hand nach dem Brief aus.

Sie hob den Umschlag auf, um die Bilder herauszunehmen. Da beschlich sie plötzlich ein ungutes Gefühl, genau wie damals, als sie die Zeichnung unter ihrem Bett gefunden hatte, auf der das Siegel der Wolfsonfamilie mit einem Todessymbol übermalt war – eine mahnende Botschaft an die Prinzessin von Maradova. Auch damals hatten ihre Hände so gezittert, als habe sie eine böse Vorahnung, dass sich etwas Böses unter der Matratze verkrochen hatte. Doch als sie die Bilder aus dem Umschlag zog, war sie verwirrt. Sie schienen nichts Gefährliches zu enthalten.

Sie legte die vier Fotos auf den Tisch. Auf jedem war ein roter Kreis um zwei finster dreinblickende Gestalten gezeichnet, die sich meist im Bildhintergrund aufhielten.

Auf der Rückseite hatte Ollie das Datum und den Ort, an dem die Fotos aufgenommen worden waren, notiert. Die beiden tauchten sowohl auf dem Bild auf, das die Pressekonferenz anlässlich von Percys Verschwinden zeigte, dann als Percy wiederaufgetaucht war, außerdem bei der Fusion der Tompkins-Süßwarengesellschaft und der Butter-Company und schließlich sogar auf dem Anwesen der Tompkins.

Nach der Fusion mit der Butter-Company sind merkwürdige Leute bei uns zu Hause aufgetaucht, hatte Lola gesagt. *Sie sind mir unheimlich. Ich habe Angst vor ihnen.*

Lottie starrte den Jungen und das Mädchen auf den Bildern an. Sie dürften nicht viel älter als sie selbst sein, trotzdem strahlten sie etwas Finsteres aus. Der Junge trug auf jedem Bild einen Cowboyhut, der einen tiefen Schatten auf sein Gesicht warf, die Augen des Mädchens sprangen Lottie geradezu an. Sie hatte das merkwürdige Gefühl, von diesen Augen beobachtet zu werden.

»Kennst du die beiden?«, fragte sie und schob die Fotos

schnell rüber zu Jamie, weil sie diesen stechenden Blick nicht länger ertragen konnte.

Jamie untersuchte jedes Foto so eindringlich, als wollte er mit seinen Augen ein Loch hineinbrennen. Dann schnaubte er frustriert und schob sie wieder zurück. »Nein.«

Lottie beugte sich noch einmal über die Fotos. Es musste doch irgendwo ein Detail geben, das ihnen einen Hinweis geben könnte. Etwas, das sie übersehen hatten.

Da entdeckte sie etwas. Das Mädchen trug eine Art Tattoo auf dem Arm.

»Jamie, gib mir bitte den Bleistift«, sagte sie, ohne aufzuschauen. Aus dieser Perspektive war es schwer, das Motiv genau auszumachen.

Jamie reichte ihr den Stift und schaute ihr über die Schulter, während sie das Motiv mit schnellen Strichen auf die letzte Seite in ihrem Mathebuch skizzierte. Ihre Finger bewegten sich atemberaubend schnell, und bald wurde ein Symbol sichtbar.

Erst nachdem sie fertig war, schaute sie vom Bild weg auf die Zeichnung. Sie hatte das Motiv aus den unterschiedlichen Perspektiven auf den Fotos Stück für Stück zusammengesetzt. Es war das Symbol für Unendlichkeit, wie zwei allwissende Augen, die sie aus der Leere des Raumes heraus anstarrten, darunter ein mit Dornen gespicktes doppeltes Kreuz. Diese Augen schienen sie anzustarren, sie beobachteten sie, spionierten sie aus.

»Lottie, wo hast du das gesehen?« Jamies dringliche Frage weckte sie aus ihrer Trance.

»Das ist auf dem Arm des Mädchens, schau doch!«

Sie deutete auf das dritte Foto, doch Jamie hatte ihr kaum zugehört. Er schnappte sich das Bild und stand auf, um es bei besserem Licht betrachten zu können.

»Jamie, was ist das?« Lottie stand auf und ging um den Tisch herum, um Jamie über die Schulter zu sehen. »Was ist los?«

Sie zog ihn am Ärmel, und er drehte sich zu ihr um. Sein Gesichtsausdruck war weder ängstlich noch nachdenklich, sondern bestürzt, als hätte er etwas erfahren, was er lieber nicht gewusst hätte.

»Ich habe dieses Symbol schon einmal gesehen«, sagte er voller Entsetzen.

»Was? Wo hast du es gesehen?«

Jamie gab ihr das Bild zurück. Seine Kiefermuskeln mahlten.

»Als Briefkopf auf der Post, die Percy manchmal bekommt«, sagte er leise, fast flüsternd.

Drei Gedanken schossen zugleich durch Lotties Kopf:

Erstens: Sie hätte ihrem Instinkt vertrauen sollen. Irgendetwas stimmte nicht mit Percy.

Zweitens: Irgendjemand schmuggelte Gift in die Schule.

Drittens: Percy ist ein Schlafwandler.

Dann klickte es. Sie kamen des Rätsels Lösung immer näher.

28

Percy.

Warum war er nicht selbst drauf gekommen? Jamie war so mit sich selbst beschäftigt gewesen, dass er den Wald vor lauter Bäumen nicht gesehen hatte.

Er hatte sich gesagt, dass es nur verständlich sei, wenn Percy nach seiner Entführung Schlafprobleme hatte. Jamie hatte sich darauf konzentriert, Percy zu überreden, sich mit einem Therapeuten zu unterhalten. Eine Bedrohung hatte er in seinen nächtlichen Ausflügen aber nicht gesehen.

Ich möchte, dass ihr beide dieses Jahr besonders vorsichtig seid. Kein Detail darf uns entgehen.

Das hatte der König ihnen an ihrem letzten Tag in Maradova gesagt. Jamie hatte damals angenommen, dass die Worte für Lottie bestimmt waren und nicht für ihn. Doch das war ein schwerer Fehler gewesen.

Jamie war seit seiner Geburt ein Teil der Königsfamilie. Sie hatten ihn aufgenommen und ihm eine wichtige Aufgabe im Palast übertragen. Sein ganzes Leben lang hatte er für diese Rolle trainiert. Wie konnte es sein, dass ein ganz gewöhnliches Mädchen wie Lottie so mühelos in ihrer Rolle als Porterin aufging, während er immer mehr Schwierigkeiten hatte, seiner Aufgabe als Ellies Partist gerecht zu werden?

Eigentlich sollte er es doch sein, der die Rätsel löste und der Gefahr mutig entgegentrat. Es war seine Aufgabe, Ellie und Lottie vor Leviathan zu beschützen.

Diese trüben Gedanken trieben Jamie um, als er sich in einer kalten Dezembernacht aus dem Wohnheim schlich. Abends war er mit seinen schwarzen Straßenklamotten ins Bett gegangen und hatte getan, als würde er schlafen, bis Percy aufgestanden war und ihr Zimmer verlassen hatte. Dann hatte er sich aus dem Fenster abgeseilt und sich an Percys Fersen geheftet. Trotz seines Zustands bewegte Percy sich völlig geräuschlos und umging mit schlafwandlerischer Sicherheit alle Nachtwächter, die über das Gelände verstreut patrouillierten. Er machte es sogar ein bisschen zu gut, so als hätte man ihn genau wie Jamie eigens in der Kunst des geräuschlosen Anschleichens ausgebildet. Das war kein normales Schlafwandeln mehr.

Als sie sich der Brücke näherten, hörte Jamie ein leises Rascheln aus einem der Büsche. War da jemand? Er wartete, konnte aber niemanden entdecken, und beeilte sich, Percy wieder einzuholen. *Jetzt fängst du schon an, dir Dinge einzubilden.*

»Verflixte Bohne!«

Micky Tompkins warf sich in seinem rotweiß gestreiften Pyjama und gefütterten Morgenmantel hinter einen Strauch, als er die Taschenlampe eines der Nachtwächter auf sich zukommen sah. Micky war kein Draufgänger. Ganz im Gegenteil. Er liebte es, tagelang in seinem extraweichen Bett mit doppelter Matratze zu lümmeln. Was hatte ihn denn in dieser kalten Dezembernacht hinausgetrieben? Es gab nur einen Menschen, der Micky Tompkins mitten in der Nacht aus dem Bett treiben konnte: Percy Butter.

Weil ihre Familien sich so nahestanden, waren Lola und Micky praktisch zusammen mit Percy aufgewachsen. Micky hatte immer schon eine Abscheu vor großen Menschenmengen und lauten Umgebungen gehabt, weshalb Lola meistens das Reden für sie beide übernahm. Percy jedoch war anders. Er war zurückhaltend, schlau und sprach mit den Händen: Micky vergötterte ihn. Sie konnten Stunden lesend oder malend zusammen verbringen, ohne auch nur ein einziges Wort miteinander zu wechseln. Neben Lola war Percy wohl der einzige Mensch, der Micky wirklich verstand.

Als er ihn dann nach der Entführung wiedersah, wusste Micky sofort, dass irgendetwas mit Percy nicht stimmte. Auch Percy hatte es bemerkt und deshalb Micky gebeten, ihm bei seinen ungewollten nächtlichen Ausflügen zu folgen und herauszufinden, was er machte, während er schlafwandelte. Micky hatte sich geschworen, seinem Freund zu helfen, selbst wenn er dafür mitten in der Nacht aufstehen musste. Und deshalb lag er jetzt in seinem schönsten Morgenmantel im kalten Matsch hinter diesem blöden Strauch.

Lola Tompkins beobachtete entsetzt, wie ihr Zwillingsbruder den Geheimpfad am Englischinstitut einschlug und in Richtung Feld verschwand. Sie hatte doch gewusst, dass irgendetwas mit ihm nicht stimmte. Sie wusste es, wusste es, wusste es. Aber sich nachts aus dem Bett zu schleichen? Das schien eine Nummer zu verrückt für ihren zartbesaiteten Bruder zu sein, der sich schon bei dem kleinsten Anflug von Kälte lieber in seinem Federbett verkroch.

»Verflixte Bohne!«, fluchte sie, als sie ihn für einen Moment aus den Augen verlor. Doch dann entdeckte sie ihn ein Stück weiter auf dem Weg. Er ging schnurstracks in Richtung Conch-Haus.

Was soll das, Micky? Was treibst du nur?

Irgendwo hinter ihr schrie eine Eule, und sie fuhr erschrocken zusammen. Sie wollte dem Vogel ihren fiesesten bösen Blick zuwerfen, konnte das Tier aber nirgends ausmachen.

»Schhh, ich versuche, mich anzuschleichen, du Mistvieh«, fauchte sie in die Dunkelheit, drehte sich um und nahm die Verfolgung wieder auf.

»Eins, zwei, drei!« Anastasias Säbel sauste durch die Luft. »Noch mal: Eins, zwei … drei.« Sie wiederholte die Sequenz immer wieder, damit sie ihr in Fleisch und Blut überging.

Vor ein paar Tagen hatte sie damit angefangen, sich nachts noch einmal rauszuschleichen und Extraschichten in der Conch-Turnhalle zu schieben, um sich einen Vorteil gegenüber den anderen Fechtern aus dem Sperion-Team zu erarbeiten. Sie kannte nur noch ein Ziel, das sie mit absoluter Hingabe verfolgte: Sie wollte das Turnier gewinnen.

»Eins, zwei …«

Anastasia zögerte für den Bruchteil einer Sekunde, als ihr Blick auf den blitzenden Ring an ihrem Finger fiel. Sofort bekam der unsichtbare Gegner, den sie sich während ihres Trainings vorstellte, die Züge ihrer ehemaligen Partistin Saskia.

Anastasia führte einen wilden Hieb gegen das Traumgebilde, doch Saskia grinste sie nur an und verschwand mit einem unhörbaren Lachen, das noch lange in Anastasias Kopf nachhallte.

Ganz egal, was sie tat, sie musste dauernd an Saskia denken. Sie schaffte es noch nicht einmal, endlich diesen dummen Ring abzulegen, den Saskia ihr gegeben hatte. Jedes Mal, wenn das Licht sich in dem Diamanten brach, war sie wie verzaubert, und gleichzeitig quälte es sie. Wenn das so weiterging, würde sie noch irgendwann durchdrehen. Ein Teil von ihr hätte Saskia am liebsten ihre Wut ins Gesicht gebrüllt und sie komplett aus ihrem Leben gestrichen … Doch da gab es noch den anderen Teil, der sich komplett hilflos und einsam ohne sie fühlte. Sie vermisste Saskia so sehr – ihren Geruch, die Art, wie sie ihr über das Haar gestrichen hatte. Sie wollte sich in ihre Arme kuscheln und für immer dortbleiben.

»Argh!«

Anastasia stieß einen Kriegsschrei hervor und teilte einige wütende Hiebe in die Luft aus. Wieder tauchte eine Gestalt vor ihr auf – aber dieses Mal war es keine Illusion. Sie erstarrte und beobachtete, wie der Junge, ohne sie wahrzunehmen, an der gläsernen Wand der Turnhalle vorbeischlich. Mit seiner fahlen Haut und den halbgeschlossenen Augen hätte man ihn für einen Zombie halten können, wenn seine Bewegungen nicht so geschmeidig und zielsicher gewesen wären. Dann drehte er sich zu ihr um. Anastasia versteckte sich schnell hinter einem von der Decke hängenden Boxsack. Jetzt konnte sie auch das Gesicht der mysteriösen Person erkennen.

Das konnte doch nicht wahr sein.

»Percy?«

Was um alles in der Welt macht er hier?

Er schlich rüber zur Eingangstür der an die Turnhalle angeschlossenen Cafeteria. Anastasia ließ ihren Säbel fallen und schnappte sich ihre Tasche, um ihm zu folgen.

Sie konnte eine Ablenkung von Saskia gut gebrauchen.

Der Mond war so hell, als wollte er ein Loch in den Himmel brennen. Als silbrige Träne hing er vor dem grauen Himmelszelt. Raphael Wilcox war schon immer ein Romantiker gewesen, und dieser wunderbare Mond versetzte ihn in eine poetische Stimmung.

Er ist ein Symbol der Klarheit, dachte er sich. *Dieser Mond will mir sagen, dass sich schon bald alles aufklären wird.*

Denn er war heute Nacht Anastasia gefolgt, um zu sehen, wohin sie sich jede Nacht heimlich fortschlich. Dieser Mond kam genau zur rechten Zeit, denn heute würde er endlich herausfinden, warum alle seine Freunde sich in letzter Zeit so merkwürdig verhielten.

Er vermisste Saskia. Sie war immer direkt gewesen, immer zu einem Spaß aufgelegt. Er hatte das Gefühl, alle seine Freunde wären über die Ferien ausgetauscht und durch bedröppelt dreinblickende, traurige Kopien ihrer selbst ersetzt worden. Das konnte nicht nur an den Hormonen liegen, die verrücktspielten. Dieses Schuljahr war alles irgendwie anders. Jamie versuchte zwar, es zu verbergen, aber jeder konnte sehen, dass zwischen ihm und Lottie irgendetwas lief. Es war schon fast peinlich, wie verzweifelt sie sich selbst davon zu überzeugen versuchten, dass niemand etwas davon mitbekommen hätte. Jamie war seit Monaten nur noch mies drauf. Und diese traurigen Blicke erst, mit denen er Lottie anstarrte, wenn er sich unbeobachtet fühlte. Raphael wusste selbst, dass er nicht immer der Taktvollste war. Aber selbst er merkte, dass er Jamie besser nicht darauf ansprechen sollte. Jamie war keiner, der über solche Dinge redete. Also hatte er entschieden, die Sache selbst in die Hand zu nehmen. Er würde sie sich einen nach dem anderen vornehmen und zur Rede stellen. Angefangen bei Anastasia.

Und so war es dazu gekommen, dass er nun durch den Hintereingang in die Turnhalle schlich. Er hatte keine große Angst davor, erwischt zu werden. Bisher hatte er sich in brenzligen Situationen immer auf seinen Charme verlassen können. Was er hingegen nicht erwartet hatte, war, auf halbem Weg ein paar anderen, ebenfalls in Schwarz gekleideten Schülern zu begegnen. Eine von ihnen erkannte er sofort an ihrer wogenden schwarzen Lockenpracht.

»Binah?«, rief er verwundert.

Und wieder einmal schlichen Lottie, Binah und Ellie zu nachtschlafender Stunde durch die Schule. Zumindest waren sie dieses Mal nicht in Halloweenkostümen unterwegs.

Nach Jamies heftiger Reaktion auf das merkwürdige Symbol am Arm dieses unheimlichen Mädchens war Lottie sofort klar, was der nächste logische Schritt war. Sie mussten Percy Butter beschatten.

Es war noch gar nicht so lange her, da hätte der bloße Gedanke, sich nach der Sperrstunde rauszuschleichen, Lottie in

Angst und Schrecken versetzt. Mittlerweile war es fast Routine für sie geworden.

Oh, Ellie, was hast du bloß aus mir gemacht?, dachte Lottie und lächelte still vor sich hin, denn diese neue Lottie gefiel ihr.

Drei Nächte lang waren Ellie und Lottie schichtweise aufgeblieben, um vom Balkon ihres Zimmers aus Ausschau nach dem schlafwandelnden Percy zu halten. Es war hart gewesen, aber schließlich wurden sie für ihr Warten belohnt. Percy war so leise gewesen, dass sie ihn mit seiner dunklen Jacke fast übersehen hätten. Dass es tatsächlich Percy war, der da mitten in der Nacht übers Schulgelände schlich, hatte Lottie dann nicht mehr überrascht. Sie war von der Richtigkeit ihrer Theorie überzeugt.

Als sie ihm bis kurz vor die Brücke gefolgt waren, imitierten sie einen Eulenschrei. Das war das verabredete Signal für Binah, um herunterzukommen. Sie tauchte so unvermittelt aus der Dunkelheit auf, dass Lottie erschreckt zusammenfuhr. Binah hielt sich den Finger vor die Lippen und machte leise: »Schhh.« Alle drei waren ganz in Schwarz gekleidet. Dazu hatten sie die Kapuzen ihrer Pullis tief ins Gesicht gezogen. Aber Binahs Haar war so widerspenstig, dass die Kapuze ihr immer wieder runterrutschte.

Sie folgten Percy bis zur Turnhalle von Conch, wobei sie höllisch aufpassen mussten, in der völligen Dunkelheit nicht übereinanderzufallen. Dann betraten sie auf leisen Sohlen die Halle, wobei sie sich immer wieder umschauten.

»Habt ihr das auch gehört?« Ellie packte Lotties Arm und zog sie an sich heran. »Da drin ist doch jemand.«

Hinter ihnen quietschte laut eine Tür in den Angeln, und die drei Mädchen hielten den Atem an. Eine Million Gedanken schossen Lottie durch den Kopf.

Wir werden mächtig Ärger bekommen. Sie werden Ellie von der Schule schmeißen. Dann verliere ich meinen Job als Porterin. Wie konnte ich nur so dumm sein?

Doch als die Panik ihr schon den Hals zuschnürte, hörten sie plötzlich eine bekannte Stimme. »Binah?«

»Raphael«, sagten alle drei wie aus einem Mund. Lottie und Ellie zogen sich die Kapuzen vom Kopf.

»Was zur Hölle macht ihr denn hier?« Vorsichtig schloss Raphael die Tür hinter sich.

»Was wir hier machen?«, japste Ellie. »Die gleiche Frage könnten wir dir stellen.«

Erst jetzt ließ sie Lotties Arm wieder los. Raphael machte einen Schritt auf sie zu, da kam aus dem angrenzenden Raum ein lautes Scheppern, und eine süße kleine Stimme fluchte laut: »Verflixte Bohne.«

»War das etwa Lola?« Die Situation war so absurd, dass Lottie sich schon fragte, ob sie das Ganze träumte.

Auf Zehenspitzen schlich sie zu Ellie und Binah, die vorsichtig um die Ecke lugten. Ja, es war tatsächlich Lola, die in einem dicken Wintermantel auf dem Boden kniete und versuchte, ein paar schwere Gewichte wieder aufzuheben, die sie gerade umgeschmissen hatte.

»Sag mal, träumen wir das gerade?«, fragte Lottie.

»Seid ihr denn des Wachens auch gewiss? Mir scheint's, wir schlafen, wir träumen noch«, zitierte Binah aus Shakespeares *Sommernachtstraum*. Raphael und Ellie prusteten los.

Als sie Raphaels Lachen hörte, fuhr Lola herum und ließ eines der Gewichte wieder fallen.

»Lola, was machst du da?«

Sie starrte sie aus weit aufgerissenen Augen an. »Ich bin doch nur Micky gefolgt.« Sie ging zu ihnen rüber.

Was, hat Micky sich etwa auch rausgeschlichen, um Percy zu verfolgen?, dachte Lottie.

Nun riss Raphael die Augen auf. »Wie bitte? Micky ist auch hier irgendwo?«

»Aber warum seid ihr denn hier?«, fragte Lola.

»Wir verfolgen Percy.«

»Wie, ihr seid hinter Percy her?«, wiederholte der nun völlig verwirrte Raphael.

»Genau. Du etwa nicht?«, fragte Binah mit einem breiten Grinsen. Sie schien sich über das Durcheinander köstlich zu amüsieren.

»Was? Nein. Ich meine … ich bin wegen Anastasia gekommen. Mir ist aufgefallen, dass sie jede Nacht hierher in die Turnhalle zum Üben kommt.«

»Wusste ich's doch!«, zischte Ellie. »Diese kleine Betrügerin will uns alle aufs Kreuz legen.«

Langsam wurde Lottie unruhig, die Zeit lief ihnen davon. »Lola, wohin ist Micky gegangen?«, fragte sie hektisch.

Lola wies nach links. »Er ist in der Cafeteria verschwunden.«

Also schlichen sie alle auf Zehenspitzen zur Doppeltür am Ende der Turnhalle, die zur Cafeteria führte.

»Und warum spioniert ihr jetzt Percy hinterher?«, fragte Raphael, als er die Schwingtür sachte aufstieß.

»Das wissen wir noch nicht so genau«, antwortete Lottie, während sie im Dunkeln tastend auf die etwa schulterhohe Trennwand zukrochen, die die Sandwich-Ausgabe von der Tür trennte, »aber wir … ARGHH!«

Sie fiel über eine Gestalt, die hinter der Tür auf dem Boden kauerte. Sofort waren zwei Paar Hände zur Stelle, um ihren Sturz aufzufangen. Das erste Paar gehörte zu Ellie, die nach vorne gesprungen war, um sie festzuhalten. Das zweite kam von unten und versuchte, ihren Fall zu bremsen. Es waren die Hände einer gewissen Person, die sie hier nicht erwartet hatte.

»Jamie?«

Doch bevor er etwas erwidern konnte, kamen sie alle drei ins Straucheln und purzelten übereinander auf den Boden. Ellie federte den Aufprall zwar ab, aber Lottie fiel heftig aufs Knie. Schmerz durchfuhr ihr ganzes Bein. Das würde einen blauen Fleck geben. Aber das war im Moment Lotties geringste Sorge, denn sie war so aufgekommen, dass sie nun zwischen Ellie und Jamie lag. Sie war der Käse in einem Ellie-Jamie-Sandwich.

Jamie stand als Erster auf, doch als sie und Ellie gleichzeitig versuchten, sich wieder aufzurichten, merkten sie, dass ihre Beine heillos ineinander verknotet waren.

»Halt, nicht bewegen … ich helfe euch.« Jamie beugte sich über sie. Sein Gesicht kam ihrem dabei gefährlich nahe. Sie spürte seinen heißen Atem auf ihrer Wange.

»Warte, ich muss erst meinen Arm freibekommen …« Ellie griff von hinten um die Taille von Lottie, die nun den Atem ihrer Freundin über ihren Nacken streichen fühlte.

Plötzlich war Lottie furchtbar heiß, das Blut schoss ihr in die Wangen. Jamie schnaubte, packte Lottie und Ellie zugleich und zog sie mühelos hoch, als wögen sie nichts.

»Was zum Teufel macht ihr hier?«, brummte er und rieb sich verlegen die Schläfe. Lottie konnte sein Gesicht in der halbdunklen Kantine zwar nicht genau sehen, doch er schien ziemlich durcheinander zu sein.

Lottie wollte schon antworten, als sie sah, worüber sie gerade gestolpert war. Auf dem Boden vor ihnen lag Micky Tompkins und hielt sich winselnd die Seite, wo Lottie ihn aus Versehen mit ihrem Schuh getroffen hatte. Sein Blick war jedoch nicht auf sie und Ellie, sondern auf die Vorgänge drüben bei der Sandwich-Ausgabe gerichtet.

»Da ist er«, flüsterte er mit schmerzverzerrtem Gesicht.

Alle wurden sofort mucksmäuschenstill, dann schlichen sie gemeinsam zur Trennwand und lugten darüber hinweg. Von dort aus sahen sie den wie in Trance umherwandelnden Percy.

Er ging zu dem Stand mit Süßigkeiten, und dann passierte exakt das, was sie alle befürchtet hatten: Aus seiner Tasche zog Percy einen Tompkins-Schokoriegel und mischte ihn unter die anderen Süßigkeiten.

Also war er es gewesen: Percy hatte die präparierten Riegel in die Schule geschmuggelt. Wahrscheinlich hatte man ihn während der Entführung einer Gehirnwäsche unterzogen und ihn so zur willenlosen Marionette in diesem teuflischen Plan gemacht.

Binah, Ellie und Lottie wechselten einen schnellen Blick.

Der arme Percy, dachte Lottie und ballte die Faust.

»Scheint so, als wäre das die Antwort auf unsere Frage«, sagte Jamie.

Micky war von dem Schauspiel besonders mitgenommen. Hilfesuchend umklammerte er die Hand seiner Schwester.

Ein tiefes Knurren kam über Ellies Lippen. »Dafür werden sie bezahlen!«

»Ja, das werden sie«, stimmte Lottie mit ein. Sie war selbst überrascht, wie selbstsicher und angriffslustig ihre Stimme klang. Niemand legte sich mit den Schülerinnen und Schülern von Rosewood an und kam dabei ungeschoren davon, nicht solange sie hier war.

»Uhm, Leute?« Raphaels näselnde Stimme riss sie aus ihren Überlegungen. »Sagt mal, ist das etwa Anastasia?«

Plötzlich stand Anastasia in der Cafeteria, packte Percy an den Schultern und wirbelte ihn herum. Percys Augenlider flatterten.

Aber die Freunde konnten nicht mehr eingreifen, weil in diesem Moment die Trennwand, gegen die sie sich gelehnt hatte, umkippte und sie alle wie bei einer riesigen Slapsticknummer der Länge nach hinschlugen. Auch Anastasia und Percy wurden umgerissen. Im nächsten Augenblick lagen die Jungen und Mädchen in einem wilden Knäuel aus Armen und Beinen aufeinander.

»Was zur Hölle …«, fauchte Anastasia und versuchte, wieder auf die Beine zu kommen. Jamie war sofort bei Percy und half ihm auf. Der schien langsam wieder zu sich zu kommen. Er schaute sich entsetzt um, als wäre er soeben einem Gespenst begegnet.

»Okay, jetzt reicht's mir aber.« Raphael rappelte sich wieder auf und fuchtelte wild mit den Händen umher, um auch Percy zu vermitteln, wie aufgebracht er war. »Ich glaube, ihr alle seid mir so langsam eine Erklärung schuldig.«

29

Am Tag nach ihrem mitternächtlichen Abenteuer hatte der Nebel, der wie eine schwere Decke über der Schule gehangen hatte, sich etwas gelichtet. Allmählich kamen all die Dinge, die so lange unter dem undurchdringlichen Dunst gelegen hatten, ans Licht. Die Freunde trafen sich noch vor dem Frühstück im Rosengarten der Orangerie, wo sie ungestört reden konnten. Die meisten Schüler lagen zu dieser Zeit noch im Bett. Die Orangerie war mit einem kleinen künstlichen Wasserfall ausgestattet, der munter vor sich hin plätscherte und blubberte, um schließlich in einen kleinen Teich zu münden, auf dessen leicht gekräuselter Oberfläche sich das Glasdach der Orangerie spiegelte. Hier blühten das ganze Jahr über Blumen.

Nachdem sie alle Informationen zusammengetragen hatten, erklärten sie Raphael noch einmal Stück für Stück, was in den letzten Wochen und Monaten passiert war, wobei sie natürlich das Porter-Agreement zwischen Ellie und Lottie aussparten. Er hatte es verdient, endlich die Wahrheit zu erfahren. Also erzählten sie ihm alles über die Ereignisse beim Sommerball und was sie über Leviathan wussten. Auch dass Saskia sich als Mitglied dieser Geheimgesellschaft entpuppt und versucht hatte, die Prinzessin von Maradova zu entführen.

Dann war Percy an der Reihe.

Percy, kannst du uns bitte die Briefe zeigen?, fragte Jamie ihn in Gebärdensprache.

Percy zog vierzehn unbeschriftete Umschläge aus seinem Rucksack. Er seufzte und erklärte ihnen mit Jamies Hilfe, in jedem Umschlag sei jeweils ein Schokoladenriegel und eine Karte mit dem gruseligen Symbol darauf gewesen, das sie mittlerweile das *Leviathanzeichen* nannten. Percy achtete dabei peinlich darauf, das Symbol nicht direkt anzusehen, um nicht wieder in eine Trance zu verfallen. Sie waren sich zwar noch nicht hundertprozentig sicher, aber es deutete alles darauf hin, dass Leviathan ihm bei seiner Entführung eine Art Gehirnwäsche verpasst und ihn so zu einer willenlosen Marionette gemacht hatten, um die präparierten Schokoladenriegel in der Schule verteilen zu können. Das Symbol war der auslösende Reiz, auf den sie Percy konditioniert hatten. Ein teuflischer Plan.

»Wenn Leviathan so etwas kann, dann ist es doch möglich, dass sie das Gleiche mit Saskia gemacht haben. Könnte es nicht sein, dass sie auch ihr eine Gehirnwäsche verpasst haben?« Aus Raphaels Frage sprach eher eine letzte verzweifelte Hoffnung, nicht einmal er selbst glaubte wirklich an diese Möglichkeit. Lottie, Ellie und Jamie wechselten ein paar Blicke. Was sollten sie ihm darauf antworten?

Jamie seufzte laut auf. »Nein, Raphael. Saskia hatte eigene Motive für ihre Tat. Sie hat es so gewollt.« Jamies Antwort war brutal, aber er war noch nie jemand gewesen, der um den heißen Brei herumschleicht.

»Und was, wenn sie sie irgendwie in die Falle gelockt,

sie getäuscht haben? Ich kann einfach nicht glauben, dass sie –«

»Tais-toi, Raphael«, fauchte Anastasia.

Anastasia hatte die ganze Zeit über nur stumm auf der Fensterbank gesessen und hinausgestarrt. Sogar nach einer so anstrengenden Nacht wie dieser, in der kaum jemand von ihnen ein Auge zugetan hatte, war ihr Haar makellos und seidig. Lottie hätte es trotz ihrer geradezu greifbaren Gereiztheit gerne angefasst.

»Sie wusste ganz genau, was sie tat«, sagte Anastasia und drehte sich wieder zum Fenster.

Raphael zog die Augenbrauen hoch, er wirkte wenig überzeugt von ihrer Antwort. »Das ist mal wieder typisch für dich, Anastasia. Wie kannst du nur so kalt sein? Ihr zwei wart doch so dicke Freundinnen …«

»Du weißt absolut nichts über uns«, fuhr sie ihn an. Sie glühte praktisch vor Zorn – genau wie damals in der Nacht des Sommerballs. Anastasia schien es egal zu sein, sie würde es mit jedem aufnehmen, der ihr krumm kam. Natürlich wagte keiner, ihr zu widersprechen. Auch Raphael zuckte bei diesem unerwarteten Gefühlsausbruch instinktiv zusammen und hielt sich mit weiteren Kommentaren zurück.

Lottie atmete einmal tief durch. Sie musste versuchen, die Gemüter wieder etwas zu beruhigen. Wenn sie sich dauernd untereinander in die Haare bekamen, würden sie Leviathan niemals besiegen.

Gib niemals auf.

»Also, hört mal alle zu«, quietschte sie. Ihre Stimme war keineswegs so selbstsicher, wie sie sich das gewünscht hätte, doch sie biss die Zähne zusammen und sprach weiter. »Die gute Neuigkeit ist: Wir haben herausgefunden, dass Percy die präparierten Schokoriegel unter Einfluss einer Gehirnwäsche in der Schule verteilt hat. Jetzt wissen wir, wie wir dagegen vorgehen können. Dennoch sollten wir Leviathan nicht so einfach davonkommen lassen. Wir dürfen nicht zulassen, dass sie irgendjemandem an der Schule weiteren Schaden zufügen.«

»Aber was können wir jetzt tun? Wir wissen doch noch immer nicht, wer sie sind und was sie planen«, warf Lola ein.

Jamie schüttelte den Kopf. »Zumindest wissen wir, dass ihre Hameln-Formel noch in der Testphase ist. Sie haben sie noch nicht perfektioniert. Weiter wissen wir, dass sie versuchen, die Kontrolle über bestimmte Menschen zu gewinnen, und dass die Tompkins-Süßwarengesellschaft irgendwie involviert ist.«

»An unserem Ziel hat sich also nichts verändert«, sagte Binah. »Wir müssen sie davon abhalten, die Hameln-Formel zu perfektionieren. Lola hat uns erzählt, dass ihr Großvater Hans Torkelsen seine Forschungsergebnisse irgendwo versteckt hat. Wir können also davon ausgehen, dass Leviathan bereits nach ihnen sucht.« Sie wandte sich den Zwillingen zu.

»Aber wir wissen doch auch nicht, wo die Formel ist«, antworteten sie wie aus einem Mund.

»Wir wissen nicht einmal, wo genau sie danach suchen«, fügte Lola an.

»Hmm«, sagte Binah und tippte sich nachdenklich mit dem Zeigefinger gegen das Kinn. »So kommen wir nicht weiter. Wir brauchen jemanden, der uns mehr über die Interna von Leviathan verraten kann.« Sie schaute zu Anastasia rüber. »Aber wer könnte diese Person sein?«

»Was ist mit Saskia? Sitzt sie noch im Kerker?«, fiel Raphael ein, womit er nur aussprach, was sie alle sowieso dachten. »Kann nicht jemand zu ihr fahren und sie befragen?«

Reflexe des durch das Dach fallenden Lichtes spiegelten sich auf Binahs Brille. Ein listiges Lächeln umspielte ihre Mundwinkel. »Ein exzellenter Vorschlag, Raphael.« Sie hatte ihn wie einen Bären an der Nase herumgeführt. Schließlich war Raphael einer der wenigen Menschen, die es mit Anastasia aufnehmen würden, und Anastasia war nun einmal die Einzige, mit der Saskia reden würde.

Verdammt, sie ist echt gut.

Lottie, Ellie und Jamie drehten sich alle zu Anastasia um.

»Was?«, rief sie entrüstet. »Das ist doch nicht mein Problem!«

Ellie suchte Augenkontakt zu Anastasia, und plötzlich verdüsterte sich ihr Gesicht. Lottie und Jamie machten sich bereit einzuspringen, wenn Ellie gleich wieder an die Decke ging, aber ihre Reaktion war anders, als sie gedacht hätten.

»Ich weiß, wie sehr dir Saskias Verrat weh tut. Ich habe es jetzt verstanden.« Ellie sprach so leise, dass man sie kaum hören konnte. »Aber hier geht es um mehr als um unsere persönlichen Gefühle.«

Für einen Moment waren alle ganz still. Lotties Blick wanderte zwischen Anastasia und Ellie hin und her. Wer würde zuerst nachgeben?

»Na gut«, seufzte Anastasia. »Aber gerade kann ich sowieso nichts tun. Sie sitzt immer noch in Maradova fest.«

Binah schob sich die heruntergerutschte Brille hoch. »In drei Tagen beginnen die Winterferien. Du könntest doch einen kleinen Abstecher machen …«

Wieder drehten sich alle zu Anastasia um, die ihre Augen weit aufriss.

»Was? Nein. Niemals. Absolument pas!« Sie stampfte mit dem Fuß auf und stemmte trotzig die Hände in die Hüften. »Ich gehe nirgendwohin!«

Und so kam es, dass Anastasia Ashcroft Weihnachten bei Ellie in Maradova verbrachte.

30

Lottie war zum ersten Mal in den Winterferien in Maradova, und sie merkte schnell, dass dieses verwunschene Königreich und das Weihnachtsfest wie gemacht füreinander waren. In den Bäumen hingen bunte Bänder und Figuren, die in der winterlichen Sonne glänzten. Kleine Holzpüppchen und die berühmten Sheniyes, ein besonderer Weihnachtsschmuck, wurden aufwendig bemalt und unter die über und über mit goldenem und silbernem Lametta behängten Bäume gelegt. Ein Duft nach Orange und Zimt hing in der Luft, der aus der Küche strömte, wo das traditionelle Uyut zubereitet wurde, ein heißer Punsch, der wörtlich übersetzt *Gemütlichkeit* bedeutete.

Lottie hatte Tage damit zugebracht, über die Weihnachtsgebräuche von Maradova zu lesen – nicht weil sie es musste, sondern weil es ihr Spaß machte. Der von Hand hergestellte Weihnachtsschmuck, die bunten Farben und köstlichen Gerichte erinnerten sie an *Grimms Märchen*. Hier im Palast war Weihnachten ein einziges Märchen, in das Lottie mit Lust eingetaucht war.

»Wie kann ein so kaltes und abgelegenes Land nur so reich sein?«, fragte Anastasia und wickelte sich zitternd in ihren Mantel ein. Sie schaute so erbost drein, als erwarte sie vom Wetter, dass es sich bei ihr entschuldigte.

»Diamanten«, antwortete Lottie.

»Pah!« Ellie lachte spöttisch. »Haben sie dir das etwa erzählt?«

»So steht es zumindest in allen Geschichtsbüchern, die ich gelesen habe.«

»Mein Land ist ein Steuerparadies, Lottie, wir zocken andere ab. So sieht es aus!« Ellie trat ein wenig Schnee in die Luft, als wollte sie dem Kapitalismus selbst einen Tritt in den Allerwertesten verpassen. Als sie das hörte, brachen Lotties glückliche Märchenphantasien in sich zusammen. Allem Anschein nach hatte man ihr einige unbequeme Wahrheiten über Maradova verschwiegen.

Jamie lachte sarkastisch. »Wenn es dich so stört, Ellie, warum wirst du dann nicht Königin und machst damit ein Ende?«

»Das ist doch gar nicht … Ich will nicht … Ach, Jamie, du Briktah.«

Ellie schmollte, doch er lächelte sie weiter an.

Dann seufzte er theatralisch. »Es ist dir wohl doch nicht so wichtig, zu schade.«

Ellie schnappte sich eine Handvoll Schnee und schmiss einen Schneeball nach ihm, doch Jamie duckte sich mühelos unter ihm weg. Der Schneeball erwischte Anastasia mitten im Gesicht.

»O mein Gott!« Anastasia erstarrte. »T'es con!«, schrie sie, formte selbst schnell einen Schneeball und warf ihn. Er beschrieb eine formschöne Parabel und traf Ellie an der Schulter. Sekunden später waren die beiden schon in eine wilde Schneeballschlacht verwickelt. Auf ihren Mänteln zeigten

Klumpen weißen Schneepuders, wo sie einander getroffen hatten. Die Diener, die gerade dabei waren, das Gepäck reinzutragen, schauten sich nervös um, da sie nicht wussten, wie sie auf dieses Benehmen reagieren sollten. Doch schließlich signalisierte Jamie ihnen, dass alles in Ordnung sei, und sie setzten ihre Tätigkeit fort, um nicht zwischen die Fronten zu geraten.

Die Schlacht war ausgeglichen, die beiden schenkten einander nichts, bis Anastasia bei dem Versuch, einen weiteren Schneeball zu schmeißen, auf dem eisigen Untergrund ausrutschte und mit einem lauten »Uuuf« auf den Hosenboden fiel.

Ellie schlenderte mit einem breiten Grinsen zu ihrer ziemlich zerzausten Gegnerin hinüber. »Sieht so aus, als hätte ich gewonnen, Schätzchen.«

Es war schwer zu sagen, ob es nun die Kälte oder die Anstrengung war, aber Anastasia wurde tatsächlich rot, als Ellie ihr die Hand reichte, um ihr aufzuhelfen. Lottie war ein bisschen neidisch. Sie wäre gerne die Person gewesen, der Ellie aufhalf.

»Prinzessin Eleanor Prudence Wolfson.« Alle erstarrten, als sich eine strenge Stimme aus der Richtung des Palasteingangs meldete. »Es wäre ganz fabelhaft, wenn wir in Zukunft vermeiden könnten, unsere Gäste mit Schnee zu bewerfen.«

In der Tür war die Hausvorsteherin Edwina erschienen. Sie war eine dunkelhaarige, extrem breitschultrige Frau, die so aussah, als könnte sie mit Leichtigkeit ein Auto durch die Gegend werfen. Dahinter standen zwei Hausmädchen in ihren charakteristischen Uniformen: Midori und Hanna. Lottie konnte sehen, wie ihre Schultern zitterten, während sie verzweifelt versuchten, nicht in lautes Lachen auszubrechen. Die ganze Szene war aber auch zu komisch.

Es entstand eine Pause, in der alle darauf warteten, dass Anastasia Ellies Hand ergreifen und sich aufhelfen ließ, doch sie schlug die Hand beiseite. »Vielen Dank, aber das kriege ich schon noch alleine hin.«

Sie rappelte sich wieder auf, wischte betont ruhig den Schnee von ihrem Mantel und ging mit anmutigen Schritten zum Palasttor. Dort begrüßte sie die Hausvorsteherin mit einem respektvollen Nicken, als wäre nichts Ungewöhnliches vorgefallen. Nun folgten auch die Übrigen. Jamie ließ es sich aber nicht nehmen, Ellie einen mahnenden Seitenblick zu schicken, der seine Wirkung jedoch komplett verfehlte. Ellies Grinsen wurde sogar noch breiter.

»Wie wäre es mit einem Heißgetränk, Mademoiselle?«, fragte Midori.

»Oder vielleicht einem heißen Bad?«, schlug Hanna vor.

Anastasia blieb stehen und drehte sich zu den zwei Dienstmädchen um, die nervös einen Schritt zurückwichen. Sie zögerte einen Moment. Sie genoss es sichtlich, so umgarnt zu werden. Die Dienstmädchen waren angewiesen, sie wie ein rohes Ei zu behandeln, ihr jeden Wunsch von den Augen abzulesen und ihr den gesamten Aufenthalt so angenehm wie möglich zu machen, damit sie nicht auf den Gedanken kam, ihre Unterredung mit Saskia doch noch abzusagen. Sie war ein ganz besonders privilegierter Gast, und das hatte sie in ebendiesem Moment erkannt.

»Hmm, also: Ich nehme einen Matcha Latte mit Hafermilch

statt der gewöhnlichen Kuhmilch, dazu ein Bad mit Himalayasalz, und ein paar Rosenblätter wären auch nicht verkehrt. Und könnte jemand meine Kleider trocknen und bügeln, während ich das Bad nehme?« Sie zeigte auf ihre nassen Klamotten. Ihr sonst immer perfektes Haar klebte ihr in nassen Strähnen auf der Stirn. »Und nach dem Bad soll eine kleine Auswahl an Baklava bei meinem Bett auf mich warten.«

Midori und Hanna nickten eilfertig und machten sich sogleich an die Arbeit. Edwina folgte ihnen und schüttelte amüsiert den Kopf.

»Wow!« Anastasia schaute ihnen fasziniert nach, als sie losstürmten, um ihre Wünsche sofort zu erfüllen. »Warum willst du noch mal keine Prinzessin sein?«

Ellie seufzte und lehnte ihre Stirn an Lotties Schulter, als wäre das alles schon viel zu viel für sie.

»Sie benimmt sich ja schon jetzt genauso wie meine Großmutter!«

»Zumindest scheint sie keine Anpassungsschwierigkeiten an das Leben am Hof zu haben«, sagte Lottie.

Am Weihnachtstag – dem Tag, bevor Anastasia sich endlich mit Saskia treffen wollte – ging alles schief, was schiefgehen konnte.

Beim traditionellen Weihnachtsessen, bestehend aus einer gebratenen Gans und gedünstetem Gemüse, war noch alles ruhig gewesen. Der Tisch war unter dem opulenten Dekor aus goldenen Kerzenhaltern, Bündeln aus Safranblumen und vergoldeten Wolfsornamenten, das kaum noch Platz genug für die Speisen ließ, fast zusammengebrochen. Anastasia war zum Abendessen erschienen, danach verschwand sie aber gleich wieder in ihrem Zimmer.

Die königliche Familie zog sich in das Lavendelzimmer mit seinen zartrosa Wänden und dem weißen Klavier zurück. Jamie setzte sich ans Klavier und begann zu spielen. Ellie setzte sich neben ihn auf den Hocker und stupste und kniff ihn die ganze Zeit in einem kindlichen Versuch, sein Spiel aus dem Takt zu bringen. Lottie, König Alexander, Königin Matilde und die Königsmutter Willemena widmeten sich derweil einer alten Familientradition. Sie bastelten Sheniyes. Es war merkwürdig, die Wolfson-Familie bei einer so alltäglichen Verrichtung zu sehen, doch ihnen schien diese kleine Bastelarbeit sehr wichtig zu sein, und besonders König Alexander wirkte sehr konzentriert, als er seine eigene Sheniye mit einem goldenen Stern bemalte. Lottie musste über diese rührende Familienszene schmunzeln, während sie an ihrem eigenen Weihnachtsschmuck bastelte. Sie wollte gleich zwei machen: eine mit goldenen Verzierungen, die eine untergehende Sonne hinter pfirsichfarbenen Wolken darstellte, die zweite Sheniye zeigte den nächtlichen Sternenhimmel. Die hellere wollte sie Ellie schenken und die mit dem Nachthimmel für sich selbst behalten.

Wie Freundschaftsarmbändchen, nur eben in Kugelform, dachte sie und lächelte.

Doch dann entschloss sie sich, noch eine dritte zu machen: Diese sollte in Weiß und Silber gehalten sein und in der Mitte das Gesicht eines Wolfes zeigen. Die dritte Sheniye war für Jamie gedacht.

»Du hast ein gutes Gefühl für Farben.« Lotties Haut kribbelte, als Willemena sie ansprach. Ellies Großmutter war kleingewachsen, komplett ergraut, über alle Maßen streng und absolut furchteinflößend. Hatte sie Lottie etwa gerade ein Kompliment gemacht?

»Oh, vielen Dank. Ich male schon, seit ich …«

»An deiner Stimme musst du noch arbeiten«, herrschte Willemena sie an. »Eine Prinzessin muss vor allem Werte vermitteln können. Das geht aber nicht, wenn du weiterhin so schrecklich nuschelst …«

Lottie hätte nicht übel Lust gehabt, der alten Dame zu sagen, dass jemanden mitten im Satz zu unterbrechen auch nicht gerade die feine englische Art sei, doch sie hielt sich zurück.

»Okay, das war's dann. Wir hauen ab.« Ellie sprang vom Klavierhocker auf und unterbrach so Willemenas Tirade. Sie kam rüber zu Lottie und zog sie hoch aus ihrem Stuhl, um sie vor weiteren Belehrungen zu retten. »Jamie, du kommst auch mit.«

Jamie ließ einen seiner langgezogenen, gequälten Seufzer hören und schaute sich hilfesuchend nach dem König um, der ihm mit einem unmerklichen Kopfnicken die Erlaubnis gab. Wenn Willemena das mitbekommen hätte, hätte es sicher wieder eine Standpauke gegeben.

»Das geziemt sich nicht. Weihnachten ist das Fest der Familie, und wir haben …«

Die weißen Flügeltüren schlugen hinter ihnen zu und schnitten Willemenas Schimpftirade ab. Sie waren entkommen.

»Und? Wie habe ich mich geschlagen?«, fragte Ellie, als sie außer Hörweite waren.

Jamie schaute auf seine Uhr.

»Vier Stunden, sechsundzwanzig Minuten. Das ist eine neuer Rekord.«

»Was? Worüber redet ihr?«, fragte Lottie und stellte sich auf die Zehenspitzen, um auf Jamies Uhr zu schauen.

Er grinste. »Ich habe die Zeit gestoppt, wie lange Ellie es an Weihnachten aushält, mit ihrer Großmutter zusammen zu sein.«

»Es ist weniger anstrengend, wenn wir ein Spiel daraus machen«, sagte Ellie und zwinkerte Lottie zu.

Sie waren auf ihrem Weg zur *Gruft*, als sie an der Küche vorbeikamen und im Vorbeigehen dort einen unerwarteten Eindringling beobachteten.

Eine Kaskade mahagonifarbenen Haars fiel über drei hell glänzende Schüsseln.

»Zu süß«, urteilte eine bekannte Stimme. Die Naschkatze legte ihren Löffel wieder hin und machte sich über die nächste Schüssel her. »Äh, viel zu bitter.«

»Anastasia?«

»Quoi?« Sie richtete sich abrupt auf und versuchte, die Hände hinter ihrem Rücken zu verstecken. Doch die braunen Schokoränder am Mundwinkel verrieten sie sofort.

Ellie kicherte. »Sag mal … Hast du gerade hier Schokolade stibitzt?«

»Nein!« Anastasia zog einen Schmollmund. »Und wenn schon?«

»Ist schon gut. Es ist genug da«, versicherte ihr die immer noch lachende Ellie. »Aber warum machst du es denn heimlich? Du hättest doch einfach danach fragen können.«

»Weil …« – Anastasia wurde puterrot – »… ich nun einmal Schokolade brauche, wenn ich nervös bin. Ist das denn so schockierend?«

»Was mich eher schockiert, ist die Feststellung, dass du überhaupt nervös werden kannst«, witzelte Lottie, doch ein böses Stirnrunzeln von Anastasia ließ sie verstummen. »Entschuldigung«, fügte sie schnell hinzu.

Du musst jetzt extrafreundlich zu ihr sein, ermahnte sie sich selbst. Selbstverständlich war Anastasia nervös. Morgen sollte sie sich Saskia stellen. Lottie konnte nur erahnen, wie ihr dabei zumute sein musste. Ihre Hand fand Ellies und danach die von Jamie. Beide sahen sie verwundert an, doch dann schienen sie zu begreifen. Die Vorstellung, dass sie irgendwann einem von ihnen in einer ähnlichen Situation gegenübertreten musste wie nun Anastasia Saskia, war einfach zu schmerzhaft.

»Also«, sagte Ellie an Anastasia gewandt, »wenn du ein unstillbares Bedürfnis nach Schokolade hast, kann ich dir sicher helfen.«

»Tada!« Ellie riss die Arme hoch, um ihre Kreation gebührend zu feiern. Die Küche sah aus, als wäre eine Mehlbombe dort explodiert, selbst Ellies Haare waren komplett mit Mehl bepudert.

»Ich präsentiere den ersten, einzig wahren Karamell-Schokoladenriegel mit Marshmallow-Mantel und Knister-Bonbon-Füllung, eingebacken in einen kurz in Butter geschwenkten Konfetti-Pancake, um ihm seine ganze cremige, klebrige Köstlichkeit zu entlocken.« Lottie strahlte und bewunderte diese perverse Süßigkeit. »Ich bestreiche meinen am liebsten noch zusätzlich mit etwas Erdbeermarmelade, aber das ist optional.«

»Wir nennen ihn den Schokorrito!« Ellies Zähne blinkten wie ein Wolfsfang, als sie Anastasia anlächelte.

»Das ist eine Beleidigung für jeden Crêpe.« Anastasia deutete auf die langsam zerfließende Masse aus Schokolade und Zuckerglasur, als sei sie ein tollwütiges Tier. »Viel zu viel Zucker für eine einzige Person.«

»Exakt das Gleiche sage ich ihnen auch immer«, pflichtete Jamie ihr bei.

Lottie hielt seine Aversion gegenüber Süßem immer noch für ein zutiefst unverständliches Missgeschick der Natur, ja, für Ketzerei, aber es hatte auch einen Vorteil: So blieb mehr für Ellie und sie übrig.

»Verdamme den gewaltigen Schokorrito nicht, bevor du ihn nicht probiert hast«, sagte sie, nahm einen der übrig gebliebenen kleinen Marshmallows aus der Tüte und hielt ihn in der offenen Hand, wo Ellie ihn sich schnell mit dem Mund wegschnappte.

Anastasia warf ihnen einen Meint-ihr-das-wirklich-ernst-Blick zu, aber so leicht ließ Lottie nicht locker. Anastasia sollte sich diese Weihnachten amüsieren, ob sie nun wollte oder nicht.

»Ach, komm schon. Es ist doch Weihnachten. Ich verspreche dir, dass dein Schokohunger danach erst einmal gestillt ist.« Lottie schenkte Anastasia ihr aufmunterndstes Lächeln, das sie unter diesen Umständen zustande brachte.

Ein Schwall köstlich riechender Kakaodünste trieb zu ihnen, der selbst Anastasia nicht kaltließ. Nur Jamie schüttelte beharrlich den Kopf.

Schließlich seufzte sie. Sie war geschlagen. »Na gut, ich probiere ihn.«

Ellie schnitt den Schokorrito in drei gleich große Teile und gab jeder ein Stück davon. Das noch warme Karamell floss ihr dabei über die Finger.

Anastasia biss vorsichtig hinein. Ein wenig von dem dunklen Schokomantel blieb an ihren roten Lippen hängen.

»C'est magnifique!«, flüsterte sie, als würde sie ein kleines Stoßgebet an den Gott der Schokolade richten.

Lottie konnte es kaum glauben. Anastasia schien sich tatsächlich zu amüsieren.

Ellie lächelte Lottie triumphierend zu, und für den Bruchteil einer Sekunde hatte sie wirklich die vage Hoffnung, dass schon alles gut werden würde mit Anastasia … bis Ellie mit einem Satz rausplatzte, der schlimmer nicht hätte sein können.

»Tja, ich weiß eben, wie man ein Mädchen dazu bringt, seine Meinung zu ändern«, erklärte Ellie und biss in ihr Stück des Schokorritos. »Saskia hätte Unterricht bei mir nehmen sollen.«

O nein! Bloß nicht!

»Was hast du gerade gesagt?« Anastasias Stimme war kalt wie Eis, aber Ellie schien es gar nicht aufgefallen zu sein.

»Ich habe nur gesagt, dass die Mädels mir zu Füßen liegen.« Sie zwinkerte, ergriff Lotties Hand und drehte sie in einem etwas ungrazilen Tanzschritt einmal um die eigene Achse. »Stimmt doch, oder, Lottie?« Lottie wurde rot.

O nein, o nein, o nein!

Ellie war noch nie sehr taktvoll gewesen, aber das war wirklich äußerst unsensibel.

»Ellie!« Jamie versuchte, sie zu warnen, aber es war schon zu spät.

Es wurde so still – man hätte hören können, wie eine Feder zu Boden fällt. Anastasia legte mit einer anmutigen Geste ihr angebissenes Dessert zurück auf den Teller und machte einen Schritt auf den Ausgang zu.

»Ich kann das einfach nicht«, schluchzte sie und wandte ihnen den Rücken zu. »Tut mir leid.« Dann rannte sie aus der Küche. Eine einzelne Träne löste sich von ihrer Wange und segelte funkelnd wie in Zeitlupe durch den Raum.

»Anastasia!«, rief Lottie ihr nach, doch vergeblich.

Sie drehte sich zur fassungslos blinzelnden Ellie um, die verwirrt den Kopf schüttelte, wobei ihr kleine Mehlwolken aus dem Haar auf die Schultern fielen. Aber Lottie konnte sich jetzt nicht um sie kümmern. Anastasias Diamantring, den sie beim Backen abgezogen hatte, lag noch auf der Arbeitsfläche neben der Rührschüssel. Lottie wusste zwar nicht, was genau er ihr bedeutete, aber er war ihr offensichtlich sehr wichtig.

Sie musste ihn ihr wiederbringen. Das war ihre einzige Chance.

»Was habe ich denn gesagt?«, fragte Ellie verdutzt.

»Manchmal kannst du wirklich so ein Trampel sein«, sagte Jamie.

31

Sie klopfte zum dritten Mal an die Tür. Keine Antwort

Lottie versuchte es noch einmal. Mit jedem Mal hörte sich das Schlagen ihrer Knöchel an der schweren Tür ein wenig einsamer an.

»Anastasia!«, rief Lottie.

»Va t'en!«, zischte es von hinter der Tür. Lottie wusste zwar nicht, was der Ausruf bedeutete, konnte es sich aber auch so einigermaßen zusammenreimen.

»Anastasia, bitte! Ich will dir doch nur den Ring bringen«, rief sie verzweifelt.

Dieses Mal hörte sie ein Rumoren hinter der Tür, dann ging sie einen Spalt weit auf. Ein einzelnes blaues Auge erschien in dem Spalt, das so furchteinflößend dreinblickte, dass Lottie fast einen Satz zurück gemacht hätte.

»Gib ihn mir!«, befahl Anastasia und streckte ihre Hand durch die Öffnung.

»Anastasia, ich …«

»Gib. Mir. Den. Ring!«, befahl sie nun noch energischer.

Lottie holte tief Luft. Sie musste äußerst vorsichtig sein, um Anastasia nicht weiter aufzuregen. Es wäre eine Katastrophe, wenn sie ihr Angebot, mit Saskia zu sprechen, zurückzöge.

»Ich gebe ihn dir« – Lotties Stimme zitterte ein bisschen –, »aber vorher musst du mich zu dir reinlassen. Bitte. Ich weiß, Ellie kann manchmal eine richtige Idiotin sein. Bitte, Anastasia.«

»Urgh!« Anastasia verdrehte genervt die Augen, öffnete aber trotzdem die Tür. Sie trug bereits ihren roten Schlafanzug. »Hör schon auf zu betteln! Das kann ich nicht leiden.« Sie verschränkte die Arme energisch vor der Brust, während Lottie verschüchtert ihr Zimmer betrat. »Und beeil dich gefälligst!«

»Entschuldige!« Lottie trat schnell ein und schloss die Tür hinter sich. Auf Zehenspitzen trippelte sie zur gegenüberliegenden Ecke des Raumes, damit Anastasia sie nicht so schnell wieder rauswerfen konnte. Erst danach schaute sie sich um. Zu ihrer Überraschung war das Zimmer ein einziges Chaos. Überall lagen Kleider und verschiedene Outfits herum. Anastasia war sich anscheinend noch unsicher, welches Kleid sie beim Treffen mit Saskia tragen sollte.

»Okay, ich habe dich reingelassen. Jetzt gib mir schon den Ring, und dann raus hier.« Sie stand noch immer an der Tür in ihren roten Plüschslippern, die perfekt zu ihrem Schlafanzug passten.

Lottie schloss ihre Faust fest um den Ring, er war ihre letzte Hoffnung, Anastasia noch umzustimmen. Hoffentlich war das nicht wieder einer der Fälle, in denen sie durch ihr Bemühen, anderen zu helfen, die Sache nur noch schlimmer machte.

»Anastasia.« Ihre Faust verkrampfte sich so sehr um den Ring, dass ihre Fingernägel ihr in die Handfläche stachen.

»Ich weiß, dass es unendlich schwer für dich ist. Ellie kann manchmal so eine Idiotin sein. Du hast jedes Recht der Welt, sauer auf sie zu sein. Ich wollte dir nur sagen, dass du mit mir über Saskia reden kannst, wann immer du willst. Ich höre dir gerne zu. Ich will dir helfen, und ich will, dass du wieder glücklich bist.«

Sie stieß die Worte schnell hervor und schloss dabei die Augen, um sich nicht von Anastasias zorniger Pose einschüchtern zu lassen. Als sie die Augen wieder öffnete, schien Anastasia etwas ruhiger geworden zu sein. Das in ihr lodernde Feuer war zu einem Flämmchen geschrumpft. »Wenn du nicht mit mir reden willst, ist das auch okay. Hier, jetzt kannst du deinen Ring wiederhaben.« Lottie streckte ihr die Hand hin, der Diamant glitzerte in ihrer verschwitzten Handfläche.

Anastasia kam mit wütenden Schritten zu ihr rüber und riss ihr den Ring aus der Hand, was Lottie zusammenzucken ließ. Aber sie sagte ihr auch nicht, dass sie gehen müsse. Stattdessen hielt sie kurz inne und seufzte.

»Ich bin ja gar nicht sauer auf Ellie«, sagte sie zu Lotties Verblüffung. »Sie denkt einfach nicht nach, bevor sie den Mund aufmacht. Sie ist genau … *urgh.*« Anastasia schaute zur Seite. Der letzte Satz war ihr wohl so herausgerutscht. »Sie erinnert mich an Saskia.«

Lottie biss sich auf die Lippe, aber dennoch musste Anastasia mitbekommen haben, wie sehr diese Aussage sie schockierte.

Anastasia schmiss sich aufs Bett und starrte hinauf zur Decke. »Du und Ellie, ihr steht euch so nah. Ganz ehrlich, ich beneide euch.« Sie hielt den Ring gegen das Licht und drehte ihn, so dass der Diamant strahlte und funkelte. Auch ihre Augen funkelten jetzt. »Ich hoffe nur, dass es für euch beide besser läuft als für Saskia und mich.« Plötzlich war sie ganz sanft und still geworden.

Lottie fühlte sich völlig verloren, sie schwamm orientierungslos in dem großen aufgewühlten Meer von Anastasias Gefühlen. Wenn sie verstehen wollte, was Anastasia damit meinte, musste sie die ganze Geschichte erfahren.

»Wie wurde Saskia zu deiner Partistin?« Zögerlich setzte sie sich auf das Bett neben die liegende Anastasia, deren wunderschönen Haare in einem Strom aus herrlich glänzendem Mahagoni über die Satinbettwäsche flossen.

Ohne Lottie dabei anzusehen, drehte Anastasia sich in einer schnellen, grazilen Bewegung auf den Bauch und stützte ihr Kinn mit der Hand ab. Jede ihrer Bewegungen war anmutig wie ein Tanz.

»Saskia war ein spezieller Fall. Es kommt gar nicht so selten vor, dass zwei Partisten einander heiraten, weil kaum ein normaler Mensch mit diesen außergewöhnlichen Anforderungen klarkommt, die an Partisten gestellt werden. Deshalb bleibt ihnen oft gar nichts anderes übrig, als sich einen anderen Partisten zu suchen.« Sie schaute auf den Ring, als würde er die Geschichte an ihrer Stelle erzählen. »Saskias Eltern waren Partisten, die für die bolivianische Regierung arbeiteten. Meine Mutter lernte sie und ihre Tochter kennen, als sie als Botschafterin in Bolivien arbeitete.« Anastasia sprach den Namen ihrer Geliebten so zärtlich aus, dass Lottie automatisch die Hand ans Herz legen musste. Dort ertastete sie den Wolfsanhänger, der unter ihrem Kleid verborgen war. »Sie erzählten meiner Mutter, dass sie Saskia zu einer perfekten Partistin heranziehen wollten. Meine Eltern hatten schon lange mit dem Gedanken gespielt, einen Bodyguard für mich anzuheuern, weil schon damals immer mehr Kinder von Botschaftern entführt wurden.«

»Das ist wie bei Jamie«, flüsterte Lottie. »Auch er ist unter besonderen Umständen zum Partisten geworden.«

Anastasia nickte. Zum ersten Mal suchte sie Augenkontakt mit Lottie. »Das habe ich mir schon gedacht.« Ihr Ton verriet einen Anflug von Bedauern, aber sie fing sich sofort wieder. »Meine Eltern zahlten eine Menge Geld, damit Saskia mit mir zusammen in Paris aufwachsen konnte. Ihr Training ging natürlich weiter. Ihre Eltern kamen nur ganz selten zu Besuch. Sie hatten immer so viel zu tun. Also war Saskia fast die ganze Zeit bei uns.«

»Was ist schiefgelaufen?« Lottie lehnte sich aufmerksam vor. Sie hing Anastasia förmlich an den Lippen.

»Mon père.« Anastasia schnaubte wütend und schaute wieder auf den Ring. »Mein Vater ist sehr reaktionär. Ich glaube, es hat ihm nicht gefallen, dass Saskia quasi zu einem Teil der Familie wurde. Natürlich versuchte er, das vor uns zu verstecken, aber Kinder sind ja nicht blöd. Wir haben sehr schnell gemerkt, wie er dazu stand. Also arbeitete Saskia umso härter an sich, um seinen Respekt zu erlangen, aber je näher wir beide uns kamen, desto schwieriger wurde es.«

»Das ist ja furchtbar!«, sagte Lottie.

Anastasia nickte und starrte verbittert vor sich hin.

»Mein Vater hat aus seiner Einstellung nie einen Hehl gemacht. Deshalb durfte er auch nicht erfahren, was zwischen uns beiden lief. Leviathan muss ihr schon sehr früh diese Idee in den Kopf gesetzt haben, dass sie mit mir zusammen weglaufen müsse.«

Lottie überlegte. Raphaels Idee, dass Leviathan auch Saskia eine Gehirnwäsche unterzogen haben könnte, schien ihr nun nicht mehr ganz so weit hergeholt. Seine aus der Verzweiflung geborene Theorie, die er damals in der Orangerie geäußert hatte, kam ihr wieder in den Sinn. Und sie dachte an Jamie, der im Grunde ja noch ein Junge war, aber eine Bürde mit sich herumtragen musste, die schon einen Erwachsenen erdrücken würde. Bei Saskia war es das Gleiche. Sie wirkte vielleicht älter und abgebrühter als ihre übrigen Freunde, aber in Wirklichkeit war sie auch nur ein Jahr älter als Lottie. Praktisch noch ein Kind – so wie sie alle. Das hatte es Leviathan umso leichter gemacht, sie zu manipulieren.

»Es muss schwer sein, so jung schon so viel Verantwortung schultern zu müssen«, sagte Lottie bekümmert.

Anastasia ließ ein bitteres Lachen hören. »Eine interessante Feststellung, besonders da sie von einer Porterin kommt.«

»Ja, vielleicht hast du recht. Jamie erzählt mir auch immer, dass ich nie eine Porterin hätte werden sollen. Dass es ungerecht sei, von mir zu verlangen, so viel Verantwortung zu übernehmen und immer stark zu sein. Aber der Unterschied zwischen uns beiden, den er nie verstanden hat, liegt darin, dass ich damals eine Wahl hatte. Und ich habe diese Wahl ganz allein für mich getroffen. Er denkt natürlich, dass er sich ebenfalls aus freien Stücken zu einem Leben als Partist entschlossen hat – aber das stimmt nicht.« Lottie dachte an seinen gequälten Gesichtsausdruck damals bei ihrem Streit auf dem Feld. Er hatte sich geschämt, dass sie diesen Teil seiner Persönlichkeit gesehen hatte, einen Teil, den er am liebsten für immer weggesperrt hätte.

»Saskia hat ihre Wahl getroffen.«

»Glaubst du wirklich? Ich glaube, wir werden es wohl nie wissen.«

Anastasia setzte sich langsam auf. »Sie hat mir diesen Ring geschenkt«, flüsterte sie andächtig. »Warum sollte sie nicht meine Partistin sein wollen? Sie hat mir gesagt, dass sie für immer und ewig mit mir zusammen sein will.« Ihre Stimme war nun giftig. Es lag ein tief verborgener Schmerz in ihr, den sie lange unterdrückt hatte.

Jetzt verstand Lottie es endlich. »Anastasia, nur weil sie vielleicht nicht mehr deine Partistin sein will, heißt das doch nicht, dass sie nicht mit dir zusammen sein will. Das sind zwei ganz verschiedene Paar Schuhe.«

Anastasias stechende blaue Augen nagelten Lottie förmlich an die Wand. Dann stand sie auf, ging ganz ruhig zur Tür und öffnete sie.

»Ich möchte jetzt allein sein, bitte«, sagte sie, wieder distanziert wie immer.

Es gab nichts mehr zu sagen. Lottie stand auf und ging aus dem Zimmer.

Vor der Tür warteten bereits Jamie und Ellie.

»Wird sie trotzdem mit Saskia reden?«, fragte der allzeit besorgte Jamie.

Das Gespräch mit Anastasia hatte Lottie sehr aufgewühlt.

»Ja«, sagte sie und schaute über die Schulter zurück zur Tür. Lottie hoffte, dass sie ihrem Bauchgefühl vertrauen konnte. »Sie wird mit ihr reden.«

32

Um Punkt zwölf Uhr am nächsten Tag klopfte es an Anastasias Tür.

Sie hatte diesen Morgen genau wie jeden anderen verbracht, seit sie hier im Palast angekommen war. Mit einem schönen, langen Bad und einem leichten Frühstück aus Früchten und einem Porridge, das sie in ihrem Zimmer aß, wobei sie versuchte, so wenig wie möglich an das unaufhörlich näher rückende Treffen zu denken. An diesem Morgen hatte sie noch etwas länger gebraucht, um sich fertig zu machen. Lange hatte sie unschlüssig mit dem Ring in der Hand vor ihrem Bett gestanden, sich letztlich aber doch dazu entschlossen, ihn anzuziehen.

Jetzt war sie gerüstet.

Ein Hüne von einem Mann mit dem Kreuz eines Ringers und einer breiten Narbe im Gesicht, die er wie eine Trophäe trug, brachte sie ins Verlies. Über dem Handgelenk trug er ein Dolchtattoo. Anastasia wollte erst gar nicht wissen, was es damit auf sich hatte. Sie hatte ihn nach den Ereignissen beim Sommerball gesehen, wusste aber nur, dass er der Partist des Königs war. An seinen Namen konnte sie sich nicht mehr erinnern. Zum Glück kam gerade ein Bediensteter um die Ecke und rief ihrem Begleiter ein zackiges

»Guten Morgen, Sir Olav« zu. Ja, genau, so hieß er: Nikolai Olav.

Zusammen mit Sir Olav ging sie hinab ins Erdgeschoss, vorbei an pastellfarbenen Wänden und über polierte Marmorböden, dann eine Treppe hinunter in einen Gang, der aus einfachem, kaltem Stein gemauert war. Mit einem Schaudern fragte sich Anastasia, wie viele Menschen wohl schon in den Katakomben des Palastes langsam verrottet waren. Sie machte sich schon auf abgenagte Skelette und Zellen mit Zementfußboden und kalten Gitterstäben gefasst, aber der eigentliche Kerker präsentierte sich ganz anders als erwartet. Sie stand in einem mit dicken roten Teppichen ausgelegten Flur, von dem drei Türen zu den Internierungsräumen abgingen sowie zu einem Raum, von dem aus die einzelnen Zellen überwacht wurden. Die Bedingungen für die Häftlinge waren sogar ziemlich gut. Jede Zelle verfügte über ein eigenes Badezimmer, ein großes Doppelbett und sogar ein kleines Bücherregal, um sich die Zeit zu vertreiben.

»Wir haben sie bereits darüber informiert, dass du sie heute besuchst«, sagte Sir Olav steif. »Benötigst du noch irgendetwas, bevor wir dich hineinlassen?«

Vielleicht mein Urteilsvermögen zurück, bitte? Wie habe ich mich nur dazu überreden lassen können?, dachte Anastasia.

»Gut.« Er gab einen Code für die erste Tür ein, und sie öffnete sich.

Als sie sich der zweiten, besser gesicherten Tür näherten, begann Anastasias Herz, schneller zu schlagen.

Warum mache ich das nur?

Auch die zweite Tür ging auf. Dahinter lag ein schwach

beleuchteter Raum. Anastasia betrat die Zelle mit hoch erhobenem Kopf. Sie würde sich keine Blöße geben. Saskia sollte auch nicht für eine Sekunde glauben, dass sie nervös war. Immerhin war sie Anastasia Alcroft LeBlanc, Tochter von Sylvie LeBlanc und Sebastian Alcroft, und sie würde sich von nichts und niemandem einschüchtern lassen.

»Ani?« Die Frage kam von einer im Halbdunkeln auf dem Bett ausgestreckten Gestalt.

Anastasias sämtliche Vorsätze schmolzen dahin, als sie die süße Stimme ihrer ehemaligen Partistin hörte.

Saskia stand auf. Sir Olav musterte sie mit einem mahnenden Blick.

»Ich rede erst, wenn wir beide allein sind«, sagte Saskia mit einer Stimme, aus der alle Wärme gewichen war.

Sir Olav starrte sie einige endlose Sekunden lang an, dann stieß er ein Brummen aus, das Anastasia sehr an Jamie erinnerte. Die Ähnlichkeit war verblüffend.

Diese Partisten mit ihrem Machogehabe, dachte sie und verdrehte die Augen.

»Wir werden euch auf dem Schirm überwachen«, raunzte Nikolai, dann ging er. Als er weg war, nahmen die zwei Kameras an der Wand sie surrend ins Visier.

Sobald die Tür hinter ihm ins Schloss gefallen war, zeigte Saskia wieder ihr wahres, mitfühlendes Gesicht. Anastasia konnte nicht anders, sie musste ihr zulächeln. Schließlich war sie ihre beste Freundin, das Mädchen, das restlos alles über sie wusste, alle ihre Schwächen kannte und sie trotzdem liebte. Das Mädchen, das ihr gezeigt hatte, warum sie sich nie für Boygroups oder die zahllosen Liebesbriefe, die sie von ihren

Mitschülern erhalten hatte, interessierte. Das Mädchen, mit dem sie den Rest ihres Lebens hatte zusammen sein wollen.

»Ich habe auf dich gewartet.«

»So wie es aussieht, hast du auch kaum eine andere Wahl gehabt.« Anastasia wollte sich am liebsten auf die Zunge beißen, doch sie hatte den Satz schon gesagt.

Saskia sah genau so aus, wie Anastasia sie in Erinnerung hatte: ihre dichten blonden Locken, die trotzig aufgeworfenen Lippen … Ihr Blick wanderte hinunter zu Saskias kräftigen Schenkeln, mit denen sie mühelos einen Mann erwürgen konnte. Sie war schön wie eine Göttin. Nur ihre sonst gut gebräunte Haut war aus Mangel an Sonnenlicht bleich geworden. Eine Sonnenanbeterin wie sie hier unten wegzusperren war ein Verbrechen. Anastasia musste mit aller Macht den Wunsch unterdrücken, zu ihr hinzugehen und sie zu umarmen.

»Ani, ich wäre doch wiedergekommen, um dich zu holen. Ich hatte alles ganz genau geplant, aber dann sind die anderen mir in die Quere gekommen.« Sie spuckte das Wort *anderen* förmlich aus.

»Ha!« Anastasia lachte höhnisch. »Da täuschst du dich, Saskia. Für das, was passiert ist, bist ganz allein du verantwortlich.«

Saskia runzelte die Stirn. Sie waren in eine Sackgasse geraten.

Sie ließ die Schultern hängen und plumpste mit einem lauten Schnaufen auf ihr Bett zurück. »Warum bist du überhaupt hergekommen? Und warum hat es so lange gedauert?«

»Sicherlich kannst du verstehen, dass ein Treffen mit der

Partistin, die mich hintergangen hat, nicht ganz oben auf meiner Prioritätenliste stand.« Anastasia warf ihr Haar über die Schulter in einer Geste, von der sie wusste, dass Saskia sie liebte. Und tatsächlich schaute Saskia mit schmerzverzerrtem Gesicht zur Seite, ein kleiner bitterer Punktsieg für sie.

»Warum bist du dann hier?«, fragte Saskia diesmal mit mehr Nachdruck.

Anastasia seufzte, sie musste die Karten auf den Tisch legen. »Ich bin hier, weil ich Informationen von dir brauche«, gab sie zu.

Saskia richtete sich auf und lehnte sich gespannt nach vorne. »Wie viel wisst ihr denn schon?«

»Bisher wissen wir nur, dass deine kleine gemeine Bande an einer Art Gehirnwäscheformel arbeitet.« *Regel Nummer eins aus dem Einmaleins einer echten Zicke: Gib niemals alles preis, was du weißt.* »Wir wollen wissen, wie sie das machen und warum.«

Saskia kniff die Augen zusammen und schaute sie lauernd an. »Wenn ich es dir erzählen soll, dann musst du vorher etwas für mich tun.«

»Und was wäre das?« Anastasia wollte nicht zustimmen, bevor Saskia nicht ihre Bedingung genannt hatte.

»Setz dich eine Weile hierher neben mich.«

»Wie bitte?«, entfuhr es Anastasia.

»Nur für einen Moment«, sagte Saskia. »Ich möchte nur kurz deine Haut an meiner spüren.« Sie hatte es so zärtlich gesagt, dass Anastasia am liebsten sofort zu ihr rübergegangen wäre. Sie deutete auf den Platz neben sich am Bett, aber Anastasia schüttelte den Kopf. »Dann erzähle ich dir alles, was du willst ...«

Anastasia schwieg lange, doch schließlich sagte sie: »Na gut.« Sie setzte sich hin und lehnte sich an Saskia. Wie leicht es war, der Versuchung nachzugeben. Und wie schön.

Saskia lächelte. Sie schien nun sehr entspannt.

Anastasia beobachtete ihre ehemalige Partistin. Sie hatte erreicht, was sie wollte. So zufrieden mit sich selbst wirkte sie sogar noch attraktiver.

»Tompkins ist der Schlüssel«, sagte Saskia.

»Das wissen wir schon«, war Anastasias Antwort.

Saskia zog verwundert eine Augenbraue hoch. Ein leichtes Prickeln durchfuhr Anastasia, weil sie Saskia wieder hatte überraschen können.

»Ich war zwar nicht Teil der Gruppe, die Tompkins infiltrieren sollte, aber ich habe auch so genug über ihre Pläne mitbekommen«, sagte Saskia. »Sie suchen nach irgendeinem Serum namens Hameln-Formel und testen es an den Schülern von Rosewood. Sie haben es sogar bei Jamie und Lottie versucht, aber bisher ist die Wirkung hinter den Erwartungen zurückgeblieben. Das war auch der Grund, warum Jamie damals in den Pool gefallen ist.« Saskia sprach ganz ruhig, als wäre das alles ganz normal, als könnte sie nichts Schlimmes an Leviathans Plan erkennen.

»Du warst also bereit, für eine Gruppe zu arbeiten, die solche barbarischen Versuche an unschuldigen Menschen durchführt? Merkst du eigentlich nicht, wie verrückt du dich anhörst?«

»Das verstehst du nicht«, sagte Saskia und wischte ihre Bedenken mit einer Handbewegung beiseite. »Willst du jetzt die Details hören oder nicht?«

Anastasia schloss wütend die Faust, nickte Saskia aber nur stumm zu, dass sie fortfahren solle.

»Du darfst niemandem aus der Butter-Company vertrauen«, erzählte Saskia weiter. »Richard Butter steht schon seit Jahren, ohne davon zu wissen, unter dem Einfluss des Meisters.«

Beim Wort *Meister* fühlte Anastasia einen kleinen Stich im Herzen. Wer war dieser geheimnisvolle Führer von Leviathan, der im Schatten verborgene Strippenzieher, der ihr Saskia weggenommen hatte? Wer auch immer es war, sie würde ihn dafür büßen lassen.

»Die Tompkins-Villa haben sie bereits unter ihre Kontrolle gebracht. Besonders um Julius und Ingrid solltest du einen weiten Bogen machen. Sie haben sich als Praktikanten der Butter-Company ausgegeben und in der Villa eingeschlichen.« Ihr Gesichtsausdruck war jetzt sehr besorgt. »Hast du das verstanden? Du musst dich unbedingt von den beiden fernhalten.«

Anastasia nickte schnell, damit Saskia nicht mitbekam, wie angespannt sie war. Lola hatte ihnen schon von den beiden erzählt, weil sie sich in ihrer Gegenwart unbehaglich fühlte. Jetzt war auch klar, warum.

»Sie wissen, dass die Formel irgendwo in der Tompkins-Villa versteckt ist, haben aber keine Ahnung, wo«, fuhr Saskia fort. »Wenn ihr sie aufhalten wollt, müsst ihr die Formel vor ihnen finden und sie zerstören.«

Die Tompkins-Villa. Die Formel ist irgendwo in der Villa versteckt. Halt dich von Julius und Ingrid fern.

Anastasia schärfte sich alles genauestens ein. Sie hatte die

Villa der Familie Tompkins schon oft besucht, wenn sie bei Lola und Micky übernachtet hatte, und würde in ein paar Monaten für das Spearion-Turnier wieder dorthin fahren. Das war genau die Information, nach der sie die ganze Zeit gesucht hatten. Ihr Herz schlug schneller, als ihr klarwurde, dass sie tatsächlich noch etwas ausrichten und Leviathans Pläne durchkreuzen konnten.

»Okay, und jetzt schau mich an«, befahl Saskia und rüttelte Anastasia damit aus ihren Überlegungen.

Ihre wunderschöne ehemalige Partistin lehnte sich vor, bis ihre Blicke sich trafen. Diese Augen … Sie wussten alles über sie. Anastasia hätte sich am liebsten wieder in ihnen verloren. Erinnerungen stiegen in ihr auf, an Saskias weiche Haut, an den sanften Rhythmus ihres Pulses, wenn ihre Finger sich verschränkten … Bevor sie wusste, wie ihr geschah, hatte ihre Hand sich schon zu Saskia verirrt. Saskia umschloss ihre Hand sanft und führte sie zu ihrem Gesicht. Sie küsste Anastasias offene Handfläche so zärtlich, dass sie fast dahingeschmolzen wäre.

Aber etwas stimmte nicht: die Art, wie Saskia an ihren Fingern zog und über ihren Ring strich. Wollte sie ihr den Ring stehlen?

Will Saskia ihn, um zu entkommen?

Sie konnte das nicht. Sie konnte das nicht noch einmal zulassen. Sie hatte ihr schon einmal das Herz gebrochen, ein zweites Mal würde ihr das nicht mehr passieren.

Widerwillig zog Anastasia ihre Hand zurück, damit Saskia nicht merkte, dass sie ihren Plan durchschaut hatte. »Ich habe eine letzte Frage«, sagte sie mit zitternder Stimme. Es war ihr egal, dass sie dabei schwach wirkte. »Saskia, eins muss ich unbedingt noch wissen …« Sie ballte die Fäuste und stellte die alles entscheidende Frage: »Wolltest du damals wirklich meine Partistin werden?«

Saskia starrte sie völlig überrascht an. »Ja. Natürlich. Damit ich den Rest meines Lebens mit dir verbringen kann.« Doch das war nicht die richtige Antwort.

»Ich weiß, aber ich habe danach gefragt, ob du auch wirklich meine Partistin werden wolltest?«

Saskias Blick wanderte unstet umher. Als die Stille sich immer länger hinzog, hatte Anastasia bereits ihre Antwort.

»Ich wollte dich beschützen«, sagte Saskia endlich.

Anastasia drückte sich die Hand auf die Brust, wie um ihr Herz davor zu bewahren, aus ihrer Brust zu springen. »Ich verstehe das einfach nicht. Warum hast du meine Familie betrogen und dich Leviathan angeschlossen? Und jetzt sitzt du hier und gibst mir diese ganzen Informationen preis. Was willst du überhaupt?«, schluchzte sie mit tränenerstickter Stimme.

»Ist das nicht offensichtlich, Ani?«, fragte Saskia und schaute ihr tief in die Augen. »Die einzige Person, der gegenüber ich loyal bin, bist du.«

Anastasia hatte kaum Zeit, diese Antwort zu verarbeiten, als auch schon die Tür aufschwang. Ihre Besuchszeit war abgelaufen. Sie zog den Diamantring von ihrem Finger und warf ihn auf den Tisch. »Wenn das so ist, dann beweise es mir.«

Die Tränen nahmen ihr die Sicht, als sie mit unsicheren Schritten aus dem engen Zimmer floh. Nikolai stand an der

Tür, doch sie konnte ihn nicht einmal anschauen, sondern stürmte einfach an ihm vorbei. Sie wollte jetzt mit niemandem reden. Rot, alles war rot, sie war ein brüllender Orkan aus Wut und Trauer.

Sie hatte getan, wofür sie gekommen war – sie hatte ihr Versprechen den anderen gegenüber gehalten –, und jetzt konnte sie gar nicht schnell genug von hier wegkommen.

Was auch immer Saskia als Nächstes tat, würde ihrer beider Zukunft entscheiden.

DRITTER TEIL

Feinde

33

Als sie wieder zurück in Rosewood waren, blühten schon die ersten Schneeglöckchen. Ihre zarten weißen Blütenkelche sprenkelten den moosbewachsenen Boden um die mächtigen alten Bäume des Rosenwalds und die Wege in und um Stratus und Ivy.

Kaum waren die Koffer ausgepackt, trafen die Freunde sich wieder in Lilianas Atelier. Lottie lächelte Anastasia aufmunternd zu, aber die reagierte gar nicht auf sie. Seit ihrem Gespräch mit Saskia wirkte sie wie ausgewechselt. Von ihrer sonst leicht arroganten, ja hochmütigen Art war kaum etwas zu merken. Vielmehr wirkte sie lethargisch und brütete vor sich hin. Lottie begann, sich langsam Sorgen um sie zu machen.

Anastasia hatte ihnen die nötigen Informationen geliefert, wollte aber über den weiteren Verlauf des Gesprächs mit Saskia nicht reden. Lottie wusste, dass sie das Thema besser nicht in ihrer Gegenwart anschneiden sollte, doch allen war klar, dass das Treffen mit Saskia Anastasia schwer verletzt hatte, und Lottie fühlte sich deshalb ein bisschen mitschuldig. Schließlich hatten sie Anastasia dazu gedrängt, sich mit Saskia auszusprechen.

»Okay, alle mal herhören«, sagte Jamie und ließ den Teleskopstock in seiner Hand so schnell hervorschießen, dass er die Luft mit einem scharfen Zischen durchschnitt.

Sie hatten ein Whiteboard in ihre geheime Basis heruntergeschleppt, um die nächsten Schritte zu planen.

Binah und Jamie gaben ihnen einen Schnellkurs ins Spionagehandwerk. Der erste Schritt war, alle verfügbaren Informationen zusammenzutragen.

Auf dem Whiteboard waren fünf Punkte notiert:

1. *Leviathan hat die Tompkins-Villa infiltriert.*
2. *Leviathan ist auf der Suche nach der Hameln-Formel.*
3. *Die Formel ist irgendwo in der Tompkins-Villa versteckt.*
4. *Wir müssen die Formel finden und VERNICHTEN, bevor Leviathan sie in die Hände bekommt.*
5. *Haltet euch von den zwei Praktikanten der Butter-Company, Julius und Ingrid, fern.*

»Bis zum Spearion bleiben uns nur noch sechs Wochen. Alle zum Turnier eingeladenen Teams werden in der Tompkins-Villa einquartiert. Jeder Teilnehmer darf einen Freund oder einer Freundin mitbringen«, fasste Jamie zusammen und schrieb *Sechzig Gäste insgesamt* an die Tafel.

»Also haben wir vor Ort: als Familienmitglieder des Ausrichters Lola und Micky sowie Ellie und Anastasia, die beide zu unserem Fechtteam gehören und Lottie und Jamie als Begleitung mitbringen können«, nahm Binah den Faden auf und schrieb die Namen untereinander an die Tafel.

»Was? Wieso kann ich nicht mitkommen?«, rief Raphael dazwischen.

»Weil, mein lieber Raphael«, sagte Anastasia spöttisch, »du weder ein trainierter Bodyguard noch eine Prinzessin bist.«

»Und was, wenn ich doch eines davon bin?«, gab Raphael im gleichen Ton zurück. »Vielleicht bin ich ja insgeheim eine Prinzessin und habe es euch nur noch nicht erzählt?«

Anastasia setzte zu einer scharfen Replik an, doch Lottie hustete laut auf, um die Unterhaltung schnell in eine andere Bahn zu lenken.

Das Turnier fand ein paar Tage vor den Osterferien statt. Nur Binah und Raphael würden in der Schule bleiben.

»Lola, Micky und Percy … Ihr müsst systematisch alle Räume durchsuchen und versuchen, die Formel zu finden, am besten noch bevor die anderen Gäste eintreffen.«

Lola und Micky nicken. Beide hatten Lollis im Mund, was ihrem todernsten Gesichtsausdruck etwas Komisches verlieh.

Und was, wenn wir sie nicht finden?, signalisierte Percy in Gebärdensprache.

»Dann fahren wir mit Plan B fort.« Während Jamie sprach, übersetzte Micky alles für Percy. »Lottie, Ellie, Anastasia und ich werden uns vor der planmäßigen Führung durch die Fabrikanlagen der Suchmannschaft anschließen.«

»Darf ich euch alle daran erinnern, dass ich vor allem aus einem Grund zu diesem Turnier gehe: um es zu gewinnen«, unterbrach Anastasia. »Ich werde die Zeit vor dem Turnierstart nutzen, um meine Gegner auszuspionieren, und, wenn nötig, ein bisschen psychologische Kriegsführung anwenden.«

»Das würde perfekt in unseren Plan passen«, sagte Binah.

»Schließlich müssen wir auch die Zimmer der Teilnehmer durchsuchen, da ist deine kleine Psychotaktik ein guter Vorwand, um in deren Zimmer zu gelangen.« Sie klemmte sich den Stift hinters Ohr und zeigte auf Anastasia. »Das wäre dann dein Job.«

Anastasia schaute sie einen Moment ungläubig an und schob sich dann wieder ihre Sonnenbrille ins Gesicht. »Na schön.«

Lottie konnte praktisch hören, wie sie hinter den dunklen Gläsern genervt die Augen verdrehte.

»Und wann zerstören wir nun diese Formel?«, fragte Ellie. Wenn es darum ging, Sachen kaputt zu machen, war sie immer voll bei der Sache.

Binah hüstelte in ihre Faust. »Also, um ehrlich zu sein, hatten wir dich nicht dafür eingeplant, Ellie. Du bist vielmehr Teil der Operation Ablenkung.«

»Ha!« Anastasia lachte triumphierend, und Ellie schmollte.

»Der Plan sieht vor«, sprach Jamie schnell weiter, bevor die beiden sich wieder in die Haare kriegen konnten, »die Formel zu finden, bevor die anderen Gäste eintreffen. Sobald das Turnier dann losgeht, schleicht der Rest von uns los und zerstört sie. Wenn alles glattgeht, sind wir vor Ende des Turniers wieder zurück, ohne dass jemand Wind von der Sache bekommt.«

»Aber wie viel Zeit haben wir eigentlich?«, fragte Lottie. »Wie lange dauert denn das Turnier?«

»Das Spearion läuft etwas anders ab als andere Fechtturniere«, sagte Binah und drehte die Tafel einmal um. Auf der Rückseite hatte sie ein Diagramm angebracht. »Das ganze

Turnier findet innerhalb von nur zwei Stunden statt. Es gibt vierzig Teilnehmer, und jeder tritt als Einzelkämpfer an. Es gibt keine Teamwertung.« Sie nickte Anastasia und Ellie zu. »In der ersten Runde werden die Duelle per Losverfahren bestimmt. Es sind Ausscheidungskämpfe. Danach sind noch zwanzig übrig. Es folgen zwei weitere Ausscheidungsrunden, bis noch zehn und zum Schluss nur noch fünf Teilnehmer übrig sind. Diese letzten fünf müssen während ihrer Duelle eine bestimmte Anzahl an besonderen Fechtfiguren zeigen und ins Ziel bringen. Der mit den wenigsten Punkten scheidet hier aus. Dann sind es nur noch vier.« Sie zeigte auf ein unglückliches Gesicht an der Spitze des Diagramms neben vier Smileys. »Nun kämpfen alle einmal gegeneinander, bis nur noch zwei übrig bleiben.« Ellie und Anastasia musterten einander. Beide waren sich sicher, dass sie gegeneinander das Finale bestreiten würden. »Die Finalisten kämpfen drei Runden gegeneinander, bis der Sieger feststeht. Der oder die Siegerin erhält dann den Spearion-Pokal.«

»Das hört sich ziemlich anstrengend an«, sagte Lottie, die sich kaum vorstellen konnte, auch nur ein Fechtmatch durchzustehen und schon gar nicht neun hintereinander.

»Nach einer Stunde gibt es eine fünfzehnminütige Verschnaufpause«, sagte Anastasia und zuckte die Achseln. »Das ist mehr als genug Zeit für mich.«

»Aber«, rief Lottie, der plötzlich ein Gedanke gekommen war, »wenn wir alle – Lola, Micky, Percy, Jamie und ich – unterwegs sind, um die Formel zu vernichten, wer soll euch dann anfeuern?«

Alle Augen im Raum richteten sich auf sie. Sie bereute sofort, was sie gesagt hatte.

»Ähm«, machte Binah.

»Wir haben wirklich andere Sorgen, Kürbisprinzessin«, sagte Raphael.

Lottie fühlte, wie sie rot anlief. Nur Ellie schenkte ihr ein liebes Lächeln, um ihr zu zeigen, wie süß sie ihren Einwand fand. Da erinnerte sich Lottie an das, was der König ihr gesagt hatte: *Es mag eine Zeit kommen, in der ihr Eleanor sich selbst überlassen müsst, um ihr so umso besser zu dienen.* Sie schaute zu Jamie herüber, der sie kopfschüttelnd anguckte.

»Entschuldigung! Natürlich ist das wichtiger. Ich … ich habe mich nur so darauf gefreut, euch zuzusehen …«, stottert sie vor sich hin.

»Es ist ja möglich, dass ihr die Formel rechtzeitig zerstört und zum großen Finale wieder in der Halle seid«, bot Binah an.

»Ach, wie süß, unsere kleine Cheerleaderin«, sagte Anastasia mit beißender Ironie. »Kann mir jemand erklären, was wir tun sollen, wenn wir zufällig einem der Agenten von Leviathan begegnen … Wie hießen sie noch mal?«

Lola und Micky nahmen gleichzeitig ihre Lollis aus dem Mund und sagten wie aus der Pistole geschossen: »Ingrid und Julius.«

»Guter Einwand.« Jamie drehte das Whiteboard wieder zurück auf die erste Seite und schrieb in Großbuchstaben *INGRID UND JULIUS* auf die Tafel. »Wenn selbst Saskia, eine ehemalige Partistin, davor warnt, sich mit diesen beiden anzulegen, kann das nur bedeuten, dass sie extrem gefährlich sind. Wenn ihr sie also seht, dann sucht so schnell wie möglich das Weite.«

Alle nickten. Lottie spürte, wie die Luft deutlich kälter wurde. Sie fröstelte, als wollte der Raum selbst sie vor der Begegnung mit diesen beiden warnen.

»Eine Frage«, sagte Ellie, die ihre Hand wie in der Schule gehoben hatte. »Wie sollen wir das anstellen? Wir wissen ja nicht einmal, wie sie aussehen.«

Jamies Blick wanderte zu den beiden Zwillingen, alle anderen folgten ihm.

»Ingrid hat lange dunkle Haare und trägt einen Pony«, sagte Lola.

»Und Julius trägt immer einen Cowboyhut«, ergänzte ihr Bruder.

»Einen Cowboyhut?«, fragten Jamie und Lottie verblüfft.

»Wartet mal eine Sekunde …« Jamie ging zu einem kleinen Ordner, in dem sie alle Informationen abgeheftet hatten, und zog die vier Bilder hervor, die Ollie ihnen geschickt hatte. »Sind sie das?«

Er gab die Bilder an die Zwillinge und Percy weiter, die nur einen kurzen Blick drauf warfen und sofort zu nicken begannen.

»Ja, das sind sie.« Die Stimmen der Zwillinge klangen nun nicht mehr ganz so klebrig süß, als sie die Fotos in ihren Händen umdrehten und sie hochhielten, damit auch alle anderen sie sehen konnten.

Wieder einmal merkte Lottie, dass sie von vornherein ihrem Bauchgefühl hätte vertrauen sollen. Sie hatte gleich ein ungutes Gefühl gehabt, als sie die Fotos zum ersten Mal in der Hand hatte. Das waren also die beiden merkwürdigen Eindringlinge, die Lola so in Angst und Schrecken versetzt hatten. Ingrid und Julius, die Maulwürfe von Leviathan, die sich in die Butter-Company eingeschlichen hatten. Wieder hatte sie das Gefühl, als würden die listigen Augen des Mädchens sie aus dem Bild heraus anstarren. Die Aussicht, ihnen vielleicht in der Tompkins-Villa zu begegnen, ließ ihr Blut gefrieren.

»Okay«, sagte Binah, die mit ihrem feinen Gespür für Situationen sofort mitbekommen hatte, dass die Stimmung zu kippen drohte. Sie klatschte in die Hände, um sie aufzurütteln. »Hat jeder den Plan so weit verstanden?«

Alle nickten, und Lottie versuchte, ihre Angst herunterzuschlucken. Hoffentlich bemerkte keiner, wie nervös sie war. Schließlich war sie die Erbin der unerschrockenen Liliana Mayfutt, sie musste mit gefährlichen Situationen wie dieser klarkommen.

»Wunderbar«, sagte Binah und wischte die Notizen mit einem Schwamm von der Tafel. »Wenn ihr die Formel vor dem Spearion findet, wird das Ganze ein Spaziergang.«

34

Es waren nur noch zwei Wochen bis zum Spearion-Turnier, und Lottie war so aufgeregt, dass sie sich überhaupt nicht mehr auf den Unterricht konzentrieren konnte. Während alle anderen Schüler schon vor den Abschlussprüfungen zitterten, hatte Lottie ganz andere Sorgen. Sie nutzte jede freie Sekunde, um darüber nachzugrübeln, wo die Formel versteckt sein könnte. Ihr Plan musste funktionieren, denn andernfalls würde Leviathan bald über eine funktionierende Hameln-Formel verfügen.

Aber es lief alles andere als gut. In den letzten Wochen waren sie kein Stück vorangekommen.

Und um dem Ganzen die Krone aufzusetzen, hatte das Universum sich anscheinend dazu entschlossen, ihr noch ein paar Stolpersteine in den Weg zu legen.

»Entschuldigen Sie, Ms Devine«, sagte Lottie kleinlaut, als sie das Büro der Professorin betrat, »ich wollte fragen, ob diese Exkursion für den Kurs in *Geschichte der großen Königshäuser* Pflicht ist?«

In der Hand hielt sie eine Übersicht über alle von der Schule geplanten Exkursionen. Lottie versuchte verzweifelt, sich von der schönen und strengen Professorin nicht einschüchtern zu lassen. Sie war schon einmal in diesem Büro gewesen, als Ellie und sie letztes Jahr nach der Sperrstunde draußen erwischt worden waren und die Professorin ihnen bei einer Kanne Tee höchstpersönlich die Leviten gelesen hatte.

»Keine Sorge, Lottie.« Lottie seufzte erleichtert auf, aber sie hatte sich zu früh gefreut. »Wir wissen von deinem speziellen Arrangement. Direktor Croak hat mir schon die Erlaubnis erteilt, deinen Bodyguard Jamie mit auf den Ausflug zu nehmen.« Sie lächelte Lottie auf eine Weise an, die klarmachte, dass sie aus der Nummer nicht mehr herauskonnte. »Du kannst dich also auf einen ganz wunderbaren Ausflug freuen.«

Nun waren Jamie und Lottie dazu verdonnert, den Tag zusammen im Hampton Court Palace zu verbringen, dem alten Schloss der Tudors, nur einige Autostunden von Rosewood entfernt.

Aber Lottie machte sich gar nicht so sehr darüber Sorgen, dass bei diesem Tagesausflug wertvolle Zeit verschwendet würde, die sie besser für die Suche nach der Formel verwendet hätten. Schlimmer war, dass sie und Jamie seit ihrem Streit auf dem Feld mit Ausnahme ihrer kurzen Unterredung damals in der Bibliothek nicht mehr alleine gewesen waren. Seit Monaten herrschte zwischen ihnen Eiszeit.

Am Tag des Ausflugs war strahlend schönes Frühlingswetter. Trotzdem schaute Jamie drein, als wären sie auf dem Weg zu einer Beerdigung und nicht nach Hampton Court.

»Komm schon, Jamie, sei nicht so ein Grummel. Was soll bei diesem Trip schon schiefgehen?«, sagte Ellie, die mitgekommen war, um sich von ihnen zu verabschieden.

»Sieh es einfach als eine gute Gelegenheit, vor dem Turnier noch einmal den Kopf frei zu kriegen«, zwitscherte Binah neben ihm. Sie hatte ihr Haar zu einem gewaltigen Dutt hochgesteckt, der wie eine runde, weiche Krone auf ihrem Kopf thronte, wodurch sie selbst sogar noch kleiner und zierlicher wirkte.

Lottie und Jamie schauten einander an. Beiden war unwohl bei dem Gedanken, Ellie ganz alleine in Rosewood zurückzulassen.

Doch Lottie schluckte ihre Bedenken hinunter. »Ich weiß, dass du keine große Lust hast, heute den ganzen Tag auf diesem Ausflug mit mir verbringen zu müssen, Jamie, aber uns bleibt leider keine andere Wahl, also lass uns das Beste daraus machen.« Sie lächelte Ellie zu, die nicht mitkriegen sollte, wie besorgt sie in Wahrheit war.

Jamie schaute sie aus zusammengekniffenen Augen an, und Lottie musste schlucken.

Sie konnte vielleicht Ellie täuschen und vorgeben, dass sie völlig entspannt war, aber Jamie durchschaute sie. Ihr war schmerzlich bewusst, dass sie in den letzten Wochen keinerlei Fortschritte auf der Suche nach der Hameln-Formel gemacht hatten.

Professorin Devine und Direktor Croak standen am Eingang zum Bus und zählten alle durch. »Eins, zwei, drei, vier, fünf – und Jamie –, sechs, sieben. Gut, damit hätten wir alle beisammen.«

»Mir kann hier doch nichts passieren, Jamie«, flüsterte Ellie ihm zu, kurz bevor sie in den Wagen stiegen. »Schließlich halten immer noch alle Lottie für die echte Prinzessin. Genau für solche Fälle habe ich doch meine geliebte Porterin.« Sie klopfte ihm aufmunternd an die Brust, genau da, wo sein Wolfsanhänger sein musste. »Ich sehe euch Streber dann später.«

Sie winkte ihnen zu, und dann fuhr der Bus ab.

Nach fast zwei Jahren in Rosewood war es schwer, Lottie mit einer Gartenanlage noch zu beeindrucken. Sie hatte sich schon längst daran gewöhnt, in einer Welt voller Lavendel, Rosen und unzähligen anderen Blumen in allen möglichen Größen und Farben zu leben. Rosewood war wie ein riesiger opulenter Garten, der sie jeden Tag aufs Neue verzauberte. Deshalb war es schon eine Auszeichnung für Hampton Court, dass der dortige Palastgarten Lottie den einen oder anderen Seufzer entlocken konnte.

»König Heinrich der Achte war ein Mann seiner Zeit, das heißt, er liebte Pomp und Luxus. Er ließ Hampton Court als Repräsentationsbau anlegen, weil er seine Gäste und andere Herrscher mit seiner Machtfülle und seinem Reichtum beeindrucken wollte.« Professorin Devine zeigte auf die reichen Ornamente und die prunkvolle Architektur. Sie versuchte zwar, ihre Abneigung gegenüber solchem Protz zu verbergen, scheiterte damit aber kläglich. »Mitte der 1520er Jahre enteignete Heinrich den früheren Eigentümer Kardinal Wolsey und ließ das schon damals legendär luxuriöse Hampton Court noch einmal umbauen, um es noch prunkvoller zu machen.«

Neben der Professorin lief Direktor Croak auf seinen Gehstock gestützt. Im Unterschied zu ihr zeigte er seine Ablehnung ganz offen. »Damals wurde das Anwesen wegen der Prassereien und zügelloser Bankette nur der *Palast der Lüste* genannt«, fügte er grummelnd hinzu, als wäre er selbst noch Zeuge dieser lasterhaften Ausschweifungen gewesen. Lottie musste sich selbst in den Arm zwicken, um nicht sofort loszuprusten.

»Tatsächlich«, pflichtete Professorin Devine ihm bei, »ist die Geschichte der großen Königshäuser voll von solch schmutzigen Verfehlungen.«

Lottie fragte sich, ob es wohl in der langen Geschichte der Wolfson-Familie ebenfalls zu solchen *Verfehlungen* gekommen war. Wie gerne wäre sie jetzt zurück in ihr Zimmer gelaufen, um in Oscars Tagebuch nach Anzeichen solch verruchter Geschichten zu suchen, die sie vielleicht bisher übersehen hatte.

Während sie weiter über die Anlage spazierten, wurde langsam klar, dass der Ausflug eher als Erholungstrip gedacht war und sie nicht alle historischen Informationen mitschreiben mussten. Lottie versuchte, sich zu entspannen und den Rundgang zu genießen, doch irgendetwas versetzte sie in Unruhe. Zuerst konnte sie es nicht benennen, doch dann merkte sie endlich: Die anderen Besucher starrten sie alle an!

»Sag mal, geht es nur mir so, oder hast du auch das Gefühl, als würden uns alle anstarren?«, flüsterte Lottie Binah ins Ohr.

Binah kicherte. »Warst du noch nie mit deiner Rosewood-Schuluniform draußen in der normalen Welt?«

Lottie schüttelte den Kopf und erhaschte einen Seitenblick auf eine andere Gruppe von Schülern, die sofort die Köpfe zusammensteckten und zu tuscheln begannen.

»Fühlst du dich nicht unwohl dabei?«, fragte sie.

Das Emblem von Rosewood, das sie alle vorne auf ihren Blazern trugen, war in aller Welt bekannt. Kein Wunder also, dass sie so viel Aufmerksamkeit auf sich zogen.

»Jamie macht es bestimmt nichts aus«, sagte Binah lachend. »Denn selbst in Rosewood glotzen ihm alle Schüler die meiste Zeit so hinterher.«

Jamie bedachte sie mit einem warnenden Blick, der aber seine Wirkung völlig verfehlte.

»Uuh, jetzt habe ich aber Angst«, machte Binah sich über ihn lustig.

Lottie fühlte sich schuldig, dass Jamie auf diesen für ihn sinnlosen Ausflug mitgeschleift worden war. Seit die Tore von Rosewood hinter ihnen lagen, hatte er kaum ein Wort gesagt und schien sehr angespannt zu sein. Sie hatte das Gefühl, dass seine miese Laune ihre Schuld war.

»Ich muss mal wohin«, sagte Lottie, als sie an den Toiletten vorbeikamen. Sie brauchte dringend eine Minute für sich.

»Ich komme mit«, sagte Jamie automatisch. »Nein, ich meine … Ich warte dann vor der Tür auf dich«, fügte er schnell hinzu und lehnte sich peinlich berührt gegen die Wand neben der Damentoilette.

Lottie musste sich mit aller Macht zusammenreißen, um ihn wegen des Versprechers nicht laut auszulachen.

»Ich will doch nur aufs Klo, Jamie. Ich werde mich schon nicht selbst herunterspülen und auf Nimmerwiedersehen verschwinden«, sagte sie.

»Na gut, aber beeil dich«, antwortete er knapp.

Drinnen ging Lottie sofort zum Waschbecken, um sich

kaltes Wasser ins Gesicht zu spritzen, dann schaute sie ihr Spiegelbild an. Sie fand es immer noch sonderbar, dass die anderen sie tatsächlich für eine Prinzessin hielten, und noch merkwürdiger, dass die anderen Schüler so stark auf das Emblem ihrer Schule reagiert hatten. Rosewood war nun ihr eigentliches Zuhause, es war ein Teil von ihr und ihrer Familiengeschichte. Und sie war stolz auf dieses Erbe.

Aber warum fühlte sich heute alles so sonderbar an?

Das Wasser aus dem Hahn rann unaufhörlich weiter und verschwand gurgelnd im schwarzen Loch in der Mitte des goldenen Beckens, ein endloser Strom, der sich in die Röhre ergoss.

Tief drin wusste Lottie die Antwort auf diese Frage. Der Grund, warum ihr heute alles so schwerfiel, war ein Junge namens Jamie Volk.

Ganz egal, wie sehr sie sich mit der Schule verbunden fühlte, ganz egal, wie weit sie auf der Suche nach sich selbst schon gekommen war, immer hatte sie dabei das Gefühl, als fühlte Jamie sich irgendwie von ihr übertrumpft und als würde er es ihr übelnehmen.

Aber was sollte sie dagegen tun? Diese Reise musste sie aus eigener Kraft schaffen; genau wie er die seine. Sie hoffte nur, dass er sich auf dem Weg dahin nicht selbst verlieren würde.

Plötzlich öffnete sich eine Tür an der gegenüberliegenden Seite des Raums. Lottie fuhr zusammen. Sie drehte den laut quietschenden Hahn wieder zu. Als sie wieder aufschaute, sah sie aus den Augenwinkeln im Spiegel eine Gestalt so schnell auf sie zuspringen, dass sie nicht einmal mehr Zeit hatte zu schreien. Der Angreifer fasste sie am Handgelenk und zog sie in eine der Kabinen. Panik überkam sie, und aus lauter Furcht biss sie in seine Hand, woraufhin der Eindringling laut aufheulte.

Sie stürzte aus der Kabine heraus und schrie, so laut sie konnte, um Hilfe, aber Jamie war bereits zur Stelle. Er stieß die Toilettentür auf und stellte sich schützend vor sie.

»Bleib hinter mir«, befahl er und nahm eine Verteidigungsstellung ein. Sie gehorchte und stellte sich direkt hinter ihn. Als die Kabinentür wieder aufschwang, zitterte Lottie vor Angst.

Aber der Angreifer war jemand, den sie wohl als Allerletztes hier erwartet hätte. Der Raum schien sich um sie zu drehen, als sie das verwirrte Gesicht vor sich erkannte.

»Ollie?«

35

»O mein Gott!« Ollie prustete laut auf, er konnte nicht glauben, was gerade geschehen war. »Hast du mich wirklich gerade gebissen?«

»Ich dachte, du wärst ein Entführer!«, rief Lottie, machte einen Schritt auf Ollie zu und verschränkte die Arme vor der Brust.

»Was machst du hier?«, fragte Jamie.

»Wir machen auch einen Schulausflug – meine ganze Stufe ist eine Woche in London und Umgebung, um sich historische Denkmäler und Gebäude anzusehen«, sagte der immer noch nervös lachende Ollie. »Ich habe dich ankommen sehen und wollte dich warnen.«

»Sie warnen? Wovor?«, bohrte Jamie nach.

»Herrje, darf sie jetzt schon nicht einmal mehr für sich selbst sprechen?«, antwortete Ollie und kam endlich aus der Kabine heraus. »Kate und Charlie sind auch hier. Wenn sie Lottie sehen, wird die ganze Prinzessinnennummer auffliegen.«

Mist, dachte Lottie.

Sie hätte nie gedacht, dass ihr Porterinnen-Arrangement an so einer Lappalie scheitern könnte. Einer der Gründe, warum sie als Ellies Porterin verpflichtet worden war, lag darin, dass ihr Heimatort so abgelegen war und es deshalb sehr unwahrscheinlich war, dass sie in Rosewood jemandem aus ihrem alten Leben über den Weg lief. Und nun das!

»Wer sind Kate und Charlie?«, fragte Jamie, der seine Kampfstellung aufgegeben hatte und nun wieder in seine übliche Haltung verfiel, die Lottie den Nur-ein-bisschen-bereit-dir-den-Kopf-abzureißen-Modus nannte.

»Das sind alte Freunde, die ich kenne, seit ich ein kleines Kind war«, erklärte sie.

»Aber keine sehr guten Freunde!«, ergänzte Ollie. »Als damals deine Mutter krank geworden ist, haben sie dich eiskalt abserviert …«

»Schhh, Ollie«, fauchte Lottie ihn an, die schon wieder rot anlief. Es war weder der richtige Ort noch die richtige Zeit, um sich mit solchen Sachen aufzuhalten.

»Lottie?«

Lottie schreckte abermals hoch und griff nach Jamies Arm, als Binah plötzlich wie aus dem Nichts neben ihr auftauchte. Wie viele Leute versteckten sich denn noch auf diesem Klo?

»Binah, du musst aufhören, mich dauernd so zu erschrecken«, sagte Lottie und ließ Jamies Arm wieder los. Das Rot auf ihren Wangen wurde noch tiefer, als sie bemerkte, dass sie sich wie ein kleiner Babyaffe an ihm festgeklammert hatte.

»Ist das dieser Ollie?«, fragte Binah und machte einen Schritt auf ihn zu.

»Aha, ihr redet also über mich!« Ollie legte die Hand auf die Brust. »Ich fühle mich geschmeichelt.«

Das Problem war nur, dass Lottie Ollie gegenüber Binah nie erwähnt hatte.

»Binah, wie kommst du an solche Informationen? Woher weißt du, wer Ollie ist?«, fragte sie.

»Letztes Jahr habe ich dich und Ellie von meinem geheimen Tunnel aus belauscht, als ihr über ihn gesprochen habt. Du hast eine sehr treffende Art, Menschen zu beschreiben. Es war ganz einfach, ihn anhand dieser Informationen zu erkennen ...«

Lottie grunzte. »Binah, hör endlich auf, dauernd deine Nase in alles reinzustecken.«

Binah wischte ihren Einwand einfach mit einer Handbewegung beiseite, ohne Lottie auch nur für eine Sekunde ernst zu nehmen. »Warum seid ihr denn alle so aufgeregt?«, fragte sie und verschränkte die Arme über ihrem gelben Blazer.

Lottie schaute rüber zu Jamie. Es war ihr immer noch peinlich, dass sie sich eben an ihn geklammert hatte wie ein ängstliches Kind. Sie konnte kaum glauben, dass das alles gerade wirklich geschah. »Ollie hat mich vor ein paar alten Schulfreunden warnen wollen, die heute ebenfalls hier auf einem Ausflug sind. Wenn sie mich sehen, könnte das ganze Porter-Ding auffliegen.«

»Ach so!«, sagte Binah, die anscheinend nicht bemerkte, wie Ollie sie anstarrte. »Das lässt sich leicht beheben. Wir werden dich einfach verkleiden.«

Binah machte sich sofort an die Arbeit. Zuerst band sie Lotties Haar hoch und ließ einige Strähnen so geschickt aus dem Dutt hervorstehen, dass es aussah, als hätte sie viel kürzere Haare. Dann zückte sie einen braunen Eyeliner, um Lottie ein paar falsche Sommersprossen auf Nase und Wangen zu malen. Die Konzentration, die sich auf Binahs Gesicht spiegelte, während sie an Lottie herumzupfte, erzeugte in Lottie ein ganz warmes Gefühl, als wäre sie ein kleines Mädchen, das vor ihrem ersten Schultag von der Mutter zurechtgemacht wird.

Ganz zum Schluss kramte Binah ihre Ersatzbrille aus ihrem gelben Rucksack und setzte sie Lottie auf. Durch die Brille sah sie die ganze Welt wie unter einem Vergrößerungsglas. Die Konturen verschwammen, während ihr Gehirn versuchte, die Beeinträchtigung durch die Linsen wieder auszugleichen.

»Perfekt!«, flötete Binah und klatschte in die Hände.

Lottie blieb vor Überraschung der Mund offen stehen, als sie ihr Spiegelbild betrachtete. Sie sah genauso aus wie William Tufty.

»Ich liebe es!« Beinahe wäre Lottie vor Freude im ganzen Raum herumgehüpft. Die Familienähnlichkeit mit ihrem Vorfahren hatte sie in helle Aufregung versetzt. Kurz vergaß sie sogar Jamies schlechte Laute und drehte sich mit einem breiten Lächeln zu ihm um. Zu ihrer Überraschung schien auch er mit der Verwandlung zufrieden.

»Sehr praktisch«, sagte er. »Kurze Haare stehen dir.«

Lottie wischte sich eine Haarsträhne hinters Ohr und schaute verschämt zu Boden. »Danke!«, antwortete sie leise. Es war ihr peinlich, dass schon ein so kleines Kompliment von ihm sie so in Verlegenheit brachte. Ein Kompliment aus Jamies Mund war seltener als ein Tropensturm in der Wüste, besonders nach der Sache mit dem Geschenk.

Lottie drehte sich zu Ollie um, der aber hatte nur Augen für Binah.

»Ollie«, rief sie, »glaubst du, ich kann sie damit täuschen?«

Er schüttelte sich wie aus einem Traum erwachend. »Ja, ja, einfach super, ganz toll«, murmelte er vor sich hin.

Und so verließen sie die Damentoilette wieder. Ihre neue Verkleidung gefiel Lottie ausgesprochen gut.

Ollie war immer noch verzaubert von Binah und schaute ihr sehnsüchtig hinterher, als sie sich mit kleinen Sprüngen von ihnen entfernte. Er hatte exakt den gleichen Gesichtsausdruck aufgesetzt wie damals, wenn seine Mutter sein Lieblingsessen für ihn gekocht hatte.

Lottie fasste ihn bei der Schulter und flüsterte ihm ins Ohr: »Du findest Binah süß, stimmt's?«

»Hää?«

»Das sehe ich dir an.« Lottie lachte vergnügt. »Du hast sie die ganze Zeit über angestarrt. Aber ich sollte dich warnen. Ich glaube, sie hält nichts von Liebe, Romantik und dem ganzen Kram.«

Ollie schaute sie verwirrt an.

»Sie ist eine Intelligenzbestie, ihre größte Leidenschaft ist das Lernen.«

Ollie kniff die Augen zusammen. Hatte er etwa immer noch nicht verstanden, was sie ihm sagen wollte? Doch dann überraschte er sie mit seinem nächsten Satz.

»Du bist genau wie deine Mum.«

»Wie bitte?«, krächzte Lottie.

»Sie hatte auch immer ein Auge für die kleinen Details. Deshalb seid ihr beide so gute Geschichtenerzählerinnen. Ich glaube, dass dich das auch zu so einer guten Künstlerin macht – du siehst Dinge, die andere gar nicht wahrnehmen.«

Diese Worte trafen sie wie aus heiterem Himmel. Bei dem Wort *Künstlerin* musste sie sofort an Lilianas Gemälde und die Gedichte von William Tufty denken. Direkt neben dem Weg wuchsen zwei Rosen, eine pinke und eine rote. Beide hatten zwar unterschiedliche Blütenfarben, aber ihre Form war dieselbe. Vielleicht hat sie, genau wie diese Blumen, doch mehr gemein mit Liliana als nur die Äußerlichkeiten.

Die kleinen Details …

»Danke, Ollie«, sagte Lottie gerührt. »Das ist vielleicht das Netteste, was du mir je gesagt hast.«

»Meinst du? Aber es ist die Wahrheit …«, antwortete er und verzog den Mund zu einem fiesen Grinsen. »Oh! Wenn Binah gern mal mit jemand anderem abhängen will – natürlich mit ganz platonischen Absichten –, dann würde ich sie gerne mal zu uns nach Hause einladen, damit sie die fabelhaften Kochkünste meiner Mutter kennenlernen kann.«

Lottie kicherte und umarmte Ollie zum Abschied, dann gingen beide wieder zu ihren Gruppen zurück.

Ollie hatte recht. Kleine Details wahrzunehmen war eine ihrer größten Stärken – und sie würde diese Stärke nutzen, um die Hameln-Formel endlich zu finden. Das war die eine Sache, in der sie besonders gut war, und plötzlich wusste sie, dass sie es schaffen konnte.

Es war, als würde sie von einer mächtigen Woge getragen. Sie fühlte sich zu allem entschlossen, als sie sich wieder ihren Klassenkameraden anschloss.

Die kleinen Details.

Sie waren Lotties Trumpf, und mit ihrer Hilfe würde sie Leviathan besiegen.

36

Ihr Bus traf Schlag zwölf Uhr in der Tompkins-Villa ein, dicht gefolgt von weiteren Bussen der anderen Schulen.

Sie fuhren durch ein großes, mit Schnitzereien verziertes weißes Tor in Form von zwei Tauben, deren Schnäbel sich am höchsten Punkt des Torbogens trafen. Merkwürdig gestutzte Bäume säumten die Auffahrt zur Villa, die mit ihren hellrosafarbenen und gelben Blättern wie gigantische Bonbonverpackungen wirkten. An der Rückseite der Villa stand die Fabrik, deren Schornsteine große weiße Wolken in den Himmel spien.

Als Lottie den Fuß aus dem Bus setzte, fiel ihr als Erstes der Geruch auf: ein Aroma, als wäre die Luft selbst mit Zucker überzogen worden, so süß, dass ihr ganz schwindlig im Kopf wurde.

Wie kann man an einem Ort wie diesem überhaupt nur einen klaren Gedanken fassen?

Lola sprang freudig aus dem Bus, dicht hinter ihr kam Micky. Beide lutschten laut schmatzend an ihren Lollis. Mit ihren kirschroten Lippen und den hellen Haaren sahen die beiden selbst wie zwei große laufende Zuckerstangen aus.

»Home, sweet home«, flöteten die beiden.

»Wenn man sie so sieht, könnte man fast glauben, dass die beiden auch in der Fabrik gemacht worden sind«, bemerkte Jamie trocken.

Jamie wollte Ms Bolter beim Ausladen des Gepäcks helfen, wurde von dieser aber sofort wieder vertrieben.

»Nein, das ist nicht deine Aufgabe. Die Teilnehmer am Spearion-Turnier sollen ihr Gepäck gefälligst selbst ausladen. Das müssen sie schon alleine schaffen!« Ms Bolter klatschte in die Hände und forderte die Mitglieder des Fechtteams auf, sich ihre Taschen aus dem Kofferraum zu holen.

Ellie verdrehte genervt die Augen, begann aber klaglos, ihr Zeug auszuladen. Anastasia hingegen schien wenig erfreut, ihre Designertasche und eine riesige Sporttasche mit ihrer ganzen Fechtbekleidung und den Säbeln selbst schleppen zu müssen. Sie hielt die Sporttasche weit weg vom Körper, als wäre es eine giftige Spinne.

»Ich möchte nicht, dass einer der Gäste hilft. Unser Team muss lernen, dass es sich alles hart erarbeiten muss.« Ms Bolter warf Jamie, der wieder um die Taschen herumstrich, einen warnenden Blick zu.

Das Lachen blieb Lottie in der Kehle stecken, als Ms Bolter sich direkt vor ihr aufbaute. Ihr strenges Gesicht bildete vor diesem zuckrigen Hintergrund einen umso schärferen Kontrast.

»Wenn irgendeiner von den Begleitern sich danebenbenimmt und die Vorbereitungen stört, werde ich die Person sofort nach Rosewood zurückschicken. Ist das klar?« Lottie schluckte und nickte verschüchtert. Ms Bolter ließ wirklich nicht mit sich spaßen. »Gut!«

Am kirschroten Eingangstor zur Villa wurden sie von einer Frau mit südasiatischen Gesichtszügen in einem knallpinken Anzug begrüßt. Ihr ebenholzschwarzes Haar reichte ihr fast bis zum Po.

»Willkommen, liebe Teilnehmer. Mein Name ist Nadia Kumar«, sagte die Frau. »Bitte fühlt euch wie zu Hause und nutzt die Gelegenheit, die Villa kennenzulernen, bevor morgen das Turnier startet.« Sie breitete die Arme aus und winkte alle zu sich, damit sie sich vor ihr versammelten. »Vor dem Abendessen um siebzehn Uhr wird es eine Tour durch die Fabrik geben. Wir hoffen, ihr findet Gefallen an den Geschenkkörben, die in den Zimmern auf euch warten, und dass ihr einen schönen Aufenthalt hier in der Tompkins-Villa habt«, sagte sie und lächelte dazu penetrant.

»Das ist die PR-Chefin der Butter-Company«, flüsterten Lola und Micky Lottie zu. Die beiden Zwillinge betrachteten argwöhnisch diese merkwürdige Frau, die sie gerade, als sei es das Selbstverständlichste der Welt, in ihrem eigenen Zuhause willkommen geheißen hatte.

Lottie schaute sich in der versammelten Menge nach den Teilnehmern um. Sie hatte richtig harte Kämpfer erwartet – aber zu ihrer Überraschung wirkten alle eher friedlich und wohlerzogen. Es waren einfach nur ein paar Kinder, ganz einfache Schüler wie sie und die anderen.

Zum Abschluss ihrer Rede vollführte Nadia eine dramatische Verbeugung, warf die Arme in die Luft und rief: »Herzlich willkommen in der Tompkins-Villa.«

Die rotlackierte Tür knirschte in ihren goldenen Angeln, und ein süßer Pfefferminzgeruch strömte aus dem Inneren.

Der Anblick verschlug Lottie die Sprache. Am Ende der Eingangshalle glitzerte eine breite Marmortreppe, bei der jede einzelne Stufe in einer anderen Farbe leuchtete. Alles war grell, laut und bunt. Der Fußboden war in denselben Gelb- und Pinktönen gestrichen wie die berühmten Tompkins-Sahnebonbons, und sie musste sich zusammenreißen, nicht gleich auf die Knie zu gehen und den Boden abzulecken, um zu sehen, ob er aus Zucker bestand. Überall duftete es nach Zuckerstangen und Lakritz. Dann tauchte am Fuß der Regenbogentreppe ein unbekanntes Gesicht auf. Dennoch war Lottie sofort klar, wer da vor ihnen stand.

Richard Butter sah völlig anders aus, als Lottie ihn sich vorgestellt hatte. Er trug ein langes schwarz und orange gemustertes Gewand, das bis auf den Boden reichte. Neben ihm stand sein Sohn Percy Butter, den Blick nach unten gerichtet. Die Ähnlichkeit zwischen ihnen war verblüffend. Doch während die bleiche Haut und die immer etwas verschlafen wirkende Mimik Percys einen eher scheuen Ausdruck ergaben, wirkte sein Vater wie der prototypische verrückte Professor. Dazu trug Richard Butter ein auffälliges rechteckiges Brillengestell mit dicken Gläsern, das seine stechend blauen Augen um ein Vielfaches größer wirken ließ. Lottie musste beim Anblick dieser Augen an Buschbabys und Lemuren denken. Zusammen wirkten Percy und Richard wie eine merkwürdige nachtaktive Unterart der menschlichen Spezies, die nie das Tageslicht zu Gesicht bekam.

»In Vertretung Alfred Tompkins, der sich heute lieber ausruhen möchte, um morgen das Turnier in seiner Gänze genießen zu können, möchte ich euch in der Tompkins-Villa willkommen heißen. Wir hoffen, dass ihr alles zu eurer Zufriedenheit vorfinden werdet und eine schöne Zeit habt.« Richard Butters Stimme war nasal und etwas gepresst, als litte er an einer hartnäckigen Erkältung.

Als die kurze Begrüßungsrede vorbei war, sprangen die Zwillinge auf Richard zu, und Lola umarmte ihn herzlich, als seien sie alle Teil einer einträchtigen großen Familie. Lottie sah Percy Micky zärtlich durchs Haar streichen. Die beiden schauten sich lange an.

Lottie winkte Percy und den Zwillingen zu, als sie sich auf den Weg in ihre Zimmer machten, und das war es dann. Ihre Mission hatte offiziell begonnen.

Sie bekamen eine kurze Tour durch die Villa, bei der ihnen ihre Zimmer gezeigt wurden, der Treffpunkt für die große Besichtigung am Nachmittag und wo sie sich etwas zu essen besorgen konnten, außerdem einen Übungsraum. Die Halle, in der das Turnier stattfinden sollte, war zwar nur vierhundert Meter von der Villa entfernt, trotzdem würden sie morgen alle per Golfcart dort hingebracht werden. Lottie prägte sich alles gut ein, weil jede noch so kleine Information bei der Suche hilfreich sein konnte.

Die Villa war ein einziges Labyrinth aus in hellen Farben gestrichenen Gängen und reich mit Schnitzarbeiten verzierten Türen. Besonders auffällig waren aber die schrulligen Möbel, die überall herumstanden. An vielen Wänden hingen alte Ölschinken mit morbiden Stillleben. Überhaupt schien die Familie Tompkins eine Vorliebe für exzentrisches und teilweise richtig gruseliges Dekor zu haben. Auf vielen der antiken Tischchen lagen und saßen alte Holzpuppen mit roten Wangen und einem mörderischen Grinsen im Gesicht, das Lottie die Haare zu Berge stehen ließ. Dazu kleine Porzellantierchen mit weit aufgerissenen Mäulern und imposanten Fangzähnen und ähnlich furchteinflößende Figürchen. Und hier waren Micky und Lola aufgewachsen!

Die kleine Tour endete in einem Empfangszimmer direkt neben ihren Zimmern mit limonengrünen Möbeln und noch mehr von diesen scheußlichen Puppen. Durch ein großes Panoramafenster konnte man die in Bonbonform geschnittenen Bäume im Garten sehen.

»Hat jemand vor unserer Tour heute Nachmittag noch irgendwelche Fragen?«, sagte Nadia abschließend. Sie trug noch immer dieses aufgesetzte Lächeln zur Schau. Lottie fragte sich, ob sie nicht langsam einen Krampf vom vielen Grinsen bekommen müsste.

Als keiner sich meldete, wurden sie alle entlassen. Anastasia nickte ihnen zu und machte sich schnurstracks in Richtung der Übungshalle auf, um sich mit den übrigen Teilnehmern anzufreunden und ihr Zimmer zu inspizieren.

Kurz darauf hatten alle das Zimmer verlassen, und nur Jamie, Ellie und Lottie waren noch übrig geblieben.

Jamie schloss die Tür und schaute sich um. Er plante schon ihre nächsten Schritte. Bisher lief alles nach Plan. Sie hatten gute vier Stunden Zeit, um die Villa zu durchsuchen, und dann noch etwas Zeit nach dem Abendessen. Das war machbar.

»Okay, ich denke, wir sollten …«

»Hallo«, kam plötzlich eine schnurrende Stimme aus Richtung der Tür. Die drei erstarrten. »Ihr müsst unsere werten Gäste sein.«

Ein schmales Mädchen mit schwarzen Haaren war plötzlich in der Tür aufgetaucht, hinter ihr stand ein großer Junge mit einem Cowboyhut.

Sie erkannten die beiden sofort. Das waren genau die beiden Personen, denen sie unbedingt aus dem Weg gehen sollten: Ingrid und Julius.

Jamie schaltete sofort auf Konfrontationskurs und stellte sich zwischen Ellie und Lottie und die beiden.

»Mein Name ist Ingrid Crow, und das hier ist Julius Stub.« Julius tippte sich an die Krempe seines Cowboyhuts, als Ingrid ihn vorstellte. Sie betraten den Raum und blockierten dabei den Ausgang. »Wir sind Praktikanten bei der Butter-Company.«

Ihr müsst Ingrid und Julius unbedingt aus dem Weg gehen, hatte Jamie bei ihrer Besprechung in Lilianas Atelier gesagt. Lottie warf einen verstohlenen Blick zur Tür, doch es führte kein Weg an ihnen vorbei.

Ingrid war ein zierliches Mädchen mit Stupsnase und Sommersprossen. Ihr seidiges Haar war tiefschwarz und glänzte wie fließendes Öl, wenn sie sich bewegte, doch trotz ihrer geringen Körpergröße wirkte sie sehr bedrohlich. Tief verborgen in ihren grauen Augen blitzte der Schalk einer notorischen Unruhestifterin, zu jeder Schandtat bereit. Ihre ganze Erscheinung erinnerte Lottie stark an die *Geschichte vom Gestiefelten Kater*, die ihr ihre Mutter früher so gerne vorgelesen hatte. Genau wie der gerissene Kater aus dem Märchen trug auch Ingrid schwarze Stiefel mit hohem Absatz, der spitz genug war, um jemandem damit ein Auge auszustechen.

Sie ging direkt auf Jamie zu und näherte ihr Gesicht gefährlich nah dem seinen an. Dann musterte sie ihn, als sei er eine wertvolle Statue. »Er ist sehr hübsch«, befand sie schließlich und schaute dabei direkt durch ihn hindurch, was Jamie, wie Lottie wusste, zur Weißglut treiben musste. »Findest du ihn nicht auch hübsch, Julius?«

Julius legte den Kopf zur Seite und unterwarf Jamie einer kurzen Prüfung.

Was ist denn mit den beiden los?, fragte Lottie sich.

»Ja, kann schon sein«, sagte Julius schließlich mit einem breiten Südstaatenakzent.

Julius Strub war das genaue Gegenteil von Ingrid: großgewachsen und breitschultrig. Seine platte Nase sah so aus, als wäre sie schon mehr als einmal gebrochen worden. Mit seinem hellblonden Haar und diesem speziellen Look, den man mit Footballspielern assoziiert, wirkte er nicht unattraktiv. Aber wie bei Ingrid verrieten ihn seine Augen. Nur waren seine nicht listig und verschlagen, sondern einfach nur leer – die Art von Leere, die es einer Person erlaubte, anderen die schrecklichsten Sachen anzutun, ohne auch nur das geringste Mitleid dabei zu empfinden.

»Ich weiß ja nicht, was für eine Kinderstube ihr beiden genossen habt«, giftete Ellie, »aber es ist sehr unhöflich, über Anwesende zu reden, als seien sie gar nicht da.« Sie hatte ihren Vorsatz, sich auf keine Spielchen einzulassen und den beiden möglichst aus dem Weg zu gehen, schon komplett über Bord geworfen.

Jetzt wandten sie sich Ellie und Lottie zu. Ingrids anzügliches Grinsen verwandelte sich in ein überhebliches Lächeln, als sie einen Schritt auf Lottie zumachte und ihr ein unsichtbares Staubkörnchen von der Schulter bürstete. »Ich kann Dreck nicht ausstehen.«

Ellie knurrte leise.

»Danke«, erwiderte Lottie schnell und wischte sich ebenfalls über die Schulter. »Ich glaube, wir müssen dann mal los.«

Ingrid richtete ihre Katzenaugen auf sie.

Angst stieg in Lottie auf, doch sie schluckte sie hinunter und lächelte Ingrid tapfer an.

Julius seufzte und untersuchte scheinbar gelangweilt den Dreck unter seinen Fingernägeln. »Komm schon, Ingrid. Unsere Gäste wollen sich sicher ausruhen, und wir müssen uns wieder an die Arbeit machen.«

Ingrid ließ von Lottie ab und schlenderte rüber zu Julius. »Wir sehen uns dann bei der Tour«, sagte sie im Hinausgehen.

Als sie schon fast aus der Tür waren, lehnte Julius sich zu Ingrid herunter und flüsterte ihr laut genug, dass alle im Raum es hören konnten, zu: »Wir werden später noch reichlich Zeit haben, mit unseren neuen Spielzeugen zu spielen.«

Sie schlossen die Tür hinter sich, und Jamie atmete erleichtert aus.

»Ist das gerade wirklich passiert?«, fragte Lottie.

»Es sind Partisten«, sagte Jamie mit eiskalter Stimme.

»Was?« Ellies Stimme zitterte noch vor Wut, sie war immer noch auf hundertachtzig.

»Sie müssen Partisten oder etwas Ähnliches sein. Ich kann es jemandem ansehen, wenn er zum Töten ausgebildet wurde.«

Ellie starrte Lottie an und schüttelte den Kopf. »Jamie, ab jetzt darfst du Lottie nicht eine Sekunde mehr aus den Augen lassen. Das ist ein direkter Befehl.«

Jamie antwortete nicht, obwohl ihm sicher etwas auf der Zunge lag. Einen direkten Befehl der Prinzessin konnte er nicht missachten.

»Ich gehe jetzt und warne Anastasia«, verkündete Ellie, »danach nehme ich mir die restlichen Zimmer vor. Wir treffen uns wieder hier kurz vor der Tour.«

Sie ging zur Tür, doch Jamie hielt sie am Arm fest und zog sie mühelos zurück.

»Du musst an meiner Seite bleiben«, sagte er.

Für einen Moment rührte sich keiner der beiden. Lottie konnte die Spannung zwischen ihnen fast greifen. Ellie versuchte, ihren Arm freizubekommen, doch ihre Augen verrieten keine Wut. Sie war verzweifelt.

»Wir dürfen nicht zulassen, dass sie sich Lottie schnappen«, bettelte sie schon fast.

Langsam, wie eine Wolke, die sich vor die Sonne schiebt, lockerte Jamie seinen Griff und ließ den Arm seiner Prinzessin wieder los.

Ellie rannte zu Lottie und küsste sie sachte auf die Stirn, als wollte sie Lottie damit vor allem Bösen schützen.

»Jamie wird für deine Sicherheit sorgen, ich verspreche es dir.« Dann stürmte sie hinaus und ließ die Tür sperrangelweit offen stehen.

Lottie war so perplex, dass sie einen Moment brauchte, um zu realisieren, was gerade geschehen war.

»Los, lauf hinterher!«, schrie Lottie. »Wir können sie doch nicht alleine lassen!«

Jamie war hin- und hergerissen. Sein ganzer Körper bebte. Seine Kiefermuskeln waren so angespannt, dass seine Zähne knirschten. »Ich muss sichergehen, dass dir nichts passiert«, sagte er zögernd, während seine Augen von Lottie zur Tür und wieder zurück wanderten.

»Aber …«

»Lottie, meine Prinzessin hat mir einen Befehl erteilt.« Er nahm Lotties Arm und führte sie zur Tür. »Ich befürchte, du musst fürs Erste bei mir bleiben, zumindest bis wir die Geheimformel gefunden haben.«

37

Sie begannen, das Haus systematisch nach Hinweisen zu durchsuchen, doch Lottie hatte Schwierigkeiten, sich zu konzentrieren. Am liebsten wäre sie sofort zu den anderen gerannt, um sicherzugehen, dass es ihnen gutging. Die Drohungen von Julius und Ingrid gingen ihr nicht aus dem Kopf. Schließlich kamen sie wieder in das Zimmer mit dem Panoramafenster.

»Wir hätten alle zusammenbleiben sollen«, sagte sie und schaute in eine schulterhohe gelbe Vase. »Das ist doch die erste Regel in jedem Horrorfilm. Niemals alleine losgehen!«

»Das hier ist aber kein Horrorfilm, Lottie. Das ist das wahre Leben.«

Lottie nahm eine der gruseligen Porzellanpuppen mit einem überdimensionalen Lolli in der Hand von einem Kaminsims.

»Bist du dir da absolut sicher?«, fragte sie und hielt ihm die Puppe mit dem gruseligen Grinsen hin.

Jamie quittierte es mit einem äußerst schmallippigen Lächeln. Ihm war sichtlich nicht nach Scherzen zumute.

»Du solltest dich lieber aufs Suchen konzentrieren, Lottie. Wir dürfen keinen möglichen Hinweis übersehen.« Um seinen Standpunkt noch einmal zu verdeutlichen, fuhr er mit dem Finger die Unterseite des Kaminsimses entlang.

Obwohl Jamie weiter alles gründlich absuchte, bemerkte Lottie, wie sein Blick immer wieder unruhig zur Tür wanderte, als könnten Ingrid und Julius dort jeden Moment wiederauftauchen. Er stand ziemlich unter Strom.

Sie sah ihm eine Weile lang zu, wie er akribisch jeden einzelnen Gegenstand im Raum umwendete und abtastete, als sie aus den Augenwinkeln im gegenüberliegenden Zimmer etwas funkeln sah. Sie ging durch den Flur, spähte durch das in die Tür eingelassene Glasfenster und sah ... ein leuchtendes Klavier. Sie fand keine bessere Beschreibung dafür. Das Instrument stand genau unter einem runden Oberlicht, das es in diesem Moment in ein warmes Licht tauchte. Es war aus Elfenbein und mit fein gearbeiteten Schnitzereien verziert, die zwei aufsteigende Tauben zeigten. Das Instrument schien sie zu sich zu rufen.

Völlig verzaubert von dem Anblick, drückte Lottie die Türklinke runter und betrat das Musikzimmer.

»Lottie?«

»Diesen Raum sollten wir uns mal ansehen«, rief sie über die Schulter Jamie zu. Sie konnte dem Zauberbann des magischen Instruments nicht widerstehen. Jetzt kam auch Jamie herüber und packte sie an der Schulter.

Seine Hand verharrte einen Moment untätig dort, denn nun hatte auch er das wunderschöne Klavier gesehen und war verzaubert. »Das ist ein wirklich schönes Klavier.«

»Willst du etwas für mich spielen«, fragte Lottie scherzhaft. Sie ging hinüber, um es sich aus der Nähe anzusehen.

Jamie schaute sie irritiert an, ging dann aber doch zum Klavier und strich mit der Hand über die Firnis.

»Ich war ganz schön überrascht, als du dich an Weihnachten plötzlich ans Klavier gesetzt hast«, gab Lottie zu und ließ die Fingerspitzen über die Klaviertasten gleiten. »Obwohl mich bei dir eigentlich nichts mehr überraschen sollte.«

»Was meinst du?«, fragte er vorsichtig. Er hatte wohl Angst, dass sie wieder die eine Sache ansprechen könnte, über die er absolut nicht mit ihr reden wollte.

Sie schüttelte den Kopf, um ihm zu signalisieren, dass es ihr nicht darum ging. »Was ich meinte, ist, dass du manchmal so unglaubliche Sachen machst wie Gitarre spielen oder aus dem Nichts Gedichte zitieren und ich dann immer merke, wie wenig ich im Grunde über dich weiß.«

Jamie lachte leise in sich hinein und setzte sich ans Klavier. Er legte die Finger auf die Tasten, ohne sie anzuschlagen.

»Ach, und Gebärdensprache kannst du selbstverständlich auch«, fügte Lottie hinzu. Das erinnerte Lottie daran, was Anastasia ihr über Saskia erzählt hatte. Wie verbissen Saskia versucht hatte, Anastasias Vater zu gefallen, um zu beweisen, dass sie es wert war, Teil der Familie zu sein. Jamie bemerkte ihre nachdenkliche Miene nicht, denn er hatte nur noch Augen für das Klavier.

»Das Klavierspielen und die Gebärdensprache unterscheiden sich gar nicht so sehr voneinander«, sagte Jamie mit sanfter Stimme. »Komm mal her.« Er bedeutete ihr, sich neben ihn auf das Bänkchen vor dem Klavier zu setzen. Sie zögerte nur eine Sekunde. »Wenn man sich mit Worten unterhält, ist das ein linearer Prozess, bei der Gebärdensprache jedoch geschieht alles gleichzeitig. Derselbe Unterschied, wie wenn man die Noten einzeln nacheinander anschlägt oder mehrere auf einmal, um einen Akkord zu spielen.«

Er zog ihre Hand sanft zu sich und platzierte sie über der Klaviatur. Dann legte er seine eigene über ihre und presste mit seinen Fingern ihren Daumen, Zeige- und Ringfinger auf die Tasten. Ein kurzer Akkord erklang. Dann spielten sie zusammen eine einfache und dennoch bezaubernd schöne Melodie, sie geführt von seinen Händen.

»In gewisser Hinsicht ist diese Art der Kommunikation dem normalen Sprechen sogar überlegen.« Er zog seine Hand wieder zurück, doch dort, wo ihre Finger sich berührt hatten, blieb ein zartes Kribbeln, und Lottie drückte instinktiv ihre Hand gegen die Brust.

Nun spielte Jamie noch ein Stück alleine. Lottie war hingerissen. Seine karamellfarbene Haut wirkte im Zusammenspiel mit dem elfenbeinfarbenen Weiß der Tasten, als wären sie wie füreinander geschaffen. Als die Melodie ihn immer mehr gefangennahm, schloss er unwillkürlich seine Augen, und auch Lottie lauschte andächtig.

»Du liebst Musik wirklich über alles, stimmt's?«, sagte sie, ohne groß darüber nachzudenken.

Sofort gingen seine Augen wieder auf. Sie hatte ihn aus seiner Trance gerissen.

»Ja, sieht wohl ganz so aus«, murmelte er und schaute dabei auf seine Hände, als gehörten sie zu einem völlig fremden Menschen. Dann wurde er wieder ernst. »Wir müssen uns wieder an die Arbeit machen«, sagte er und stand abrupt auf.

Lottie erkannte mit Schrecken, dass Jamie sogar bereit war, seine größte Leidenschaft – die Liebe zur Musik – zu verleugnen, aus Angst, durch sie von seiner Arbeit und seiner Rolle als Partist abgelenkt zu werden. Schnell drehte sie sich weg, damit er ihr mitleidiges Gesicht nicht sah. Da bemerkte sie es.

Auf der linken Seite des Klaviers, fast verdeckt von der schönen Schnitzerei, war ein Satz eingraviert.

»Komm schon, trödel nicht so rum«, mahnte Jamie, der schon fast bei der Tür war. »Wir haben noch einen Haufen Arbeit vor uns. Hey, was ist?«

»Ich weiß nicht …« Lottie beugte sich vor und untersuchte den Schriftzug noch eingehender, indem sie mit dem Zeigefinger vorsichtig darüberfuhr. »Der gleiche Spruch war auch auf Lolas Spieldose.«

For at holde fast denne hukommelse må du først ødelægge den.

Es waren aber nicht nur die gleichen Worte, auch die Schriftart und die verschnörkelten Verzierungen und Kringel waren genau dieselben. Als hätte sie ein und dieselbe Person angefertigt.

Die kleinen Details, dachte Lottie bei sich.

Jetzt kam auch Jamie wieder zurück, um sich den Spruch anzusehen. Da ging auf einmal die Tür auf.

»Ich weiß zwar nicht, was ihr unartigen Kinder ganz alleine hier drin treibt«, sagte eine Stimme, die Lottie sofort das Blut in den Adern gefrieren ließ, »aber die Tour geht gleich los.«

Im Türrahmen lehnte Ingrid in einer so laszív lässigen Pose, dass Lottie sofort an eine Katze denken musste, die sich auf einem Teppich rekelt. Wenn sie hier rauswollten, mussten sie an ihr vorbei.

Jamie positionierte sich ein Stück vor Lottie. Ingrid schnaubte verächtlich. Sie lächelte sie an, als fände sie die ganze Situation ungeheuer witzig. Auf gar keinen Fall durfte sie Wind davon bekommen, was sie hier gefunden hatten. Lottie erinnerte sich an Jamies Rat aus dem Training, dass sie ihre Gegner täuschen könnte, indem sie die Sanfte und Hilflose spielte. Also nahm sie Jamies Hand und legte die andere zärtlich auf seinen Bauch. Hoffentlich würde Ingrid darauf reinfallen und glauben, dass sie zwei Verliebte aufgeschreckt hatte.

Jamies Augenbraue zuckte leicht. Lottie drückte seine Hand ganz sachte und deutete mit dem von seiner Hand umschlossenen kleinen Finger auf das Klavier hinter ihnen. Zu ihrer Erleichterung kapierte er sofort und begann, sich verlegen am Nacken zu kratzen, als wären sie gerade bei wer weiß was erwischt worden. Wie viel davon, fragte sich Lottie, war gespielt, und was war echt?

Ein genervtes Augenrollen von Ingrid zeigte ihnen, dass ihr kleines Täuschungsmanöver funktioniert hatte. Lottie gratuliert sich selbst für ihre Geistesgegenwart.

»Jetzt hört schon auf, mich wie zwei aufgeschreckte Mäuse anzuglotzen. Ich soll euch für die große Fabriktour abholen.« Lottie war erleichtert, als hinter Ingrid die Köpfe dreier weiterer Schüler erschienen, die über ihre Schulter hinweg einen Blick in das Zimmer zu werfen versuchten. »Na, kommt schon«, flötete Ingrid und lockte sie mit dem Finger zu sich wie die Hexe aus dem Märchen. »Es gibt so viel zu sehen.«

Das Klavier würde warten müssen.

»Verehrte Gäste, es ist uns eine große Freude, Ihnen einen Einblick in die Welt gewähren zu können, in der Schokoladenträume wahr werden, hier bei der Tompkins-Süßwarengesellschaft.« Lottie hielt den Atem an, als die beiden riesigen Eichentorflügel aufschwangen. Wo waren nur Lola und Micky?

Aber im Vergleich zu der bunten und zauberhaften Tompkins-Villa war die Fabrik einfach nur kalt und trostlos. Eine große Halle voller stampfender Maschinen aus rostfreiem Stahl, in der man nirgends dem allgegenwärtigen Lärm aufeinander schabender, kreischender Metalle entgehen konnte. Über allem lag ein penetranter, ekelerregender Gestank. Anders als der süße Babypuderduft der Zwillinge, an den Lottie sich mittlerweile gewöhnt hatte, war der Geruch in der Fabrikhalle überwältigend und schoss ihr sofort in die Nase. Ein übler Gestank, der Lottie unweigerlich an ihre unschönen Begegnungen mit der Hameln-Formel erinnerte. Irgendetwas an dieser Fabrik stimmte definitiv nicht, es stank regelrecht zum Himmel.

Ellie verzog das Gesicht und hielt sich die Nase zu, als sie den ersten Raum betraten.

»O Gott, das riecht ja fürchterlich!«, flüsterte sie. Lottie versetzte ihr einen spielerischen Tritt gegen das Schienbein. Aber Ellie kicherte bloß und hielt sich weiter demonstrativ die Nase zu. Selbst Ms Bolter war anzusehen, wie unangenehm ihr der Geruch war.

Sie schritten langsam durch die Halle, während Nadia ihnen jeden einzelnen Abschnitt im Fertigungsprozess minutiös erklärte. Lottie musste die ganze Zeit an die Zwillinge denken. Die Leute der Butter-Company taten gerade so, als gehöre ihnen die Tompkins-Villa und die Firma bereits. Wie konnte der Vater von Lola und Micky das nur zulassen?

Lottie versuchte zwar, sich auf die Tour zu konzentrieren, doch sie konnte das Klavier mit der geheimnisvollen Inschrift nicht aus ihrem Kopf kriegen. Es zog sie magisch an. Sie musste so schnell wie möglich wieder dorthin zurück.

»Lottie?«, flüsterte Ellie ihr ins Ohr. »Was ist mit dir los? Du wirkst irgendwie abwesend.«

»Ich kann jetzt nicht darüber reden. Nicht hier«, flüsterte Lottie zurück.

Ellie schaute sich um.

»Dann lass uns doch verschwinden. Wie wäre es damit?«, sagte Ellie und wies mit dem Kopf auf eine blaue Tür im Hintergrund, auf der *PUDERZUCKERRAUM* stand. »Das hört sich interessant an. Lass uns mal nachgucken«, sagte sie.

Lottie wollte noch protestieren, doch Ellie hatte sie schon am Arm ergriffen und mit sich durch die Tür gezogen.

»Halt, Ellie, stopp. Was, wenn wir …«

Aber Ellie hielt sie unverändert fest. Die Tür schwang geräuschlos hinter ihnen zu. Lottie bückte sich und schaute durch das Schlüsselloch zu, wie die anderen sich langsam von ihnen entfernten. Selbst Jamie hatte nichts mitbekommen.

»Jamie wird uns umbringen, wenn sie uns erwischen«, sagte Lottie und schlug sich entsetzt die Hände vors Gesicht.

Ellie antwortete nicht, der Anblick hatte ihr die Sprache verschlagen. Sie standen auf einer kleinen Plattform, von der aus eine schmale Metalltreppe hinunter in ein endloses Meer aus Puderzucker führte. Der ganze Raum war mit auf Hochglanz poliertem Stahl ausgekleidet, der im Licht der Lampen funkelte und glänzte. In allen vier Ecken standen große Ventilatoren, die den ungeheuren Puderzuckerberg zu kleinen Wolken aufwirbelten, die durch die Luft trieben, um dann wie ein zuckersüßes Schneegestöber allmählich wieder zu Boden zu sinken.

»So muss es im Land der Schneekönigin aussehen«, hauchte Lottie. Schon legte sich eine dünne Schicht Puderzucker auf ihre Lippen.

Ellie nahm sie bei der Hand, und zusammen gingen sie die Treppe hinunter, hinab in dieses grenzenlos weiße Zauberreich.

Lotte wusste, dass sie eigentlich nicht hier sein sollten. Es wäre klüger, sich wieder den anderen anzuschließen. Aber in der Sekunde, in der ihre Füße den Boden berührten, fingen die beiden Mädchen an, vor Glück zu lachen. Sie wirbelten kleine Zuckerwolken mit den Füßen auf und fingen die Kristalle in der Luft mit dem Mund.

Alle düsteren Gedanken an die Bedrohung durch Leviathan, an Jamies miese Laune und das geheimnisvolle Klavier trieben mit den kleinen Wölkchen davon.

Die Luft um sie war erfüllt von treibenden Zuckerpartikeln, die wie Diamanten glitzerten und sich in einer funkelnden Schneedecke auf sie legten. Sie waren in einen Zuckersturm geraten, der in süßen Verwehungen um sie kreiste. Lottie konnte fühlen, wie sich die Zuckerkristalle auf die Härchen an ihren Armen legten, ihre Wangen und

Augenbrauen bedeckten. Der weiße Puder war überall. Ellie schüttelte ausgelassen lachend ihr Haar, und kleine Zuckerwolken flogen um sie herum. Es war verrückt, magisch, als wären sie durch den Wandschrank gegangen und direkt in Narnia gelandet. Lottie kicherte und schüttelte ebenfalls den Puderzucker aus ihrem Haar. Sie lehnte sich vor und zeichnete mit dem Zeigefinger ein winziges Herz auf Ellies Stirn. Dann leckte sie den Finger ab. Ellie grinste und zeichnete vier niedliche Schnurrhaare auf Lotties Wangen. Wieder fiel eine kleine Wolke Zuckerguss auf sie, und beide kicherten ausgelassen.

Dann hielt Ellie inne und sah Lottie dabei zu, wie sie sich sorgfältig den Zucker aus ihrem dichten Haar schüttelte.

»Du hast da eine Stelle übersehen«, sagte sie und strich ihr mit den Fingern durch die gezuckerten Locken.

»Ich komme da nicht ran, kannst du das für mich machen?«, hauchte Lottie ganz außer Atem. Als sie die Worte sagte, schien die Zeit für einen Augenblick stillzustehen. Ellie näherte sich ihrem Gesicht noch mehr, so nahe, dass sich ihre Nasespitzen fast berührten. Ihre langen Wimpern glitzerten weiß vom Puderzucker. Sie war ein schöner weißer Dämon. Mit klopfendem Herzen hielt Lottie den Atem an. Ellie schaute ihr tief in die Augen. Lottie war furchtbar nervös und zugleich aufgeregt. Ellie kam ihr so nah, dass ihre Anhänger sich berührten. Dann küsste sie ganz sachte Lottie den Zucker von den Lippen.

Ein Stromschlag schoss durch Lottie und ließ ein Kribbeln in ihren Fingerspitzen zurück.

Ellie richtete sich wieder auf. Der Moment war so schnell

vorbei, dass Lottie sich fast schon fragte, ob es wirklich passiert war. Nur ihr Herz hämmerte immer noch wie verrückt. Bevor sie etwas sagen konnte, schwang die Tür auf, und Ellie zog sie schnell außer Sichtweise hinter einen der Ventilatoren.

»Und diesen Raum hier nennen wir den Puderzuckerraum«, hörte man Nadias Stimme von oben. »Hier wird der Puderzucker durcheinandergewirbelt, um ihn so weich und zart wie möglich zu machen. Denn nur der beste Puderzucker kommt auch in unsere Produkte.«

Ellie hielt sich die Hand vor den Mund und versuchte, nicht zu lachen.

Die Tür wurde wieder geschlossen, und abermals wurde es still. Nach einer Weile schaute Ellie nach, ob die Luft auch wirklich rein war. »Das war knapp«, sagte sie mit einem diebischen Grinsen. Dann stand sie auf und winkte Lottie zu, sie solle ihr folgen.

»Ja …«

Lottie strich sich unwillkürlich mit den Fingern über den Mund. Dieser Kuss war ganz anders gewesen als der von Edmund. Süß und zart, und das war nicht nur auf den Zucker zurückzuführen. Sie fühlte sich schwerelos, als würde sie über dem Boden schweben, und vor allem fühlte sie, dass sie es gerne noch einmal tun würde.

Wieder schwang die Tür auf, und beide erstarrten. Auf der Plattform standen Jamie und Anastasia und schüttelten fassungslos die Köpfe.

»Das war wirklich total unverantwortlich von euch«, fauchte Jamie und warf schnell einen Blick über die Schulter, um sicherzugehen, dass die anderen sie nicht entdeckt hatten. Anastasia nahm ihre Sonnenbrille ab, und Lotties Herz begann, schneller zu schlagen. Hatte Anastasia mitgekriegt, was eben geschehen war? »Kommt rauf, aber schnell«, befahl Jamie.

Ellie lächelte Lottie verschmitzt an, dann rannten sie die Treppe hinauf zu ihnen und versuchten ihr Bestes, Jamies vorwurfsvolle Blicke zu ignorieren.

»Was habt ihr beiden denn da drin getrieben?«, flüsterte Anastasia, als sie sich wieder der Gruppe anschlossen. Fast hätte Lottie gleich wieder ihre Lippe berührt. Sie schielte rüber zu Ellie, deren Gesicht ausdruckslos blieb.

»Um ehrlich zu sein, das weiß ich selbst nicht so genau«, sagte Lottie.

Jamie konnte einfach nicht fassen, was er gerade gesehen hatte.

Bevor sie den Puderzuckerraum betraten, hatte er durchs Schlüsselloch etwas beobachtet: zwei von weißem Dunst verwischte Gestalten, die sich küssten. Es konnten nur Ellie und Lottie gewesen sein. Er hatte sofort gemerkt, wie die beiden sich weggeschlichen hatten, und erst einmal abgewartet, um sie dann mit möglichst wenig Aufsehen wieder zurückzuholen.

Während sie sich beeilten, wieder zur Tour aufzuschließen, spielte sich die Szene immer wieder in seinem Kopf ab. Er konnte nicht einmal sagen, was er dabei fühlte.

Er schaute hinüber zu Ellie, seiner Prinzessin, seiner Herrin, die lässig neben ihm herschritt, als sei gar nichts passiert.

Daneben ihre Porterin Lottie, die wie immer mit dem Kopf in den Wolken war. Hatte er sich das alles nur eingebildet? Aber warum ließ ihn das Bild dann nicht mehr los? Und warum fühlte er sich plötzlich so einsam?

38

Lottie setzte sich im Bett auf. Ein Funke durchlief ihren ganzen Körper, als hätte jemand sie absichtlich wach gerüttelt. Sie schaute auf die Uhr auf ihrem Nachttisch: Es war genau 3.15 Uhr.

Etwas hatte sie geweckt.

Sie schaute sich schlaftrunken um. Da war etwas … Wie aus weiter Ferne konnte sie eine leise Melodie hören, die nach ihr rief. Und da war noch etwas … Irgendwie klang die Melodie falsch.

Sie drehte sich auf die Seite, um nach Ellie zu schauen, die in dem Bett neben ihr schlafen sollte, doch da war niemand. Keine Ellie, kein leises Schnarchen und auch kein Bett. Richtig, sie war nicht zu Hause in Rosewood, sondern in einem Gästezimmer in der Tompkins-Villa. Sie war allein. Eine Sekunde lang überlegte sie, ob sie die Melodie einfach ignorieren sollte, aber ihr Sog war zu stark. Sie war bereits gefangen, konnte kaum einen klaren Gedanken mehr fassen.

Auf Zehenspitzen folgte sie der Melodie durch die nach Lakritz riechenden Gänge der weitläufigen Villa. Immer wieder schossen ihr Bilder vom Rattenfänger von Hameln und seiner magischen Flöte durch den Kopf, mit der er die Kinder aus der Stadt gelockt hatte.

Bevor sie wusste, wie ihr geschah, stand sie bereits vor der Tür, die zum Klavierzimmer führte, und linste durch das eingelassene Glasfenster in den vom Mondlicht hell erleuchteten Raum.

Ein in einen langen weißen Mantel gehüllter Mann saß am Klavier. Das silbrige Mondlicht verlieh der ganzen Szene eine gespenstische Aura. Lottie hatte das Gefühl, als hätte sie unabsichtlich einen Blick in eine fremde Erinnerung oder ein Traumbild geworfen.

Die geisterhafte Erscheinung spielte immer wieder dieselbe Melodie – und jedes Mal war sie falsch. Lottie konnte nicht sagen, woher sie wusste, dass sie falsch war, aber sie konnte deutlich fühlen, dass dieser Melodie etwas Entscheidendes fehlte.

»Wer ist da?« Der Mann drehte sich plötzlich um. Lottie erkannte sofort das eingefallene, erschreckte Gesicht.

Sie öffnete die Tür und murmelte noch etwas verschlafen: »Alfred Tompkins?«

Der Mann am Klavier war Lolas und Mickys Vater.

»Der bin ich, und wer bist du?«, fragte er zurück.

»Bitte entschuldigen Sie … Ich bin eine Schulfreundin von Lola und Micky. Ich bin wegen des Turniers hier. Ich hörte die Musik in meinem Zimmer und bin ihr gefolgt.« Jetzt war sie endgültig wach. »Ich weiß gar nicht, wieso. Aber ich konnte mich einfach nicht davon losreißen. Tut mir leid.«

Er musterte sie misstrauisch. Sein Haar war fast vollständig ergraut, an ein paar kahlen Stellen schimmerte der fahle Schädel durch. Er wirkte vorzeitig gealtert, tiefe Furchen zeichneten sein Gesicht. Er schien noch etwas sagen zu wollen, brach dann aber in ein schweres Husten aus, das gar nicht mehr aufhören wollte.

Lottie rannte sofort zu ihm und klopfte ihm sachte auf den Rücken. Erinnerungen an ihre kranke Mutter schossen ihr durch den Kopf.

»Lassen Sie mich Ihnen helfen«, sagte sie und bot ihm den Arm an. Zögernd nahm er ihre Hilfe an. Lottie brachte ihn wieder zu seinem Rollstuhl.

Das Husten ging weiter und wurde immer schlimmer. Lottie fragte sich bereits, ob sie den Notarzt rufen sollte.

»Ich gehe los und hole Hilfe«, sagte sie. Aber er hob abwehrend die Hand.

»Nein, bitte. Es wird gleich wieder besser. Bleib hier«, brachte er zwischen zwei weiteren Hustenanfällen hervor.

Also blieb sie einfach neben ihm stehen und wartete ab, bis sich das Röcheln und Pfeifen wieder gelegt hatte. Nach ein paar weiteren endlosen Minuten hatte er sich wieder etwas beruhigt.

»Geht es Ihnen wirklich gut?«, fragte Lottie nervös.

Er musterte sie abermals mit einem unverhohlen misstrauischen Blick. »Du bist doch diese Prinzessin?«, fragte er schließlich.

Lottie zögerte. Sie wusste, dass es Teil ihres Jobs als Porterin war, aber irgendwie kam es ihr jetzt, in dieser verwunschenen Nacht, nicht richtig vor, einen schwerkranken Mann anzulügen. Die ganze Situation war so merkwürdig.

»Ja, das bin ich wohl«, antwortete sie.

»Warum bist du der Melodie hierher gefolgt?«, fragte er argwöhnisch. »Sag es mir ganz ehrlich!«

»Also …« Lottie musste schlucken. »Um ganz ehrlich zu sein: Irgendwie klang sie falsch.«

»Wie meinst du das?«, japste er und fing gleich wieder an zu husten.

»Ich weiß nicht, wie ich es beschreiben soll. Das Stück klingt schön, und ich glaube nicht, dass Sie sich verspielt haben, aber trotzdem hörte sie sich irgendwie verkehrt an. Ich weiß nicht wo, aber irgendwo muss ich die richtige Melodie schon einmal gehört haben.«

Er hörte auf zu husten und musterte sie noch einmal von Kopf bis Fuß. Lottie kam sich ziemlich lächerlich vor, wie sie in ihrem mit Disneyfiguren bedruckten rosa Schlafanzug vor Mr Tompkins stand.

»Du hast ein sehr gutes Ohr«, sagte er schließlich. »Denn, weißt du, das Stück, das ich versuche zu spielen, gibt es nicht.« Er schaute wie gebannt zum Klavier. Seine Stimme wurde immer leiser, als würde er mit sich selbst reden.

»Meinen Sie damit, dass Sie es erfunden haben?«, fragte Lottie neugierig.

»Nein, nein, nein. Es ist ein Geheimnis. Ein Rätsel, das ich seit vielen Jahren zu lösen versuche. Aber es ist mir nicht gelungen.« Er schüttelte den Kopf, ohne zu Lottie aufzuschauen. »Ich glaube, mir fehlt einfach das Gespür für die Details.« Ein heiseres Lachen folgte, das nahtlos in einen weiteren Hustenanfall überging. Lottie verstand nicht, was daran so witzig sein sollte. Hatte Lola damals bei ihrer Unterredung im Wald nicht gesagt, dass ihr Vater langsam den Verstand verliere?

Damals im Wald …

Jetzt wusste Lottie, wo sie die richtige Version der Melodie schon einmal gehört hatte: als Lola ihre Spieldose geöffnet hatte. Erst die Inschrift, jetzt diese Melodie. Das konnte kein Zufall sein. Aber was sollte sie mit diesen Hinweisen anfangen?

Vielleicht half ihr ja ihr Gespür für Details weiter.

»Woher haben Sie das Klavier denn?«, fragte Lottie, die die Neugier gepackt hatte.

Alfred schien kurz zu überlegen, was er ihr darauf antworten sollte.

»Das Klavier«, sagte er schleppend, als wäre er sich nicht ganz sicher, wie er den Satz beenden sollte, »war eines von nur zwei Erbstücken, die meiner Frau von ihrem Vater vermacht wurden. Sie hat sie an unsere beiden Kinder weitergegeben.«

»Es ist ein wunderschönes Geschenk«, sagte sie mit aufrichtiger Bewunderung.

»Das ist es in der Tat. Nur leider kann ich jetzt nicht mehr viel damit anfangen«, sagte er stirnrunzelnd und hielt seine von der Arthritis verbogenen Finger in die Luft. Wenn Lottie ihm doch nur irgendwie helfen könnte. Es musste schlimm sein mitzuerleben, wie die Krankheit einem nach und nach all die Dinge nimmt, die man früher so geliebt hat. »Nun, junge Prinzessin. Es ist sehr spät. Würdest du mich freundlicherweise zurück in mein Zimmer bringen? Ich bin sehr müde.«

Lottie nickte erleichtert, dass er ihre Hilfe nun doch annahm.

Nachdem sie ihn zu seinem Zimmer begleitet hatte, schlich sie in völliger Stille die bunt gemusterten Gänge entlang in ihr eigenes, einsames Schlafzimmer. Endlich wieder im Bett, hallten die Worte des halbverrückten Alfred Tompkins noch lange durch ihren Kopf.

Geheimnis
Rätsel
Details

Sie war kurz davor, das Rätsel zu lösen, das konnte sie fühlen. Doch dann übermannte sie der Schlaf.

39

Ellie und Lottie hatten noch nicht über den Kuss gesprochen. Lottie fragte sich schon, ob es wirklich passiert oder diese magische Puderzuckererfahrung nur ihrer durchgedrehten Phantasie entsprungen war. Am liebsten hätte sie Ellie einfach gefragt, was sie dabei gefühlt hatte, aber jetzt war kaum der richtige Zeitpunkt. Schließlich musste Ellie sich voll und ganz auf das Turnier konzentrieren … das in weniger als einer halben Stunde losgehen sollte.

»Hat euch die Tour gefallen?«, fragten Lola und Micky.

»Ja, es war super. Ganz besonders der Teil mit … ähm … mit der ganzen Schokolade. Das war cool.« Die Frage hatte Lottie so plötzlich aus ihren Gedanken gerissen, dass sie kaum einen Satz geradeaus sprechen konnte. Ihr nächtliches Abenteuer trug auch nicht gerade zu ihrer Konzentration bei. Sie behielt die Geschichte ihrer Begegnung mit Mr Tompkins aber lieber für sich, damit die Zwillinge sich nicht noch mehr Sorgen über seinen Gesundheitszustand machten. Auch bei dieser Geschichte hatte sie wieder das Gefühl, als hätte sie alles nur geträumt.

»Lottie«, sagte Jamie mit erhobenem Zeigfinger, »hör auf, dich dauernd ablenken zu lassen. Wir müssen uns konzentrieren.«

Sie nickte. Verdammt, warum wusste er immer so gut, was gerade in ihr vorging? Konnte er etwa Gedanken lesen? Heute war der Tag der Entscheidungen: Sie mussten die wenige verbleibende Zeit während des Spearions nutzen und endlich die Hameln-Formel zerstören. Aber sie hatten ein Problem. Ein großes Problem.

Sie wussten immer noch nicht, wo die Formel versteckt war, dabei würde das Turnier in ein paar Minuten beginnen.

Die Freunde standen zusammen mit den anderen Teilnehmern und Unterstützern vor der Halle, in der das Turnier gleich stattfinden sollte. Seit ihrer Ankunft hatten sie ununterbrochen nach der Formel gesucht, waren aber nicht einen Schritt weitergekommen. Langsam beschlich sie das Gefühl, dass ihr wunderbarer Plan ein Schlag ins Wasser werden könnte.

»Entschuldigung, wir müssen mal durch.« Eine Gruppe von Schülern, ungefähr in ihrem Alter, drängelte sich durch die Menge. Alle trugen das gleiche T-Shirt, auf dem der Name Alistair absichtlich falsch geschrieben war als *Alis-STAR*.

»Entschuldigung«, sagte Lottie und machte Platz. Die Gruppe marschierte geschlossen in die Turnhalle ein. »Ich hoffe, Ellie und Anastasia schlagen sich tapfer da drin.« Wie gerne wäre sie mit reingegangen, um genau wie diese Gruppe ihre Freundinnen zu unterstützen.

»Anastasia nimmt es ziemlich locker«, zwitscherte Lola vergnügt.

»Sie kam heute Morgen bei uns vorbei und hat nach Schokolade gefragt – und das trotz des strengen Diätplans des Fechtteams«, ergänzte Micky.

Ein nicht sehr damenhaftes Grunzen entfuhr Lottie, das

sie gerade noch so hinter einem lauten Husten verstecken konnte. Sie wusste ganz genau, warum Anastasia plötzlich so dringend Schokolade brauchte: Sie war supernervös.

»Bitte, ihr müsst jetzt alle hochkonzentriert bleiben«, bettelte Jamie schon fast. Der drohende Fehlschlag ihrer Operation schwebte wie ein Damoklesschwert über ihnen. »Wir müssen endlich herauskriegen, wo die Hameln-Formel versteckt ist.«

Und wenn wir es nicht schaffen?, fragte Percy ihn in Gebärdensprache.

Allen war klar, dass es sehr unwahrscheinlich war, die Formel jetzt noch zu finden. Es blieb ihnen nur zu hoffen, dass Leviathan ebenfalls scheitern würde, sonst wären sie aufgeschmissen.

»Wir bitten alle Gäste, sich in der Halle einzufinden und ihre Sitzplätze einzunehmen. Das diesjährige Spearion beginnt in wenigen Minuten«, kam eine Ansage durch einen Lautsprecher.

Lottie versuchte, Jamie mit einem Lächeln aufzumuntern, aber er war viel zu angespannt, um darauf einzugehen.

»Erst hatten wir kein Glück, und jetzt kommt auch noch Pech hinzu. Vielleicht gelingt es uns ja, nach dem Turnier noch etwas Zeit für die Suche abzuzwacken«, schlug Lottie vor.

Lola und Micky nickten ihr zu, aber Jamie wirkte total am Boden zerstört. Sie wollte ihm eine Hand auf die Schulter legen, doch er schüttelte einfach nur resigniert den Kopf, drehte sich um und marschierte vorneweg in die Halle.

Der Austragungsort entsprach so gar nicht Lotties Erwartungen. Die Kämpfe fanden in einer umgebauten alten Lagerhalle statt, in die ein paar ziemlich ramponierte fahrbare Tribünen gekarrt worden waren. Die fast kahlen Wände und Decken mit den alten Rohrleitungen, von denen die Farbe abblätterte, wollten nicht recht zu dem verblassten Schick der Tribüne passen. Dennoch war die Stimmung auf den vollen Rängen ausgelassen und voll freudiger Erwartung. Lottie sah hier und da in der Menge noch ein paar andere Rosewood-Schüler. Die Freunde suchten sich Plätze ganz weit hinten, um bei Gelegenheit rausschleichen zu können. Die ganze Zeit über knirschte Jamie vor Anspannung mit den Zähnen.

Unten im Wettkampfbereich sahen sie Ms Bolter, die ihr Team zusammengetrommelt hatte und ihnen einheizte, als würden sie gleich um das Schicksal der ganzen Welt kämpfen. Lottie verrenkte sich fast den Hals bei dem Versuch herauszufinden, welche dieser ganz in Weiß gekleideten Figuren Ellie oder Anastasia sein könnte. Doch dann gab Ms Bolter die Anweisung, die Fechthelme abzunehmen, und endlich sah Lottie sie: Ellie in ihrem blütenreinen weißen Anzug. Ihr ungekämmtes Haar fiel ihr in dunklen Strähnen ins schmale Gesicht. Ihre Haltung verriet Anmut und Kraft gleichermaßen. Das war genau die Version von Ellie, die Lottie am besten gefiel: eine zu allem entschlossene Kämpferin, die mit dem Schwert in der Hand, wie der Prinz im Märchen, barfuß durch einen Schneesturm rennen würde, um sie zu retten.

Lottie konnte sich nicht an ihr sattsehen. Sie bewunderte Ellie. Die Art, wie sie sich bewegte, wie schlau und loyal sie war. Aber vor allem faszinierte Lottie an ihr, wie perfekt sie sich ergänzten. Ellie war ihr ausgleichendes Pendant. Wo sie süß war, war Ellie rau, sie war der Tag und Ellie die Nacht. Zusammen waren sie zwei Teile einer einzigen Seele.

Ihre Finger wanderten instinktiv zu ihren Lippen, als sie sich wieder an diesen wunderbaren Moment im Puderzuckerraum erinnerte.

Würde das alles ändern?

Jemand stieß sie von der Seite an. Sie fiel unsanft aus ihren Tagträumen zurück auf die Erde. Sie drehte sich um und sah Jamie, der ihr einen finsteren Blick zuwarf, über dessen Bedeutung sie nicht lange nachgrübeln musste: *Hör endlich auf, dich dauernd ablenken zu lassen*, sagte dieser Blick.

»Entschuldigung«, sagte sie mechanisch, obwohl sie gar nicht so genau wusste, wofür sie sich da gerade eigentlich entschuldigte.

»Die Situation ist sehr ernst«, sagte Jamie. »Wir müssen irgendetwas übersehen haben. Denk noch einmal scharf nach. Uns darf nicht das kleinste Detail entgehen.«

Detail, Detail, Detail.

Das sollte doch eigentlich Lotties Stärke sein, aber bisher hatte ihr Gespür für Details sie im Stich gelassen.

Sie rieb sich die Stirn. Eine Million Gedanken und Bilder schwirrten ihr durch den Kopf.

Das Lied von Lolas Spieldose, ihre nächtliche Begegnung mit Alfred Tompkins, die merkwürdige Inschrift am Klavier …

»Lola!«, rief Lottie ganz aufgeregt. Die drehte sich zu ihr um und legte den Kopf zur Seite. »Sag mal: Was bedeutet eigentlich die merkwürdige Inschrift auf deiner Spieldose?«

Lola zuckte mit den Achseln.

»Ach, das ist mehr oder weniger reiner Blödsinn«, sagte sie. »Wir haben schon darüber spekuliert, ob das eine falsche Übersetzung ist.«

»Auf Dänisch steht da:« – Micky räusperte sich – *»Um diese Erinnerung festzuhalten, musst du sie zuerst zerstören.«*

»Siehst du?«, sagten nun wieder beide aus einem Mund: »Es ergibt keinen Sinn.«

Aber Lottie hörte ihnen gar nicht mehr zu. Sie dachte an das, was Alfred Tompkins zu ihr gesagt hatte. Sie hatte es als das wirre Gestammel eines kranken alten Mannes abgetan. Er hatte gesagt, dass er das Rätsel nicht lösen konnte, weil er die Melodie nicht spielen könne.

Fast hätte sie vor lauter Aufregung laut aufgeschrien. Sie packte Jamies Arm und zog ihn hinter sich her in Richtung Ausgang.

»Was ist denn los, Lottie?«, fragte er.

Genau in diesem Moment ertönte ein lautes Signal, das den Beginn des Wettkampfs ankündigte.

Sie warf einen Blick zurück über die Schulter. Ellie würde gleich das größte Fechtturnier ihres Lebens bestreiten. Sie fühlte sich schuldig, in diesem einmaligen Moment nicht für sie da sein zu können.

»Lottie? Was ist los?«, wiederholte Jamie sichtlich irritiert.

Sie hatte endlich begriffen, was der eigentliche Grund ihrer Ablenkung war: Ellie. Jetzt ergab auch die Mahnung von König Alexander endlich Sinn, als er sie und Jamie zu Wachsamkeit ermahnt hatte. Sie mussten unter allen Umständen das Richtige für ihre Sicherheit tun und durften sich dabei nicht einmal wegen ihrer Gefühle für Ellie von ihrer Aufgabe ablenken lassen.

Sie schloss die Augen und erinnerte sich daran, was der König ihnen eingeschärft hatte: »Es mag eine Zeit kommen, in der ihr Eleanor sich selbst überlassen müsst, um ihr so umso besser zu dienen. Ich zähle darauf, dass ihr den Moment erkennen werdet, wenn es so weit ist.«

Sie öffnete ihre Augen wieder und atmete tief durch. »Jamie, ich weiß jetzt, wo die Hameln-Formel sich befindet.«

40

Lola stellte die Spieldose vorsichtig auf dem Klavier ab und hob den Deckel an. Augenblicklich setzte die Musik ein. Die kleine Taubenfigur fing an, sich im Kreis zu drehen.

Jamie schloss die Augen. »Hmm. Bitte erkläre es mir noch einmal.«

»Also: Lolas und Mickys Mutter hat ihnen diese Spieldose vermacht«, begann Lottie und lächelte die Zwillinge an. »Sie hat ihnen eingeschärft, immer gut auf sie aufzupassen. Das Liedchen, das sie spielt, ist einzigartig. Keiner weiß, wie es heißt oder wer es geschrieben hat.«

Draußen ging bereits langsam die Sonne unter und tauchte den Raum in ein kräftiges Orange.

Percy stand an der Tür Schmiere, steckte aber alle paar Minuten den Kopf herein, um zu gucken, was drinnen passierte.

»Das stimmt. Sie hat sie uns gegeben, als ihre Gesundheit sich zu verschlechtern begann«, sagte Lola und strich gerührt über den kleinen Porzellanvogel, als sei es ein echtes Tier. »Den Sinn der Inschrift haben wir nie wirklich verstanden.« Sie reichte ihre andere Hand Micky und drückte sie fest.

»Ich vermute, dass es sich bei dem Lied nicht nur um ein mysteriöses Musikstück handelt. Darüber hinaus ist es ein Schlüssel. Sie hat euch die Spieldose gegeben, weil sie wollte, dass ihr irgendwann mit ihrer Hilfe die Hameln-Formel ihres Vaters findet und sie zerstört.«

»Aber …«, begann Micky.

»Wir können doch gar kein Klavier spielen«, sagten die Zwillinge nun wieder zusammen.

Lottie wandte sich an Jamie, der kurz durchschnaufte. Natürlich wusste er wieder genau, was sie gerade dachte.

»Ich kann versuchen, die Melodie nach dem Gehör zu spielen, aber …« Jamie unterbrach sich und schloss die Augen, um der Musik besser lauschen zu können. Er wirkte nicht sehr zuversichtlich. »Es ist ein sehr kompliziertes Stück. Das könnte eine Weile dauern.«

»Du schaffst das, Jamie, ich weiß, du kannst es!«, sagte Lottie und strahlte ihn an. Ihnen blieb nur noch dieser eine Versuch. Sie konnte nicht zulassen, dass Jamie sich von seinen Selbstzweifeln hemmen ließ. Sie nahm die kleine Spieldose vom Klavier, deren süße Melodie immer noch den Raum erfüllte.

Und dann passierte Lottie das Schlimmste, was sie in dieser Situation hätte tun können.

Als sie die Dose Jamie überreichen wollte, berührten sich ihre Fingerspitzen ganz leicht, und sie fuhr erschreckt zusammen. Auch Jamie riss die Augen auf. Er hatte es also auch gefühlt. Im selben Moment glitt Lottie die Spieldose aus der Hand. Lola und Micky schrien entsetzt auf. Jamies blitzartige Reflexe versagten in diesem entscheidenden Augenblick, und das zarte Instrument zerschlug mit einem heftigen Scheppern auf dem Marmorboden.

»Nein!«, schrie Lottie und warf sich verzweifelt auf den

Boden, um ihren Fehler irgendwie wiedergutzumachen. »Lola, Micky. Es tut mir so leid.« Ihr standen Tränen in den Augen, die Welt um sie verschwamm. Vor ihr lag die in zwei Hälften zerbrochene kleine Taube. Wie würde sie sich wohl fühlen, wenn das Gleiche mit ihrer Krone, dem letzten Erinnerungsstück an ihre Mutter, passiert wäre?

Wie konnte das nur passieren? Wie konnte ich nur so ungeschickt sein?

Schließlich drehte Lottie sich ängstlich zu den Zwillingen um. Würden die beiden sie jetzt für immer hassen? Sie könnte ihnen keinen Vorwurf dafür machen.

»Was ist denn das?«, sagte Micky und zeigte auf die Überreste der Spieldose.

»Schau doch, Lottie.« Jamie war auf die Knie gegangen und reichte ihr ein seidenes Taschentuch, mit dem sie sich die Tränen abwischen konnte. Die Zwillinge und Percy stellten sich hinter sie und schauten gebannt zu.

Lottie tupfte sich die Augen trocken und schaute genauer hin. Zwischen den herausgesprungenen Zahnrädern und Federn lag ein kleiner zusammengefalteter Zettel. Micky bückte sich ohne Umschweife und hob ihn auf.

»Ist das …?« Jamie lehnte sich über seine Schulter, um einen Blick drauf zu werfen, dann weiteten sich seine Augen vor Überraschung. »Ja, das ist es!«

»Es sind Noten!«, rief Lola und drückte Mickys Arm.

Sogar Percy lächelte und strich Micky durchs Haar. Alle waren ungeheuer erleichtert.

»Da steht sogar der Name des Stücks.« Lola tanzte fast vor Freude durchs Zimmer. »Unser unbekanntes Lied hat einen

Namen.« Sie drückte sich das Papier an die Brust, genau wie Lottie es schon so viele Male mit ihrer Krone gemacht hatte.

»Süß, aber bitter«, las Jamie vor.

Kannst du es spielen?, wollte Percy wissen.

Ich werde es versuchen.

Lola legte den Zettel auf den Notenhalter am Klavier, und alle versammelten sich um den auf dem Hocker sitzenden Jamie.

Ein magisches Musikstück ist der Schlüssel, der uns das Geheimversteck in diesem Klavier zeigen wird.

Es war wie im Märchen.

Percy nahm wieder seine Position an der Tür ein, während Jamie sich bereitmachte, das Stück zu spielen. Seine Lippen bewegten sich stumm, während er das Stück zuerst in seinem Kopf durchging. Seine Finger schwebten über die Tasten, ohne sie zu berühren, bis er ganz sicher war, dass er es spielen könnte.

»Okay«, sagte er und atmete tief durch. Er schlug die erste Taste an, und schon war er nicht mehr Jamie der Partist. Seine Pose, sein schwarzes Hemd, sein immer etwas wuscheliges Haar und seine melancholische Art verwandelten ihn in das Ebenbild eines Künstlers, eine kreative Seele, der sein ganzes Wesen in sein Spiel legte. Das war Jamie ohne all die Zwänge, die er sich selbst auferlegte. Das war der wahre Jamie. Der Mensch, der er sein könnte, wenn er sich endlich seinen inneren Dämonen stellen würde.

Das Stück war recht kurz, aber Lottie wusste, dass diese Musik noch lange in ihr nachklingen würde. Nur noch zwei Takte, und das Klavier würde sich öffnen.

Lottie musste an das argwöhnische Gesicht von Alfred Tompkins denken. Er hatte es gar nicht gut gefunden, dass sie ihn in dieser Nacht aufgestöbert hatte. Wovor hatte er solche Angst gehabt?

Plötzlich durchfuhr sie ein beklemmender Gedanke. Was, wenn das alles gar kein Zufall war, sondern von langer Hand geplant?

Die nächsten Sekunden waren die längsten in Lotties gesamtem Leben. Eine üble Vorahnung schnürte ihr den Hals zu. Sie wollte etwas sagen, aber da war es schon zu spät. Jamie hatte das Stück schon zu Ende gespielt. Die letzten Noten schwebten durch den Raum und klangen dann aus. Ein leises Klicken ertönte, als er die Hände von den Tasten nahm. Im Klavierkasten begannen, alte Zahnräder zu klicken und aneinander zu schaben. In der Mitte der schönen Schnitzarbeiten ging eine vorher nicht sichtbare Luke auf. In dem Hohlraum dahinter lag eine kleine schwarze Kiste.

»Jamie, ich glaube …« Bevor Lottie ihren Satz beenden konnte, schwang die Tür auf. Percy ließ einen unartikulierten Schrei hören und wurde mit unwiderstehlicher Kraft in den Flur und aus dem Zimmer gezerrt. Sie hatten keine Zeit mehr zu reagieren, schon legte sich von hinten eine Hand über Lotties Mund und schnürte ihr die Luft ab.

»Na, na, na, ihr unartigen kleinen Kinder«, sagte Ingrid, deren tiefschwarzes Haar Lottie auf die Schulter fiel, während sie sie in Schach hielt. »Wir haben euch schon gesucht, Aber danke, dass ihr die Formel für uns gefunden habt«, sagte sie und lachte bösartig.

Julius kam hinter ihr zur Tür herein, und Jamie machte

sofort einen Satz auf ihn zu. Doch Ingrid hob ihre Hand an Lotties Kehle. »Na, na, na. Das würde ich an deiner Stelle nicht tun.«

Und dann machte Julius einen Schritt zur Seite und gab den Blick auf die Person frei, die eigentlich gar nicht hier sein dürfte.

Saskia San Martin.

Sie schlenderte aufreizend lässig ins Zimmer und trug dabei eine große Tasche auf dem Rücken, die viel zu schwer für eine Person aussah. Saskia musterte Jamie und gab ihm dann das Daumen-hoch-Zeichen. An ihrer Hand glitzerte ein großer Diamant. Lottie erkannte mit Schrecken, dass es Anastasias Ring war.

Plötzlich schienen die Wände sich auf sie zuzubewegen.

Julius ging auf Jamie zu und griff an ihm vorbei durch die Luke nach der kleinen schwarzen Kiste. Jamie hatte eine Kampfhaltung angenommen, doch es war klar, dass er in dieser Situation nichts ausrichten konnte.

»Hallo, liebe Freunde«, sagte Saskia und zog ein Bündel Seile aus ihrer Tasche. »Ich hoffe, ihr nehmt das, was jetzt gleich kommt, nicht persönlich.«

41

Als sie fertig waren, fühlte Ellie sich nicht sonderlich erleichtert oder euphorisch. Irgendwie war es dann doch nicht so aufregend gewesen. Sie wusste nicht, woran es lag, aber irgendetwas hatte definitiv gefehlt.

»Irgendwie fühle ich mich leer. Du auch?«, sagte Anastasia und nahm ihren Helm ab. Sie waren auf dem Weg in den Umkleideraum, wo Ms Bolter und der Rest des Teams schon auf sie warteten.

»Meinen Glückwunsch, Ellie! Dritter Platz ist ein wirklich gutes Ergebnis.« Ms Bolter lächelte tatsächlich, als sie den beiden Mädchen anerkennend auf den Rücken klopfte, was Ellie sich gerne gefallen ließ. Sie respektierte Ms Bolter, und ein Lob aus ihrem Mund bedeutete Ellie sehr viel.

»Oh! Das war doch nicht der Rede wert«, sagte Ellie, woraufhin Anastasia von so viel falscher Bescheidenheit genervt die Augen verdrehte.

Keine von beiden hatte den ersten Platz ergattern können, da sie beide in der letzten Runde rausgeflogen waren. Aber weil Ellie etwas bessere Haltungsnoten bekommen hatte, reichte es am Ende für den dritten Platz. Leider waren die Paarungen beim Turnier so gelost worden, dass Anastasia und Ellie gar nicht erst gegeneinander angetreten waren.

Tom und der Rest des Teams neckten sie scherzhaft, und Ellie verteilte ihrerseits ein paar Komplimente, aber sie war nicht richtig bei der Sache. Irgendwie fühlte sie sich leer, genau wie Anastasia es gesagt hatte.

Ellie und Anastasia zwängten sich an den anderen Teilnehmern vorbei, um sich schnell wieder ihren Freunden anzuschließen. Sie wollten sich nach dem Turnier mit ihnen treffen.

»Hoffentlich haben sie die Formel endlich gefunden«, sagte Ellie mit einem Blick auf ihre Uhr. »Sie sind zu spät.«

»Ach ja?«, sagte Anastasia und musterte ihre Fingernägel. »Ich wusste gar nicht, dass wir eine bestimmte Zeit ausgemacht hatten …«

Plötzlich hörten sie lautes Fußgetrappel. Percy kam um die Ecke geschossen und rannte auf sie zu. Er kam so schnell angerannt, dass er fast in sie reingerauscht wäre. Er war völlig außer Atem.

Anastasia klopfte ihm sachte auf den Rücken, damit er wieder etwas Luft bekam.

»Percy, was ist …«, plapperte Ellie los und merkte erst einige Sekunden zu spät, wie sinnlos es war, ihn auszufragen. Aber es brauchte gar keine Worte. Die Panik in seinen Augen verriet ihnen, dass etwas Schreckliches passiert sein musste.

Ellie packte ihn bei der Schulter und sah ihm direkt in die Augen. Was wollte er ihnen sagen? Aber Percy schüttelte nur den Kopf. Dann fasste er ihren Arm und versuchte, sie mit sich zu ziehen. Was auch immer passiert war, es konnte nicht einmal so lange warten, bis sie sich umgezogen hatten.

»Anastasia«, sagte Ellie, »hol unsere Säbel.«

Sie stürmten durch die Villa und fielen dabei fast über ihre eigenen Füße, weil der blankgeputzte Marmor so rutschig war. Percy bremste einige Meter vor dem Klavierzimmer ab. Dann schlichen sie langsam näher und schauten durch das Glas in der Tür.

Anastasia machte vor Schreck einen Schritt zurück und schlug die Hände über dem Mund zusammen. Was hatte sie dort gesehen? Dann lehnte Ellie sich zu ihr hinüber und flüsterte ihr etwas ins Ohr. Ihre Gesichtszüge verhärteten sich, sie wirkte zu allem entschlossen.

Nun ging auch Percy endlich zum Fenster. Er wollte wissen, ob es Micky gutging.

Lottie und Jamie würden schon zurechtkommen, sie waren beide stark, aber Lola und Micky waren für so etwas nicht gemacht. Das war einer der Gründe, warum er Micky so liebte. Von außen betrachtet, mochten sie ein sehr unterschiedliches Paar abgeben, in Wahrheit hatten sie sehr viel gemeinsam. Sie fühlten sich beide oft unwohl, nicht richtig zu Hause in der Welt. Obwohl Micky es sicher noch etwas besser überspielen konnte als er selbst.

Er atmete auf, als er sah, dass Micky und Lola unverletzt waren. Er wollte schon wieder von der Tür zurücktreten, als sein Blick an etwas hängenblieb: dem Leviathan-Zeichen auf Ingrids Arm. Ein Blitz durchzuckte ihn, und die Welt um ihn wurde rot.

Rot, rot, rot.

Sein Verstand setzte aus. Er hatte das Gefühl, das Bild würde ihn anspringen, und dennoch konnte er nicht weggucken. Er wollte die Augen zukneifen, doch es stürzten immer mehr Bilder auf ihn ein. Hände, die ihm Zeichen machten, lächelnde Gesichter.

Öffne die Tür. Führe sie zu uns.

Das waren nicht seine eigenen Worte, sie kamen von irgendwo aus seinem Kopf.

Percys Augen trübten sich ein, als wären sie hinter einem Rauchschleier verschwunden, als wäre alles Leben aus ihnen gewichen und nur noch eine Hülle von ihm übrig geblieben. Das Leviathan-Zeichen hatte ihn unter ihre Kontrolle gebracht. Er war bereit, ihre Befehle zu empfangen.

Ein Arm griff nach ihm. Irgendwo weit weg sah er die Schatten zweier Mädchen, sie wollten ihm etwas sagen, doch es war zwecklos, nichts und niemand konnte ihn jetzt noch erreichen – wie an einem unsichtbaren Faden gezogen, trat er vor und öffnete die Tür.

42

»Wunderbar«, sagte Ingrid grinsend, ohne sich nach der aufschwingenden Tür umzudrehen. »Unser kleines Versuchskaninchen ist zurückgekommen.«

Lottie wollte Ellie und Anastasia warnen, aber weil ihr Mund mit Klebeband zugeklebt war, brachte sie nur ein kraftloses Quietschen zustande, das genauso erbärmlich klang, wie sie sich gerade fühlte.

Ihnen waren buchstäblich die Hände gebunden. Ingrid hatte sich, als sie hereinkamen, gleich Lottie geschnappt und gedroht, ihr etwas anzutun, wenn Jamie und die anderen ihr nicht gehorchten. Schon ein paar Minuten lagen sie alle gefesselt und geknebelt auf dem Boden und mussten hilflos mit ansehen, wie Ellie und Anastasia in die Falle liefen.

Percy hatte sie überrumpelt, als er unvermittelt die Tür aufmachte. Anastasia und Ellie hatten keine Chance.

»Fass mich nicht an, du Westentaschen-Cowboy!«, schrie Anastasia, als Julius ihr den Säbel aus der Hand riss. Ellie knurrte und machte einen Satz an ihm vorbei, doch Ingrid erwartete sie bereits und brachte sie mit einer eleganten Bewegung zu Fall. Wie eine Katze, die sich eine Maus geschnappt hat, hielt sie Ellie am Boden fest.

Lottie quiekte und versuchte, ihre Hände aus den Fesseln

zu winden. Verzweifelt schaute sie zu Jamie, den Ingrid und Julius in einer Ecke so weit weg wie möglich entfernt von den anderen abgelegt hatten.

Sie hatten seine Hände und Füße besonders sorgfältig gefesselt. Er war wehrlos, aber sein Gesicht blieb kalt und ausdruckslos.

Panik ergriff Lottie und paralysierte sie. Es war wie in einem Albtraum. Sie versuchte, sich selbst daraus aufzuwecken, doch es war sinnlos. Sie konnte nicht entkommen. Verschnürt wie eine Weihnachtsgans lag sie auf dem harten Boden neben Lola und Micky, die vor Angst zitterten. Lolas Schultern bebten, während sie krampfhaft mit den Tränen kämpfte.

Lotties größte Angst war wahr geworden: Lola, Micky, Jamie, Percy, Anastasia … und Ellie – sie alle waren in größter Gefahr. Dabei hatte sie sich doch geschworen, dass sie so etwas niemals zulassen würde.

Während des kurzen Handgemenges stand Percy einfach nur mit leerem Blick da, als hätte er sich in eine hölzerne Marionette verwandelt, deren Schnüre gekappt waren.

»Saskia, du Feigling.« Anastasia trat wild um sich, doch Julius hob sie einfach auf, als wöge sie nicht mehr als ein kleines Kätzchen, und setzte sie wieder ab, um sie zu fesseln.

Saskia weigerte sich, Anastasia anzuschauen. Sie übernahm Ingrids Platz und hielt Ellie am Boden fest, wobei sie sich zu ihr runterbeugte und ihr etwas ins Ohr flüsterte. Es musste eine sehr wirkungsvolle Drohung gewesen sein, denn Ellie hörte sofort auf, Widerstand zu leisten.

»Julius – sorg bitte dafür, dass sie endlich die Klappe hält!«, sagte Ingrid und zeigte auf Anastasia, ohne jedoch den Blick von Jamie zu wenden. Sie achtete sehr genau darauf, dass er keine Gelegenheit bekam, sich loszumachen.

Als Ellie und Anastasia unter Kontrolle gebracht waren, stolzierte Ingrid rüber zu Percy – wie eine zufriedene Katze, die noch ein bisschen mit ihrer Beute spielen will. Er rührte keinen Finger, sondern schien immer noch in dieser eigenartigen Trance gefangen zu sein.

»Das war ja ein Kinderspiel«, schnurrte Ingrid und strich Percy mit ihren langen schwarzlackierten Fingernägeln übers Gesicht. »Als wir Percy damals nach Rosewood schickten, um die ersten Versuchsreihen an den Schülern zu starten, hätte ich mir im Traum nicht einfallen lassen, dass unsere Mission so einfach werden würde.«

»Was habt ihr ihm angetan?«, knurrte Ellie.

Ingrid schien nur auf diese Frage gewartet zu haben. »Ja, was haben wir denn mit ihm gemacht? Ich erkläre es dir«, miaute sie. »Percy war unser Durchbruch bei unseren Versuchen mit der Gedankenkontrolle. Er war der ideale Kandidat.« Sie tätschelte seinen Kopf. »Seht ihr, bei unserer derzeitigen Methode der Gehirnwäsche stellt das Gehör ein Problem dar. Unsere unfertige Variante der Hameln-Formel wirkte nicht, weil die Testpersonen von Geräuschen aus der Außenwelt zu schnell abgelenkt werden und dann in eine Art Starre verfallen.« Sie kicherte, und Lottie musste an all die verängstigten Schreie der Schülerinnen und Schüler denken, die Leviathan vergiftet hatte. »Mit Erlaubnis seines Vaters machten wir Percy zu unserem besonderen Versuchskaninchen und schickten ihn dann in eure Schule, um unsere kleine Testreihe durchzuführen. Wir wollten unserem Meister damit beweisen, dass unsere Version der Hameln-Formel bei Gehörlosen schon funktioniert. Außerdem sollte er euch so zu uns führen.«

Lottie konnte es nicht fassen: Percys Vater war ein Komplize bei diesen ekelhaften Versuchen. Er hatte seinen eigenen Sohn entführen lassen und ihn dieser Tortur ausgesetzt.

»Was meinst du? Inwiefern hatte er uns zu euch geführt?«, fragte Ellie ungläubig, aber nach außen hin ruhig.

Lottie verstand Ellies augenscheinliche Ruhe nicht. Unter diesen Umständen so cool zu bleiben passte gar nicht zu ihr.

Julius lachte hämisch, was Lottie furchtbar wütend machte.

»Wir wollten, dass ihr die ganze Drecksarbeit für uns erledigt«, sagte er. »Warum sollten wir uns anstrengen, die Formel von Hans Torkelsen zu finden, wenn ihr das für uns erledigen könnt?«

Lottie stöhnte verzweifelt auf, als ihr aufging, wie Leviathan sie alle manipuliert hatte. Plötzlich hatte sie das Gefühl, dass die Seile ihr die Brust zuschnürten. Sie bekam kaum noch Luft.

»Was glaubt ihr, warum das diesjährige Spearion-Turnier ausgerechtet hier in der Tompkins-Villa stattfindet? Und habt ihr nie darüber nachgedacht, warum wir die Formel gerade an eurer Schule getestet haben?« Ingrid kippte fast um vor Lachen. »Habt ihr wirklich geglaubt, wir lassen euch hier in der Villa einfach frei rumlaufen, ohne einzugreifen, weil wir zu beschäftigt damit sind, uns die Nägel zu lackieren?« Sie lachte spöttisch, ging dann rüber zu Jamie und umkreiste ihn langsam. »Was hingegen gar nicht so einfach war, war unseren lieben Percival mit dir auf ein Zimmer verlegen zu lassen, denn er sollte uns ja alles über dich erzählen.« Sie grinste Jamie erneut an, sichtlich zufrieden mit sich selbst.

»Ach ja, du hast ganz vergessen zu erwähnen, wie wir diese blöde Tour organisiert haben, damit wir in aller Ruhe ihren Kram durchwühlen konnten«, fügte Julius hinzu und lüftete den Hut ein Stück, um Lottie spöttisch zuzuzwinkern.

Lottie war erschüttert. Wie hatten sie nur so blöd sein können? Leviathan hatte *gewollt*, dass sie hinter Percys Geheimnis kamen; Leviathan hatte *gewollt*, dass sie die Formel finden. Und sie waren brav über das Stöckchen gesprungen, das man ihnen hingehalten hatte.

Julius lachte und beugte sich über Lottie. »Wir haben uns wie Schlangen im dichten Gras auf die Lauer gelegt und in aller Ruhe abgewartet«, sagte er mit seinem ekelhaften Kaugummiakzent, der Lottie in den Ohren weh tat. »Und nun sind uns zwei weitere süße Mäuse in die Falle gegangen.«

Lottie schaute hilfesuchend rüber zu Jamie, dessen Augen sich weiteten, als Ingrid ihm zärtlich durch das Haar strich.

»Sie werden sehr zufrieden sein, wenn wir ihnen die Prinzessin *und* ihren Partisten bringen.« Ingrid beschrieb mit ihren langen Fingernägeln kleine Kreise auf Jamies Wange und beugte sich dabei so tief über ihn, als wollte sie ihn jeden Moment küssen.

Warum interessieren sie sich so sehr für Jamie? Ein dumpfer Schrei entrang sich Lotties Kehle, als Ingrids Lippen Jamie noch näher kamen. Der Schrei wirkte. Ingrid kam wieder zu sich und richtete sich auf. Dann schaute sie auf ihre Uhr. »Wir sollten langsam aufbrechen.«

Ingrid schob Percy in eine Ecke und wies Julius an, sich Lottie zu schnappen. Dann ging sie selbst wieder rüber zu Jamie, doch auf halbem Wege kam sie ins Stolpern. Anastasia war es irgendwie gelungen, ihre Beine freizustrampeln, und sie trat ihr mit einem gedämpften Schrei gegen das Schienbein.

»Halt endlich die Klappe!«, brüllte Ingrid Anastasia an, die unverwandt Saskia anstarrte. Aber Anastasia dachte gar nicht daran, die Klappe zu halten, sondern schrie mit voller Kraft weiter, was selbst durch das Klebeband zu hören war.

»Ich hab gesagt, halt's Maul!«, schrie Ingrid unwirsch und trat Anastasia mit voller Wucht in den Bauch. Anastasia krümmte sich schmerzverzerrt auf dem Boden und rang verzweifelt nach Luft. »Da hast du's. Jetzt hat es sich ausge…«

Ingrid hatte keine Zeit, den Satz zu beenden. Als sie sah, wie Anastasia sich vor Schmerzen am Boden wand, brüllte Saskia laut auf, machte einen Satz auf Ingrid zu und krachte in sie hinein. Ihre Faust traf Ingrid so hart im Gesicht, dass Lottie instinktiv die Augen schloss.

Julius erwischte Saskias Hemdkragen und riss sie von Ingrid los. Mittlerweile war aber Ellie, die bis dahin von Saskia in Schach gehalten worden war, aufgesprungen, hatte sich ihren Säbel gegriffen und einen Hechtsprung zu Anastasia gemacht, der sie nun die Fessel durchschnitt.

Ein schrecklich dumpfer Knall erfüllte den Raum, als der wütend schnaubende Julius Saskia mit aller Kraft zu Boden warf. Sie keuchte, der Aufprall hatte ihr alle Luft aus der Lunge gepresst.

Anastasia riss sich das Klebeband vom Mund. »Wage es ja nicht, sie anzufassen«, blaffte sie und nahm sich ihren Säbel.

Ellie gab Anastasia die Hand und zog sie hoch, womit sie den beiden abtrünnigen Partisten den Fluchtweg blockierten. Da zog Ingrid zu Lotties Entsetzen zwei fein gearbeitete Dolche aus ihrer Tasche und wirbelte sie in einer gekonnten Bewegung durch die Luft. Ein Lächeln spielte auf ihrem blutverschmierten Gesicht. Trotz des Durcheinanders konnte Lottie eine Figur an den Griffen der beiden Dolche erkennen: eine schwarze Spinne. Waren die Dolche etwa vergiftet?

»Aha. Unsere beiden Turteltäubchen möchten kämpfen«, raunzte Ingrid und ließ wie in einer Zirkusnummer einen der Dolche auf ihrer Handfläche kreisen.

Julius lachte höhnisch, doch gerade als er zusammen mit Ingrid auf Anastasia und Ellie losgehen wollte, rappelte Saskia sich wieder auf, sprang Julius an und riss ihn wieder zu Boden.

Und dann ging der Kampf erst richtig los.

43

Saskia und Julius droschen mit der Kraft zweier Hurrikans aufeinander ein, ihre Körper verkeilten sich in einem erbarmungslosen Ringen zweier gleichstarker Gegner. Lottie wurde wieder daran erinnert, dass Partisten dazu erzogen werden, unerbittlich und, wenn es sein muss, bis zum letzten Blutstropfen zu kämpfen. Ihre Bewegungen waren so schnell, dass sie nicht sagen konnte, wer die Oberhand hatte. Bisher hatte keiner von beiden einen entscheidenden Treffer gelandet. Doch es wurde auch noch an anderer Stelle gekämpft.

Lottie hatte es bedauert, wegen der Suchaktion Ellies und Anastasias Auftritt während des Fechtturniers verpasst zu haben, und nun sah sie die beiden in einem echten Schwertkampf.

Anastasia glitt mit der Anmut einer Ballerina durch den Raum und vermied es geschickt, in Reichweite von Ingrids Dolchen zu gelangen. Ellie hingegen ließ einen wahren Hagelsturm aus Hieben auf Ingrid einprasseln, die sie aber allesamt abwehrte.

Das laute Scheppern von Stahl, der auf Stahl trifft, dröhnte in Lotties Ohren. »Für zwei verzogene kleine Mädchen liefert ihr aber einen echt guten Kampf ab!« Ingrid sprang zur Seite, um einem Hieb von Anastasia auszuweichen. »Schade, dass ihr auf der falschen Seite seid.« Sie spuckte einen dicken Blutklumpen auf den Marmorfußboden. »Uups!«, sagte sie lachend und drehte sich schnell um die eigene Achse, um einen Schlag von Ellie abzuwehren.

»Fass meine Prinzessin nie wieder an, du Schlange«, fauchte Ellie. Ihre Augen blitzten wütend. Die dämonische Wildheit, die Lottie in der Nacht der vereitelten Entführung schon bei ihr gesehen hatte, brannte jetzt lichterloh in ihr.

Ingrid lachte wieder und nutzte Ellies blindwütigen Angriff, um mit ihrer Klinge einen akrobatischen Gegenangriff zu führen. Ellie sprang, so schnell sie konnte, nach hinten, schaffte es aber nicht ganz, aus der Reichweite des Hiebes zu kommen. Ingrid hatte ihre eine blutrote Schramme auf der Wange verpasst. Das hervorquellende Blut strömte in einem schmalen Rinnsal hinab und tropfte von Ellies Kinn. Lottie fuhr angeekelt zusammen, als Ingrid die Klinge an den Mund führte und das frische Blut ableckte. Ingrid schüttelte sich vor Vergnügen.

Sie spielt nur mit ihnen.

Lottie hätte ihnen gerne zugerufen, dass sie hier schon irgendwie wieder rauskommen würden, aber das Klebeband über ihrem Mund saß zu fest. So auf dem Boden liegend, verschnürt wie ein Paket, fühlte sie sich unglaublich nutzlos. Ihr schlimmster Albtraum war wahr geworden. Mit ansehen zu müssen, wie Ellie sich verzweifelt gegen eine ihr hochüberlegene Partistin wehrte, und absolut nichts dagegen tun zu können machte sie fast wahnsinnig. *Gib niemals auf.* Ihr persönliches Motto, das sie sich sonst immer aufsagte, wirkte in diesem Moment ziemlich erbärmlich.

Sie schloss die Augen und versuchte, sich das Bild der unbeugsamen, wilden Prinzessin Liliana ins Gedächtnis zu rufen. Etwas von ihrem Blut war schließlich auch in ihr. Sie musste irgendetwas unternehmen.

Nutze deine Waffen, erinnerte sie sich an Jamies Worte. Damals beim Training hatte er ihr den Rat gegeben, aus ihrer Sanftheit eine List zu machen, weil ihre Gegner sie leicht unterschätzen würden.

Das war ihre Waffe. Julius und Ingrid sahen sie nicht als ernsthafte Bedrohung an und kümmerten sich deshalb kaum um sie.

Lottie drehte sich, so weit die Fesseln es erlaubten, zu Lola um, die hinter ihr saß, und streckte die Finger nach ihr aus. Lola erschreckte sich furchtbar, als sie Lotties Finger spürte. Ganz sanft legte Lottie ihre Hand um Lolas freien Daumen und drückte ihn, um ihr zu signalisieren, dass alles in Ordnung war. Dann fing sie an, das Seil um Lolas Handgelenken Stück für Stück aufzuknüpfen.

Es war gar nicht so einfach, und Lottie hatte furchtbare Angst, dass Ingrid und Julius sie dabei erwischen könnten. Doch die beiden waren so sehr mit dem Kampf beschäftigt und mussten gleichzeitig immer ein Auge auf Jamie haben, so dass sie sich gar nicht um Micky, Lola und Lottie kümmerten. Endlich hatte sie das Seil genügend gelockert, drückte aber noch schnell Lolas Hand, damit sie sich nicht sofort freimachte. Noch nicht. Lola nickte und zog die Beine an, so dass ihre Oberschenkel die Füße verdeckten. Dann nahmen sie sich die Seile an ihren Knöcheln vor. Lottie warf einen kurzen Blick rüber zu Jamie, der erfolglos versuchte, seine

Fesseln ebenfalls zu lockern. Ihre Blicke trafen sich, doch er schaute gleich wieder weg, um nicht aus Versehen die Aufmerksamkeit auf Lottie zu lenken. Hatte er verstanden, was sie plante? Lottie zerrte an dem letzten Knoten und spürte, wie das Seil sich lockerte.

Nur noch ein kleines bisschen mehr.

Lottie zog an dem einen Ende, und tatsächlich: Lola war frei. Sofort sprang sie auf und rannte zur Tür.

Wenn sie überrumpelt waren, dann hielt Julius' und Ingrids Überraschung nur für einen Moment, denn sie reagierten blitzartig.

»Bleibst du hier …« Ingrid machte einen Satz auf Lola zu, doch Lottie schmiss sich ihr, gefesselt wie sie war, in den Weg und brachte sie ins Stolpern. Lola war entkommen.

Wenn sie jetzt schnell Hilfe holte, würden sie alle vielleicht noch mit heiler Haut hier rauskommen. Es sei denn, Ingrid brachte Lottie jetzt gleich um.

Ingrid sprang auf und ging auf Lottie los. In ihrem Gesicht spiegelte sich blanke Mordlust, als sie zum Schlag ausholte. »Das wirst du noch bereuen«, fauchte sie.

Lottie hatte noch nie im Leben eine solche Angst verspürt. Gleich würde sie sterben. Einen Augenblick lang lag sie regungslos einfach nur da – paralysiert. Erst viel zu spät raffte sie sich auf und versuchte, sich zur Seite wegzurollen.

Doch kurz bevor Ingrids Klinge sie traf, kreuzten sich zwei Schwerter über Lotties am Boden liegendem Körper und formten ein schützendes Dach über ihrem Kopf. Ingrids Dolch glitt scheppernd daran ab. Ellie und Anastasia waren zu ihrer Rettung gekommen.

»Julius!«, schrie Ingrid, die schnell von einem Fuß auf den anderen wechselte und Anastasia und Ellie mit einem weit ausladenden Hieb auf Distanz hielt. »Wir müssen hier weg, sofort!«

Julius versuchte, sich von Saskia zu lösen und zu Ingrid zu kommen, die Anastasia mit einer Körperfinte aus dem Tritt brachte. Aber Saskia war noch nicht fertig mit ihm. Sie packte seinen Arm und hielt ihn fest. Er brüllte frustriert auf und schlug nach Saskia. Die duckte sich in letzter Sekunde unter dem fürchterlichen Schlag hinweg und packte Julius' Arm in der Ellenbeuge.

»Willst du wirklich unsere ganze Organisation für diese verzogene Schlampe verraten?«, keuchte er.

»Ja«, knurrte Saskia und ließ seinen Arm wieder los. »Weil sie *meine* verzogene Schlampe ist.«

Mit einem markerschütternden Schrei versetzte sie ihm einen Schlag mitten ins Gesicht. Sofort schoss Blut hervor, sehr viel Blut. Julius schrie auf und taumelte zurück. Mit der rechten Hand hielt er sich das blutüberströmte Gesicht. An Saskias Hand sah Lottie ein helles Funkeln – das war der Diamantring, den Anastasia ihr geschenkt hatte. Sie hatte ihm damit das Auge ausgeschlagen.

Saskia trat ihm noch in den Bauch, und Julius kippte nach hinten über.

»JULIUS!«, schrie Ingrid panisch. Sie rannte zu ihm hin, fasste ihn unter den Achseln und wuchtete ihn hoch. Dann schob sie ihn zur Tür und hob drohend den Arm mit dem Dolch, um ihn zu werfen, falls jemand es wagen sollte, ihnen nachzusetzen.

Sie verschwanden durch die Tür. Saskia wollte ihnen folgen, aber Anastasia hielt sie zurück.

»Wir müssen sie aufhalten!«, schrie Saskia.

»Nein. Zuerst müssen wir uns um Percy kümmern«, sagte Anastasia.

Wenige Sekunden später stürmten Ms Bolter und Nadia Kumar, geführt von Lola, herein. Lola hatte Hilfe geholt, Lotties Plan war aufgegangen.

»Was um Himmels willen ist hier passiert?«, rief Ms Bolter, als sie Anastasia und Ellie mit gezückten Säbeln sowie die drei anderen noch gefesselten Schüler sah. »Saskia?« Sie keuchte, als sie ihre blutverschmierte ehemalige Schülerin in ihren zerrissenen Klamotten sah.

Da war ein schmerzhaftes Stöhnen aus der Ecke zu hören, in der Percy die ganze Zeit gestanden hatte. Er war unter der enormen psychischen Belastung zusammengebrochen. Sein Kopf fiel in den Nacken, und dann kippte er in Saskias Arme.

44

Percy wurde sofort ins Krankenhaus gefahren und dort in einem Einzelzimmer untergebracht, wo man ihn auf einen Berg aus Kissen bettete und alle erdenklichen piepsenden Maschinen herankarrte, um seine Vitalfunktionen zu überwachen. An Percys Seite saß ein Junge, der seine Hand den ganzen Weg von der Villa bis in dieses nach Rosen duftende Zimmer nicht losgelassen hatte.

Er würde wieder gesund werden. Die Ärzte waren zuversichtlich, dass Percy keine bleibenden Schäden davontragen würde, trotzdem wollten sie ihn dabehalten, bis sie ganz sicher waren, dass er nicht mehr in diesen gefährlichen hypnotischen Zustand verfallen würde.

Die Freunde harrten derweil im Warteraum des Krankenhauses aus. Es war acht Uhr abends, und noch immer hatten Micky und Lola, die noch bei Percy waren, sich nicht blicken lassen. Auch Ms Bolter wartete mit ihnen. Sie war dem Krankenwagen in ihrem eigenen Auto gefolgt. Immer wieder sagte sie, wie leid es ihr tue und dass sie es hätte wissen müssen … Aber was hätte sie schon tun können? Bei einem so mächtigen Feind wie Leviathan war es fast unmöglich, die Menschen, die einem lieb sind, immer und überall zu beschützen.

Auch Saskia war die ganze Zeit mit dabei. Sie wollte nicht eher gehen, bis es Neuigkeiten von Percy gab. Alle fühlten sich schuldig. Sie hätten von Anfang an besser auf Percy achtgeben müssen. In diesem Spiel war er eine Art Bauernopfer gewesen. Sie hatten sich so sehr darauf konzentriert, die Hameln-Formel zu finden und zu zerstören, dass sie ihn und seinen Zustand fast völlig vergessen hatten. Zwar hatten sie die Formel gefunden, aber dadurch auch Julius und Ingrid direkt zu ihr geführt. Nun verfügte Leviathan über eine funktionsfähige Hameln-Formel. Ein Fehlschlag auf ganzer Linie …

Die Zeiger der Uhr an der Wand tickten vor sich hin. Hin und wieder kamen andere Angehörige in den Warteraum, blieben eine Zeitlang und gingen wieder, andere richteten sich notdürftig in den Sitzen ein und bereiteten sich auf eine schlaflose Nacht vor. Natürlich kannte Lottie diese Leute nicht. Sie wusste nicht, welches Schicksal sie hierher verschlagen hatte, dennoch fühlte sie mit allen. Denn sie wusste genau, wie schrecklich es ist, alleine mit den eigenen Ängsten und Sorgen in dieser hellgrünen Vorhölle des Warteraums zu sitzen und auf Nachricht von den Ärzten warten zu müssen.

»Hey, Lottie«, flüsterte Ellie ihr ins Ohr. Lottie drehte sich in dem unbequemen Sitz zu ihr um.

Die Ärzte hatten einen Verband über die Wunde auf ihrer Wange geklebt. Sie würde eine kleine Narbe davontragen – worauf Ellie schon jetzt sehr stolz war. Lottie war davon gar nicht begeistert. Von nun an würde sie sich jedes Mal an diesen Tag erinnern, wann immer sie die Narbe sah. Eine Erinnerung, die sie für immer begleiten würde. Sie wollte gerade etwas sagen, als Anastasia aufsprang.

»Shhhh, schaut mal!« Anastasia zeigte auf den auf lautlos gestellten Fernseher in der Ecke, der gerade die Nachrichten zeigte. Durch das Bild lief ein Untertitel mit Kurznachrichten.

In einer dramatischen Wendung der Ereignisse wurde Richard Butter, der Eigentümer der weltbekannten Butter-Company, die erst kürzlich mit der Tompkins-Süßwarengesellschaft verschmolzen ist, heute Abend festgenommen. Mr Butter soll mit einer geheimen Extremistengruppe namens Leviathan kooperiert haben. In diesem Zusammenhang werden ihm geheime Absprachen und Gefährdung von Schutzbefohlenen vorgeworfen.

Lottie erstarrte. Mit *Schutzbefohlenen* musste sein eigener Sohn Percy gemeint sein.

Es gibt nur sehr wenige Informationen über die Leviathan-Gruppe, doch sie wird mit zahlreichen Entführungsfällen von Kindern hochstehender Persönlichkeiten und Politiker in den letzten Jahren in Verbindung gebracht.

Damit war es offiziell. Leviathan war keine vage Bedrohung mehr, sie war real genug, um es bis in die Abendnachrichten zu schaffen.

Die Polizei bittet alle Bürger, die Informationen zu dem Fall liefern könnten, sich bei den Behörden zu melden.

Alle drehten sich zu Saskia um, die ihre Beine lässig über die Stuhllehne geschwungen hatte und so tat, als gehe sie das alles nichts an.

»Nein«, sagte sie, ohne von dem Magazin aufzusehen, in dem sie gerade blätterte.

»Hör zu, Saskia«, sagte Jamie. »Du hast uns heute das Leben gerettet, das ändert aber nichts an der Tatsache, dass du dich Leviathan damals aus freien Stücken angeschlossen hast, und auch nach deiner Befreiung bist du direkt wieder zu ihnen gerannt. Du kannst von Glück sagen, dass wir dich noch nicht bei der Polizei angeschwärzt haben.«

»Bla, bla, bla«, sagte Saskia und verdrehte die Augen. »Ich bin nicht zu ihnen gegangen, um mich ihnen wieder anzuschließen, du Dummkopf. In der Gefängniszelle hatte ich genug Zeit, um über alles nachzudenken. Ich hörte, dass die Prinzessin beim Spearion-Turnier in der Tompkins-Villa antreten wollte, und reimte mir flux zusammen, was da wohl passieren würde. Also habe ich den Hofhunden des Königs erklärt, dass ich wüsste, was Leviathan vorhat, und ihre Pläne durchkreuzen könnte. Ursprünglich wollte ich mich bedeckt halten, bis sie die Formel geborgen hätten, und sie dann zerstören. Deshalb habe ich Ellie vorhin zugeflüstert, dass sie Ingrid wütend machen soll und wie sie das am besten machen könnte. Die dumme Pute ist so unbeherrscht und geht bei jedem bisschen sofort an die Decke. Ich schwöre …«

Anastasia hustete laut und unterbrach Saskias Monolog. Als sie die Hand vor den Mund hielt, bemerkte Lottie, dass sie wieder ihren Ring trug. Ein kleiner Blutstropfen schien auf dem Stein haften geblieben zu sein. »Saskia wird sich dem Partistenkonzil stellen. Sie werden, basierend auf den besonderen Umständen, über ihr Strafmaß entscheiden. Wir werden auf Gehirnwäsche plädieren«, sagte sie und schaute Saskia lange an.

Es fühlte sich komisch an, dass Saskia plötzlich wieder da war. Lottie wünschte sich, sie könnte die Videoaufzeichnung von ihrem Treffen mit Anastasia sehen.

Was auch immer Anastasia ihr erzählt hat, es hat funktioniert.

»Es gibt da aber noch eine Sache, die ich euch vielleicht mitteilen sollte«, sagte Saskia und pulte betont lässig an ihren Nägeln herum. »Wisst ihr noch, was ich euch letztes Jahr gesagt habe, als ich ... ähm ... versucht habe, Lottie zu entführen?«

Alle warfen Saskia böse Blicke zu, und sie sprach schnell weiter.

»Also, erinnert ihr euch, wie ich gesagt habe, dass Lottie ganz oben auf der Entführungsliste von Leviathan steht?« Lottie erinnerte sich sehr gut daran. Saskia hatte es ihr in dem Kleinbus gesagt. Es war auch das erste Mal gewesen, dass sie das verfluchte Wort *Leviathan* gehört hatte. »Mittlerweile ist das nicht mehr so.«

Alle spitzten neugierig die Ohren.

»Das ist doch eine gute Sache. Zumindest für uns, oder?«, fragte Ellie. »Wir sind damit aus der Schusslinie.«

Saskia schüttelte den Kopf. »Nein, es ist überhaupt keine gute Sache, denn die Person, hinter der sie jetzt her sind, ist ...«

Sie zeigte auf Jamie, der etwas unbeteiligt und in Gedanken an die Wand gelehnt dastand. Er blickte Lottie kurz an, dann drehte er sich um und ging hinaus.

Seit ihrer Befreiung hatte er kein Wort gesagt. Lottie wollte sich gar nicht vorstellen, wie es gerade in ihm aussehen musste. Er war immer so stolz auf seine Rolle als Beschützer und Partist von Eleanor Wolfson gewesen.

»Jamie?«, krächzte Ellie entsetzt. »Aber warum?«

»Das kann ich euch nicht sagen. Keine Ahnung«, sagte Saskia mit einem Schulterzucken und blätterte weiter in ihrem Magazin.

»Könnt ihr das nicht endlich mal ernst nehmen, nur ein kleines bisschen?«, schrie Lottie zu ihrer eigenen Überraschung laut auf. Jamie machte gerade eine schwierige Zeit durch. Er war angeschlagen, ja verletzlich. Dass Leviathan jetzt ausgerechnet ihn als Ziel auserkoren hatte, machte sie rasend. Sie schaute sich um. Ihr Ausbruch hatte sie alle geschockt. Dann schüttelte sie den Kopf und marschierte los, um ihm nachzulaufen.

Ellie rief ihr etwas hinterher, doch sie wollte unbedingt mit ihm reden. Vielleicht war es ihre letzte Gelegenheit.

Sie fand ihn ein paar Ecken weiter. Er saß auf dem Boden und starrte aus einem Fenster hinaus auf eine Laterne auf der gegenüberliegenden Straßenseite.

»Jamie«, begann sie, unsicher, was sie ihm sagen sollte. Er hatte ihr schon mehrmals deutlich gemacht, dass er keine Hilfe von ihr wollte. Auf keinen Fall! Ein Teil von ihr wusste, dass, wenn er sich ihr jetzt nicht öffnete, er es wohl auch nie mehr tun würde.

Schließlich fiel ihr nichts Besseres ein als ein etwas lahmes: »Zumindest sind wir alle in Sicherheit.« Und es war ja die Wahrheit. Zumindest für den Moment konnte ihnen nichts geschehen. Niemand war ernsthaft verletzt worden, das war doch die Hauptsache.

»Jetzt haben sie die Formel«, sagte Jamie.

»Ja, aber ...«

»Ich habe absolut nichts unternommen«, murmelte er. Seine brüchige Stimme ließ Lottie zusammenfahren.

»Ach was? Los, komm schon, Jamie. Reiß dich zusammen ...«

»Verstehst du nicht, Lottie? Ich habe nichts unternommen. Das ist doch mein Job. Ich konnte nichts tun, um euch zu beschützen. Ich habe absolut nichts getan.«

»Jamie ...« Es war eigenartig, Jamie so verletzt, so voller Selbstzweifel zu sehen. »Was hättest du denn tun können?« Aber sobald sie die Worte ausgesprochen hatte, bereute sie es.

Jamie will dein Mitgefühl nicht, sagte eine Stimme in ihrem Kopf.

Sie stand auf und hielt ihm ihre Hand hin. Als er zu ihr aufblickte, brach es ihr fast das Herz. Seine krausen Haare warfen tiefe Schatten auf sein Gesicht. Aber da war noch mehr: Ein anderer noch dunklerer Schatten schwebte über ihm. Seine innere Zerrissenheit war überdeutlich. Die Dämonen aus seiner Vergangenheit, denen er sich partout nicht stellen wollte, hatten sich erhoben und nagten an seinem Herzen. Der Wolfsanhänger baumelte wie eine Schlinge um seinen Hals.

Wortlos stand er auf. Sein Gesicht wurde in Schatten getaucht.

Er hatte ihre helfende Hand ausgeschlagen. Und sie wusste, dass er sie wohl niemals annehmen würde.

45

Der große weißgoldene Saal mit dem hohen Gewölbe und den streng dreinblickenden Cherubinen beeindruckte Lottie kaum noch. Diese Mal betrat sie den Raum nicht eingeschüchtert und ängstlich, sondern mit einem klaren Ziel vor Augen. Ellie und Jamie begleiteten sie. Ihr letztes Gespräch mit Jamie, bevor sie nach Maradova zurückgekehrt waren, hatte ihr etwas überdeutlich vor Augen geführt – und heute musste sie handeln.

Der König saß auf seinem goldenen Thron, etwas nach hinten versetzt saßen seine Mutter Willemena zu seiner Linken und seine Frau, Königin Matilde, zur Rechten. Zwischen den beiden hatten sich Simien Smirnov und Nikolai Olav aufgebaut. Zusammen bildeten sie eine perfekte Pfeilspitze, die auf Lottie wies. Sie war der Kompass, der über ihrer aller Zukunft entscheiden würde.

»Unsere zukünftige Königin hat eine Verletzung davongetragen, die sicherlich eine Narbe zurücklassen wird«, zischte Willemena und blickte Jamie geradezu angewidert an. Ihre Worte trafen Lottie gar nicht so schmerzhaft, wie sie erwartet hatte. Sie hatte Angst, aber nicht um sich selbst fürchtete sie, sondern um Jamie. »Diese Narbe soll eine Warnung an euch drei sein.« Ihre Stimme war heiser, aber immer noch sehr kräftig. »Jede falsche Entscheidung, jede Nachlässigkeit kann schmerzhafte Konsequenzen haben.«

Lottie dachte während dieses Vortrags die ganze Zeit an Jamie, der sich wohl selbst ebenfalls für alles verantwortlich machte, was passiert war. Lottie ballte die Hände zu Fäusten. Aber sie musste Willemena in einem recht geben: Sie mussten tatsächlich noch vieles lernen, sie mussten endlich erwachsener und verantwortungsvoller werden. Es war schieres Glück gewesen, dass sie aus diesem Abenteuer mit heiler Haut wieder herausgekommen waren, denn es hätte ebenso gut auch böse enden können.

Der König seufzte tief. »Aus Gründen, die wir immer noch nicht ganz verstehen, ist diese Organisation weiterhin hinter der Prinzessin her. Und wie wir nun erfahren müssen, wollen sie auch noch Jamie?« König Alexander und seine Gemahlin wechselten einen Blick, den Lottie nicht recht deuten konnte. »Vielleicht wollen sie einfach nur Lösegeld erpressen?«

»Eure Hoheit, ich glaube nicht, dass es ihnen nur ums Geld geht«, warf Lottie ein und faltete die Hände hinter dem Rücken. »Leviathan hat einen anderen Grund, die Kinder wichtiger Personen zu entführen.«

Der König machte ihr ein Zeichen, sie möge fortfahren.

Seit Raphael damals diese eher aus der Not geborene Vermutung geäußert hatte, dass Saskia vielleicht einer Gehirnwäsche unterzogen worden war, hatte der Gedanke Lottie nicht mehr losgelassen. Er war wie ein zäher Kleber durch ihren Verstand getröpfelt und hatte sich an verschiedene Beobachtungen geheftet, bis sich eine zusammenhängende Theorie herauskristallisierte.

»Ich glaube, sie wollen die heranwachsende Generation der Reichen und Mächtigen unter ihre Kontrolle bringen.«

Lottie bemerkte, wie Willemenas Hand sich noch fester um den goldenen Knauf in Form eines Wolfes an ihrem Gehstock klammerte, bis blaue Adern auf ihrer runzeligen Hand hervortraten.

»Daher haben sie so großes Interesse an der Hameln-Formel, und es würde auch erklären, warum Partisten ebenfalls zu Zielpersonen geworden sind«, sprach sie mit fester Stimme weiter, obwohl sie Jamies Blick heiß in ihrem Nacken fühlte. »Mit der Formel wollen sie die stärksten und mächtigsten Personen ihrem Willen unterwerfen und sie manipulieren.«

König Alexander blinzelte erstaunt. Er winkte Sir Olav zu sich, um sich kurz mit ihm zu beraten. Lottie wartete aufgeregt, ihre hinter dem Rücken versteckten Hände zitterten heftig. Schließlich lehnte der König sich wieder zurück. »Das sind besorgniserregende Neuigkeiten. Aber es ist ein großer strategischer Vorteil, dass wir jetzt darüber Bescheid wissen.«

»Lottie Pumpkin.«

Lottie schaute zur Königin auf, die sie plötzlich angesprochen hatte.

»Du hast dich verändert.«

Verändert?

Das war eindeutig ein Lob, und es fühlte sich sehr gut an. Noch vor ein paar Monaten, als der König sie unverhofft zur Audienz gebeten hatte, war sie so verunsichert gewesen, dass sie kaum den Mund aufbekommen hatte. Doch nun stand sie hier, an exakt derselben Stelle, und wurde von der Königin gelobt!

»Du hast in diesem Jahr beachtliche Fortschritte gemacht, Eleanors Sicherheit gewährleistet und überdies eine Vielzahl von Informationen für uns gewonnen«, fügte der König mit ernstem Gesichtsausdruck hinzu. »Zudem hat Eleanor sich in diesem Schuljahr gut geschlagen und entwickelt sich prächtig.«

Lottie warf einen Blick hinüber zu Ellie, die ebenfalls überrascht von den warmen Worten war, die plötzlich auf sie niedergingen. Ihre Augen funkelten vor Stolz.

»Du hast dich zu einer echten Porterin entwickelt, so wie es sie sonst nur im Märchen gibt«, sagte die Königin, und zu Lotties Verblüffung klopfte selbst Willemena mit ihrem Stock zustimmend auf den Boden.

Sie fühlte sich wie in Licht gebadet, ihr ganzer Körper prickelte. Sie hatte das Gefühl, von einem auf den anderen Moment ein gutes Stück gewachsen zu sein. Sie ließ die Hände, die nun nicht mehr zitterten, an die Seiten fallen.

»Ihr könnt jetzt gehen«, sagte der König.

»Danke, Eure Hoheit.« Lottie verbeugte sich, und zusammen verließen sie den Saal.

Sobald sie aus der Tür waren, wich auch von Ellie alle Anspannung. »Sie haben dich gelobt!«, sagte sie. »Und mich auch. Zumindest ein bisschen. Sie haben gesagt, dass ich mich prächtig entwickele.« Sie schüttelte den Kopf, als glaube sie, jede Sekunde aus diesem Traum aufwachen zu müssen.

Aber Lottie konnte sich nicht so recht freuen, weil immer

noch ein Schatten über ihnen lag. Ein Schatten, den sie noch nicht hatte vertreiben können.

Sie drehte sich zu Jamie um, der teilnahmslos vor der großen Eichentür stand. »Was willst du jetzt machen?«, fragte sie.

Jetzt schien auch Ellie diese Traurigkeit zu spüren, die Jamie wie eine Wolke einhüllte.

»Jamie, was ist denn mit dir los?«, fragte sie, erhielt aber keine Antwort.

»Jetzt sag mir schon, was los ist!« Sie musterte ihn genauer. »Was? Du trägst ja gar nicht deinen Wolfsanhänger!«, sagte sie mit gebrochener Stimme.

Lottie erschrak. Tatsächlich! Jamie trug den Wolf – *ihren* Wolf – nicht mehr. Sie schaute ihn flehentlich an, aber als ihre Blicke sich trafen, verstand sie sofort, was gerade in ihm vorging.

Er schüttelte den Kopf und wandte sich ab. »Ich habe es nicht verdient, ihn zu tragen.« Seine Stimme war eine Mauer aus Eis, die sich zwischen sie schob. »Ich habe dich und deine Familie im Stich gelassen.«

»Wie kannst du es wagen?«, fuhr Ellie auf und schubste ihn. »Wie kannst du es wagen, so schlecht von dir selbst zu denken.«

»Ellie«, sagte er so kalt, dass Lottie unwillkürlich zitterte. Sie war wütend. Wütend, dass er so wild entschlossen war, sich selbst zu hassen. »Du kannst das nicht verstehen.«

»Nein.« Ellie war jetzt völlig aufgelöst, Tränen strömten ihr über die Wangen. »*Du* versteht es nicht. Jedes Mal, wenn wir uns zoffen, bete ich inständig, dass du endlich die Schnauze vollhast von mir, von dieser verzogenen kleinen Prinzessin und ihrer behämmerten Familie. Dass du alles hinschmeißt und endlich dein eigenes Leben lebst. Aber du schnallst es einfach nicht. Du bist so verdammt loyal! Wie kommst du bloß auf den Gedanken, dass du uns im Stich gelassen hast?«

Jamie schaute sie regungslos an. Ihre Worte schienen ihn gar nicht zu erreichen.

»Ich habe versagt. Mehr gibt es dazu nicht zu sagen.« Er drehte sich zum Gehen.

»Nein!«, schrie Ellie und fasste ihn am Arm. »Wir haben *dich* im Stich gelassen. Wir hätten dich niemals dazu zwingen dürfen, ein Partist zu werden. Du solltest dich nicht schuldig fühlen. Wir beide, du und ich, wir sollten beide das Recht haben, so zu leben, wie wir es uns wünschen.«

Plötzlich erstarrte er. Er drehte sich zu ihnen um, ein zynisches Lächeln umspielte sein Gesicht. »Und gilt das auch für Lottie?«

Da war es wieder, die eine Sache, die Jamie immer noch nicht verstanden hatte. Lottie hatte ihr Zuhause in Ellie gefunden. Sie wusste mittlerweile, dass auch durch ihre Adern blaues Blut floss, was ihre Beziehung nur noch enger hatte werden lassen. Sie musste sich nicht verstellen, sich nicht zwingen und nicht ein Leben hinter einer Maske führen, um Ellie zu beschützen. Jamie hingegen hatte sich selbst noch nicht gefunden. Er hielt immer noch krampfhaft an dem Lebensweg fest, den andere für ihn bestimmt hatten. Er war alleine, abgeschnitten von allen anderen, und suhlte sich geradezu in seinem eigenen Schmerz.

»Ich weiß, wohin ich gehöre«, sagte Lottie aus voller Überzeugung. »Ich weiß jetzt, wo mein Zuhause ist. Aber du … Verstehst du es immer noch nicht? Du hast dich selbst verloren.«

Er hielt ihrem Blick stand, und für einen kurzen Moment flackerte etwas in ihm auf. Doch es erlosch sofort wieder, und er wandte sich von ihnen ab.

»Jamie!«, schrie Ellie, doch Lottie wusste, dass es zwecklos war. Sie streckte die Hand vorsichtig aus und legte sie Ellie auf die Schulter, um sie zu beruhigen.

Jamie verschwand im trüben Halbdunkel des Korridors. In diesem Moment verstand Lottie endlich, warum der Partistenjob Jamie so wichtig war. Es war eine Ausrede – eine Ausrede, damit er sich niemals der Frage stellen musste, wer er selbst war. Er hielt verzweifelt an der Vorstellung fest, dass er zum Partisten geboren worden war, dass es sein Schicksal war, damit er sich seinen inneren Dämonen nicht stellen musste.

Aber wenn er sich ihnen nicht bald stellte, dann würden sie ihn bei lebendigem Leib auffressen.

46

»Nein, Ellie. Wir können ihm nicht helfen.« Es war fast eine Erleichterung, es endlich laut ausgesprochen zu haben. »Jamie muss es aus eigener Kraft schaffen. Wir können nur versuchen, für ihn da zu sein, solange diese Phase anhält.«

»Ich halte das nicht aus«, sagte Ellie und lief im Zimmer auf und ab. »An all dem ist nur meine blöde Familie schuld.«

»Er wird es schon schaffen«, wiederholte Lottie gebetsmühlenartig.

Lottie ließ sich auf Ellies Bett fallen und dachte darüber nach, was die Königin zu ihr gesagt hatte. Sie konnte es schwer in Worte fassen, aber es hatte sich definitiv etwas verändert, die Veränderung war fast greifbar. Und da sogar der König und die Königin es bemerkt hatten, konnte es auch keine Einbildung sein. Jamie machte gerade eine Krise durch. Aber wenn *sie* sich selbst finden konnte, dann würde es ihm bestimmt auch irgendwann gelingen. »Wir können ihn nicht dazu zwingen. Vertrau mir einfach.«

»Seit wann bist du denn hier die weise Fee?«, fragte Ellie und warf sich neben ihr aufs Bett. Sie schniefte laut und wischte sich die Tränen ab.

»Hast du es denn noch nicht gehört?«, neckte Lottie sie. »Ich habe mich verändert.«

Ellie prustete los und brachte das ganze Bett dabei zum Wackeln. »Du bist echt bescheuert«, sagte sie und verwuschelte Lotties Haare.

Lottie war so erleichtert, ihre Freundin wieder lachen zu sehen, dass sie erst jetzt bemerkte, wie eng sie beieinanderlagen. Sie fühlte sich an den Kuss im Puderzuckerraum erinnert.

Im Zimmer wurde es ganz still, das silbrige Mondlicht fiel durch die Vorhänge und tauchte den Raum in ein geheimnisvolles Leuchten.

Lottie sah sich und Ellie wie Sonne und Mond, gegensätzlich und doch einander verwandt.

Lottie musste die Frage einfach stellen, sie konnte sie nicht ewig unausgesprochen zwischen ihnen stehenlassen. Jamie war ein abschreckendes Beispiel dafür, was passieren kann, wenn man schmerzhafte Gefühle zu lange unterdrückt. So weit durfte Lottie es bei ihnen nicht kommen lassen.

»Warum hast du mich geküsst?« Ihre Frage durchschnitt die Stille wie Donnerhall.

Ellie schaute ihr tief in die Augen. »Lottie …« Sie zögerte. Die Spannung war unerträglich. Ellie schloss die Augen und atmete leise aus. Der Mond verschwand hinter einer Wolke. Doch als sie ihre Augen wieder öffnete, war die Spannung wieder abgefallen. Sie lächelte. »Ich habe doch nur herumgespielt. Denk dir nichts dabei.«

Lotties Herz setzte einen Schlag aus.

Sie zitterte leicht. Ellies Worte hatten sie verletzt, hatten sie mitten ins Herz getroffen. »Wenn es das ist, was du willst«, antwortete sie und riss sich von Ellies Anblick los.

»Es ist besser so«, sagte Ellie und legte ihre Hand auf Lotties.

Diese Worte erinnerten Lottie an das, was der König ihr eingeschärft hatte. Wahrscheinlich hatte er recht. Ellie bedeutete ihr schon jetzt so viel, sie würde nie wieder klar denken können, wenn sie diesem Gefühl jetzt erlaubte, in ihr zu wachsen. Sie musste es vertreiben, sie musste sich selbst davon überzeugen, dass es nichts zu bedeuten hatte.

Ihre Haut kribbelte immer noch, wenn Ellie sie berührte, sie hatten immer noch dieses magische Einverständnis. Aber nun war eine neue Note hinzugekommen. Diese zwei Sätze ließen einen süßen Schmerz in ihrer Brust zurück. Lottie setzte ihr bestes Lächeln auf und kämpfte gegen die Tränen an. Ihr Lächeln für Notfälle, das sie seit so vielen Jahren schon perfektioniert hatte.

»Na klar!«, antwortete sie. »Zwischen uns ist alles cool.« Zumindest hatte sie jetzt Gewissheit.

Ellie antwortete mit einem eher spröden Lächeln.

So saßen sie eine Weile lang nebeneinander, Lotties Hand in Ellies, und fühlten den Puls der jeweils anderen, bis ihre Herzen im gleichen Rhythmus schlugen, während eine Million Wörter unausgesprochen zwischen ihnen in der Luft hingen.

Lottie war sich noch nicht ganz klar darüber, was sie da fühlte und was es zu bedeuten hatte. Aber wenn es wirklich nichts zu bedeuten hatte, warum tat es dann so weh?

Plötzlich sah sie Henry Pitkin und Liliana vor sich. Sie wollten ihr etwas sagen. Wie sie erst vor ein paar Monaten entdeckt hatte, waren auch die beiden ein Teil von ihr. Sie und Ellie hatten noch so viel über sich selbst und einander zu lernen. Erst dann würden sie stark genug sein, ihrem Feind entgegenzutreten.

Sie wagte noch einen kurzen Blick in Ellies dunkle Augen. Ihre Prinzessin, ihre beste Freundin, ihr Zuhause. Bis sie ganz genau wissen würde, was sie fühlte und was es für sie beide bedeutete, musste sie alles daran setzen, dass es Ellie gutging. Selbst wenn sie dafür die Erinnerung an diesen Kuss wegsperren musste, bis sie irgendwann beide bereit für sie waren. Sie fühlte eine neue Entschlossenheit in sich, die den Schmerz und Zweifel vertrieb. Sie würde Leviathan besiegen und Ellie und Rosewood um jeden Preis verteidigen. Und sie würde für Jamie da sein, wenn er sich endlich seinen inneren Dämonen stellte, egal, wie lange es auch dauern würde. Sie waren ein Team, und Lottie würde sie zusammenhalten, komme, was da wolle.

»Ich leg mich jetzt schlafen«, sagte Lottie gähnend.

Die beiden Mädchen umarmten sich und blieben lange so, wobei die beiden Wolfsanhänger aneinanderlagen. Dann verabschiedete sie sich wortlos und überließ ihre Prinzessin sich selbst.

Lottie tappte durch die langen Flure zurück in ihr Zimmer. Es gab da noch eine Sache, die sie unbedingt tun musste, um heute Nacht ruhig schlafen zu können.

In ihrem Zimmer angekommen, entkleidete sie sich und zog ihr weißes Nachthemd an. Sie würde etwas tun, was sie schon sehr lange nicht mehr gemacht hatte.

Sie ging zum Nachttisch und holte das Kästchen hervor, in dem die Krone ihrer Mutter lag – Lilianas Krone.

Meine Krone.

Sie setzte sich die glitzernde Krone auf. Der Halbmond strahlte im silbrigen Licht, das durch das Fenster fiel. Dann richtete sie ihre Kette so, dass der Wolfsanhänger genau über ihrem Herzen lag. Genau da, wo er hingehörte.

Sie ging hinüber zu ihrem hohen Spiegel und betrachtete ihr Spiegelbild. Sie sah ein Mädchen vor sich, das größer und selbstbewusster wirkte. Sie war tatsächlich gewachsen. Ihre blütenweiße Haut glühte förmlich, eine wilde Lockenpracht umrahmte ihr Gesicht. Doch die Krone saß wie angegossen, und der Anhänger zog nicht mehr an ihr.

Dieses Mädchen im Spiegel kannte ihren Platz in der Welt. Sie hatte ihr Zuhause gefunden. Sie war sich bewusst, dass das Schlimmste noch vor ihnen lag, aber sie war bereit. So geschmückt, mit ihrer magischen Rüstung aus Anhänger und Krone, sprach sie zu ihrem Spiegelbild: »Ich werde freundlich sein, ich werde mutig sein, ich werde niemals aufgeben.«

Ihre Krone und der Wolf an ihrem Herzen waren ihre Bestimmung.

Epilog

Grüne Lichter flackerten über Julius' Bett, um ihn herum standen eine Handvoll medizinischer Geräte. Julius schlief, eine dicke blutige Bandage bedeckte sein Gesicht. Er sah aus wie eines der Kriegsopfer, die Ingrid in ihrer Kindheit gesehen hatte. Die Chirurgen hatten sein linkes Auge nicht mehr retten können, der Schaden war zu groß gewesen.

»Auge um Auge …«, murmelte Ingrid immer wieder vor sich hin, als wollte sie Julius ein Schlaflied singen.

Es war bereits spät, und die Basis lag im Dunkeln, aber draußen war doch immer wieder das Echo von Schritten im Gang zu hören. Leviathan schlief nie, die Organisation war immer in Bewegung, hörte nie auf, Pläne zu schmieden. Leviathan war allzeit bereit.

»Crow.«

Ingrid drehte sich missmutig um. Sie wollte jetzt nicht gestört werden.

»Was?«, fuhr sie den jungen Rekruten an, der sich aber nicht einschüchtern ließ.

»Der Meister will dich sprechen«, antwortete er.

Sofort setzte Ingrid eine andere Miene auf. Sie strich sich die langen Haare aus dem Gesicht und lehnte sich über den Jungen. Er hielt still, als sie mit ihren langen Fingernägeln über seinen Scheitel strich und ihm dann sanft die Schulter tätschelte.

»Gut. Dann pass solange für mich auf Julius auf«, schnurrte sie und schaute ihm tief in die Augen.

Er nickte stumm und setzte sich auf den frei gewordenen Stuhl.

Alle Mitglieder von Leviathan waren so. Nichts konnte einen Menschen einschüchtern, der nichts mehr zu verlieren hatte.

Ingrid stand angespannt vor der schweren Tür, die in das Zimmer führte, in dem ihr Meister arbeitete und schlief. Auf der unterirdischen Basis, die sich auf dem Grundstück eines reichen Förderers befand, herrschte ein ständiges Kommen und Gehen, weil dauernd Agenten auf Missionen ausgeschickt wurden oder wieder von einer zurückkehrten. Ingrid und Julius jedoch waren Ausnahmen, sie hatten fast ihre gesamte Kindheit hier verbracht. Der verwinkelte, unwirtliche Komplex war so etwas wie ihr Zuhause geworden.

Sie klopfte an, wartete aber nicht auf eine Antwort, sondern ging gleich hinein. Die Tür schlug mit einem Klicken hinter ihr zu.

»Die Medien machen ganz schön Lärm um unsere kleine Organisation.« Ihr Meister saß mit dem Rücken zu ihr auf dem Boden, vor sich hatte er eine Auswahl internationaler Zeitungen ausgebreitet. Eingehüllt in seinen langen dunklen Umhang sah er aus wie ein Schatten, der aus dem Boden hervorwuchs.

»Tritt näher«, befahl er und stand in einer fließenden Bewegung auf. Er drehte sich aber nicht sofort zu ihr um, sondern schritt an ein Panoramafenster, von dem man eine hervorragende Sicht auf das Tal unter ihnen hatte.

»Warum bist du so bekümmert, Ingrid?«, fragte er und warf ihr einen kurzen Blick zu. Das Mondlicht spiegelte sich in seinen weisen Augen. »Dabei hättest du Grund zur Freude. Du hast mir die funktionierende Hameln-Formel gebracht. Das ist ein großer Sieg für uns.«

Ingrid schaffte es kaum, seinem Blick standzuhalten. Ihr Mund verzog sich, als sie wieder an die Ereignisse des letzten Tages erinnert wurde. »Aber ich habe versagt«, antwortete sie. »Mein Auftrag war, dir die Prinzessin und den Partisten zu bringen.« Sie schniefte beim Sprechen wie ein Kind, das sein liebstes Spielzeug verloren hatte.

»Ahh, die Prinzessin …« Er lachte und drehte sich weg von ihr. »Es ist gar nicht so einfach, sie zu fassen zu bekommen. Ein schlüpfriges kleines Biest.« Er machte einen Schritt auf das Fenster zu und schaute hinauf in den Himmel. Sein langer Schatten dehnte sich durch den ganzen Raum und berührte Ingrids Zehen. »Das mit Saskia ist allerdings bedauerlich.«

Ingrid zuckte bei dem Namen zusammen. Die Wut loderte sofort wieder auf.

Auge um Auge, Auge um Auge …

»Wer hätte auch ahnen können, dass sie mit dem König von Maradova einen Deal ausgehandelt hat.«

»Ich werde meinen Fehler wiedergutmachen«, sagte Ingrid hastig.

»Ja, das wirst du«, sagte er. »Aber deshalb habe ich dich

nicht rufen lassen.« Sie sah zu, wie der Meister sich gedankenverloren übers Kinn strich. Ach, wenn sie doch nur wüsste, was in diesem brillanten Kopf vor sich ging. »Die Formel wirkt tatsächlich.«

Sie fühlte ein Kitzeln im Bauch, eine schöne Aufgeregtheit, die sie immer dann überkam, wenn sie ihrem Ziel ganz nahe war.

»Wie lauten Ihre Befehle, Sir?«, fragte sie, ohne die freudige Erregung in ihrer Stimme zu verbergen.

Wieder drehte ihr Meister seinen Kopf ein wenig, und im Halbdunkel zeigte sich sein breites Grinsen. Ein hinreißendes Lächeln, verführerisch und voller Versprechungen. Mit genau diesem Lächeln hatte er sie vor so vielen Jahren bei Leviathan willkommen geheißen. Sie wünschte, sie könnte sich ewig in diesem Lächeln sonnen.

»Wir werden die ganze Welt gegen sie aufhetzen«, sagte er. »Und wenn wir damit fertig sind, werden wir sie gar nicht mehr zwingen müssen, zu uns zu kommen.« Seine Stimme hatte einen neuen Klang angenommen. Er war so überzeugt von seinem Plan, dass der Funke sogleich auf Ingrid übersprang. »Wenn wir mit ihnen fertig sind, werden der Partist und seine Prinzessin darum betteln, sich uns anschließen zu dürfen.«

Ende Buch zwei

Süß, aber bitter

Alle Bücher von Connie Glynn

Habe ich		Wünsche ich mir
	›Prinzessin undercover – Geheimnisse‹ (Band 1)	
	›Prinzessin undercover – Enthüllungen‹ (Band 2)	
	›Prinzessin undercover – Entscheidungen‹ (Band 3)	
	›Prinzessin undercover – Hoffnungen‹ (Band 4)	
	›Prinzessin undercover – Versprechen‹ (Band 5)	

Deine Wunschliste bitte hier ausschneiden.

Das gesamte Programm gibt es unter
www.fischerverlage.de